KAREN BOJSEN

Im Herzen das Meer

Der Roman

Lumme Hansen liebt das Meer und seine Bewohner. Die Meeresbiologin ist wohl die einzige Frau, die je am Südpol schwanger geworden ist, ein Abenteuer, das ihr einen kälteempfindlichen Sohn und einen amerikanischen Ehemann eingebracht hat. Nach fast zwanzig Jahren kehrt sie nun zurück auf ihre Heimatinsel in der Nordsee. Doch vieles hat sich verändert, und der Bau eines Offshore-Windparks gefährdet das fragile Ökosystem der Insel. Nur ein Wunder könnte das Projekt noch stoppen – so wie ein seltenes Seepferdchen, das im Meer vor den Klippen auftaucht. Kurz darauf steht Lumme einem mächtigen Energiekonzern gegenüber – und Theo Johannson, ihrer ersten großen Liebe.

Die *Autorin*

Karen Bojsen ist das Pseudonym der Hamburger Autorin Katrin Burseg. Sie studierte Literatur und Kunstgeschichte in Kiel und Rom, bevor sie als Journalistin arbeitete. Hamburg ist ihr Sehnsuchtsort, sie lebt mit ihrer Familie im Herzen der Stadt. www.katrinburseg.de

KAREN BOJSEN

Im Herzen das Meer

Roman

DIANA

Der Verlag weist ausdrücklich darauf hin,
dass im Text enthaltene externe Links vom Verlag
nur bis zum Zeitpunkt der Buchveröffentlichung
eingesehen werden konnten. Auf spätere Veränderungen
hat der Verlag keinerlei Einfluss. Eine Haftung
des Verlags ist daher ausgeschlossen.

Verlagsgruppe Random House FSC® N001967

Originalausgabe 04/2016
Copyright © 2016 by Diana Verlag, München,
in der Verlagsgruppe Random House GmbH,
Neumarkter Straße 28, 81673 München
Redaktion: Uta Rupprecht
Umschlaggestaltung: FAVORITBUERO, München
Umschlagmotive: © Sabine Lubenow/Look-foto, Shutterstock
Satz: Leingärtner, Nabburg
Druck und Bindung: GGP Media GmbH, Pößneck
Printed in Germany
Alle Rechte vorbehalten
ISBN 978-3-453-35903-1

www.diana-verlag.de
Besuchen Sie uns auch auf www.herzenszeilen.de
📖 Dieses Buch ist auch als E-Book lieferbar

Welkoam üp Lunn

Willkommen auf der Insel

Eins

Immer sind Inseln Orte der Sehnsucht. Nah und fern zugleich. Und das Meer? Es schweigt wohl nie.

An diesem Morgen klang sein Wellenschlag ungeduldig, ja fast zornig, nach aufgestauter Wut und noch mehr Wind. Der Himmel war grau, schiefergrau. Es würde regnen. Nicht sofort, aber noch vor dem Mittag.

Versunken, die Arme vor der Brust verschränkt, stand Lumme am Fenster ihres Büros und lauschte dem Auf und Ab der Brandung. Erst als das Funkgerät in ihrem Rücken summte, zwang sie sich, auf den Schreibtisch zu blicken. Ihr Arbeitsplatz sah aus, als wäre ein Orkantief darüber hinweggefegt. Windstärke zwölf, schwerste Verwüstung. Adrenalin flutete ihren Körper. Wo war die Liste mit den Bestellungen? Hektisch schob sie Kaffeebecher und Wassergläser zur Seite und wühlte sich durch einen Stapel mit Notizen und Unterlagen. Ein Armvoll Pläne und Zeichnungen rutschte vom Tisch und flatterte seufzend zu Boden. »Lumme Hansen«, wisperte es in ihrem Kopf, »du musst unbedingt aufräumen.«

»Bist du so weit?«

Die Stimme ihres Kollegen schwappte aus dem Funkgerät. Henning Krüss befand sich mit dem Boot des Inselaquariums einige Seemeilen vor der Küste. Im Felswatt fischte er nach Pflanzen und Tieren, die das kleine Biologische Institut zu Forschungszwecken in alle Welt versandte: Algen, Krebse,

Muscheln und die ebenso robusten wie widerspenstigen Borstenwürmer.

»Hab's gleich, Henning.«

Da war die Liste. Lumme atmete aus, sie hob den Blick und sah wieder über die kabbelige See. Die meisten Menschen betrachteten das Meer wie ein Gemälde. Sehnsuchtsvolles Blau, die hellen Spritzer der Gischt wie mit dem Pinsel hineingetupft. Und darüber: der weite Himmel, die vom Westwind getriebenen Wolken, der Segelflug der Möwen. Doch für Lumme war da mehr als Postkartenromantik. Dort vor ihrem Fenster lag das, was sie einmal als die Liebe ihres Lebens bezeichnet hatte.

»Kannst loslegen!«

»Aye aye«, spottete Henning, er kannte das Durcheinander in ihrem Büro. Trotz der Entfernung war er so deutlich zu verstehen, als stünde er direkt neben ihr. »Ich hatte dir doch einen Ordner angelegt.«

»Ja, ja …« Lumme wedelte ungeduldig mit den Händen und ließ sich in ihren Stuhl fallen. Sie konnte das Grinsen auf Hennings friesischem Jungengesicht förmlich sehen. »Komm schon, wir haben nicht ewig Zeit.«

»*Amphipoda*«, begann Henning mit dem Abgleich der Bestellungen, »*Cumacea, Decapoda, Mysis mixta …*«

Lumme lehnte sich zurück. Der vertraute Klang der lateinischen Gattungsnamen erzeugte ein Glücksgefühl in ihrem Inneren. Eine heitere Welle, die sie durchströmte. Jeder Tropfen Meerwasser war ein Universum für sich, und die Ozeane beherbergten die wundersamsten Kreaturen. Urzeitliche Korallen, leuchtende Quallen, riesenäugige Kalmaren von der Größe eines Fischerbootes. Und die Schulen der geselligen Wale … Eine unfassbare Vielfalt, mehr als eine Million Arten. Dabei war noch nicht einmal ein Bruchteil der Weltmeere erforscht. Der Mensch kannte sich auf dem Mond besser aus als auf dem Meeresboden. Und jeden Tag entdeckte man neue Arten.

»Bist du noch da, Lumme?«

Hennings Stimme riss sie aus ihren Gedanken. Sie überflog noch einmal ihre Liste.

»Wir brauchen noch zehn Portionen Plankton – und Meerwasser aus dem Tangwald. Kannst du fünfzig Liter mitbringen?«

»Mach ich. Bin in einer Stunde im Hafen. Over.«

Lumme sah auf ihre Uhr. Es war noch früh, acht Uhr dreißig. Ein zweites, kleineres Zifferblatt zeigte die Uhrzeit in San Diego an. Am Pazifik war es jetzt Nacht: ein Uhr dreißig. Todd war gerade zu Bett gegangen, während Josh, ihr zwölfjähriger Sohn, schon lange schlief. Ihr Mann hatte ihr die schwere Uhr zum Abschied geschenkt. Wasserdicht, bis hinunter in die lichtlosen Abgründe der Tiefsee. »Wir warten auf dich«, hatte er gesagt, mehr Feststellung als Versprechen. »Egal, wie lange das da drüben dauert.«

»Das da drüben«, das war die Insel. Ein schroffer Felsen, ein wenig Sand, mitten in der Nordsee. Ihre Heimat, hier war sie vor achtunddreißig Jahren zur Welt gekommen. Eine echte Insulanerin! Vor einem halben Jahr war ihre Mutter gestorben, und als sie zur Beerdigung herübergeflogen war, hatte man ihr noch beim Leichenschmaus die Leitung des Inselaquariums angeboten. Kommissarisch, für ein Jahr.

Lumme hatte gezögert, aber dann hatte sie doch nicht Nein sagen können. Zum einen, weil sie sich um ihren Vater sorgte. Und weil dieser Job eine Chance war, wieder in ihren Beruf einzusteigen. Schließlich hatte sie nicht Meeresbiologie studiert, um als Pinguinpflegerin im Sea Water Parc von San Diego zu enden. Humboldtpinguine, ausgerechnet.

Todd hatte sie gehen lassen. Aber er hatte ihr prophezeit, dass sie nicht länger als ein halbes Jahr durchhalten würde. »Du wirst die Sonne vermissen«, hatte er gesagt, sein breites Surfergrinsen im Gesicht. Kannte er sie so wenig?

Das hatte sie angespornt. Und tatsächlich hatte Lumme dem kalifornischen Wohlfühlwetter bislang keine Sekunde nachgetrauert, obwohl ein atlantischer Tiefausläufer nach dem anderen über die Insel jagte und sie mit den schweren Cumuluswolken längst wieder per Du war. Die ersten drei Monate waren bereits geschafft.

Lumme bückte sich und sammelte die Pläne auf, die von ihrem Schreibtisch gerutscht waren. Das Inselaquarium, ein schmuckloser Bau aus Backstein und Beton, stammte aus den Fünfzigerjahren, und seine technischen Anlagen waren hoffnungslos veraltet. Im Herbst des vergangenen Jahres hatte die Landesregierung eine Förderung zum Umbau des Aquariums bewilligt. Die Pläne zeigten, was hier entstehen sollte: großzügige moderne Becken und Schauräume mit interaktiven Elementen – ein Naturerlebnis- und Forschungszentrum. Kein Disney World der Nordsee, aber ein Schaufenster zur Unterwasserwelt, ein Leuchtturmprojekt der Meeresforschung, so versprach es jedenfalls der Prospekt. Die Bauarbeiten sollten im Herbst beginnen.

Während Lumme die Pläne an einer Magnetwand befestigte, fiel ihr Blick auf einen Schnappschuss, den sie dort bei ihrem Einzug angepinnt hatte: Todd und Josh, ihre beiden Männer, beim Basketballspiel im Garten ihres Hauses in Del Mar. Josh schien fast schwerelos durch die Luft zu schweben, der Ball berührte den Ring des Korbes, während sein Vater noch versuchte, den Treffer abzuwehren. Josh grinste in die Kamera; es war fast unheimlich, wie sehr er seinem Vater inzwischen ähnelte. Das gleiche verwaschene Blond, der gleiche selbstbewusste Blick, die athletische Statur. Doch während Lumme ihren Sohn fast körperlich vermisste, waren ihre Gefühle für Todd weniger stark. Sie dachte an ihn, aber er fehlte ihr nicht. Die Leidenschaft ihrer Anfangsjahre war in einem Mix aus Alltag und Gewohnheit versandet. Eine vage Enttäuschung, die sie wohl beide spürten, aber nicht thematisierten, überlagerte das, was einmal ein Abenteuer gewesen war. Sie waren beide Verdränger, dachte Lumme nun, die nicht ansprachen, was sie doch nicht ändern konnten.

»Lumme?« Hennings Stimme drang wieder aus dem Funkgerät. Sie konnte seinen Atem hören, schnell und flach. Kaum zu glauben, dass seine Stimme via Satellit zu ihr kam. »Bist du noch da, Lumme?«

»Ja, ich kann dich hören. Was gibt's?«

Lumme drehte sich um und starrte auf den Kasten des Funkgeräts, der wie ein Laptop aussah. Henning klang aufgeregt, als hätte er etwas Besonderes hochgezogen. Einen uralten Hummer vielleicht oder einen Katzenhai.

»Halt dich fest!«

»Ja?« Lumme schmunzelte, Henning klang wie ein Zirkusdirektor, nach Trommelwirbel und Scheinwerferlicht.

Henning atmete hörbar aus. »*Hippocampus hippocampus*«, sagte er, ein kindliches Staunen in der Stimme. »Wunderschön und quicklebendig.«

»Ein Seepferdchen?« Lumme schüttelte ungläubig den Kopf, dann ließ sie sich rückwärts auf ihren Bürostuhl fallen. »Du spinnst!«

»Nein, nein.« Henning platzte fast vor Stolz, sein Lachen

rollte zu ihr herüber. »Ein Kurzschnäuziges Seepferdchen. Soweit ich weiß, ist seit mehr als dreißig Jahren keines mehr in der Nordsee aufgetaucht.«

»Das gibt's doch nicht!«

Lumme spürte, wie sich ein Kribbeln in ihrem Körper ausbreitete. Ein Gefühl wie von einer Million Luftbläschen, die durch ihre Adern sausten. Ihr Herz schaukelte wie verrückt. Sie sah auf das Poster mit bedrohten Meerestieren, das links neben ihrem Schreibtisch an der Wand hing.

»Wo steckst du genau?«

»Im Tangwald, kurz vor der westlichen Kardinaltonne.« Henning nannte ihr seine Koordinaten.

Lumme zog das Fernglas von der Fensterbank und suchte die Wasserlinie ab. »Meinst du, da sind noch mehr?«, fragte sie.

»Kann gut sein.«

Lumme schwieg. Die unterschiedlichsten Gedanken schossen ihr durch den Kopf. Da draußen, rund zwanzig Seemeilen vor der Insel, sollten im kommenden Jahr die Bauarbeiten für einen gigantischen Windpark beginnen. Mehr als hundert Turbinen, ein monströser Wald aus Beton und glasfaserverstärktem Kunststoff. Und eine tödliche Gefahr für Schweinswale, Seetaucher und Zugvögel. Eine Gruppe von Naturschützern kämpfte vor Gericht immer noch gegen die Genehmigung. Und dieses Seepferdchen …

»Soll ich es fotografieren und wieder runterlassen?«

»Nein, bloß nicht!« Lumme schnappte nach Luft und versuchte, die zappelnden Gedanken in ihrem Kopf einzufangen. »Bring es mit. Ich hol dich am Hafen ab – okay?«

»Du meinst …«

»Hast du mich verstanden?«

»Ja, aber …«

»Du bringst es mit. Punkt.«

Henning zögerte kurz.

»Verstanden. Over.«

Das Funkgerät verstummte, ein beleidigtes Schweigen. Lumme atmete aus. Sie hasste es, die Chefin heraushängen zu lassen. Aber das Seepferdchen war eine wissenschaftliche Sensation. Diese Fische waren geschützt und vom Aussterben bedroht. Sie brauchte das Tier, hier in ihrem Aquarium, und nicht da draußen in den Fluten, wo es wahrscheinlich nie wieder auftauchen würde.

Was für ein Fang!

Lumme bemerkte, dass sie immer noch durch das Fernglas starrte. Einen Moment lang verfolgte sie den Flug einer Silbermöwe, die schreiend über der Strandpromenade kreiste. Dann ließ sie das Glas auf die Papierstapel vor sich fallen und sprang auf. Das Chaos auf ihrem Schreibtisch musste warten.

Lummes Büro befand sich im Arbeitstrakt des Inselaquariums. Die Führung hinter die Kulissen, die sie ab und zu veranstaltete, gab einen Einblick in die Labore und das komplexe Pump- und Filtersystem. Ein verwirrendes Netz aus Leitungen versorgte die Becken mit frischem Meerwasser und schuf so Bedingungen, wie sie in der Nordsee herrschten. Ein Surren und Rauschen lag in der Luft, es roch nach Algen und Salz.

Vorbei an der Hummeraufzuchtstation lief Lumme den Gang entlang auf eine Metalltür zu, die den Forschungsbereich vom öffentlich zugänglichen Schausaal trennte. Das Schloss klemmte, ungeduldig ruckelte sie an der schweren Tür.

Bei den Fischen war es noch dunkel, nur die Schilder zu den Notausgängen schufen geisterhaft grüne Lichtinseln in dem quadratischen Saal. Lumme tastete nach den Lichtschaltern, nach und nach schaltete sie die Beckenbeleuchtung ein. Ein Sonnenaufgang im Schnelldurchlauf. Die gläsernen Behausungen begannen wie Bildschirme zu leuchten und gaben den Blick in die Tiefe frei. Direkt vor sich sah Lumme einen über und über mit Seeanemonen bewachsenen Miniaturfelsen. Die prächtigen Blumentiere schillerten in allen Regenbogenfarben, ihre Tentakel wogten in der leichten Wasserströmung. Kleine silberfarbene Seenadeln flitzten zwischen den Anemonen hin und her.

»Schlafen Fische?«, wurde Lumme während der Führungen durch das Aquarium immer wieder gefragt. Denn offensichtlich besaßen die Tiere ja keine Augenlider, und überhaupt war es schwer vorstellbar, dass sie sich nachts zur Ruhe legten.

»Ja, Fische schlafen, sie verschlafen sogar einen guten Teil ihres Lebens«, antwortete Lumme dann. »Manche legen sich zum Schlafen auch auf die Seite.« Und dann erzählte sie noch von den nachtaktiven Jägern, den Muränen, Makrelen und Zackenbarschen zum Beispiel. Bei Tagesanbruch, wenn die übrigen Fische munter wurden, zogen sie sich zurück.

»Guten Morgen, Fische«, murmelte Lumme, während sie schnell von Becken zu Becken ging, nach ihren Schützlingen sah und die Wassertemperaturen kontrollierte. »Guten Morgen, Flundern. Guten Morgen, Dorsche. Guten Morgen, Seewölfe.« Das Ritual der Morgenrunde war ihr heilig, sogar am Wochenende kam sie häufig ins Aquarium. Und auch jetzt nahm sie sich die Zeit – obwohl sie es kaum erwarten konnte, das Seepferdchen im Hafen in Empfang zu nehmen.

Die Flundern und Dorsche kreisten bereits munter durch

das große Panoramabecken in der Saalmitte, während das Trio der Seewölfe in seinem Becken mürrisch vor sich hin starrte.

»Schlecht geschlafen?« Lumme blieb einen Augenblick bei den Seewölfen stehen und tippte mit den Fingerspitzen gegen das kalte Beckenglas. Jeder Fisch des Inselaquariums hatte seinen eigenen Charakter, es gab Draufgänger und Zauderer, Clowns und Charmeure – und die drei übellaunigen Seewölfe. Die aalartigen, schiefmäuligen Fische mit dem imposanten Raubtiergebiss waren ausgesprochen hässlich. Ein Anblick wie aus dem Gruselkabinett der Natur. Kleine Kinder kreischten vor dem Becken auf, und die älteren zückten ihre Handys, um Fotos von den Monsterwesen zu machen. Wer den Fisch im Restaurant bestellte, bekam ihn nur als Filet auf den Teller.

»Wird schon«, gab sie dem Trio als aufmunterndes Mantra mit in den Tag. »Wir bekommen übrigens gleich Besuch!« Dann musste sie über sich selbst lachen. Wer sie bei ihrer morgendlichen Tour durch das Aquarium beobachtete, würde sich ganz bestimmt über ihre Macken amüsieren.

Lumme hatte sich diesen ganz und gar unwissenschaftlichen Umgang mit Tieren bei ihrer Arbeit mit den Pinguinen angewöhnt. Doch während die gesprächigen Vögel ihr zutraulich durch das Eismeergehege im Sea Water Parc gefolgt waren, antworteten die Fische lediglich mit einem langen, stummen Blick. Im Moment waren nur Lummes Schritte und das leise Surren der Wasser- und Sauerstoffpumpen zu hören. Und selbst wenn das Aquarium um zehn Uhr öffnete, würde sie die Besucher an einer Hand abzählen können. In der Vorsaison kamen nur Hartgesottene auf die Insel, die wegen des Naturerlebnisses und des Reizklimas auch stürmische Überfahrten in Kauf nahmen. Und so zählte das Inselaquarium kaum mehr als ein paar Tausend Besucher im Jahr, während die großen

Aquarien auf dem Festland dank spektakulärer Tropenbecken und Haifischfütterungen jährlich neue Besucherrekorde vermelden konnten.

Doch das sollte sich nach dem Umbau ändern. Das neue Ausstellungskonzept und eine modernisierte Forschungsstation würden den Inseltourismus ankurbeln und zugleich dem Biologischen Institut wieder mehr Bedeutung verleihen. Nach einem letzten Blick auf den ältesten Bewohner des Aquariums, einen fast achtzigjährigen Stör mit melancholischem Silberblick, verließ Lumme den Saal durch die vordere Tür und stand im Eingangsbereich des Aquariums. Auch hier war alles still. Frau Graumann, die an der Kasse arbeitete, würde erst in einer halben Stunde kommen. Lumme schrieb ihr eine Notiz, dann zog sie ihren Parka von der Garderobe, schloss die Eingangstür auf und stemmte sich gegen den Wind.

Zwei

Die Strandpromenade der Insel führte vom Aquarium bis hinunter zum Hafen. Lumme stülpte sich die Kapuze über den Kopf und stopfte das flatternde Haar darunter. Böen aus Nordwest, Stärke fünf bis sechs, das war schon etwas mehr als eine frische Brise. Das Wasser zu ihrer Linken schlug hart auf den Strand, die Flaggen an den Fahnenmasten entlang der Promenade knatterten und fauchten, weiter draußen türmten sich die Wellen unter weißem Schaum. Für eine Landratte wäre es jetzt auf See schon ungemütlich, Lummes Magen begann bei Windstärke acht zu rotieren. Henning dagegen behauptete, ihm sei noch nie schlecht geworden. Nur einmal, nach Lummes Einstand in der Inselkneipe vor ein paar Wochen, hatte er flachgelegen.

»Hey, Johann!«, grüßte Lumme einen Fischer, der ihr in seinem leuchtenden Ölzeug entgegenkam. Auf der Insel kannte jeder jeden, und bei einer Fläche von nicht einmal zwei Quadratkilometern, die vorgelagerte Düne eingeschlossen, begegnete man sich oft mehrmals täglich. »Ein Albtraum«, wie Todd befunden hatte. Er war nur einmal auf der Insel gewesen.

Auch Lumme musste sich erst wieder an die Enge gewöhnen. Und an die vielen alten Leute, die auf der Insel lebten. Doch inzwischen fand sie es herrlich, jedenfalls an guten Tagen. Und an schlechten Tagen zog sie sich die Kapuze einfach noch ein Stück tiefer in die Stirn.

»Hey, Lumme.« Johann hob das Kinn und nickte ihr zu. Sein zerfurchtes Meergesicht hellte sich für einen Moment auf, dann bog er in eine der Gassen ein, die vom Wasser zur rötlich schimmernden Felskante führten. Die Insel teilte sich in das Unter- und das Oberland, sie glich einem Dorf auf zwei Etagen. Eine lange Treppe verband die beiden Ebenen. Wer keine Lust hatte zu laufen, fuhr mit dem Fahrstuhl durch den Felsen nach oben. Die bunten Häuser, einem Architekturwettbewerb aus den Fünfzigerjahren entsprungen und deshalb denkmalgeschützt, waren klein und würfelförmig. Elegante Bäderarchitektur oder friesische Heimeligkeit unterm Reetdach suchte man auf der Insel vergebens, das hatte der Zweite Weltkrieg in Schutt und Asche gelegt. Auch das Kaiserliche Schauaquarium, einst ein stolzer Backsteinbau mit Gründerzeitfassade und Türmchen, war im Krieg zerstört worden.

Der Wind trieb Lumme voran, sie passierte eines der größeren Hotels und die Seebrücke. Hinter der Brücke blieb sie kurz stehen. In einem Glaskasten hatten die Landesregierung und der schwedische Energiekonzern Informationen zum geplanten Windpark ausgehängt. »Wind als lohnende Zukunftsinvestition«, hieß es da verheißungsvoll. Nachdenklich sah Lumme über den Strand und aufs Meer. Dann winkte sie Henry zu, den sie schon von klein auf kannte. Der windgebeugte Brückenkapitän stand einsam auf seinem Posten und wartete auf die einzige Fähre, die heute kommen würde. Beim Weiterlaufen hörte sie ihren Namen.

»Hast du Zeit?« Boje Hansen, trotz seiner achtzig Jahre immer noch rotblond und kerzengerade, in kariertem Hemd und mit blauer Schürze, stand in der Tür seiner Pension und winkte. Er musste sie schon eine Weile beobachtet haben. Für

Lumme war es fast unmöglich, an der *Möwe* vorbeizugehen, ohne ihrem Vater in die Arme zu laufen.

Sie sah auf die Uhr, Henning würde in einer Viertelstunde anlegen. »Fünf Minuten!«, rief sie zurück und überquerte den Rasenstreifen vor der Pension. Im Windfang zog sie sich die Kapuze vom Kopf. »Gibt's schon Kaffee?«

Ihr Vater streckte den Daumen nach oben und hielt ihr die Tür auf. »Wir sind unter uns«, murmelte er verschwörerisch, als sie ihm einen Guten-Morgen-Kuss auf die Wange drückte. »Die Drei ist noch im Schwimmbad.«

»Na, der ist ja tapfer.« Lumme schälte sich aus ihrem Parka und ließ sich auf einen Stuhl im Frühstückszimmer fallen. Die Pension hatte zwölf Zimmer. Eins und Zwei, im Erdgeschoss und nach hinten gelegen, bewohnte ihr Vater, und die Zwölf, ein kleines Studio mit Küchenzeile unterm Dach, hatte Lumme bezogen. Die Drei im ersten Stock, Doppelbett, Balkon und Meerblick, beherbergte einen älteren Herrn aus dem Ruhrgebiet. Einer der Hartgesottenen und derzeit der einzige Gast in der *Möwe*. Wenn er vom Morgenschwimmen zurück war, servierte ihr Vater ihm das Frühstück. Kaffee, Rührei, Krabben und selbst gebackenes Schwarzbrot.

»Ist sein letzter Tag heute.« Boje schob Lumme einen dampfenden Becher und ein Kännchen mit Milch herüber, dann bestrich er ihr schnell ein Stück warmes Schwarzbrot mit Butter und streute Zucker darauf.

Nervennahrung. Lumme lächelte dankbar. Als Kind hatte sie Schwarzbrot mit Zucker immer dann bekommen, wenn sie Kummer hatte. Ein süßer Trost, die Geheimwaffe ihrer Eltern. Die Süßigkeit konnte Tränen trocknen und Streit schlichten. Nur nach der Katastrophe vor zwanzig Jahren hatte sie versagt. Lumme lehnte sich zurück und pustete in den heißen

Kaffee, um den Schwall düsterer Gedanken in die hinterste Kammer ihrer Seele zurückzudrängen. Eine Strategie, die sie über die Jahre perfektioniert hatte. Alles Dunkle aus dieser Zeit war dort zu einem schwarzen Block aus Eis gefroren. Tintenfischeis, massig und undurchdringlich. Dann biss sie in das Butterbrot. Der Zucker knirschte zwischen ihren Zähnen. »Ist nicht viel los, oder?«

»Nee …« Ihr Vater schüttelte den Kopf und setzte sich zu ihr an den Tisch. »Im Mai zieht es dann ein bisschen an.«

»Vielleicht solltest du doch mal über eine Renovierung nachdenken, Papa.«

Während sie aß, ließ Lumme ihren Blick durch den Frühstücksraum schweifen. Dunkles Holz, dunkler Teppich, blauweiß gestreiftes Geschirr. Der solide Geschmack einer anderen Zeit. Dazu die großformatigen Fotografien ihrer Mutter. Wellen und Möwen, Möwen und Wellen. Damit war sie schon aufgewachsen.

»Ich hab doch erst letztes Jahr gestrichen.«

»Ich meine nicht nur streichen, Papa. Ich meine neue Möbel, neuer Teppich, neue Speisekarte. Ein neuer Look …« Lumme stockte, weil sie spürte, wie kalt das Wort in diesem Moment klang.

»Der Mama hat es immer gefallen. Und die Stammgäste, die kommen doch auch noch.« Boje schüttelte den Kopf, seine Hände verhakten sich unter der Schleife seiner Schürze, die er vor dem Bauch gebunden hatte. Eine kleine aufgestickte Möwe saß über seinem Herzen.

»Mama hätte bestimmt etwas verändert, wenn sie noch die Kraft dazu gehabt hätte.«

Lumme sah auf das Brett mit dem Schachspiel, das auf dem hintersten Tisch am Fenster stand. Die letzte Partie ihrer

Eltern – unvollendet. Der Krebs hatte den letzten Zug getan. Ihr Vater weigerte sich, die Figuren einzuräumen. Es sah so aus, als wartete er darauf, dass sie zurückkam.

»Ach, Lumme – in meinem Alter krieg ich doch keinen Kredit mehr.«

Boje sah zur Seite, das volle Haar fiel ihm in die Stirn. In einem anderen Leben hätte er vielleicht als Robert-Redford-Double Geld verdienen können. Doch sein Zögern stand in einem seltsamen Kontrast zu der Vitalität, die sein Körper immer noch ausstrahlte.

»Hast du denn überhaupt einmal bei der Bank angefragt?«, murmelte Lumme. Sie trank noch einen Schluck Kaffee, dann suchte sie in dem Durcheinander ihrer Hosentaschen nach einem Zopfgummi und band sich das Haar zurück. Als sie aufsah, fing sie einen Blick ihres Vaters auf.

Lumme glaubte zu ahnen, was er gerade dachte. Sie wusste, dass sie ihrer Mutter ähnlich sah und dass ihr Anblick ihren Vater manchmal melancholisch stimmte. In ihrer Erinnerung leuchtete das Gesicht ihrer Mutter auf, und diesmal ließ sie die Bilder zu. Isabella Hansen war nicht von der Insel gewesen, ihr Vater hatte sie bei Freunden in Süddeutschland kennengelernt. Ein Großteil der mütterlichen Verwandtschaft stammte sogar aus einem Dorf bei Palermo. Lumme hatte das dunkle, leicht wellige Haar der Mutter geerbt, den vollen Mund, sogar das kleine Muttermal auf der Wange war auf sie übergesprungen, nicht jedoch die ansteckende Fröhlichkeit, das sonnige, fast überschäumende Temperament. Nur beim Schachspiel hatte Isabella länger als zehn Minuten stillsitzen können. Lumme war, als könnte sie die Silhouette ihrer Mutter sehen, die sich im Fensterglas spiegelte. Sie hielt den Atem an, doch im nächsten Augenblick zerstob das Bild.

Lumme schüttelte den Kopf, um die sich erneut anschleichende Traurigkeit zu vertreiben. Sie schob den Stuhl zurück und stand auf. »Ich muss los, Papa. Henning wartet mit der Ladung auf mich. Ich hab ihm versprochen, dass ich ihn abhole.«

»Schaffst du es zum Mittagessen?«

»Ich glaube nicht.« Sie schlüpfte in den Parka, den Boje ihr hinhielt, und begegnete seinem enttäuschten Blick. »Ich helfe dir heute Abend mit der neuen Homepage, okay? Vielleicht tut sich ja was bei den Buchungen, wenn wir die ein bisschen aufmöbeln.«

»Grüß die Fische!«

Ihr Vater drückte sie kurz, dann schob er sie zur Tür hinaus. Draußen war es noch frischer geworden. Das Wasser klatschte auf den Strand, beim Zurückrollen riss es Steine und Muscheln mit sich. Ein ungeduldiges Rauschen, wie der Chor einer dramatischen Oper.

Das Seepferdchen!

Lummes Gedanken eilten ihren Schritten voraus, sie kreisten wieder um den Fang. *Hippocampus*, das hieß Pferderaupe. Die alten Griechen hatten die seltsamen Tierchen für die Nachfahren jener Rösser gehalten, die Poseidons Streitwagen zogen. Im nächsten Moment hatte sie Josh vor Augen. Als sie das erste Ultraschallbild ihres Sohnes in den Händen gehalten hatte, hatte sie unwillkürlich an ein Seepferdchen denken müssen. Denn was hätte dieser winzige gebogene Schatten in ihrem Inneren auch anderes sein sollen als ein Fabelwesen? Dann erst fragte sie sich, wie sie in der Eiswüste der Antarktis hatte schwanger werden können. Ausgerechnet an einem Ort, der so lebensfeindlich war. Sie hatte ihn sich zum Start ihrer wissenschaftlichen Karriere ausgesucht. In der internationalen

Forschungsstation auf dem Ekström-Schelf hatte Lumme die polaren Planktonströme erforscht. Doch dann war ihr Todd begegnet – Todd Summers aus San Diego, Wellenreiter und Meeresbiologe mit deutschen Vorfahren. Sein lakonischer Witz, seine lässige Intelligenz und ein überzeugendes Maß an Testosteron hatten Lumme mitgerissen. Herz über Kopf. Ihre Verliebtheit, stürmisch und hoffnungslos unvernünftig, hatte für eine Weile sogar ihre vereiste Seele erwärmt. Und all ihre Pläne auf den Kopf gestellt. Sie war bei Todd geblieben, ihm nach San Diego gefolgt, hatte ihren Sohn bekommen – und Pinguine gepflegt. Und nun, fast zwanzig Jahre später, war sie wieder auf der Insel. Zurück an jenem Ort, von dem sie damals geflohen war. Bis an den Südpol.

Alles auf Los, dachte Lumme und breitete die Arme aus, als könnte sie fliegen. Der Wind trieb sie voran.

Drei

Der Hafen war eine der malerischsten Ecken der Insel, jedenfalls bei Sonnenschein. Bunte Holzhäuschen flankierten die Promenade, die hier Hafenstraße hieß. Früher hatten Fischer in den Hummerbuden gelebt, heute waren meist Kneipen und Souvenirlädchen darin untergebracht. Maritimer Kitsch, Zollfreies oder Eis am Stiel statt Räucherfisch und Angeltörns. Fischer gab es nur noch wenige, auf dem Wasser schaukelten einige der robusten offenen Holzboote, Segelschiffe und die größeren Passagierfähren legten an den Molen und Kajen der angrenzenden Hafenbecken an. Im Sommer ankerten die weißen Seebäderschiffe auf Reede, wie die kleine Meeresstraße zwischen der Hauptinsel und der Düne genannt wurde, dann wurden die Passagiere mit den Börtebooten an Land gebracht. Das Ausbooten war längst nur noch Folklore, gehörte aber zur Insel wie die Gondeln zu Venedig.

Von der Straße wechselte Lumme auf einen Holzsteg am Wasser. Sie war rechtzeitig da, soeben bog Henning mit dem Motorboot des Inselaquariums ins Hafenbecken ein. Als die *Neptun* parallel zum Steg lag, fing Lumme die Leinen auf, die er ihr zuwarf.

»Hey, Lumme!« Nachdem das Boot an seinem Platz vertäut war, sprang Henning an Land. Grinsend hielt er ihr einen der kleinen weißen Kunststoffbehälter entgegen, in denen er die Wasserproben sammelte.

»Ist es da drin?«

»Eben war's noch da.«

»Mensch, Henning!« Lumme verdrehte die Augen. Sie nahm ihm das Gefäß aus der Hand und schraubte den Deckel ab.

Da war … etwas. Lumme legte den Kopf leicht schief, um besser sehen zu können. In dem halben Liter Nordseewasser schaukelte ein kleiner dunkler Körper. Von oben sah sie auf den mit Stacheln bewehrten, gebeugten Nacken. Ein dunkler, gepanzerter Halbmond. Das Kerlchen, so schätzte sie, konnte kaum größer als sieben oder acht Zentimeter sein.

»*Hippocampus hippocampus.*« Lumme schüttelte staunend den Kopf, der Wind trug ihre Worte davon. Sie konnte es kaum abwarten, das Tier genauer zu untersuchen. Ihr Herz pochte ungeduldig, wilde, schaukelnde Schläge unter ihren Rippenbögen.

Henning sah sie triumphierend an und pflückte sich die Wollmütze vom Kopf. Mit der Hand fuhr er sich durch das salzverklebte lockige Haar. »Ich habe meinen Augen nicht getraut. Hing an einem Algenstrang. Beifang, wenn du so willst.«

Beifang mit Sprengkraft, dachte Lumme. Sie schraubte den Deckel wieder zu und sah Henning an. Ahnte er überhaupt, was er da an Land gezogen hatte?

»Der *Inselbote* bringt bestimmt ein Foto.« Henning sprang zurück aufs Boot und hievte den Fang an Land. »Vor ein paar Jahren hatten wir hier einen riesigen Taschenkrebs, Scheren wie ein Schaufelradbagger. War 'ne schöne Story. Sogar auf dem Festland haben sie es gebracht.«

»Warte mal, Henning …« Lumme hielt den Probenbehälter hoch. »Das hier bleibt vorerst unter uns, ja?«

Henning stutzte kurz, dann verstaute er eine Kiste mit

Proben in seinem Handkarren. Er sah sie nicht an, aber an seinen schnellen, fast trotzigen Bewegungen erkannte Lumme, dass er sie verstanden hatte. Irgendetwas arbeitete in ihm, schließlich drehte er sich mit einem Ruck zu ihr um. Sein orangefarbenes Ölzeug quietschte und flatterte im Wind.

»Du willst es denen da zeigen, oder?« Er wies auf das westliche Hafengelände, wo der schwedische Energiekonzern begonnen hatte, Unterkünfte für seine Monteure und Techniker zu bauen. Die Insel sollte zur Servicestation für den Windpark werden. Die Insulaner erhofften sich davon neue Arbeitsplätze und einen neuen Kurs für die Insel.

»Ja, vielleicht.« Lumme nickte, vor ihrem inneren Auge sah sie den Kasten mit den Informationen zum Windpark. Auf dem Meer waren in einem ersten Schritt einhundertzwanzig Turbinen mit einer Leistung von mehr als siebenhundert Megawatt geplant. Strom für viele Hunderttausend Haushalte. Der Konzern wollte mehr als eine Milliarde Euro vor der Insel investieren.

»Du glaubst doch nicht wirklich, dass ein Seepferdchen den Windpark verhindern kann?« Henning zog die Augenbrauen hoch, als hätte sie den Verstand verloren.

»Na, auf jeden Fall ist es eine Chance, das Genehmigungsverfahren noch einmal zu hinterfragen«, erwiderte Lumme ausweichend. »Die Leute vom Naturschutzbund sind jedenfalls der Meinung, die Baugenehmigung hätte niemals erteilt werden dürfen. Die klagen doch immer noch.«

»Das ist keine Chance, das ist ein Himmelfahrtskommando.« Henning stemmte die Arme in die Seite, wieder quietschte das Ölzeug. »Du weißt doch, dass die Insel den Windpark braucht. Hundertfünfzig neue Arbeitsplätze! Wir sind alle dafür. Ich auch.«

»Wie kannst du dafür sein?« Lumme schüttelte verständnislos den Kopf, denn jeder Gedanke an den Windpark war wie ein Hammerschlag, der in ihrem Inneren hallte. Ein wütender, dröhnender Schmerz. Die Baustelle am Meeresgrund gefährdete vor allem die lärmempfindlichen Schweinswale, die nahe der Küste kalbten. Und der Windpark würde eine Gefahr sein für Abertausende von See- und Zugvögeln, die auf der Insel rasteten oder brüteten. Sie bemerkte, dass sie vor Empörung rote Wangen bekam. Das Blut rauschte ihr in den Ohren. Sie zeigte aufs Wasser hinaus. Im Naturschutzgebiet rund um den Felssockel fand man so viele verschiedene Tiere und Pflanzen wie an keinem anderen Ort in der Deutschen Bucht. »Bei uns gibt es Arten, die man nirgendwo sonst auf der Welt findet«, fauchte sie ihn an.

»Der Windpark liegt weit vor der Insel. Und vor dem Felswatt. Und dein marines Wunderland beschäftigt gerade mal zwei Personen – dich und mich.« Henning sah sie immer noch an, dann lachte er plötzlich auf. »Und Frau Graumann«, fügte er grinsend hinzu.

»Und Frau Graumann.« Lumme lachte mit, die Spannung zwischen ihnen löste sich. Frau Graumann schien ihren Dienst im Schlaf zu absolvieren. Sobald sie hinter der Aquariumskasse saß, fiel sie in eine Art Trance. Versöhnlich klopfte Lumme Henning auf die Schulter. »Und wenn das neue Aquarium kommt, dann kommen auch wieder mehr Touristen.«

»Ach, Lumme, du warst zu lange weg. Das hier ist nicht Hollywood. Die haben uns auf der Insel schon so viel versprochen. Marina, Wellness, Sandaufspülung und Golfhotel, hü und hott. Der Windpark ist das einzige Projekt, das es über die Planungsphase hinaus geschafft hat.« Henning verstaute die letzten Proben im Handkarren. »Die bauen doch schon,

Lumme«, fuhr er fort und klang dabei so, als müsste er sich selbst überzeugen. »Und du glaubst doch nicht, dass die Schweden hier anfangen würden, wenn sie sich ihrer Sache nicht tausendprozentig sicher wären? Die setzen ihre Milliarde doch nicht in den Sand.«

»Tausendprozentig gibt's nicht, Henning. Hier nicht und anderswo auch nicht.«

Henning sah sie von der Seite her an, seine Stimme klang nun ernst. »Du bist nur für ein Jahr hier, Lumme. Wenn du hier fertig bist, gehst du zurück nach Kalifornien. Du wirst die Veränderungen überhaupt nicht mitbekommen. Aber ich, ich bleibe hier. Und ich hätte auch gern eine Familie – und so etwas wie eine Perspektive.«

So etwas wie eine Perspektive, echote es in Lummes Kopf. Eine zaghafte, sehnsuchtsvolle Stimme. Hätte ich auch gerne, dachte sie. Als Henning ihr den Behälter mit dem Seepferdchen aus dem Arm nehmen wollte, trat sie einen Schritt zurück. »Den Beifang trage ich«, sagte sie trotzig. »Nicht dass er dir noch runterfällt.«

Henning runzelte die Stirn, aber er erwiderte nichts. Mit einem Ruck zog er den Handkarren an. Gemeinsam machten sie sich auf den Weg zurück zum Inselaquarium.

»Wo lassen wir es denn?«

Sie hatten sich eine Weile schweigend gegen den Wind gestemmt. Der Himmel war noch dunkler geworden. Vereinzelte Tropfen, die ihnen ins Gesicht schlugen, kündigten einen Schauer an. Henning sah sie von der Seite fragend an.

Lumme zuckte mit den Schultern. »Auf jeden Fall müssen wir es eine Weile isolieren und beobachten. Nicht dass es uns noch etwas einschleppt. Milben oder Pilze.«

»Ich glaube, es ist ein Männchen.«

Trotz des schweren Handkarrens kam Henning mit seinen langen federnden Schritten schnell voran. Lumme hatte Mühe mitzuhalten, sie schnappte nach Luft. »Hast du eine Bruttasche gesehen?«

Bei den Seepferdchen war das Kinderkriegen Männersache. In einer Tasche am Bauch brütete das Männchen nach der Paarung bis zu zweihundert Eier aus. Am liebsten hätte sie den Fang an Ort und Stelle untersucht.

»Ich glaube schon.«

»Vielleicht ist es sogar trächtig? Stell dir vor, einen ganzen Stall voll Mini-Seepferdchen auf einen Schlag.«

»Ist noch ein bisschen früh, oder?« Henning bedachte sie mit einem skeptischen Blick.

»Ja klar, du hast recht.« Lumme nickte, unter Wasser kannte Henning sich fast ebenso gut aus wie sie. Und bei den Nordseefischen machte ihm so schnell keiner was vor. Natürlich wusste er, dass es für Seepferdchensex derzeit noch zu kalt war. »Noch nicht kuschelig genug, oder?«

Henning lachte leise, und Lumme fragte sich, woran er gerade dachte. Bei ihrem Einstand hatte er ihr nach der dritten Runde Friesengeist anvertraut, dass er sein Glück im Netz suchte. Er war ein paar Jahre jünger als sie und eigentlich ganz ansehnlich, wenn man kein Muskelpaket erwartete und nichts gegen Locken hatte. Lumme mochte seine unaufgeregte Art – und sein Lachen. Henning gehörte zu der Sorte Mann, die über sich selbst lachen konnte. Ein ausgeprägter Lachmuskel stanzte ihm Grübchen in die Wangen, die seinem Gesicht etwas Schelmisches verliehen. Er wirkte stets heiter, selbst wenn es anders in ihm aussah. *Nord_Friese*, das war sein Nickname im Datingportal. Er hatte sich – ganz Biologe – als »männlich, schlank, Nichtraucher« beschrieben, dazu noch »lange Füße, sportlich und naturverbunden«.

»Vielleicht ein bisschen nüchtern«, hatte Lumme bemerkt, als er sie ganz unbefangen nach ihrer Meinung gefragt hatte.

Henning hatte den Kopf geschüttelt und sich noch einen Friesengeist bestellt. »Da draußen sind doch schon jede Menge Tigerhaie unterwegs. Mein Handicap ist die Insellage. Bislang ist noch jede abgesprungen, der ich verraten habe, wo ich lebe. Als Insulaner ist man eben schwer vermittelbar. Wenn die Mädels hören, dass im Winter nur einmal die Woche ein Schiff aufs Festland fährt, kriegen sie doch sofort Beklemmungen. Als müsste man jederzeit zum Shoppen nach New York fahren können oder sonst was erleben.«

»Dann brauchst du halt 'ne Wasserfrau und keine Shoppingqueen.« Lumme erinnerte sich, dass sie zu diesem Zeitpunkt auf Mineralwasser umgestiegen war, weil ihr der Schnaps zu Kopf stieg. Fünfzig Prozent! Doch Henning hatte munter weitergetrunken, als gäbe es kein Morgen.

»Meinst du, man kann dich klonen?«, hatte er sie irgendwann nach Mitternacht gefragt, während seine dunklen, runden Seehundaugen nach einem Punkt gesucht hatten, an dem sie sich festhalten konnten.

Lumme hatte nur gelacht und bezahlt. Dann hatte sie Henning bis vor seine Haustür gebracht und ihn dort wie einen Koffer abgestellt. Am nächsten Morgen hatte er sich krankgemeldet. Und als er wieder fit gewesen war, hatten sie nicht mehr darüber gesprochen.

»Ich hab übrigens umgestellt.« Henning lachte noch immer. Der Regen war nun stärker geworden, er blieb einen Moment stehen und zog Lumme fürsorglich die Kapuze über den Kopf, bevor er seine Mütze wieder aufsetzte.

»Umgestellt, was denn?«

»Meine Suche auf Net-Dating …«

»Und?« Lumme drückte sich das Gefäß mit dem Seepferd-chen gegen die Brust. Der Wind kam nun von vorn, in immer heftigeren Böen, als wollte er ihr den kleinen Schatz aus den Armen reißen. Die Wolken waren schwarze Giganten, der Regen wurde noch stärker.

»Wassermann sucht Wasserfrau. Wie findest du das?«

»Wassermann sucht Wasserfrau.« Da war sie wieder, die Stimme in ihrem Kopf. Wenn sie auf der Suche wäre …

Sie hatten das Aquarium fast erreicht, der Regen rauschte nun herab wie ein Vorhang aus Wasser. Lumme sprintete los, um nicht von Kopf bis Fuß durchnässt zu werden.

»Komm schnell!« Henning überholte sie und riss die Tür für sie auf. Dann zog er den Handkarren um das Gebäude her-um. Auf der anderen Seite des Aquariums gab es einen zwei-ten Eingang, der direkt zum Labor und zu den Arbeitsräumen führte. »Wir sehen uns hinten.«

»Guten Morgen, Frau Graumann.« Lumme stellte den Pro-benbehälter kurz auf den Kassentresen und schüttelte sich wie ein Hund. Oben herum war sie einigermaßen trocken ge-blieben, doch Jeans und Sneakers waren pitschnass. Sie hätte Gummistiefel anziehen sollen.

»Ja?« Frau Graumann war schon in ihre Meditationshal-tung gesunken, sie sah nicht auf. Lumme vermutete, dass sie unter dem Tresen Kreuzworträtsel löste, während Henning auf einen Stapel Klatschzeitschriften tippte. Ein buntes Allerlei.

»Ich lass die nasse Jacke mal hier, Frau Graumann.« Lumme hängte den Parka über einen der Haken im Eingangsbereich. Nach kurzem Zögern zog sie auch die Schuhe aus. Bei dem

Wetter würde ohnehin niemand kommen. Auf klammen Socken, das Seepferdchen im Arm, lief sie durch den menschenleeren Schausaal nach hinten.

Im Arbeitstrakt hatte Henning den Karren in eines der Labore geschoben. Bevor der Tagesfang verschickt wurde, mussten sie die Präparate noch aufbereiten. Einige Organismen wurden konserviert oder getrocknet, andere lebend versandt und so verpackt, dass sie ihr Ziel auch unversehrt erreichten.

»Nasse Füße?«

»Kalte Füße.« Lumme stellte das Seepferdchen auf einem der Labortische ab und sah sich nach einem größeren Behälter um, in dem sie ihrem Schützling ein provisorisches Zuhause einrichten konnten.

»Willst du Puschen?«

»Du hast Puschen – hier?«

»Größe 44.« Henning hatte sich aus seinem Ölzeug geschält, er öffnete einen Schrank mit Verpackungsmaterial und zog einen Schuhkarton daraus hervor. »Noch nie getragen. Hat mir meine Mutter mal zu Weihnachten geschenkt. Sind mir aber zu klein, kannst du also gerne haben.«

»Danke.« Verblüfft nahm Lumme den Karton entgegen. Im nächsten Moment hielt sie ein Paar Hausschuhe aus Lammfell in der Hand. Als sie hineinschlüpfte, wurde ihr sofort wärmer. Vorsichtig schlappte sie in den viel zu großen Schuhen zum Regal mit den Zehn- und Zwanzig-Liter-Behältern.

»Was hältst du davon, wenn wir es zu den Hummern stellen?«

»Ja, vielleicht.« Lumme zog einen der größeren Behälter heraus, wusch ihn aus und füllte ihn mit Meerwasser. Sie dachte nach. Zwei Räume weiter, in der Aufzuchtstation, zogen sie kleine Hummer auf – vom Ei bis zum Alter von einem Jahr.

Wenn die Tiere groß genug waren, markierte Henning sie, dann wurden die jungen, kaum fingergroßen Krebse in den Sommermonaten auf dem Felssockel der Insel ausgewildert. Der Raum war kühl und auf die Bedürfnisse der Junghummer ausgerichtet.

»In deinem Büro ist es zu warm.« Henning reichte ihr ein Büschel Tang und Seegras. Lumme setzte die Pflanzen in das Becken und beschwerte sie mit Steinen aus dem Felswatt, die im Regal in einer Kiste lagerten.

»Kuschelig.« Henning sah ihr über die Schulter.

»Okay, dann wollen wir mal.«

Lumme schraubte den Probenbehälter auf und ließ seinen Inhalt vorsichtig in das Becken gleiten. Mit einem sanften Schubs rutschte das Seepferdchen in sein neues Zuhause.

»Da ist es!« Unwillkürlich hatte Lumme ihre Stimme gesenkt. Sie ging in die Knie, um das Seepferdchen besser sehen zu können. Für einen Moment stand das Tierchen still, dann suchte es instinktiv Schutz zwischen den Algen.

»Es ist tatsächlich ein Männchen.« Lumme nickte Henning anerkennend zu.

»Ein Single.« Henning ging ebenfalls in die Knie und beobachtete seinen Fang.

»Na, jedenfalls ist er nicht schwanger. Vielleicht hast du ihn da draußen aus den Armen seiner Liebsten gerissen?«

»Hör auf!« Henning knuffte sie in die Seite. Seepferdchen galten als ausgesprochen liebesbedürftige Tiere, sie waren ihrem Partner ein Leben lang treu. »Ich hab mal gelesen, dass sie wochenlang trauern, wenn der Partner stirbt«, fuhr er fort.

Lumme musste schlucken, sie war fast ein wenig gerührt. Seepferdchen hatten etwas ungemein Drolliges an sich. Vielleicht, so überlegte sie, weil die Tiere tatsächlich wie Märchenwesen aussahen. Und weil man sich bei ihrem Anblick wieder wie ein staunendes Kind fühlte. Alles Schwere fiel von einem ab. Im nächsten Moment dachte sie an ihren Sohn. Sie hätte Josh jetzt gerne in die Arme genommen und die Nase an jener Stelle in seinem Nacken vergraben, wo er immer noch wie ein Baby roch.

»Wo mag er nur herkommen?«

»Vor Portugal und Spanien gibt es noch Seepferdchen. Vielleicht ist er mit der Strömung durch den Ärmelkanal in die Nordsee gelangt«, überlegte Henning laut. »Und vielleicht haben sich die Seegraswiesen vor der Insel doch stärker erholt, als wir bislang angenommen haben. Dann könnten sich die Seepferdchen hier tatsächlich wieder heimisch fühlen.«

»Du meinst also, da unten sind wirklich noch mehr?«

Lumme stand wieder auf, Henning sah zu ihr hoch.

»Wir müssten tauchen gehen.«

»Oder darauf hoffen, dass sich demnächst ein Fischer bei uns meldet, der noch ein Seepferdchen hochgezogen hat.«

»Wenn wir ihn hierbehalten, müssen wir ihm auf jeden Fall eine Partnerin suchen.« Henning streckte sich wieder, er grinste von einem Ohr zum anderen. »Seepferdchenmann sucht Seepferdchenfrau …«

»Für alles, was zu zweit mehr Spaß macht.« Lumme ließ sich von ihm anstecken, sie kicherte. »Seepferdchensex nicht ausgeschlossen.«

Henning lachte laut auf. »Fürs Erste hätte ich ein paar Wasserflöhe im Angebot. Mit vollem Bauch schwimmt es sich besser.« Er langte nach einem der kleineren Probenbehälter, die er mitgebracht hatte, und schraubte ihn auf. »Fangfrisch auf den Tisch.«

»Wahrscheinlich ist er schon ganz ausgehungert«, nickte

Lumme. Seepferdchen waren Räuber und fraßen am liebsten den ganzen Tag. Zu ihrer Beute gehörten kleine Krebstiere, Schwebgarnelen, Wasserflöhe und Fischlarven. Sie nahm Henning den Behälter aus der Hand und goss ein paar Wasserflöhe ins Becken.

Ihr Schützling hatte seinen Greifschwanz um eine der Algen geschlungen. Als er die Flöhe erblickte, saugte er sie blitzartig auf. Staunend sahen sie ihm beim Fressen zu.

»Na, der fühlt sich doch schon ganz wie zu Hause.« Henning lachte wieder auf und sah kurz zu ihr herüber.

Lumme atmete erleichtert aus, die Anspannung, die sie seit dem Morgen begleitet hatte, löste sich. Schweigend standen sie vor dem Becken. Ein merkwürdiger Augenblick der Stille. Lumme bemerkte, wie sich ihr Atem beruhigte und sanft durch ihren Körper floss. Der Windpark schien in diesem Moment nicht mehr als ein ferner Spuk zu sein.

»Hey, Lumme …« Henning stupste sie leicht in die Seite. »Wir haben noch jede Menge zu tun. Soll ich ihn rübertragen?«

»Hm?« Lumme konnte ihren Blick kaum von dem Seepferdchen lösen. Sein kleiner graziler Körper schwebte fast schwerelos durch das Becken, es schien mit sich selbst zu tanzen.

»Das Seepferdchen, soll ich es zu den Hummern rüberbringen?«

»O ja, bitte.« Lumme gab sich einen Ruck. Henning hatte recht, es war noch viel zu tun. Vor allen Dingen aber musste sie den Fund melden. »Stell es ganz nach hinten, falls doch jemand einen Blick hineinwirft.«

»Wer soll denn … Frau Graumann vielleicht?«

Henning hob das Becken an und trug es aus dem Labor. Lumme schlappte hinterher und hielt ihm die Tür zur Aufzuchtstation auf. *Hummerkindergarten* hatte ihr Vorgänger vor Jahren mit schiefen Buchstaben an die Tür gepinselt. Der Raum war etwa dreißig Quadratmeter groß, auf langen Tischen und in Regalen standen zahllose graue und grüne Plastikwannen, in denen die jungen Hummer in kleinen Einzelzellen heranwuchsen. Fast tausend Tiere päppelten sie hier Jahr für Jahr auf, trotzdem kämpfte die Hummerpopulation rund um die Insel ums Überleben.

Henning durchquerte den Raum und stellte das Becken im hintersten Regal auf Kniehöhe ab. Dann schloss er es an die Sauerstoffzufuhr an. Von der Tür aus war das Seepferdchen nicht mehr zu sehen.

Lumme ließ den Blick noch einmal durch den Raum schweifen. Hummer kamen in Deutschland nur noch rund um die Insel vor. Vor dem Zweiten Weltkrieg hatten die Inselfischer noch unfassbare Mengen davon gefangen, bis zu achtzigtausend Tiere pro Jahr. Heute waren es noch knapp dreihundert Stück. Im Institut untersuchten sie, was den Krebsen da draußen so zu schaffen machte. War es die Meeresverschmutzung oder doch die ansteigenden Wassertemperaturen? Sie schaute in eine der Plastikwannen, wo jede einzelne Kammer mit einer Nummer codiert war. Vielleicht würde es ihnen ja gelingen, die Seepferdchen wieder in der Nordsee heimisch zu machen?

Henning war ihrem Blick gefolgt, er fing ihn ab. »Am liebsten würdest du hier wohl auch noch Seepferdchen aufpäppeln, was?« Seine Stimme klang fast ein wenig spöttisch, als hielte er ihre Begeisterung für das Tier lediglich für eine alberne Schwärmerei oder einen ausgeprägten Fall von Mutterinstinkt.

»Warum nicht?« Lumme hielt seinem Blick stand, herausfordernd stemmte sie die Arme in die Seiten.

»Lumme, wenn wir dem Windpark den Stecker ziehen, dann zünden die uns hier die Hütte an.«

»Ach, was …« Lumme machte eine beschwichtigende Geste. »Du hast zu viele schlechte Filme gesehen.«

Henning schüttelte den Kopf, er sah aus, als würde er sich auf die Zunge beißen.

Dann brach es doch aus ihm heraus. »Wenn sie auf dich einprügeln, Lumme, dann sag nicht, ich hätte dich nicht gewarnt.«

Vier

Sie hätten die Proben versandfertig gemacht und die Hummer versorgt. Eine zeitraubende Prozedur, denn jeder Krebs musste einzeln gefüttert werden. Hummer waren Kannibalen; in der Nordsee konnten sie einander aus dem Weg gehen, in der Zucht musste man sie jedoch unbedingt trennen. Erst am Nachmittag kam Lumme dazu, sich wieder an den Schreibtisch zu setzen. Nachdenklich starrte sie auf den Computerbildschirm, auf dem als Bildschirmschoner fluoreszierende Quallen flackerten. Wie sollte es mit dem Seepferdchen weitergehen?

Sie musste Hennings Fang melden. Jedes geschützte Tier, das gefunden wurde oder versehentlich ins Netz geriet, wurde in der Landeshauptstadt registriert. Dort verwaltete das Ministerium für Umwelt und Landwirtschaft die geschützten Lebensräume der Nordsee. Dummerweise war das Haus auch für alle Belange der Energiewende zuständig. Und für den geplanten Windpark vor der Insel.

Unwillkürlich schüttelte Lumme den Kopf, ein ungutes Gefühl beschlich sie. Was würde geschehen, wenn sie ihren Fang nach Kiel meldete? Sie brauchte eine Strategie und jemanden, der sich mit den Fallstricken der Landespolitik und den komplizierten rechtlichen Fragen auskannte. Doch durch ihre Zeit in Kalifornien war sie nicht mehr in der Naturschutzszene verankert. Wem konnte sie sich anvertrauen?

Ihr Vorgänger kam ihr in den Sinn. Professor Peddersen war ein Urgestein der Meeresforschung, er hatte das Inselaquarium mehr als dreißig Jahre lang geleitet. Weil sich kein Nachfolger für den Außenposten auf der Insel finden wollte, hatte er das Haus sogar noch bis zu seinem siebzigsten Lebensjahr geführt. Dann hatte er von einem Tag auf den anderen hingeschmissen, um an die Westküste Südafrikas zu ziehen.

»Ich will noch mal was anderes sehen«, so hatte er sich auf der Insel verabschiedet. »Ein anderes Blau.« Seitdem hatte man nichts mehr von ihm gehört.

Henning hatte etwas von »Altersstarrsinn« und »Hummerphobie« gemurmelt, als Lumme ihn nach den Gründen für Peddersens plötzliches Abtauchen gefragt hatte. Seinem Nachfolger hatte der Professor lediglich einen Zettel mit *Viel Glück* hinterlassen. Und einen Karteikasten voller Visitenkarten und Telefonnummern. Vielleicht fand sich jemand darunter, der ihr jetzt helfen konnte?

Lumme seufzte und sah sich in ihrem Büro um. Sie hatte keine Idee, wo sie den Kasten gelassen hatte. Als sie eingezogen war, hatte Henning das Büro bereits entrümpelt gehabt und alle Unterlagen, die wichtig waren, in einer langen Reihe von Ordnern abgeheftet. Alles andere waren sie gemeinsam durchgegangen. Sie hatten Berge von altem Zeug weggeschmissen, Erinnerungen an ein langes Forscherleben. Für wenige Tage hatte Ordnung in ihrem Büro geherrscht. Lumme erinnerte sich vage, dass sie damals auch den Kasten mit den Visitenkarten in der Hand gehabt hatte. Den Zettel mit *Viel Glück* hatte sie dazu gesteckt. Aber dann? Ratlos blickte sie auf die Puschen an ihren Füßen.

»Henning?« Lumme drehte sich zur Tür, die sie meistens

offen stehen ließ. »Weißt du noch, wo ich Peddersens Zettel-kasten gelassen habe?«

»Meinst du die Visitenkarten?« Henning hatte nebenan im Labor gearbeitet, sein Lockenkopf tauchte im Türrahmen auf.

Lumme nickte und sah ihn erwartungsvoll an.

Henning zog die Nase kraus, er überlegte. »Ich glaube, du hast ihn da rechts ins Regal gestellt, hinter die Ordner. Zwei-tes Fach von unten.«

»Zweites Fach von unten …« Lumme bückte sich und zog den Kasten hervor. »Also manchmal bist du mir direkt un-heimlich. Dankeschön!« Während in ihrem Kopf ständig Land unter herrschte, war Henning mit einem geradezu bild-haften Erinnerungsvermögen ausgestattet. Er war perfekt or-ganisiert, bis zur letzten Schublade seines Arbeitstisches. Ein Wassermann mit Ordnungssinn. Sie hätte zu gern einmal einen Blick in seine Wohnung geworfen. Besaß er Tupperdosen und Sockenklammern? Und hingen To-do-Listen an seinem Kühl-schrank?

»Gern geschehen.« Henning schwieg einen Moment, er sah ihr zu, wie sie sich durch die Visitenkarten und Notizen wühlte. »Ich würde den Baumgartner anrufen«, sagte er schließlich.

»Baumgartner?«

»Klaus Baumgartner. Sitzt beim Bund für Naturschutz in Kiel. Er steckt auch hinter der Klage gegen den Windpark. Peddersen hat große Stücke auf ihn gehalten.«

Lumme sah erstaunt auf. Henning hatte sich gegen den Türrahmen gelehnt und die Arme verschränkt. »Willst du mir jetzt doch helfen?«, fragte sie.

Henning zuckte unentschlossen mit den Schultern, er ließ ein leises Walrossschnauben hören. »Jetzt haben wir den *Hip-pocampus* ja schon mal hier.«

Lumme bemerkte, wie sich ein Lächeln auf ihr Gesicht malte. Sie hätte Henning drücken können.

»Na, jedenfalls schadet es ja nichts, einmal mit dem Naturschutzbund zu sprechen. Soweit ich weiß, schlagen die einen alternativen Standort vor.«

»Oh, okay.« Lumme zögerte kurz, horchte in sich hinein. In ihrer Welt gab es nur ganz oder gar nicht. Und keinen Kompromiss in dieser Sache. Sie wollte den Windpark nicht vor der Insel – hier nicht und auch nicht ein Stück weiter draußen auf See. Sie spürte einen Stich der Enttäuschung. Ein kurzes Reißen und Ziehen in der Brust.

Henning sah ihr an, dass sie etwas anderes erwartet hatte. »Tut mir leid, Lumme.« Er breitete entschuldigend die Arme aus, ein schiefes Lächeln auf den Lippen.

Als sie schwieg, verschwand er aus dem Türrahmen. »Ich mach dann mal das Panoramabecken sauber.«

Klaus Baumgartner, Geschäftsführung, Bund für Naturschutz – tatsächlich fand Lumme seine Visitenkarte in Peddersens Zettelkasten. Ihr Vorgänger hatte handschriftlich eine Mobilnummer neben dem tannengrünen Logo notiert. Lumme legte die Karte vor sich auf einen der Zettelstapel und rief im Internet die Seite des Naturschutzbundes auf. Baumgartner, so erfuhr sie, war Jurist, saß in Kiel und war unter anderem auch für die Öffentlichkeitsarbeit der Stiftung zuständig. Auf einem briefmarkengroßen Bild blickte ihr ein wenig markantes, etwas pausbäckiges Gesicht mit Brille und grau meliertem Haar entgegen. Er sah weniger nach Naturschutz als vielmehr nach Verwaltungsarbeit aus.

Sollte sie ihm den Fund des Seepferdchens anvertrauen? Unschlüssig spielte sie mit Peddersens *Viel-Glück*-Zettel, schließlich gab sie sich einen Ruck und wählte Baumgartners Büronummer. Ein Anrufbeantworter sprang an und belehrte sie, dass sie außerhalb der Dienstzeiten anrief.

»Mist.« Lumme biss sich auf die Lippen. Als sie aus Deutschland weggegangen war, war Naturschutz noch kein Job mit geregelten Arbeitszeiten gewesen. Jedenfalls kam es ihr so vor. Sie probierte es mit der Mobilnummer.

»Baumgartner …«

»Oh, hallo, guten Tag«, stammelte Lumme überrascht, sie hatte nicht damit gerechnet, ihn schon mit dem ersten Klingeln zu erreichen. »Mein Name ist Lumme Hansen, und ich rufe …«

»Moin, moin, Frau Doktor Hansen, was macht die Insel?« Baumgartners Bass wummerte gegen ihr Trommelfell, instinktiv riss sie sich den Hörer vom Ohr. »Was kann ich für Sie tun?«

»Na, Sie sind ja schnell bei der Sache.« Lumme unterdrückte ein Lachen und rieb sich das Ohr. Baumgartners direkte Art passte so gar nicht zu der Vorstellung, die sie sich von ihm gemacht hatte. »Ich brauche Ihren Rat, Herr Baumgartner.«

»Dann schießen Sie mal los. Und wundern Sie sich nicht, wenn's im Hintergrund ein bisschen lauter zur Sache geht. Ich bin grad bei meinen Enkeln zu Besuch. Tischkickern, wenn Sie verstehen.«

»Alles klar.« Lumme nickte unwillkürlich und atmete noch einmal tief ein, bevor sie weitersprach. »Wir haben hier heute Morgen ein Seepferdchen aus der Nordsee gefischt, Herr Baumgartner. *Hippocampus hippocampus.*«

»Vor der Insel?«

»Vor der Insel!«

»Warten Sie mal einen Moment …« Baumgartner sagte etwas, das Lumme nicht verstand. Offenbar hatte er das Telefon mit der Hand abgedeckt. Dann war er wieder da. »So, ich bin mal kurz vor die Tür.«

»Ich muss das Seepferdchen melden, Herr Baumgartner. Und ich dachte …«

»Sie wissen, dass wir gegen den Windpark klagen, Frau Doktor Hansen?«

»Deshalb rufe ich Sie an.«

»Wir klagen allerdings nicht in Kiel, sondern in Hamburg. Gegen das Bundesamt für Seeschifffahrt.«

»Das hat den Windpark seinerzeit genehmigt, richtig?« Jetzt erinnerte Lumme sich, dass die Hamburger Behörde für alle Belange der Meeresnutzung zuständig war. Kiel und Hamburg arbeiteten in dieser Sache also zusammen.

»Genau«, stimmte Baumgartner ihr zu, »und zwar in einem ökologisch hochsensiblen Gebiet.«

»Dann liefere ich Ihnen also neue Munition?«

Baumgartner lachte kurz auf. »Na, sagen wir mal so, ich bin durchaus erfreut, von Ihrem Fang zu hören. Wir sind hier zwar nicht gegen Windenergie – im Gegenteil, sie ist wirklich eine Chance für mehr Klimaschutz. Aber die Anlagen müssen ja nicht ausgerechnet dort errichtet werden, wo Schutzgebiete und seltene Tierarten betroffen sind. Und das ist vor der Insel nun mal der Fall. Aber das muss ich Ihnen ja nicht sagen. Wo ist Ihnen der Fisch denn ins Netz gegangen?«

Lumme zögerte kurz, dann nannte sie Baumgartner die Koordinaten.

»Und Sie haben das Seepferdchen jetzt bei sich im Institut?«

»In der Hummeraufzuchtstation«, bestätigte Lumme. »Ich

wollte es nicht auf Nimmerwiedersehen im Meer verschwinden lassen.«

»Ausgezeichnet.« Baumgartner schwieg einen Moment, er schien nachzudenken. Wind rauschte in der Leitung, offenbar stand er im Freien. »Ich brauche Bilder von Ihrem Fang, den exakten Fundort und ein kurzes Statement von Ihnen und Ihrem Mitarbeiter, der das Tier gefangen hat. Könnten Sie mir das möglichst schnell zukommen lassen?«

»Mach ich.« Lumme hatte sich eine Notiz gemacht. »Wie sieht es mit Kiel aus? Ich muss das Seepferdchen melden – heute noch.«

»Schicken Sie denen eine Mail, Frau Hansen. Heute erreichen Sie dort ohnehin niemanden mehr. Das Ministerium wird sich schon bei Ihnen melden, verlassen Sie sich darauf. Bestellen Sie schöne Grüße von mir. Bin gespannt, wie die reagieren.«

»Na, jedenfalls können sie die Sache jetzt nicht mehr unter den Tisch fallen lassen.« Lumme registrierte erleichtert, dass Baumgartner den sperrigen Doktortitel endlich beiseiteließ. Bisweilen kam sie sich wie eine Hochstaplerin vor, wenn sie jemand daran erinnerte. Gut, dass Baumgartner nicht wusste, dass sie in den letzten zwölf Jahren Pinguine gefüttert hatte.

»Nee …« Baumgartner lachte noch einmal dröhnend auf, der Telefonhörer in Lummes Hand bebte. »Dieses Seepferdchen ist jetzt in der Welt. Möge ihm ein langes Leben beschieden sein.«

»Wir tun unser Bestes.«

»Das glaube ich Ihnen, das glaube ich Ihnen.« Baumgartner wurde wieder ernst. »Wäre schön, wenn das Ministerium das auch tun würde. Der Minister sollte sich wirklich dafür einsetzen, dass der Windpark woanders errichtet wird.«

»Wie beurteilen Sie denn Ihre Chancen vor Gericht?«

Lumme ließ sich gegen die Lehne ihres Bürostuhls sinken und sah zum Fenster hinaus. Seit dem Mittag hatte es ununterbrochen geregnet, nun ließ der Regen nach. Auf der Promenade schillerten riesige Pfützen, in denen sich der Himmel spiegelte. Grau in grau. Der Wind auf See schien abzuflauen. Windstärke fünf, abnehmend vier, schätzte sie.

»Na ja, wir klagen hier nicht sinnlos und gegen alles und jeden, wie uns bisweilen unterstellt wird«, antwortete Baumgartner. Er erklärte ihr, dass die Klage nur erfolgreich sein konnte, wenn die Behörde geltendes Recht verletzt hatte.

»Der Windpark ist also nicht mehr durch einen kleinen Fehler im Genehmigungsverfahren zu verhindern?«, fragte Lumme noch einmal nach.

»Nein, es geht hier wirklich um das große Ganze. Es braucht einen klaren Rechtsverstoß, um als Naturschutzverband vor Gericht überhaupt erfolgreich zu sein.«

»Puh …« Lumme atmete aus. »Das hört sich ganz schön kompliziert an.«

»Entschuldigen Sie mein Juristendeutsch«, Baumgartner schwieg einen Moment. »Sie können davon ausgehen, dass wir uns die Klage gut überlegt haben. Aber, Sie wissen ja, vor Gericht und auf hoher See …«

»… sind wir alle in Gottes Hand«, vollendete Lumme den Satz.

»Wir haben jedenfalls ein Gutachten vorliegen, laut dem alle Wissenslücken im Genehmigungsverfahren stets für den Windpark ausgelegt worden sind«, fuhr Baumgartner fort. »Die Natur hatte keine Chance.«

»Wie geht es denn jetzt konkret weiter?« Lumme wunderte sich, dass Baumgartner das Seepferdchen nicht persönlich in

Augenschein nehmen wollte. Warum kam er nicht auf die Insel?

»Wir werden den *Hippocampus* mit auf die Liste jener Tierarten setzen, die wir durch den Bau des Windparks als gefährdet ansehen. Das Besondere an dem Seepferdchen ist natürlich, dass es derzeit nur bei Ihnen vor der Insel vorkommt.«

»Meinen Sie wirklich, dass ein Seepferdchen den Windpark stoppen kann?« Baumgartens sachliche Art ließ Lumme plötzlich zweifeln. Hatte Henning nicht doch recht? Auf einmal kam ihr das Tier lächerlich klein vor im Vergleich zu dem Milliardenprojekt und den Arbeitsplätzen, um die es hier ging. War es nicht doch kaum mehr als ein schwimmendes Fragezeichen?

»Frau Hansen«, Baumgartners Stimme veränderte sich, sie klang nun wieder wärmer, so als hätte er den Zweifel in ihrer Stimme bemerkt, »es sind schon ähnlich große Projekte wegen einer einzigen Erdkröte oder eines balzenden Wachtelkönigs gestoppt worden. Denken Sie etwa an das Aus für die Elbbrücke in Dresden. Da haben Fledermäuse den Baustopp bewirkt. Kleine Hufeisennasen. Ich bin wirklich optimistisch, was unsere Klage anbelangt. Außerdem …«, er legte eine kurze Pause ein, »außerdem bringt Ihr Seepferdchen eine gewisse Dringlichkeit in die ganze Sache. Normalerweise dauert so ein Verfahren ziemlich lange, zwischen eineinhalb und fünf Jahren. Aber ein Eilverfahren – und eine Seepferdchenpopulation vor der Insel ermächtigt uns dazu, auf einen sofortigen Baustopp zu klagen – kann innerhalb weniger Monate beschieden werden. Ich muss mich dazu allerdings noch mit unseren Anwälten beraten. Wie alt werden Seepferdchen denn?«

»Zwischen drei und fünf Jahren.«

»Wunderbar, das sollte einen Eilantrag wirklich rechtfertigen.«

»Gut, dann höre ich also von Ihnen?« Lumme sah auf die Uhr, in San Diego war es jetzt neun Uhr morgens. Josh war in der Schule, und Todd hielt im Sea Water Parc seine Teambesprechung ab. Der Meerespark beherbergte alle möglichen Arten von tropischen und subtropischen Seepferdchen. Die Größten unter ihnen, Riesenseepferdchen, wurden bis zu dreißig Zentimeter groß, während die kleinen australischen Zwergseepferdchen gerade mal auf Fingernagelgröße kamen.

»Auf jeden Fall, liebe Frau Hansen. Ich schätze mal, dass wir in den nächsten Wochen häufiger miteinander sprechen werden. Grüßen Sie den Kollegen, der das Kerlchen aus dem Wasser gefischt hat, unbekannterweise von mir. Und eine Bitte noch: Gehen Sie mit Ihrem Fang nicht an die Presse. Noch nicht. Ich will erst das Gericht informieren, die Richter erfahren so etwas nicht gern aus der Zeitung.«

»Schon klar.« Lumme nickte wieder in Richtung Hörer, sie war hellwach und müde zugleich. In Gedanken rechnete sie aus, wann sie mit Josh sprechen konnte. Gegen dreiundzwanzig Uhr deutscher Zeit würde er aus der Schule kommen. Sie wollte ihn unbedingt abpassen, bevor er surfen ging oder sich zum Basketballspielen verabredete.

»Wiederhören, Frau Hansen.«

»Tschüs, Herr Baumgartner. Viel Spaß noch mit den Enkeln.«

»Die legen mich jetzt gleich aufs Kreuz.« Baumgartner lachte noch einmal auf, die Vorfreude auf das Spiel war ihm anzuhören. »Ich lieg schon null zu drei hinten.«

Lumme lachte mit. Ein letztes »Tschüs«, dann legte sie auf

und suchte die Homepage des Kieler Umweltministeriums, wo sie den Fang des Seepferdchens mit einer ausführlichen Mail meldete.

Es war spät geworden, in der *Möwe* war es still. Durch die schrägen Dachfenster sah Lumme in einen schwarzen, sternenlosen Himmel hinauf. In regelmäßigen Abständen durchschnitt der Strahl des Leuchtturms die Dunkelheit. Zweitausend Watt. In sternenklaren Nächten war sein Licht sogar auf dem Festland zu sehen. Ein Blitzen am Horizont, das sich in den feinen Wassertröpfchen in der Luft brach.

Lumme saß noch an ihrem Laptop, ihr Vater war schon zu Bett gegangen. Sie hatten kurz über die alte Homepage der Pension gesprochen. Auch sie war dunkel, viel zu dunkel. Braun und Beige. Ein wenig verheißungsvolles Bild von der *Möwe*. Lumme fehlten die Farben des Wassers, das Versprechen von Weite und Ruhe. Und das atemberaubende Naturerlebnis der Insel. Seehunde, Kegelrobben, Trottellummen und Basstölpel. Sie hatte ihm Links zu den Seiten der Vogelwarte und des Aquariums vorgeschlagen. Die Vogelschutzstation aktualisierte ihre Seite regelmäßig und meldete seltene gefiederte Gäste, die auf ihrem Zug Rast auf dem Felsen machten. Bisweilen bevölkerten Tausende Seetaucher die steilen Felswände. Ein Spektakel, so ohrenbetäubend wie ein Rockkonzert. Und auf der Seite des Aquariums hatte Henning eine Webcam freigeschaltet, die Livebilder aus dem großen Panoramabecken sendete. Der stille Reigen der Dorsche, Flundern und des Störs machte das Zuschauen zu einem fast meditativen Vergnügen.

Lumme begann, sich Notizen zu machen und in ihren Bilderordnern zu stöbern. Auch in Kalifornien hatte ihre Mutter sie mit immer neuen Aufnahmen von der Insel versorgt. Die Fotografien waren nicht schlecht, selbst Todd hatte einmal gesagt, dass Isabellas Bilder etwas Künstlerisches hatten. Sie warfen einen unverstellten und bisweilen berauschenden Blick auf den Felsen und das Meer. Im Keller der Pension lagerten noch Hunderte Dias und alte Abzüge – Isabellas Vermächtnis, an das sich weder Boje noch Lumme bislang herangewagt hatten.

Als es auf dreiundzwanzig Uhr zuging, versuchte sie, Josh zu erreichen. Eigentlich hatten sie beim Abschied vereinbart, jeden Tag miteinander zu skypen. Aber zuletzt hatte Lumme ihn immer wieder verpasst. Die Sonne und die Freunde hatten ihn an den Strand gelockt. Und sie konnte ihn sogar verstehen. Trotzdem biss sie sich auf die Lippen, als der Bildschirm ihres Laptops dunkel blieb. Sie versuchte es noch einmal.

»Hi Mom!«

Da war ihr Sohn. Ein bisschen sehnsuchtsvoll-verlegen, ein bisschen cool. Er winkte ihr zu und strich sich das lange Haar aus der Stirn.

»Josh!« Sie lehnte sich vor und widerstand dem Impuls, dem Bildschirm einen Kuss aufzudrücken. »Wie geht's dir, Schatz?«

»Alles cool, Mummy.«

»Alles cool«, echote es in ihrem Kopf. Viel mehr als ein »cool« oder »*great*« war Josh meist nicht zu entlocken. Sein Deutsch war gut, aber oft war er zu faul, es auch zu sprechen.

»Wie war dein Tag?« Lumme linste auf ihre Uhr, sie dachte daran, dass der größte Teil des Tages noch vor ihm lag. Jedenfalls der Teil, der Josh am meisten Spaß machte. Wahrscheinlich fieberte er schon darauf, aus dem Haus zu kommen. Lumme sah, dass er im Wohnzimmer saß. Die Terrassentüren zum Garten standen weit offen, und sie meinte, das Rauschen des Pazifiks zu hören. Für einen kurzen Moment hatte sie den Geruch ihres Gartens in Del Mar in der Nase. Jene unnachahmliche Mischung aus Salbei, Akazienholz und warmem Sand.

»*Great waves today …*«

Josh grinste und simulierte mit den Händen das Auf und Ab der Wellen. Sein Surfbrett lehnte wahrscheinlich schon an der Gartenmauer. Dann müsste er nur noch den Cammino überqueren und wäre in weniger als drei Minuten unten am Wasser.

»Gehst du surfen?«

»*Yes!*« Sein Grinsen wurde noch breiter, ein unverstelltes, glückliches Kinderlachen. »Daddy wartet auf mich.«

»Oh.« Lumme bemerkte, wie er ihr entglitt. »Im Sommer kannst du hier bei mir vor der Insel surfen. Ist ein anspruchsvolles Revier.«

»Hm …« Joshs Lächeln schmolz zusammen, so etwas wie Besorgnis schlich sich in sein Gesicht. »Vielleicht bekomme ich eine Einladung zum Basketball-Camp, Mummy.«

»Ja?« Lumme schnürte sich das Herz zusammen. Das Camp würde den größten Teil der Sommerferien ausfüllen. »Du kommst doch, oder?«, fragte sie und bemerkte, dass sie wie eine Bittstellerin klang.

»*Yeees.*« Er sah an der Kamera vorbei. »Wie ist denn das Wasser?«, nuschelte er, während er sich umdrehte und nach draußen blickte. »Warm genug?«

»Ja, im Sommer ist es warm genug zum Surfen. Außerdem würde ich dir einen neuen Surfanzug spendieren.« Lumme unterdrückte ein Lächeln, was Josh entging, weil er immer noch in den Garten hinaussah. Obwohl er doch quasi vom Südpol stammte, hasste er die Kälte. Alles, was unter zwanzig

Grad Celsius lag, bezeichnete er als Körperverletzung. Am wohlsten fühlte ihr Sohn sich im milden kalifornischen Sommer, wenn das Thermometer konstant über sechsundzwanzig Grad anzeigte und er von morgens bis abends barfuß und in T-Shirts und Shorts herumflitzen konnte.

»Josh?«

Er drehte sich wieder zu ihr, schien in seinem Rücken jedoch irgendwelche Zeichen zu machen. Signalisierte er Todd, dass er gleich bei ihm sein würde?

»Grüß Daddy von mir, ja?«

»Mach ich. *Love you, Mom.*«

Bevor sie ihm antworten oder nach ihren Pinguinen fragen konnte, war er schon weg. Lumme starrte in das schwarze Feld auf ihrem Bildschirm. Eigentlich hatte sie Josh noch von dem Seepferdchen erzählen wollen.

Kurz überlegte sie, ob sie noch eine Mail hinterherschicken sollte. Dann ließ sie es bleiben und machte sich daran, die Bilder auf der Homepage der Pension auszutauschen.

Als Lumme kurz nach ein Uhr ins Bett fiel, war sie halbwegs mit sich zufrieden. *Haus Möwe* empfing seine Besucher nun mit Meeresrauschen und einigen stimmungsvollen Wasserbildern. Grün und Blau in allen möglichen Schattierungen. *Mit allen Sinnen – Nordsee erleben* hatte sie mit einem letzten Rest von Kreativität noch schnell dazugetextet. Der Spruch begleitete sie in den Schlaf.

Fünf

Es dauerte mehr als eine Woche, bis sich das Umweltministerium bei Lumme meldete. Sie hatte sich schon gefragt, ob ihre Mail nicht angekommen war. Als das Telefon endlich klingelte und sie eine fremde Nummer mit Kieler Vorwahl im Display aufleuchten sah, war sie auf einmal furchtbar nervös.

»Lumme Hansen, guten Morgen.«

»Judith Reinert hier, Kieler Umweltministerium«, tröpfelte eine müde Stimme in ihr Ohr. »Frau Doktor Hansen, Sie haben uns den Fang eines Seepferdchens angezeigt.«

»Das ist richtig, ja. Ein Kurzschnäuziges Seepferdchen, um genau zu sein. *Hippocampus hippocampus.*«

»Kurz-schnäu-zig«, notierte sich Frau Reinert. »*Hip-po-cam-pus* ...« Ihre Tonlage veränderte sich nicht, so als hätte sie schon weitaus spektakuläreren Funden hinterhertelefoniert.

»Das hatte ich doch schon ...« Lumme stockte und verkniff sich den Rest. Eigentlich stand das alles in ihrer Mail. »Sie wissen sicherlich, dass man seit mehr als dreißig Jahren kein Seepferdchen mehr in der Nordsee gefangen hat?«, setzte sie stattdessen nach. Lumme hatte recherchiert, die letzte Fundmeldung stammte aus dem Jahr 1984. Ein Krabbenfischer aus Tönning hatte damals ein Seepferdchenweibchen gefangen, das dann noch zwei Jahre in einem Aquarium bei Büsum gelebt hatte.

»Wo befindet sich das Tier denn jetzt, Frau Doktor Hansen?«

»Hier bei uns, im Inselaquarium.« Jetzt wurde es heikel. Lumme bemerkte, wie sich ihr Pulsschlag noch weiter erhöhte. Sicherlich würde Frau Reinert nun wissen wollen, warum sie das Tier nicht in die Nordsee zurückgesetzt hatten. »Wir können ihm hier optimale Bedingungen bieten.«

»Ich gehe davon aus, dass das Tier verletzt ist.« Frau Reinert räusperte sich kurz, als wollte sie Lumme darauf hinweisen, dass sie nun schwankenden Grund betraten. Natürlich war es nicht erlaubt, wild lebende geschützte Tiere zu fangen.

»Mein Kollege hat das Seepferdchen auf einer Forschungsfahrt mit nach oben gezogen«, erläuterte Lumme, um sich aus der Affäre zu ziehen. »Es schien geschwächt zu sein, deshalb hat er es mit an Land genommen. Wir päppeln es hier ein bisschen auf.«

»Woran erkennen Sie denn, ob ein Seepferdchen geschwächt ist?«, hakte Frau Reinert nach. Offenbar nahm sie ihren Job doch ernster, als Lumme zunächst angenommen hatte.

»Farbe, Pupillenstand, Flossenschlag«, improvisierte Lumme. Sie bemerkte eine Bewegung in ihrem Rücken und drehte sich zur Tür. Henning war hereingekommen und hörte ihr zu. Sie wechselte den Telefonhörer von rechts nach links und signalisierte ihm, dass das Gespräch kabbelig wie Nordseewasser war.

»Sagten Sie nicht gerade, dass es seit dreißig Jahren kein Seepferdchen mehr in der Nordsee gegeben hat?«

»Ich habe in den vergangenen Jahren im Sea Water Parc von San Diego gearbeitet, Frau Reinert, dort hatten wir alle möglichen Arten von Seepferdchen. Ich kenne mich also ganz gut aus.«

Lumme schloss kurz die Augen. Sie balancierte gerade auf einem schmalen Grat zwischen Halbwahrheiten und Lügen. Für einen Moment sah sie die Gruppe der Humboldtpinguine vor sich. Ihre schwarzen Füße und das kindlich-rührende Watscheln, mit dem sie ihr durch das Gehege gefolgt waren. Henning grinste von einem Ohr zum anderen. Sie streckte ihm die Zunge heraus.

»Also gut.« Frau Reinert schwieg einen Moment, sie schien nachzudenken.

»Wir haben das Tier an der Grenze zu dem Gebiet gefangen, wo demnächst der Windpark entstehen soll«, grätschte Lumme in die Stille. »*Nordseebank West*, das wissen Sie sicherlich. Ich habe Herrn Baumgartner vom Bund für Naturschutz ebenfalls informiert. Ich soll Sie ganz herzlich von ihm grüßen.«

»Oh.«

Stille in der Leitung. Henning wippte von einem Bein aufs andere. Lumme bemerkte, dass ihre Aufregung ein wenig nachließ. »Wie geht es denn jetzt weiter, Frau Reinert?«, setzte sie nach. Sie wollte der Frau keine Zeit zum Nachdenken lassen.

»Na, ich denke, der Ball liegt dort, wo Sie ihn haben wollten«, antwortete Frau Reinert spitz. »Im Übrigen gehe ich nächste Woche in Mutterschutz. Mein Nachfolger im Referat wird sich sicherlich mit Ihnen in Verbindung setzen. Ich werde ihm das Seepferdchen ans Herz legen.«

»Dann wünsche ich Ihnen alle Gute.« Lumme atmete einmal tief ein und aus, mit den Fingern formte sie das Victory-Zeichen. Henning sah sie mit hochgezogenen Augenbrauen an.

»Das wünsche ich Ihnen auch.« Für einen Augenblick klang ihre Gesprächspartnerin fast ein wenig heiter. »Ich nehme an, dass ich den weiteren Verlauf der Dinge der Presse entnehmen kann?«

»Ja, das könnte sein. Tschüs, Frau Reinert.«

Sie verabschiedeten sich, und Lumme legte auf. Henning fixierte sie, seine Brauen hatten sich wieder gesenkt. Auf seinem Gesicht lag ein schwer zu deutender Ausdruck, irgendetwas zwischen Zweifel, Trotz und Heiterkeit.

»Und?«, fragte er.

»Sie geht in Mutterschutz.« Lumme zuckte mit den Schultern. »War nur noch halb bei der Sache. Jedenfalls dreht sie uns keinen Strick daraus, dass wir unseren Fang nicht wieder ins Meer zurückgesetzt haben. Das Seepferdchen wandert einen Schreibtisch weiter.«

»Was hat der Baumgartner dir denn noch erzählt?«

Henning wusste, dass sie gestern noch einmal mit Klaus Baumgartner telefoniert hatte. Er selbst war den ganzen Tag auf See gewesen, und sie hatten nicht mehr miteinander gesprochen.

»Das Gericht ist informiert. Und die Anwälte versuchen, das Verfahren zu beschleunigen. Er meinte, dass wir jetzt an die Öffentlichkeit gehen können. Eigentlich wollte er noch einen Pressetext mit mir abstimmen. Mal schauen …« Lumme scrollte sich durch den Posteingang ihres Mailprogramms. »Da ist was gekommen.«

Sie öffnete den Anhang der Mail und überflog den kurzen Text, den Baumgartner ihr am frühen Morgen geschickt hatte. *Seltenes Seepferdchen gefährdet Windparkprojekt in der Nordsee* lautete die Überschrift. Sie las Henning den Text vor, der noch einmal alle Bedenken des Naturschutzbundes gegen den Bau zusammenfasste und auf alternative Standorte verwies. Baumgartner hatte Lumme mit dem Satz zitiert, dass der Fang des Seepferdchens eine Sensation sei und man von einer Population vor der Insel ausgehen müsse.

»Wunderbar, damit kann er an die Presse gehen.« Schnell formulierte Lumme eine Antwort für Baumgartner. Henning sah ihr über die Schulter. Als sie auf Senden klicken wollte, legte er seine Hand auf ihren Arm und hielt sie zurück.

»Lumme, das kannst du nicht machen. Das ist nicht fair.«

»Was ist nicht fair?«

Lumme drehte sich zu ihm um und sah ihn an. Henning trat ein paar Schritte zurück und lehnte sich gegen die Magnetwand. Links von ihm hing das Bild von Todd und Josh, rechts die Pläne zum Umbau des Aquariums.

»Du musst die Gemeinde ins Boot holen, wenigstens den Bürgermeister. Wenn die das mit dem Seepferdchen aus der Presse erfahren, dann …« Henning knetete seine großen Hände, er suchte nach Worten. Seine Grübchen waren kaum zu sehen, seine Jeans hingen auf Halbmast und hatten Löcher an den Knien.

»Du meinst, die werden das nicht besonders lustig finden?«

Lumme hatte den behäbig-jovialen Bürgermeister vor Augen. Hans Cassen war wohl mehr als fünfundzwanzig Jahre im Amt, er war es, der ihr im letzten Jahr den Job im Aquarium angeboten hatte.

»Die werden doch im Kreis springen. Der Windpark ist alles, was die Insel an Zukunftsprojekten vorweisen kann.«

»Du vergisst das Aquarium.« Lumme schüttelte den Kopf, wieder dachte sie, dass Henning in dieser Sache zu ängstlich war. Sie hatten sich korrekt verhalten und den Fang nach Kiel gemeldet. Alles andere war nun Sache von Juristen.

»Ach, komm schon, Lumme.« Henning verschränkte die Arme und fegte dabei einen Teil der Pläne von der Pinnwand. Ratlos starrte er auf die Papierbögen zu seinen Füßen. »Das bist du dem Cassen wirklich schuldig. Wenn der morgen früh in der Zeitung liest, dass ihm sein Windpark um die Ohren fliegen könnte, kriegt der doch einen Herzinfarkt.«

»Na gut, ich geh nachher zu ihm rüber.« Lummes Zeigefinger kreiste über der Maus, dann klickte sie auf Senden. »Aber er wird eh nichts mehr daran ändern können.«

Das Bürgermeisteramt lag nur einen Katzensprung vom Aquarium entfernt. Im Gehen schlüpfte Lumme in ihren Parka. Der Wind war heute kaum zu spüren, und durch die Wolken blinzelten Sonnenstrahlen, die ihre Wangen streichelten. Die Temperaturen dümpelten noch im einstelligen Bereich, doch das Meer hatte sich bereits auf elf Grad erwärmt. Kurz dachte Lumme an Josh. Bei diesen Temperaturen würde sie ihn nicht vor die Tür, geschweige denn auf ein Surfbrett bekommen. Sie sah ihn vor sich, sein sonnenverwöhntes, sommersprossiges Gesicht, die nackten Füße mit den langen Zehen, die so gerne Comicfiguren in den Sand zeichneten. *Superheroes*, deren Namen sie sich nicht merken konnte, Muskelpakete in bunten Anzügen, unbezwingbare Giganten, galaktische Draufgänger – seine Helden.

Im Amt roch es nach Heizungsluft und Putzmitteln, in der Halle blühten Primeln in einer flachen Schale. Auf der Treppe nahm Lumme zwei Stufen auf einmal in den ersten Stock. Das Bürgermeisterzimmer befand sich rechts von der Treppe. Vor der Tür zögerte sie kurz, ehe sie klopfte. Sie war vor Ewigkeiten zum letzten Mal in Cassens Büro gewesen. Und doch schien die Zeit in diesem Moment zu einem Nichts zusammenzufallen. Zwanzig Jahre, dachte sie, verflogen wie ein Hauch von Seenebel. Kurz überprüfte sie, ob die Tür zu der eisigen Kammer in ihrer Seele auch gut verschlossen war.

»Lumme …« Hans Cassen stemmte sich aus seinem Sessel,

als sie vor ihm stand. Wie Professor Peddersen hatte er das Pensionsalter längst erreicht, und auch für ihn hatte sich bislang kein Nachfolger gefunden. Umständlich rückte er ihr einen Stuhl an den Tisch. »Was kann ich für dich tun?«

»Wir haben einen Gast im Aquarium.« Lumme setzte sich, ihr Blick streifte das Gemälde, das hinter Cassens Schreibtisch hing. Ein Dreimaster, gebauschte Segel und wild schäumende grüne Wellen. Der Bürgermeister entsprang einer weitverzweigten Reederdynastie mit Wurzeln auf der Insel. »Henning hat vor der Insel ein Seepferdchen gefangen.«

»Ein Seepferdchen?«

Hans Cassen lehnte sich zurück, den Kopf leicht schräg gelegt. Er sah sie von unten herauf an. »Seltener Gast, oder?«

»Sehr selten. Rote Liste, um genau zu sein.«

Lumme richtete ihren Blick unverwandt auf das Gesicht des Bürgermeisters, denn das Bild des Dreimasters verursachte ein unangenehmes Gefühl in ihrem Magen. Eine leichte Übelkeit, Wellen mit weißen Kämmen aus Schaum.

»Müssen wir melden, oder?«

Cassen bückte sich und holte eine Flasche Cognac aus seinem Schreibtisch hervor. Dann suchte er nach Gläsern.

»Ich hab's schon gemeldet, Hans. Kiel weiß Bescheid, das Ministerium und der Naturschutzbund auch. Kann sein, dass das Seepferdchen die Klage gegen den Windpark beeinflusst.«

»Na, du bist ja fix.« Cassen goss den Cognac großzügig in zwei Wassergläser, schubste eines in Lummes Richtung und prostete ihr zu. »Weißt du noch, wie wir hier das letzte Mal zusammengesessen haben?«

Lumme nahm das Glas, die herben Aromen des Cognacs stiegen auf, eine Note von Tabak, Vanille und Sandelholz. Der Geruch mäanderte durch die Nase hinauf in ihr Gehirn und setzte einen Schaltkreis in Gang. Etwas in ihr kreischte auf, Metall auf Metall. Ein verstörendes Geräusch. Mit Nachdruck stellte sie das Glas zurück auf den Schreibtisch. »Ja«, antwortete sie knapp. Sie wollte nicht darüber sprechen.

»Und?«

Hans Cassen sah sie unbarmherzig an, ein hellwacher Blick aus blassblauen Kapitänsaugen.

»Was willst du von mir, Hans?«

Lumme spürte, wie ihre Füße zu wippen begannen. Sie wäre gerne aufgesprungen und hinausgelaufen.

»Lumme, ich hab für dich gelogen. Für euch alle. Was damals geschehen ist ...«

»Das war ein Unfall.« Lumme hielt es nicht mehr aus. Sie sprang auf und lief zum Fenster. Auf einem Tisch vor der Fensterfront war ein Modell des Windparks aufgebaut. Die Miniaturmasten wirkten so harmlos wie buntes Kinderspielzeug. Sie strich mit den Fingern darüber und zupfte eines der Windräder aus der Styroporplatte. »Wir waren doch noch Kinder«, wollte sie sagen, aber die Worte hatten sich in ihrem Inneren verkeilt. Erinnerungen an die polizeiliche Untersuchung spukten plötzlich durch ihre Gedanken. Die Polizisten waren vom Festland auf die Insel gekommen und hatten das Bürgermeisterzimmer für die Befragung genutzt. Das Tintenfischeis in ihrer Seele knarzte.

»Ja, ein Unfall. Eben.« Cassen goss sich Cognac nach, sie hörte, wie er einen weiteren Schluck nahm. »Lumme, ich hab dich auf die Insel zurückgeholt«, knurrte er. »Und ich hab dir das Aquarium anvertraut. Hab's deiner Mutter versprochen. Zwei Wochen vor ihrem Tod war sie noch bei mir. Hier vor meinem Schreibtisch. Und jetzt knallst du mir ein Seepferdchen vor die Nase?«

»Ich musste es melden.« Lumme fiel auf, dass sie die Hände zu Fäusten geballt hatte. Sie drehte sich wieder um. »Ich will dir doch nicht schaden. Ich mach das für die Insel. Wenn der Windpark erst einmal da ist, gibt es kein Zurück mehr.«

»Wenn der Windpark da ist, geht hier endlich was voran. Von Allergikern und Vogelfans allein können wir nicht mehr leben. Die Fischerei liegt am Boden, und jedes Jahr kommen weniger Touristen auf die Insel. Wenn sich der Wind nicht bald dreht, ziehen die jungen Leute alle aufs Festland. Willst du das?«

»Der Windpark ist ein Riesenfehler. Der macht uns das ganze Felswatt kaputt. Wenn wir da draußen auch nur an einem Schräubchen drehen, gerät das ganze System aus dem Takt.«

Hans Cassen schüttelte den Kopf, er stand auf und stellte sich neben sie. Dann zeigte er hinaus. Auch von seinem Amtszimmer aus konnte man das Meer sehen. »Der Wandel kam immer von außen, Lumme«, sagte er. »Dänen, Engländer, Deutsche, die Insel hat sich immer wieder neu erfunden.«

»Du vergisst Hitler und die Bomben der Alliierten«, schnappte Lumme. In der Nazizeit war die Insel zu einer gewaltigen Seefestung ausgebaut worden. Noch heute durchzogen Bunkeranlagen und geheime Gänge den Felsen. Und nach Kriegsende hatten die Engländer versucht, die Insel in die Luft zu sprengen. Die größte nicht nukleare Sprengung aller Zeiten. Doch fast siebentausend Tonnen Sprengstoff hatten nicht ausgereicht, um den roten Felsen zu zerstören.

»Was ist das nur mit euch jungen Leuten?«, wunderte sich Cassen. »Bloß keine Veränderung. Bloß kein Wagnis. Bloß keine Fehler. Man kann aber nicht immer davonlaufen.«

»Ich lauf nicht davon, Hans. Ich will nur das Felswatt retten.«

»Mit einem Seepferdchen?«

Lumme schwieg, sie fühlte sich erschöpft. Dabei hatte sie nicht erwartet, dass Cassen sie verstehen würde. Er hatte die Seefahrerei im Blut und wollte sein Schiff auf Kurs halten. Aber sie hatte nicht damit gerechnet, dass er an der alten Geschichte rührte. Und dass er so gewaltig an der Tür zu ihrer Eiskammer rütteln würde.

»Weißt du, Lumme, ich hätte dich gern für immer auf die Insel zurückgeholt. Und wenn das Aquarium nach dem Umbau wiedereröffnet wird, dann hättest du dich hier austoben können. Meeresforschung vom Feinsten. Aber so? Jetzt bin ich froh, dass dein Vertrag im Dezember ausläuft. Und eigentlich sollte ich dich gleich vor die Tür setzen.«

»Also …« Lumme schnappte nach Luft. In ihrem Inneren brodelte die Wut. Worte, die sie später vielleicht bereuen würde, lagen ihr auf der Zunge. »Ich geh jetzt lieber«, murmelte sie. Sie widerstand dem Impuls, die Tür hinter sich zuzuknallen. Erst auf der Treppe bemerkte sie, dass sie weinte. Ein zorniger Sturzbach salziger Tränen, der sie noch wütender machte.

Lumme stürmte aus dem Rathaus und lief bis auf die Seebrücke hinaus. Erst an der Spitze blieb sie stehen. Sie holte Atem und wischte sich mit dem Ärmel über die Augen. Dann schleuderte sie das kleine Windrad aus Cassens Büro mit Schwung in die Wellen.

Sechs

Das Meer löste keine Probleme, aber es konnte einen wiegen wie die Umarmung eines Freundes. Von der Seebrücke aus ging Lumme hinunter zum Hafen. Das Börteboot ihres Vaters lag an der ersten Mole, der Schlüssel steckte. Als der Dieselmotor tuckerte und sich das Holzboot gemächlich aus dem Hafenbecken schob, atmete Lumme auf. Sie stand aufrecht am Ruder, mit einer Hand steuerte sie das mächtige Boot. Um die Südspitze der Insel herum fuhr sie in Richtung Sonnenuntergang.

Boje Hansen hatte die *Isabella* in den Siebzigerjahren gekauft, als er noch bei der Börte arbeitete. In den guten Zeiten hatten die weißen Bäderschiffe aus Büsum, Cuxhaven und Hamburg wie Perlen an einer Schnur vor der Insel gelegen. Unter Gejohle ließen sich die Touristen in die offenen Boote hieven und an Land bringen. »Ausbooten, ausbeuten, einbooten«, das sagte man den Insulanern auch heute noch nach, das Plündern lag ihnen seit Störtebekers Zeiten im Blut. Gierig stürzten sie sich auf die Tagestouristen und drehten ihnen zollfreien Schnaps, Zigaretten und schwere Butterpakete an. Als Lumme klein war, hatten sich die Ausflügler noch zu Tausenden durch die engen Inselgassen geschoben. Volle Plastiktüten, ein Fischbrötchen auf die Hand und vielleicht noch schnell aufs Oberland für ein Foto von der Langen Anna, dem Wahrzeichen der Insel. Doch irgendwann war das nicht mehr genug.

Es gab Dinge, über die schwappte die Zeit mit Macht hinweg. Die Insel war auf den Hund gekommen, und die Besucher blieben weg – genauso wie die Hummer. Heute arbeiteten nicht mal mehr zwanzig Mann bei der Börte, und ob man sie in fünf Jahren überhaupt noch brauchte, stand in den Sternen.

Trotzdem waren die Börteboote nicht von der Insel wegzudenken – die meisten Insulaner behaupteten sogar, ihnen ihr Leben anzuvertrauen. Lumme war schon von Kindesbeinen an mit der *Isabella* unterwegs gewesen. Sie konnte das Boot steuern, bevor sie sicher auf dem Fahrrad saß. Boje hatte sie mit zur Börte genommen und zum Fischen. Einmal waren sie mit der *Isabella* sogar bis nach Hamburg gefahren. Vierunddreißig Seemeilen bis zur Elbmündung, ein unvergesslicher Ritt auf den Wellen. Das Boot hatte wie ein Wikingerschiff geächzt, seine Eichenplanken wisperten und knarzten, als müssten sie die Wassergeister milde stimmen. Als sie die Elbe hinauffuhren, hatten sie sich wie Eroberer gefühlt. Beinahe kamen sie sich vor, als würden sie unbekanntes Land betreten.

Damals war Lumme zwölf gewesen. Mit fünfzehn hatte sie angefangen, im Sommer bei der Börte auszuhelfen. Blaue Hose, blauer Pulli, das Inselwappen auf der Brust. Am Ende des Sommers schwappte ihr das Blut klebrig wie Salzwasser durch die Adern. Wind und Sonne hatten ihr die Haut gegerbt, sie sah aus wie eine Sizilianerin. Es war schwer gewesen, im September zurück aufs Festland zu gehen. Nach der achten Klasse war Schluss mit der kleinen Inselschule, bis zum Abitur nahm das Nordsee-Internat in Sankt Peter-Ording die Friesenkinder aus der Deutschen Bucht auf. Eine robuste Zwangsgemeinschaft, in der die Meermenschen von den Halligen und Inselchen auf wortkarge Dithmarscher Bodenständigkeit trafen.

Lumme hatte sich eingelebt, doch die Schaukelei im Herzen hörte nie ganz auf.

An der Westseite der Insel war das Wasser spiegelglatt. Der Fahrtwind kämmte Lumme das Haar und pustete ihr den Kopf frei. Sie spürte, wie sich der Wellengang sanft auf ihren Körper übertrug. Auf und ab, auf und ab, ihr Herzschlag pendelte sich wieder ein. Hier draußen fühlte sie sich geborgen. Das Wasser gab ihr Halt, der weite Blick trocknete die Tränen.

Als Lumme parallel zur Steilküste auf das Felswatt zusteuerte, loderte die Wut auf Hans Cassen schon weniger heftig in ihrem Herzen. Stolz und zuversichtlich glitt das Boot durch die Wellen, am Horizont rissen die Wolken auf. Die Abendsonne senkte sich und ließ die steilen Klippen erglühen. Ein magisches Farbenspiel an Backbord, der rote Buntsandstein leuchtete wie eine Wand aus Feuer. Lumme kniff die Augen zusammen. Als Kind hatte sie geglaubt, dass der Felsen bei Sonnenuntergang zum Leben erwachte. Und wenn ihr Vater dann erzählt hatte, dass sich die Insel vor vielen Millionen Jahren aus den Sedimentschichten des Tertiär erhoben hatte, sah sie einen feuerspeienden Drachen vor sich, der aus seinem verzauberten Dornröschenschlaf erwacht war. Boje hatte Bücher aus der Inselbücherei für sie ausgeliehen, und vor dem Schlafengehen hatten sie die Bilder von den urtümlichen Wesen, die einst die Meere besiedelten, gemeinsam betrachtet. Versteinerte Fische, Meeressaurier, Muscheln und Schnecken. In den fossilienreichen Kreideschichten des Felsens hatten sich die Spuren des urzeitlichen Lebens für die Ewigkeit eingegraben. So hatte das alles angefangen mit der Liebe zum Meer und zu den Fischen, dachte Lumme nun. Und dann kam Jan. Und Theo.

Lumme drosselte den Motor und ließ das Boot mit der

Strömung treiben. Das Kreischen der Seevögel, die zu Tausenden auf den Felsvorsprüngen hockten, wehte zu ihr herüber. Von Weitem klang der Lummenfelsen wie ein Wasserfall, ein dichtes Rauschen aus Lockrufen und Alarmgeschrei. Doch zwischen Tag und Nacht gab es einen Moment absoluter Stille, in dem die Natur für einen Augenblick ehrfürchtig zu erstarren schien. Dann verstummten auch die Vögel. In wenigen Minuten, wenn die Sonne wie flüssiges Gold in die See tauchte, war es so weit.

Lumme behielt den Horizont im Blick. Direkt über dem Tangwald machte sie den Motor aus. Das Boot wiegte sich im ablaufenden Wasser, die Stille schärfte ihr die Sinne. Nun nahm sie den überwältigenden Algengeruch wahr, der über dem Wasser schwebte. Ein intensiver, urtümlicher Duft, der in der Nase kribbelte und fast körperlich zu greifen war. Das Meer, der Ursprung allen Lebens. So musste es auf der Welt zu Anbeginn aller Zeiten gerochen haben.

Lumme setzte sich auf die Bootskante und tauchte die Hand ins Wasser. Die silberne Uhr glitzerte unter der Wasseroberfläche, die Zeit verschwamm. Unter ihr war das Meer nur drei bis vier Meter tief. Fingertang, Zuckertang und Palmentang bildeten einen dichten, urtümlichen Wald, die ledrigen, blattartigen Gebilde streiften ihre Hand und liebkosten sie. Im nächsten Moment reagierten Tausende Nervenenden auf den Reiz, ein überwältigendes Gefühl. Lumme dachte an das Seepferdchen. Und dann dachte sie an Jan – zum ersten Mal seit Langem. Irgendetwas war am Nachmittag in Cassens Büro geschehen, was die Tür zur Eiskammer ihrer Seele weit aufgestoßen hatte. Sie ließ sich einfach nicht mehr schließen.

Lumme schüttelte den Kopf und packte eine der Algen. Ihr Stiel war so fest im Untergrund verankert, dass sie das Boot sogar gegen den Sog des ablaufenden Wassers in Position halten konnte.

Jan, dachte sie. Jan Duve von Hallig Hooge, breitbeinig und windzerzaust. Ein Warftmensch, der gelernt hatte, den Fluten die Stirn zu bieten. Das Misstrauen gegen die See hatte ihm im Blut gelegen, wie eine Art genetischer Code, der sich von Generation zu Generation weitervererbte. »Das Meer zwinkert dir zu«, hatte er immer gesagt, »aber es kann dich von einem Moment auf den anderen packen und in die Knie zwingen. Du darfst ihm nie vertrauen.« Sie hatten sich im Internat kennengelernt. Beide waren sie sechzehn gewesen, und beide hatten sie geglaubt, dass das Leben mit gebauschten Segeln vor ihnen lag. Wind von achtern, volle Fahrt voraus.

Jan hatte die Nordsee nicht gefürchtet, aber er hatte vor der Gewalt des Wassers Respekt gehabt. Nur die Seevögel, die hatte er geliebt. Er hatte jeden Vogel an seinem Ruf erkennen können. Das eisige *Ök ök* der Dreizehenmöwe, das *Rab rab rab* der Tölpel, das *Kiwiev* des Austernfischers. Und natürlich hatte er sich in das Mädchen mit dem Vogelnamen verliebt. Lumme. Lumme wie Liebe.

Unwillkürlich musste Lumme lächeln. Dabei hatte sie ursprünglich wie ihre Großmutter heißen sollen. Doch als sie mit ihrem dunklen, glänzenden Köpfchen und einem *Rabäh* auf die Welt gekommen war, hatte die Hebamme »Das ist ja eine Lumme!« gerufen.

Also Lumme statt Eliza. Mit einem langen Kuss hatte Boje seine Frau überzeugt, ihr kleines Mädchen so zu taufen.

Lumme.

Und Jan.

Lumme ließ den Algenstrang los und zog die Hand aus dem Wasser. Sie wischte sich über das Gesicht und schmeckte das Salz auf ihrer Haut. Die Erinnerung an Jan war über die Jahre verblichen wie ein altes Foto. Aber da war noch immer ein starkes Gefühl in ihrem Herzen, ein Gefühl von Leichtigkeit und Unverwundbarkeit. Jan hatte ihr seine Liebe nie gestanden, vielleicht weil auch er gespürt hatte, dass ihr Band von anderer Art war. Komplizen waren sie gewesen, seelenverwandt, auf einer Wellenlänge. Aber Lumme hatte ihn nie küssen wollen.

Ganz anders die Sache mit Theo. Die war zwingend gewesen, so wie Atmen und Träumen. Als er mit siebzehn in ihre Klasse gekommen war, so stolz und stur, wie es nur ein Dithmarscher Bauernsohn sein konnte, wäre Lumme am liebsten vor ihm davongelaufen. Sie hatte gespürt, dass da etwas Großes auf sie zurollte, atemberaubend und angsteinflößend zugleich.

Am Anfang hatte Theo sie gar nicht beachtet. Er war mit sich selbst beschäftigt gewesen, mit der Revolte gegen den Vater und die ganze Kohlkopfdynastie, und mit der Suche nach seinem Platz in der Welt. Dann hatte er sich über ihren Namen lustig gemacht. Wer hieß schon wie ein tollpatschiger Alk mit Stummelflügeln? Ein Witz! Erst als er sich mit Jan angefreundet hatte, war Lumme in sein Universum vorgerückt. Ein halbes Jahr lang hatten sie so getan, als könnten sie so etwas wie Freunde sein. Dann hatten sie kapiert, dass sie auf dem Kamm einer gewaltigen Welle ritten. Als sie sich das erste Mal küssten, war es so gewesen, als ob der Himmel kippte. Lumme hatte seinen Herzschlag spüren können, ein unerschütterliches, pulsierendes Voran. Theo hatte sie an fremde Strände gespült.

Theo.

Theo, Theo, Theo.

Lumme spürte Hitze in sich aufsteigen, sie tauchte die Hand wieder ins Wasser. Die Algen schienen nach ihr zu greifen, sie ins Wasser ziehen zu wollen. Im Tangwald zu tauchen war ein sinnliches Abenteuer, die Algenstränge schlangen sich um den nackten Körper. Sie zerrten und lockten, ein waghalsiges Spiel. Lumme beugte sich noch tiefer hinab, sie ließ den Arm bis zur Schulter ins Wasser gleiten. Ihre Jacke wurde nass, dann ihr Haar.

Jan.

Und Theo.

Wie Theodor Storm in Husum geboren, fast ein Schimmelreiter. Das breite, unbewegte Gesicht, das sandfarbene Haar. Wenn er fluchte, dann im schönsten Dithmarscher Platt. »*Scheun'n Schiet ook.*« Was auf gut Deutsch »verdammter Mist« bedeutete.

Lummes Herz begann wieder zu schaukeln. Ein Hüpfen und Schlingern, das kein Wellenschlag beruhigen konnte. Der Felsen schwieg nun, die rote Wand glühte, das Feuer schien direkt in ihre Seele zu strahlen. Und dann ein Gedanke, der die Tür zur Eiskammer ihrer Seele vollends aufstieß: Wie lange konnte man eigentlich einen Block aus Tintenfischeis mit sich herumschleppen, ohne unterzugehen?

Lumme blieb auf dem Wasser, bis es stockdunkel war. Als sie in die *Möwe* kam, wartete ihr Vater auf sie. »Warst lange draußen«, sagte Boje nur. Dann brachte er ihr eine Tasse heißen Kakao und briet ihr zwei Spiegeleier in der Pfanne.

Die Zeitungen kamen erst um die Mittagszeit auf die Insel, aber der Inseltratsch war schneller. Als Lumme gegen zehn Uhr zum Bäcker ging, war das Seepferdchen schon in aller Munde. Die Insulaner standen vor dem Supermarkt und am Fahrstuhl zwischen Unter- und Oberland, sie steckten die Köpfe zusammen und gestikulierten. Wie schnatternde Vögel, die mit den Flügeln schlugen, sahen sie aus. Lumme bemerkte den Pastor, der versuchte, die aufgeregte Schar zu beruhigen. In der Bäckerei gab es keinen Tratsch, sondern schiefe Blicke zu den Kliffkanten mit Mohn und Sonnenblumenkernen. Auf dem Rückweg grüßte sie niemand, noch nicht einmal der Brückenkapitän, der ihr entgegenkam. Etwas Klebriges landete vor ihren Füßen – war das Möwendreck oder mit Kautabak vermengte Spucke? Lumme umklammerte die Brötchentüte, sie versuchte, in den Gesichtern der Leute zu lesen. Die Verständnislosigkeit, die ihr kalt entgegenschlug, kränkte sie. Als sie zurück im Aquarium war, sah Frau Graumann sie mit großen Augen an.

»Ja?« Lumme starrte zurück. Henning hatte sie gewarnt, aber erst jetzt begann sie zu begreifen, dass die nächsten Wochen tatsächlich ungemütlich werden würden. Wind von vorn, raue See.

Frau Graumann holte tief Luft. Sie öffnete den Mund, als wollte sie zu einer Generalpredigt ansetzen, doch dann nickte sie nur und senkte den Blick.

Achselzuckend lief Lumme mit den Brötchen nach hinten.

»Wie war's?«

Henning erwartete sie, den Kopf leicht schief gelegt. Er hatte schon den ganzen Morgen vor dem Computer gesessen und die verschiedenen Artikel aus dem Netz gezogen. Ein Stapel Ausdrucke lag neben seiner Tastatur, die meisten norddeutschen Zeitungen hatten etwas über das Seepferdchen gebracht.

»Na ja …«, antwortete sie ausweichend. »Ich glaube, sie nehmen es mir übel. Noch nicht einmal Henry hat mich gegrüßt.«

»Ist auch ganz schön was los da draußen. Hier …« Henning blätterte in den Ausdrucken, er hatte die Titelzeilen farbig markiert. »*Seepferdchen torpediert Windpark, Windpark steht auf wackligen Füßen, Baustopp für Windpark?*«, las sie.

»Und das sind nur die wichtigsten Blätter. Das Radio hat auch schon angerufen.«

»Echt?« Lumme spürte, dass sie weiche Knie bekam. Sie setzte sich neben Henning. »Was hast du gesagt?«

»Ich hab den Redakteur an den Naturschutzbund verwiesen. Soll sich der Baumgartner darum kümmern.«

»Danke, Henning.« Lumme packte die Brötchen aus und schob ihm eine der Kliffkanten zu. »Magst du?«

»Die wollten auch mit dem Bürgermeister sprechen.« Henning nahm das Brötchen und biss hinein.

»Mist.«

»Ich hab's dir doch gesagt, Lumme.« Henning kaute und schluckte, das Medienecho schien ihm überhaupt nicht auf den Magen zu schlagen. Im Gegenteil, nach vier Bissen war das Brötchen in seinem dünnen Körper verschwunden.

»Ja, hast du.« Lumme sah Henning in die Augen, er schien weder alarmiert noch irritiert zu sein. Fast kam es ihr vor, als verfolgte er die Abläufe einer chemischen Reaktion, die sie angestoßen hatte. Als wäre das Ganze nur ein harmloser Versuchsablauf: A plus B reagiert zu C plus D.

Henning erwiderte ihren Blick. »Schiss?«, fragte er, seine Hand berührte ganz kurz ihren Arm, dann zog er sie wieder zurück.

»Ja. Ein bisschen.« Lumme versuchte zu lächeln. »Ich geh mal nach nebenan«, murmelte sie. Sie schob den Stuhl zurück und stand auf.

»Bei Theo ist alles in Ordnung. Ich hab ihn schon gefüttert.«

»Theo?« Lumme schnappte nach Luft, ihr Herz stolperte. Entgeistert drehte sie sich zu Henning um.

»Ja. Ich dachte, unser Schützling bräuchte einen Namen.« Henning grinste sie von unten herauf an. Die Grübchen in seinen Wangen hatten die Form von Herzmuscheln.

»Wie kommst du ausgerechnet auf Theo?«

Lumme fühlte sich, als hätte ihr jemand in die Magengrube geboxt. Sie atmete schwer, der Punkt zwischen ihren Augen kribbelte wie verrückt. Tausend eisige Nadelstiche.

Henning sah sie erstaunt an, er zeigte auf die Tüte in ihren Händen. »Die Brötchen können nichts dafür, du musst sie nicht erwürgen.«

»Wieso ausgerechnet Theo?«

»Na, du weißt schon, dieser alte Film: *Theo gegen den Rest der Welt*. Passt doch.«

»Warum nicht David? David gegen Goliath. Oder meinetwegen auch … Rocky?«

»Rocky – im Ernst?« Henning sah sie aufmerksam an. Er war sechs Jahre jünger als sie, vermutlich wusste er nichts von der alten Geschichte. Jedenfalls nicht genug.

Sie wich seinem Blick aus und starrte aus dem Fenster aufs Meer. Die Wellen rollten ohne Pause an den Strand, und sie versuchte, ihren Herzschlag dem Rhythmus der Brandung anzupassen. Auf und ab, auf und ab. Ihr Herz flatterte, kurze, aufgeregte Flügelschläge. Das Eis in ihrer Seele geriet in Bewegung, wie ein Gletscher, mit furchtbarem Getöse. Eisbrocken schienen auf ihr Herz zu regnen. Lumme stöhnte auf, sie schwankte.

»Lumme, alles in Ordnung mit dir?« Henning sprang auf und griff nach ihrem Arm. »Setz dich doch!«

Er schob sie zurück auf den Stuhl, dann nahm er ihr behutsam die Tüte ab, die sie immer noch umklammerte.

»Du solltest mal was essen.«

Er brach eines der Brötchen auseinander und hielt ihr eine Hälfte hin.

»Ich mag nicht.«

Lumme schüttelte den Kopf, ihr Herz versuchte, sich vor den herabstürzenden Eisbrocken in Sicherheit zu bringen, und hüpfte hin und her. Um es einzufangen, legte sie eine Hand auf die Brust. Kalter Schweiß stand ihr auf der Stirn.

»Komm schon, Lumme. Das ist dein Kreislauf, der verrückt spielt.«

Henning zupfte einen Brocken von der Brötchenhälfte und hielt ihn ihr vor die Lippen.

»Mund auf!«

»Henning …«

Das Brötchen roch herrlich – nach Mohn und irgendwie auch nach Sommer. Lumme bemerkte, dass sich ihre Nase kräuselte, gierig sog sie den Duft ein. Die Eislawine in ihrem Inneren wich einem Graupelschauer, das Kribbeln auf der Stirn wurde schwächer.

»Mund auf, Lumme!«

Ihr EKG wäre wohl immer noch eine Katastrophe, aber das Flattern ließ nach. Lumme ließ die Hand in den Schoß sinken, gehorsam öffnete sie den Mund.

»Fein!«

Henning hielt ihr das nächste Bröckchen vor den Mund. Lumme dachte, dass er auch ein guter Pinguinpfleger wäre. Die Vögel liebten es, mit kleinen Leckerbissen verwöhnt zu werden. Aus der Nähe sah man ihre klugen dunklen Augen, die einen spöttisch taxierten. Bisweilen hatte Lumme sich gefragt, ob die Pinguine nicht eigentlich sie dressierten. Gewiss amüsierten die Vögel sich genauso über ihre Pflegerin, wie sie sich über ihre Schützlinge amüsiert hatte. Die Erinnerung an die Humboldtpinguine ließ sie lächeln, sie schnappte nach dem nächsten Happen.

»Besser?«

Henning lehnte sich zurück, wieder forschte er in ihrem Gesicht nach einer Erklärung.

»Ja, danke.«

Lumme nahm ihm das halbe Brötchen aus der Hand und biss hinein.

»Willst du auch einen Kaffee?«

»Sehr gern.«

Henning stand auf und ging nach nebenan. Lumme hörte, wie er mit der Kaffeedose herumhantierte. Als die Maschine zu blubbern begann, huschte sie über den Flur und öffnete die Tür zum Hummerkindergarten.

Das Seepferdchen hatte sich zwischen den Algen versteckt. Seine Farbe war mehr grün als bräunlich, es passte sich seiner Umgebung an. Aufrecht ließ es sich durch die Algenstränge treiben, seine Brust- und Rückenflossen bewegten sich träge, ein wellenförmiges Hin und Her.

»Theo«, flüsterte Lumme.

»*Scheun'n Schiet ook*«, echote es in ihrem Kopf. Ihr war, als lachte die Stimme sie aus. Sie kniete sich vor das Becken, mit dem Zeigefinger schrieb sie den Namen auf das kalte Glas. Feuchtigkeit kondensierte auf der Scheibe. *THEO* – für einen Augenblick war der Name sichtbar. Zaubertinte. Dann verschwanden die Buchstaben wieder. Wie ein Chamäleon drehte das Seepferdchen ein Auge in ihre Richtung, sein Greifschwanz umklammerte eine Alge. Wieder dachte Lumme, dass ihm eine Partnerin fehlte.

»Einsam?«

Ihr Atem ließ das Beckenglas beschlagen, wieder waren die Buchstaben sichtbar. *THEO*. Mit dem Ärmel wischte Lumme über die Scheibe.

»Wir sollten dich umquartieren«, murmelte sie. »Jetzt bist du eh kein Geheimnis mehr. Vielleicht hast du vorne im Aquarium mehr Spaß?«

Das Seepferdchen blickte sie ungerührt an, Lumme fragte sich, ob es sie überhaupt sah. Sie wusste nicht viel über Seepferdchenaugen. Alles, was sie in den vergangenen Tagen zum Thema Seepferdchen gelesen hatte, drehte sich um optimale Haltungsbedingungen und die Zucht. Wildfänge waren heikel, sie ließen sich nicht an Frostfutter gewöhnen, weshalb die Tiere im Aquarium oft qualvoll verhungerten. Lumme linste in den Futterbehälter, den Henning schon aufgefüllt hatte. Gut, dass sie ihrem Schützling täglich frisches Lebendfutter aus dem Tangwald anbieten konnten.

Das Seepferdchen ließ den Algenstrang los und schwebte frei. Es drehte Lumme den Rücken zu, von hinten sah es aus wie eine gepanzerte Raupe. Seine Farbe schien noch dunkler zu werden, so als wäre es traurig. Seine Verletzlichkeit ließ Lumme nach Luft schnappen.

»Theo«, murmelte Lumme wieder. »Theo, Theo, Theo. Theo gegen den Rest der Welt.« Sie versuchte, sich an den Namen zu gewöhnen. Vielleicht konnte sie ihn irgendwann aussprechen, ohne an dem Tintenfischeis zu kratzen?

Sie schloss die Augen. Das Rauschen der Sauerstoffschläuche, die sich durch die Hummerbecken schlängelten, ließ sie an einen Tauchgang denken. Lumme ließ sich treiben, tief hinunter, bis auf den Grund des Ozeans. Plötzlich sah sie einen dunklen Körper auf sich zuschießen. Ein Humboldtpinguin. Vor der Küste Chiles hatte sie mit Pinguinen getaucht, Todd hatte ihr die Reise geschenkt. Lumme erinnerte sich daran, wie behäbig sie sich zwischen den stromlinienförmigen Körpern gefühlt hatte. Vielleicht hatte es auch daran gelegen, dass sie schwanger war. Siebter Monat, sie hatte Todd versprechen müssen, nicht an ihre Grenzen zu gehen. Und so hatte sie der Pinguinjagd nur zuschauen können. Wie Pfeile schossen die Vögel ins Blau hinab, einige Arten konnten sogar in mehreren Hundert Meter Tiefe jagen. Ihre Augen hatten sich an die Lichtverhältnisse unter Wasser angepasst, sie konnten die Blau- und Grüntöne des Meeres optimal wahrnehmen und unterscheiden. An Land dagegen waren sie kurzsichtig.

»Lumme?«

Plötzlich stand Henning neben ihr und hielt ihr einen Becher unter die Nase. Sie hatte ihn nicht kommen hören. Der Duft des Kaffees holte sie zurück.

»Wusstest du, dass Pinguine kein Rot sehen können?«

Lumme pustete in den Kaffee. Am liebsten hätte sie sich für eine Weile im Hummerkindergarten verkrochen.

»Ist wirklich alles klar bei dir?«

Henning sah sie an, als ob sie ihn auf den Arm nehmen wollte.

»Ja.« Lumme nickte und trank einen Schluck Kaffee. »Ich versuche nur gerade, mich an den Namen zu gewöhnen.«

»Theo?« Henning lächelte. »Wir könnten ihn eigentlich nach vorne setzen.« Er tippte gegen das Beckenglas, Lumme dachte, dass er das T getroffen hatte. Das unsichtbare. »Vielleicht zu den Grundeln«, fuhr er fort.

»Du bist so …« Lumme suchte nach dem richtigen Wort.

»Praktisch?« Henning schmunzelte, er rollte die Schultern nach hinten, als wollte er seine Muskeln lockern.

»Ja, vielleicht.«

»Du kannst dich jedenfalls nicht ewig hier hinten verstecken, Lumme. Das Aquarium braucht dich.«

»Ich würde gern auf einen langen Tauchgang gehen. Irgendwo vor Feuerland. Oder ich besuch den Peddersen am Kap, was meinst du?«

»Ach, Lumme. Spätestens, wenn wir die Hummer aussetzen, musst du hier raus.« Henning reichte ihr eine Hand und zog sie hoch. »Du bist doch eine Friesin«, raunte er ihr ins Ohr. »Ich hätte gedacht, dass du tougher bist.«

Am Abend dann ihr Vater. Er stand mit verschränkten Armen vor der *Möwe*, als Lumme aus dem Aquarium kam. Sie sah ihm an, dass er keinen leichten Tag gehabt hatte.

»Warum hast du denn nichts gesagt?«

Er trat zur Seite und ließ sie hinein. Als sie ihm einen Kuss auf die Wange geben wollte, schüttelte er den Kopf.

Auch das noch!

Lumme schälte sich seufzend aus ihrem Parka. Sie war müde, und sie war hungrig. Seit der halben Kliffkante hatte sie nichts mehr gegessen.

»Du hättest dich doch nur aufgeregt.« Lumme überlegte, ob sie mit Boje diskutieren oder gleich nach oben verschwinden sollte. Die Ereignisse des Tages hatten sie ordentlich durchgeschüttelt. Sie war zu erschöpft, um sich mit ihm zu streiten.

»Ich reg mich doch nicht über das Seepferdchen auf.« Boje trug ihre Jacke an die Garderobe, als wäre sie ein Gast. Im Garderobenspiegel begegneten sich ihre Blicke, er sah genauso müde aus wie sie. »Ich reg mich darüber auf, dass du mir nicht vertraust.«

»Ach, Papa …«

Lumme lehnte sich gegen den Empfangstresen im Flur, die Schlüssel zu den Gästezimmern, eine Reihe glänzender Messinganker, hingen hinter ihr an einem Brett an der Wand. Seit die Drei abgereist war, hatte es keinen Neuzugang mehr gegeben. Boje hatte sich mit einem ausgedehnten Frühjahrsputz und nachmittäglichen Angelfahrten bei Laune gehalten. Und abends für Lumme gekocht.

»Hans hat's mir erzählt. Hat mich vorm Rathaus abgefangen. Und ich wusste von nichts! Nicht mal, dass du bei ihm gewesen bist. Weißt du, wie ich mir vorgekommen bin?«

Boje stemmt die Arme in die Seite. Er sah genauso grimmig aus wie Melvilles Kapitän Ahab. Wieder schüttelte er den Kopf. »Ausgerechnet ein Seepferdchen. Ich hätte ja gedacht, dass die Vögel den Schweden noch einen Strich durch die Rechnung machen.«

»Wirklich?«

Lumme atmete auf, sie hasste es, mit ihrem Vater zu streiten. Wenn er sich im Recht fühlte, konnte er einen tagelang anschweigen. Eine Atmosphäre wie auf einem Geisterschiff. Auch ihre Mutter hatte sein Schmollen nicht ertragen können. »Lieber ein kräftiger Sturm«, hatte sie immer gesagt. Wenn Isabella sich gestritten hatte, dann mit Leidenschaft. Und mit einem Schwall italienischer Schimpfwörter, die wie Musik klangen. Große Oper. Einmal hatte sie sogar das Schachspiel nach Boje geworfen. Jede Figur einzeln und zuletzt den Schwarzen König.

Lumme lächelte, sie fragte sich, was ihre Mutter zu dem Seepferdchen gesagt hätte. Und zu Boje. Bestimmt hätte sie sich auf ihre Seite geschlagen und auch gegen den Windpark gekämpft.

Boje sah sie aufmerksam an. »Sag nicht, dass du an den Schwarzen König denkst.«

Ihr Vater konnte Gedanken lesen, schon als Kind hatte er ihr an der Nasenspitze ansehen können, was sie dachte. Er ging auf sie zu und zog liebevoll an ihren Haaren. »Lass uns in die Küche gehen, ich hab Spaghetti da.«

Das war eine Untertreibung. Boje hatte Pasta Arrabbiata gekocht, die scharfe Soße schmeckte fast genauso gut wie die legendären Pastasoßen ihrer Mutter. Außerdem hatte er eine Flasche Rotwein geöffnet. Beim Essen erzählte er Lumme von seinem Gespräch mit dem Bürgermeister.

»Hans ist völlig aus dem Häuschen. Er hing den ganzen Morgen am Telefon und musste Journalistenanfragen beantworten. Und die Schweden haben sich auch schon bei ihm gemeldet und Druck gemacht. In Stockholm ist der Teufel los. Damit haben die wohl nicht mehr gerechnet.«

»Eigentlich merkwürdig, findest du nicht?« Lumme sah von ihrer Pasta auf, der Wein und die Arrabbiata passten hervorragend zu ihrer Stimmung. Nach dem schrecklichen Tag schenkten ihr die Nudeln neue Energie. Sie spürte, wie sie rote Wangen bekam. Kampfeslustige rote Wangen. »Die Klage ist doch noch lange nicht entschieden. Und der Windpark wäre nicht das erste Bauprojekt, das auf den letzten Metern scheitert.« Sie dachte an ihr Gespräch mit Klaus Baumgartner zurück.

»Offenbar waren sich die Schweden sehr sicher, in ein paar Wochen feiern sie doch schon Richtfest im Hafen.« Boje legte seine Gabel zur Seite, ernst sah er Lumme in die Augen. »Vielleicht versetzt du der Insel damit den Todesstoß«, murmelte er.

»Papa …« Lumme schüttelte den Kopf. Warum nur wollte sie niemand verstehen? Das Geld der Schweden hatte offenbar allen den Verstand zubetoniert. Sie dachte, dass sie zuallererst ihren Vater überzeugen musste, bevor sie die Insulaner ins Boot holen konnte. »Es gibt alternative Gebiete, die man ausweisen kann«, hörte sie sich plötzlich sagen. Vielleicht musste sie doch mit einem Kompromiss leben? »Dreißig Seemeilen weiter westlich, außerhalb der Vogelzugrouten. Der Naturschutzbund hat dazu ein Gutachten vorgelegt. Dann könnte die Insel den Schweden immer noch als Versorgungsstation dienen.«

»Ach, Lumme, wenn hier ein Baustopp verhängt wird, dann dauert es doch Jahre, bis die Sache wieder Fahrt aufnimmt. So viel Zeit hat die Insel nicht mehr. Die jungen Leute ziehen alle weg. Von deinen Schulfreunden lebt schon keiner mehr auf der Insel. Und irgendwann sitzen wir alle wie die greisen Kapitäne auf der Seebrücke und starren aufs Meer.«

»Jaja, ich weiß«, Lumme sah auf ihren Teller. »Henning liegt mir deshalb auch in den Ohren. Aber …«, sie fuhr mit der Gabel in die Spaghetti, das Knäuel aus Nudeln ähnelte dem Wirrwarr ihrer Gedanken. »Gibt es nicht doch noch eine andere Perspektive für die Insel als riesige Windräder, die Fischen und Vögeln den Tod bringen?«, fragte sie, obwohl sie selbst nicht so genau wusste, worauf sie hinauswollte.

»Grüne Energie, das hast du doch immer gewollt. Und nun? Du hörst dich an wie einer dieser Im-Prinzip-schon-aber-bitte-nicht-hier-Verweigerer.« Ihr Vater schenkte ihr Wein nach, die Flasche war fast leer. »Energiewende ja, aber bitte nicht vor meiner Haustür. Das ist eine Alte-Leute-Position.« Er klopfte sich auf die Brust. »Aber damit wirst du hier niemanden überzeugen können. Manchmal muss man etwas verändern, um das zu bewahren, was man liebt. Auch wenn es einem schwerfällt.«

»Ja, vielleicht hast du recht.« Lumme ließ die Gabel sinken, sie griff nach dem Weinglas. Ein Montepulciano, guter Jahrgang. Boje hatte eine seiner besten Flaschen geöffnet, den Gästen war der Wein meist zu teuer. »Ich bin ja auch nicht gegen Windkraft, aber es muss doch möglich sein, einen anderen Weg für die Insel zu finden. Mich treibt nur die Sorge um, dass wir hier alles zerstören, was die Insel ausmacht. Den Tangwald, das Felswatt, den Lummenfelsen. Das ganze Naturschutzgebiet.«

»Von der Insel aus wird man den Windpark nur mit dem Fernglas sehen können.« Boje goss sich den letzten Rest Wein ein und nahm einen großen Schluck. »Die Sache mit den Vögeln verstehe ich ja, aber ein Seepferdchen? Ein winziges Seepferdchen, das euch durch Zufall ins Netz gegangen ist? Weißt du, Lumme ...« Ihr Vater schwieg einen Moment, Lumme sah, dass die Erinnerungen ihn bestürmten. Als er fortfuhr, klang seine Stimme belegt. »Ich habe die Börte geliebt, Lumme, sehr geliebt. Aber als das Geschäft immer schwieriger wurde, habe ich die *Möwe* aufgemacht. Deiner Mutter zuliebe. Und dir zuliebe. Trotzdem habe ich es vermisst, jeden Tag auf dem Wasser zu sein. Und wie! Manchmal musste ich mich regelrecht zwingen, morgens überhaupt aufzustehen. Und oft genug habe ich deine Mutter hier alleingelassen und bin mit dem Boot raus. Wenn mir alles zu eng wurde.« Er hob hilflos die Arme und ließ sie wieder auf das Tischtuch sinken. Die Traurigkeit hockte wie ein schwarzer Vogel auf seinen Schultern. »Ach, Lumme, ich gönne es den jungen Leuten, auf See zu arbeiten. Transport- und Versorgungsfahrten zum Windpark, Ausflüge mit Touristen und, und, und – es gäbe wieder einen Grund, da draußen unterwegs zu sein. Und es gäbe einen Grund, morgens aufzustehen und sich auf der Insel zu Hause zu fühlen.«

Ja, dachte Lumme und sah Boje in die Augen. Das Salzwasserblut, die Schaukelei unter den Rippen – es brach ihr fast das Herz. Sie hatte nie gewusst, wie schwer es ihm gefallen war, die Börte zu verlassen. Und doch gab es keinen anderen Weg für sie, als zu versuchen, das Seepferdchen und das Felswatt vor den Schweden zu retten.

»Scheun'n Schiet ook«, lärmte die Stimme in ihrem Kopf. Sie klang wie das Gespenst einer längst vergangenen Zeit.

Stumm hob sie ihr Glas und prostete ihrem Vater zu. Boje erwiderte ihren Blick, er nickte und trank.

Es war eine Art Waffenstillstand, nicht mehr. Als Lumme ihr Glas in kleinen Schlucken leerte, sehnte sie sich danach, mit Josh zu sprechen.

Sieben

Hans Cassen hatte sich wacker geschlagen. Am nächsten Tag brachten die Zeitungen seine Antwort auf das drohende Windpark-Aus. »Wir haben hier sogar noch mehr Willen als Wind«, hatte der Bürgermeister den Journalisten in den Block diktiert. Und: »Die Insel hat schon so manchen Sturm überstanden. Ein paar Öko-Spinner machen uns jedenfalls keine Angst.« Die Herausforderung schien ihm Spaß zu machen, Lumme fand, dass er wie ein brünstiger Seelöwe klang. Oder war da etwa ein Glas Cognac zu viel im Spiel gewesen?

»Nicht schlecht«, sagte auch Klaus Baumgartner, als er gegen die Mittagszeit mit Lumme telefonierte. »Er scheint die Sache persönlich zu nehmen. Showdown in der Nordsee – das mögen die Medien.«

»Sehr persönlich sogar.« Lumme dachte an ihre Begegnung mit Hans Cassen zurück. Und an ihre Tränen. »Er hat mir mit Kündigung gedroht.«

»Keine Sorge, damit kommt er nicht durch.« Baumgartner holte zu einem Exkurs in Sachen Arbeitsrecht aus. Als er sich in Details verlor, unterbrach Lumme ihn.

»Ist nicht so schlimm«, sagt sie. Sie ertappt sich dabei, dass sie auf die Uhr sah. In San Diego war es halb fünf. Gegen sechs würde Todd aufstehen und Joggen gehen, seine Morgenrunde, unten am Strand. Der Pazifik schimmerte wie ein smaragdfarbener Teppich, und am Cammino raschelten die Palmen im Wind. »Mein Vertrag hier ist befristet. Ende des Jahres bin ich wieder in Kalifornien.«

»Wirklich?« Klaus Baumgartner stutzte kurz. »Wollen Sie wieder Pinguine pflegen?«

Die Humboldtpinguine, natürlich. Baumgartner hatte sich offenbar über ihren Werdegang informiert. Lumme spürte so etwas wie Trotz in sich aufsteigen, wieder sah sie auf die glänzende Uhr. Stahl und Keramik. *Don't crack under pressure*, so lautete der Werbeslogan des Schweizer Herstellers. »Ich habe meiner Familie versprochen, nicht länger als ein Jahr hierzubleiben«, sagte sie. Als Baumgartner schwieg, rutschte ihr ein lahmes »Mein Sohn braucht mich« hinterher.

»Na, Sie müssen's ja wissen.« Baumgartner ließ von ihr ab, obwohl er von ihrer Antwort nicht ganz überzeugt zu sein schien. Sie konnte seinen Zweifel hören, ein geräuschvolles Räuspern. »Geht mich ja auch nichts an. Hauptsache, Sie helfen mir vorher noch ein bisschen mit dem Seepferdchen.«

»Ja, und wie!« Lumme war froh, dass er sie ziehen ließ. Sie sah aus dem Fenster, soeben kam das Schiff aus Cuxhaven an. Das Schiffshorn tutete kurz, dann polterte der Anker ins Wasser. Die Fähre lag zwischen Insel und Düne auf Reede, die Nase im Wind. Knapp oberhalb der Wasserlinie öffneten sich die Pforten. Wie schwimmende Tierchen näherten sich die weißen Börteboote dem Schiff, um die Passagiere aufzunehmen. Die Sommersaison hatte begonnen – Mitte April und bei zwölf Grad Lufttemperatur. »Was kann ich für Sie tun?«

»Der Cassen hat sich positioniert. Er ist der Kraftmeier, der Polterer, der Bad Guy. Jetzt müssen wir dafür sorgen, dass die Leute das Seepferdchen lieben.«

»Sie möchten, dass wir hier Theater spielen?« Lumme rätselte, was Baumgartner von ihr wollte.

Baumgartner lachte auf, laut und herzhaft. »Nein, kein Theater. Jedenfalls kein Schmierentheater. Aber ein wenig Show kann nicht schaden, um der Sache noch ein bisschen mehr Schwung zu geben.«

»Das heißt?«

Lumme sah auf die Bildschirmquallen, die ins Dunkle hinabtauchten. Kurz entschlossen ging sie ins Internet und wählte eine Webcam an, die Livebilder vom Strand in Del Mar übertrug. Am Pazifik war es noch diesig, aber die Schönheit des frühen Morgens ließ sich bereits erahnen. Lange, flache Wellen rollten gelassen an den Strand, so als wären sie nur dazu da, das perfekte Beachbild zu rahmen.

»Das, was wir öffentliche Meinung nennen, fällt nicht einfach so vom Himmel, Frau Hansen. Meinung wird erzählt, gemacht, verändert – bis alles passt. Es geht nicht so sehr um Wahrheit, es geht vielmehr um Wirkung und Wahrnehmung. Auch bei unserem Seepferdchen.«

»Aber die Sache liegt doch beim Gericht.«

Lumme starrte auf den Stream auf ihrem Bildschirm. Der Strand war noch menschenleer, ein dunkler Vogel flog durch das Bild. Sie dachte an Josh und wünschte sich, dass er über den Strand laufen würde. Einfach so, eine zufällige Überschneidung ihrer beider Leben.

»Das ist richtig. Aber Richter sind auch nur Menschen. Und Menschen kann man beeinflussen. Ein Seepferdchen ist ein Seepferdchen. Aber ein Seepferdchen, über das man spricht, ist so etwas wie eine Persönlichkeit. Das macht unseren Fisch realer, greifbarer, menschlicher …«

Menschlicher. Lumme nickte, obwohl Baumgartner sie nicht sehen konnte. »Wir haben ihm einen Namen gegeben«, sagte sie. »Theo.«

»*Theo gegen den Rest der Welt.*« Baumgartner sprang sofort darauf an, offenbar hatte Henning ins Schwarze getroffen. »Super, das ist gut. Dann lassen Sie uns mal ein bisschen an unserer Story arbeiten. Auf jeden Fall brauche ich noch mehr Bilder von Theo und vielleicht den einen oder anderen Schmunzler.«

»Sie meinen, ob er schon Freunde im Aquarium gefunden hat?« Lumme lachte leise. Ihr Blick löste sich vom Bildschirm, und sie sah wieder auf die Nordsee. Die Börteboote schaukelten auf und ab, die Wellen rauschten in kurzen Abständen atemlos an den Strand. Das Wasser schillerte, mehr Grün- als Blautöne. So langsam begriff sie, worauf Baumgartner hinauswollte.

»Ja, so etwas in der Art.«

»Wir haben ihn immer noch im Hummerkindergarten, heute Nachmittag wollen wir ihn umsetzen. Dann kommt er nach vorne ins Aquarium zu den Grundeln.«

»Grundeln, okay. Aber wie sieht's mit einer Partnerin aus? Seepferdchenbabys wären natürlich ein Traum.«

»Das ist nicht so einfach. Die Aufzucht ist ganz schön heikel.« Lumme wollte ausholen, doch Baumgartner fiel ihr ins Wort.

»Frau Hansen, denken Sie an das große Ganze. Es geht Ihnen doch um das Felswatt, um den Schutz Ihrer Insel. Stellen Sie sich vor, Sie könnten dort wieder dauerhaft Seepferdchen ansiedeln. Mit den Hummern haben Sie doch auch schon ganz ordentliche Erfolge erzielt.«

»Das ist keine Sache von einem Sommer, das ist die Arbeit von vielen Jahren. Außerdem ...«

»Natürlich, weiß ich doch. Aber wir müssen jetzt ein bisschen zaubern und Lärm machen. Die Sache muss medial hochkochen, das hilft uns. Überlegen Sie sich was! Sie wissen doch, im Krieg und in der Liebe ist alles erlaubt.«

Baumgartner holte Luft, Lumme überlegte, ob er sie vielleicht auf den Arm nehmen wollte. Sie beobachtete eine Möwe, die über die Strandpromenade trippelte, als wäre sie auf Erholungsurlaub. »Sie klingen ganz schön martialisch«, meinte sie.

Baumgartner lachte. »Entschuldigen Sie, ich bin schon zu lange dabei«, sagte er. »Ich wollte Ihnen nur noch mal klarmachen, dass ich Sie brauche. Sie müssen für die Emotionen sorgen.«

Emotionen. Ein gefährliches Wort. Dröhnend stürzte es auf Lummes Seele herab und krachte in das Tintenfischeis. Eine Welle von Selbstmitleid schwappte über sie hinweg. Lumme war froh, dass sie saß. Schnell klickte sie die Webcam aus. Ja, dachte sie, Emotionen, darin bin ich ganz besonders gut. Die Stimme in ihrem Kopf lachte glucksend wie ein Kind.

»Baumgartner will, dass wir ihm was zum Schmunzeln liefern. Er träumt von Seepferdchenbabys.«

»Na, dann seid ihr ja schon zu zweit.«

Henning sah Lumme nicht an. Gespannt verfolgte er, wie sich das Seepferdchen in seinem neuen Zuhause verhielt. Sie hatten es vor einer Viertelstunde zu den Grundeln gesetzt. Im Vergleich zu seiner vorherigen Behausung war das neue Becken riesig: mehr als sechshundert Liter Wasser, Kies, Sand und aufeinandergeschichtetes Felsgestein. Von der Wasseroberfläche hingen Bündel aus Tang und Seegras. Fünf sandfarbene Strandgrundeln hielten sich am Beckenboden auf, ihre Stielaugen oben auf dem Kopf schimmerten wie Opale.

»Ich hab ihm gesagt, dass das nicht so einfach ist.«

Lumme wanderte um das Becken herum, um Theo besser sehen zu können. Außer ihnen war niemand sonst im Aquarium. Als das Seepferdchen die Fische auf dem Beckenboden entdeckt hatte, hatte es sich sofort zwischen den Algen versteckt.

»Scheues Kerlchen«, Henning zuckte mit den Schultern, »wahrscheinlich braucht es noch ein paar Tage, um mit den Grundeln warm zu werden.«

»Wo sollen wir denn eine Frau für ihn herbekommen?«

Lumme hatte das Seepferdchen jetzt entdeckt, es hielt sein Köpfchen gesenkt. Sein Schwanz hatte sich um einen Seegrashalm gewickelt, seine Farbe war dunkelbraun, fast schwarz. Als wollte es verschwinden, dachte sie.

»Partnerbörse«, murmelte Henning. »Wir schreiben einfach ein paar Aquarien an, die Kurzschnäuzige Seepferdchen halten. Amsterdam, Barcelona, London – vielleicht haben wir ja Glück?«

»Selbst wenn wir ein Weibchen bekommen, heißt das noch lange nicht, dass es bei den beiden sofort funkt.«

»Meinst du, dass Theo wählerisch ist?«

Henning lachte, er strich sich die Locken aus dem Gesicht. Das Haar bauschte sich wie Gischt über der Stirn. »Vielleicht ist es ja Liebe auf den ersten Blick.«

»Ist nicht dein Ernst.«

Lumme schmunzelte, auch über Hennings Haare. Aus den Augenwinkeln heraus sah sie den Stör, der in der Saalmitte stoisch durch das Panoramabecken glitt. Vor fast fünfzig Jahren war der urtümliche Fisch aus der Nordsee gezogen worden. Er galt als einer der Letzten seiner Art. Solange sie zurückdenken konnte, war der Stör allein gewesen. Allein unter

Dorschen und Flundern. Hatte er die Liebe in seinem Methusalemleben vermisst?

»Wir könnten ein Profil auf Facebook für ihn anlegen«, fuhr Henning fort. »Vielleicht schwebt Baumgartner ja etwas in der Art vor?«

»Meinst du, das interessiert die Leute? Ein Seepferdchen?«

»Ein paar Freunde wird er schon finden.«

Henning wedelte mit den Händen, als wollte er ihre Zweifel verscheuchen. Lumme dachte, dass das Seepferdchen so etwas wie eine sportliche Herausforderung für ihn war. Oder ein abendlicher Zeitvertreib.

»Kümmerst du dich darum?«, fragte sie. »Du kennst dich ja aus.«

Henning streckte ihr die Zunge raus. »Kann ja nicht jeder in der Antarktis fündig werden«, sagte er und sah sie an. Er lächelte, doch seine Grübchen waren kaum zu sehen.

Lumme lachte zurück, aber sie spürte, dass er einsam war. Die Abende auf der Insel waren lang, und es gab wenig Abwechslung für einen männlichen Single mit Locken und langen Füßen.

»Spielst du eigentlich …«

Bevor sie den Satz beenden konnte, kam Frau Graumann in den Saal. Überrascht drehte Henning sich nach ihr um.

»Frau Graumann?« Er wechselte einen schnellen Blick mit Lumme, seine hochgezogenen Augenbrauen verrieten ihr seine Gedanken: Wann hatte sie die Kasse das letzte Mal verlassen? »Was können wir für Sie tun?«

»Ich wollte mir den Burschen nur mal anschauen.«

Frau Graumann kam näher, ihre Stimme schnarrte, als würde sie nicht allzu oft gebraucht. Lumme wusste, dass Frau Graumann allein lebte. Ihr Mann war verstorben, und die beiden erwachsenen Söhne wohnten mit ihren Familien auf dem Festland.

»Das Seepferdchen?«

Frau Graumann nickte, sie stellte sich zwischen Lumme und Henning und starrte in das Becken. Lumme zeigte ihr, wo sich das Seepferdchen versteckt hatte. »Es muss sich noch an seine neuen Mitbewohner gewöhnen«, sagte sie.

»Hm.« Frau Graumann nahm ihre Brille ab und trat noch näher an das Becken heran. Sie schwieg. Hinter ihrem Rücken wechselten Lumme und Henning einen weiteren Blick, Henning zuckte mit den Achseln. Lumme fragte sich, wie Frau Graumann zu ihrer Sache stand. War sie für oder gegen den Windpark?

Nach einer Weile setzte Frau Graumann die Brille wieder auf, sie trat ein paar Schritte zurück, verharrte kurz, dann nickte sie und ging. Als sich die Tür hinter ihr geschlossen hatte, prustete Henning los. »Was war das denn?«

Auch Lumme konnte ein Schmunzeln nicht unterdrücken.

»Die Queen gibt sich die Ehre«, alberte Henning. Tatsächlich hatte die Graumann mit ihrer Dauerwelle, der Goldrandbrille und den pastellfarbenen Röcken etwas von der englischen Königin, auch wenn sie wohl an die dreißig Jahre jünger war.

»Ich glaube, ich habe sie noch nie hier drinnen gesehen.« Lumme schüttelte den Kopf, dann klebte sie ein Schild, das sie vorbereitet hatte, neben die Erläuterungstafel zu den Grundeln: *Kurzschnäuziges Seepferdchen (Hippocampus hippocampus). Verbreitungsgebiet: Ostatlantik und Mittelmeer, vom Aussterben bedroht.*

Henning sah ihr zu. »Ich geh dann mal die Kamera holen«, sagte er, als sie fertig war. »Vielleicht schenkt Theo mir ja ein Lächeln.«

Zurück an ihrem Schreibtisch sah Lumme, dass Baumgartner ihr eine Mail geschickt hatte. *Kanonenfutter,* hatte er in die Betreffzeile geschrieben. In der Mail dann ein einziger Satz: *Alternative Energiegewinnung ist unsinnig, wenn sie genau das zerstört, was wir eigentlich durch sie bewahren wollen – die Natur.*

Als Lumme sich durch die einzelnen Dokumente klickte, sah sie, dass er ihr reichlich Diskussionsstoff geschickt hatte: Statistiken und Berechnungen, die verdeutlichten, dass der geplante Windpark vor der Insel ein ökologischer und ökonomischer Irrsinn war. Das Material stammte aus dem Gutachten, das der Naturschutzbund auch bei Gericht eingereicht hatte, um den Bau des Windparks zu stoppen. Könnte sie damit die Insulaner auf ihre Seite bringen?

Lumme druckte sich einige der eng beschriebenen Seiten aus und versuchte, sich die wichtigsten Fakten einzuprägen. Doch nach einer Stunde gab sie entnervt auf. Obwohl sie die Tabellen und Gleichungen ohne Probleme lesen konnte, fiel es ihr schwer, die Monstrosität des Windparks auf einzelne Zahlen herunterzubrechen. Ihr wurde schlecht, wenn sie sich vorstellte, dass das Gericht in Hamburg auf Basis dieser Papiere urteilte. Sie hätte die Richter am liebsten zu einem Ortstermin auf die Insel geholt, um ihnen das Felswatt zu zeigen. Die raue Schönheit der Natur, die einem mit Wucht den Atem raubte.

Wie sollten die Richter sich die gigantischen Ausmaße des Windparks auch vorstellen? Die Offshore-Rotoren waren ja sogar noch größer als die Anlagen an Land: mehr als tausend Tonnen Kunststoff und Beton bei einem Rotordurchmesser von einhundertfünfundzwanzig Metern und einer Gesamthöhe von bis zu einhundertsiebzig Metern über dem Meeresgrund. Da draußen entstand kein Wald, sondern eine gigantische Stadt aus Windrad-Wolkenkratzern. Und dann der ohrenbetäubende

Lärm, der beim Einrammen der Fundamente entstand. Schall verbreitete sich unter Wasser viel stärker und schneller als durch die Luft, sodass die Rammgeräusche in etwa so laut waren wie ein startender Düsenjäger. Für die Schweinswale wäre das eine Katastrophe: Sie waren abhängig von einem intakten Gehör, ähnlich wie Fledermäuse orientierten sie sich über akustische Bilder. Durch derart laute Bauarbeiten auf dem Meeresgrund verloren sie die Orientierung, Kälber wurden von ihren Müttern getrennt, ganze Walschulen strandeten an Land und verendeten. Und die Schallschutz-Konzepte, auf die Hersteller und Bauherren scheinheilig verwiesen, ließen Lumme vor Wut keuchen. Denn meist vertrieb man die Schweinswale für die Zeit der Bauarbeiten einfach aus ihrer Kinderstube. Sie wusste, selbst wenn die Wale überlebten, kehrten sie nie mehr zurück.

Es war schrecklich, sich so hilflos zu fühlen. Lumme ballte die Hände zu Fäusten. Was hätte Jan zu den Windrädern gesagt, die man gegen jede Vernunft mitten in die Vogelzugrouten hinein baute? Zu den Abertausenden von Singvögeln, die tot vom Himmel fielen? Sie beobachtete die Börteboote, die an der Seebrücke Passagiere aufnahmen, um sie zurück aufs Schiff zu bringen. Es ging auf sechzehn Uhr zu, in einer halben Stunde machte sich das Bäderschiff auf den Rückweg nach Cuxhaven. Lumme versuchte, sich eines der Boote unterhalb eines Windrades vorzustellen und musste an eine Nussschale denken.

Nach einer Weile begann sie, die ausgedruckten Seiten zusammenzuraffen. Auf ihrem Schreibtisch herrschte das übliche Chaos. Stapel von Unterlagen, Bestelllisten, Notizen (sie schrieb immer noch gerne mit der Hand), die Skripte wissenschaflicher Arbeiten, die sie lesen wollte, und, ziemlich weit oben, die vorläufigen Auswertungen ihrer eigenen Untersuchungen. Lummes Arbeiten zum Plankton im Tangwald waren Teil eines globalen Forschungsprojektes zum Klimawandel, ein Weltatlas zum Meeresplankton sollte daraus entstehen. Die oberste Schicht des Papierwustes umfasste all das, was Lumme sich zuletzt zur Seepferdchenaufzucht ausgedruckt hatte. Eine geheimnisvolle Kraft hielt den Stapel zusammen. Henning rollte mit den Augen, wenn er ihre Turmbauten sah.

Lumme seufzte, es war in der Tat ein Wunder, dass sie noch freie Sicht auf ihren Bildschirm hatte. Am liebsten hätte sie Baumgartners Papiere auf dem Meeresgrund versenkt. Oder aus dem Fenster flattern lassen. Wieder schüttelte sie den Kopf, dann versuchte sie, die Zettel irgendwo abzulegen. Ein waghalsiger Balanceakt. Die mahnende Stimme, die in ihrem Kopf wisperte, versuchte sie zu überhören.

Als das Telefon klingelte, sah Lumme nur flüchtig aufs Display.

»Wir sind schon dran, Herr Baumgartner«, sagte sie, als sie abnahm, denn sie hatte eine Kieler Vorwahl aufblitzen sehen. »Mein Kollege fotografiert das Seepferdchen schon.«

»Spreche ich mit Frau Doktor Hansen?«

Die Stimme am anderen Ende der Leitung war in etwa das genaue Gegenteil von Baumgartners gutmütigem Bass. Sie klang kühl und reserviert, vielleicht sogar eine Spur herablassend.

Lumme stutzte. »Oh, Entschuldigung. Ja, Hansen hier, guten Tag. Was kann ich für Sie tun?«

»Jörg Luehmann, Luehmann mit u e, aus dem Kieler Bildungsministerium. Es geht um …«

»Sie rufen wegen des Umbaus an, die Sanierung des Aquariums.« Lumme erinnerte sich, den Namen schon einmal in einem der Bauprospekte gelesen zu haben. Jörg Luehmann war Mitglied der Projektgruppe, die das neue Konzept erarbeitet hatte. Nicht nur die Gemeinde, sondern auch das Land Schleswig-Holstein und sogar der Bund unterstützten den Umbau mit Geld.

»Richtig. Frau Doktor Hansen, es gibt da noch einige Unstimmigkeiten, was den Umfang der Baumaßnahmen anbelangt. Wir würden gern noch einmal einen Gutachter zu Ihnen auf die Insel schicken.«

»Aber die Pläne sind doch schon lange fertig.«

Lumme sah über ihre Schulter auf die Zeichnungen, die noch immer an der Magnetwand hingen. Ihr Blick blieb an dem Foto von Todd und Josh hängen. Ihr Sohn schien ihr zuzuzwinkern, sein im Sprung gefangener Körper vibrierte vor Energie und Lebensfreude. *Freeze.* Sie hätte gern die Arme um ihn geschlungen.

»Das müssen Sie schon uns überlassen, Frau Doktor Hansen.« Herr Luehmann klang gereizt, so als hätte er es den ganzen Tag mit beschränkten Zweiflern zu tun, die nicht verstanden, was er von ihnen wollte. Wahrscheinlich, so dachte Lumme, sah sein Schreibtisch aus wie geharkt. Spitze Bleistifte und kein Blatt zu viel. War er bei ihr überhaupt an der richtigen Adresse?

»Müssten Sie darüber nicht eigentlich mit unserem Bürgermeister Hans Cassen sprechen?«

»Hab ich schon. Er hat mich wegen eines Termins an Sie verwiesen.«

Die Harke – Lumme fand, dass der Name zu Luehmanns spitzem Ton passte – klang noch eine Spur gereizter. »Nächsten Freitag, sind Sie da im Institut?«

»Ja, ich denke schon.« Lumme hatte keine Ahnung, was

sich der Gutachter anschauen sollte. »Was passiert denn genau?«, fragte sie nach. »Müssen wir das Aquarium für Besucher schließen?«

»Wir wollen die Betonsubstanz noch einmal unter die Lupe nehmen«, wich die Harke ihr aus. »Herr Bode wird sich mit den Details bei Ihnen melden.«

Die Betonsubstanz.

Herr Bode.

Lumme starrte auf den Stapel mit Baumgartners Windpark-Fakten. Auf einmal fiel ihr auf, dass jedes Windrad so viel wog wie fünftausend übereinandergestapelte Blauwale. Weibliche Blauwale – die größten und schwersten Tiere, die die Erde je bevölkert hatten. Schon ein einziges Blauwalherz konnte bis zu einer Tonne wiegen, dabei schlug es nur vier- oder fünfmal in der Minute. Lumme hörte nicht mehr, was die Harke noch sagte. Als sie auflegte, hatte sie kein gutes Gefühl.

»Schau mal!«

Nach dem Abendessen zeigte Lumme ihrem Vater auf dem Laptop ein paar der Bilder, die Baumgartner ihr geschickt hatte. Ein Dorf im Schwarzwald, über dem riesige Windräder aufragten. Bedrohliche Riesen, die sich in den Himmel frästen.

»Sieht ein bisschen so aus, als kämen Eindringlinge aus einer fernen Welt über ein Volk von Liliputanern«, sagte Boje und verschränkte die Arme.

Lumme nickte. »Verstehst du jetzt, was ich meine?« Sie klickte auf das nächste Bild, eine Diashow des Grauens, wie sie fand.

»Lumme, die Dinger stehen da draußen am Horizont und nicht hier auf der Insel. Die Insulaner haben mehrheitlich für den Windpark gestimmt, finde dich damit ab.«

Boje schaute nur flüchtig auf den Bildschirm, Käpt'n Ahab – uneinsichtig und stolz. Seine Ignoranz ärgerte Lumme.

»Hat die Mama auch dafür gestimmt?«, fragte sie und sah ihm in die Augen.

Boje schaute zur Seite, die Falten auf seiner Stirn glichen dem Relief des Meeresbodens.

»Papa?«

»Das war eine geheime Wahl, Lumme.«

»Aber ihr werdet doch darüber gesprochen haben.«

Ihr Vater schüttelte den Kopf, er presste die Lippen fest aufeinander.

Lumme klappte den Laptop zu. Sie konnte sich gut vorstellen, dass die beiden sich gestritten hatten. Auch Isabella hatte die Vorstellung von einem Industriepark auf dem Meer nur schwer ertragen können. Lumme dachte, dass ihre Mutter die Grün- und Blautöne des Meeres anders wahrgenommen hatte als andere Menschen. Das Wasser hatte immer ein Gesicht für sie gehabt, ihre Fotografien zeigten das. Hatte sie Boje umstimmen wollen?

»Mama war bestimmt dagegen.«

Lumme wusste nicht, warum sie das sagte. Sie wollte ihren Vater nicht provozieren, die Worte rutschten einfach aus ihr heraus.

»Lass mich damit in Ruhe!« Ganz plötzlich schlug Boje mit der Hand auf den Tisch.

Lumme zuckte zusammen. Treffer, versenkt. Sie hatte ein Leck in Bojes Walfängerkahn geschlagen.

»Papa …«

Versöhnlich reichte sie ihm die Hand über den Tisch, sie hatte ihn nicht verletzen wollen.

»Lass mich.«

Boje stützte sich mit den Händen auf die Tischplatte ab und stand schwerfällig auf. Seine hellgrauen Augen schimmerten feucht. Er wankte leicht, als er wortlos nach hinten verschwand und sie mit dem schmutzigen Geschirr sitzen ließ.

»Mist.« Lumme stützte den Kopf in die Hände, ihr Blick fiel auf das Schachspiel am anderen Ende des Raumes. Manchmal konnte sie es kaum ertragen, die Figuren zu betrachten. Schwarz und Weiß, ein berührendes Bild ihrer Liebe. Ihre Eltern waren nicht über die Eröffnung hinausgekommen, zehn oder elf Züge, der Schwarze König stand immer noch auf E 8.

Sie spürte, dass sie Kopfschmerzen bekam. Seufzend massierte sie ihre Stirn, die Schläfen, den Nacken und wartete einen Moment, ob ihr Vater noch einmal zurückkam. Dann lauschte sie, ob er vielleicht das Haus verließ. Seit Isabellas Tod hatte sie Angst, dass er das Boot nehmen könnte, um einfach aufs Meer hinauszufahren und zu verschwinden. Doch da war nur Stille um sie herum. Verletzte, traurige Stille.

Lumme seufzte. Schließlich stellte sie die Teller zusammen und räumte die Küche auf. Als sie nach oben ging, warf sie noch einen Blick in das Gästebuch auf dem Empfangstresen. Es gab einen neuen Eintrag: *Johannson*, hatte Boje für Sonntag notiert. Er hatte die Acht für den Gast reserviert, das größte und schönste Zimmer der *Möwe*.

Acht

Die Erinnerungen hockten wie staubige Teddybären auf ihrem Bett unter dem Dach. Lumme sah nicht hin, sie versuchte Josh zu erreichen, doch der Computer in Del Mar antwortete nicht. Schließlich schickte sie ihm eine Mail und holte sich eine Kopfschmerztablette, dann ließ sie sich doch aufs Bett fallen. Gegen die Wand gelehnt, versuchte sie, Boje zu begreifen. Was war nur in ihn gefahren?

Ihr Vater hatte sich etwas anderes für seine Tochter gewünscht, etwas weniger Akademisches vielleicht. Es war ihre Mutter gewesen, die Lumme darin bestärkt hatte, Meeresbiologie zu studieren.

»Chemie, Physik, Statistik, du wirst dir die Zähne daran ausbeißen«, hatte Boje gemeint, als sie ihm die Zulassung zum Studium in Kiel gezeigt hatte. »Und dann sitzt du dein ganzes Leben in einem dunklen Labor. Und das Wasser siehst du nur tröpfchenweise, unterm Mikroskop und zwischen zwei Glasplättchen gepresst.«

»Ich will ins Eis«, hatte Lumme ihm lediglich geantwortet. »Antarktis. So weit weg wie möglich.«

Boje hatte sie lange angesehen und vielleicht hatte er sie sogar verstanden. Trotzdem hatte er sie während des Studiums nie an der Ostsee besucht. Dabei war es immer sein Traum gewesen, einmal mit dem Börteboot ums Skagerrak zu fahren. Und Lumme war nicht mehr auf die Insel zurückgekommen.

Bis sie sechsundzwanzig war, hatten sie und ihr Vater ausschließlich via Isabella miteinander kommuniziert. Die Sache mit Jan hatte Boje fast genauso zugesetzt wie ihr. Erst als Lumme Todd geheiratet hatte, überredete Isabella ihren Mann, mit ihr in den Flieger an den Pazifik zu steigen. In der Ankunftshalle des San Diego International waren sie sich in die Arme gefallen, und später hatte Lumme ihren Vater mit zu den Humboldtpinguinen in den Sea Water Parc genommen.

»Doch kein Labor«, sagte sie, als sie im Eismeergehege saßen und sie ihm die Fischhappen reichte, um sie an die Pinguine zu verfüttern.

»Fische und Vögel, da hättest du auch auf der Insel bleiben können«, antwortete Boje trocken. Lumme hatte gelacht, denn Isabella hatte ihr in ihren Telefonaten immer wieder erzählt, wie stolz er auf sie war. Lumme Hansen, Doktorin der Meeresbiologie, Expertin für polare Planktonströme und Tiefseetaucherin. Das klang irgendwie nach *Superwoman*.

»Ich hab das Eis gebraucht«, antwortete sie ihm. »Polarnächte, Eisstürme, minus vierzig Grad. Beim Zähneputzen konnte ich Eisberge und Pinguine sehen. Die Insel war mir einfach zu eng.«

»Deine Mutter sagte etwas von Wohncontainern aus Aluminium und Essen aus Dosen.«

Boje hatte dem Pinguin zugenickt, der sich ihnen wie ein aus der Form geratener Tänzer näherte. Der Rest der flaumigen Bande traute sich noch nicht an den Fremden heran.

»Sie hat die Stockbetten vergessen und die kaputte Waschmaschine.« Lumme hatte leise gelacht, sie zeigte Boje, wie er den Fisch halten musste, damit der Pinguin danach schnappen konnte.

»Eine Jugendherberge im Eis.«

»Ja. Todd hat mich gerettet.«

»Er hat meine Tochter geschwängert.«

»Papa!« Lumme hatte versucht, seinen Blick auf ihren gerundeten Bauch zu ignorieren.

»Du musst dich selber retten«, hatte Boje darauf geantwortet. Danach hatten sie nie wieder über das Eis gesprochen, von dem jeder von ihnen wusste, dass sie es beide in sich trugen.

Bei ihrer Hochzeit – barfuß, am Strand, der Reverend ein Alt-Hippie und eine Surferlegende zugleich – hatte ihr Vater ausgelassen mit Isabella getanzt. Todd hatte sich etwas Relaxtes gewünscht, »*casual*« und ohne irgendwelche höheren Weihen. »*An easy, breezy beach wedding.*«

Manchmal dachte Lumme, dass sie überhaupt nicht verheiratet waren. Sie hatte ja noch nicht einmal seinen Namen angenommen. Sie hatten nur eine große Party gefeiert – und ein Kind bekommen. Josh, diese wunderbare, wasserverrückte Sportskanone.

Seinen Enkel hatte Boje nicht allzu oft gesehen. Nach dem Trip in die USA hatte er behauptet, nicht mehr fliegen zu wollen, und so war Isabella immer allein gekommen – jedes Jahr im September. Bis sie zu krank gewesen war, um zu reisen. Zu ihrer Beerdigung war Lumme mit Josh auf die Insel geflogen. Todd war in San Diego geblieben, *easy, breezy*. Auch das konnte Boje ihm nicht verzeihen.

Lumme sah auf die Uhr, dann starrte sie aus dem Dachfenster in die Nacht. In der Dunkelheit suchte sie nach dem Punkt, an dem die Liebe aus ihrer Ehe verschwunden war.

Nach den Anfängen im Eis war der ewige Sommer gekommen. Schon auf dem Ekström-Schelf hatte Todd ein Angebot aus San Diego bekommen, der Sea Water Parc an der Mission Bay wollte ihn für seine Walstation haben. Das Zuchtprogramm mit Orcas war wie ein Sechser im Lotto gewesen – prestigeträchtig und herausfordernd zugleich. »Killerwale auf Kuschelkurs«, hatte Todd geflachst, aber er hatte das Angebot nicht ausschlagen können. Irgendwie war dabei für Lumme der Job bei den Pinguinen abgefallen.

Zwei Jahre später hatten sie sich das Haus in Del Mar leisten können, Waterfront, erste Reihe mit Blick auf den Pazifik. Der Garten war ein sonniger Traum mit smaragdgrünen Eidechsen und wilden Sittichen in den Palmen. Nach fünf weiteren Jahren war Todd zum Leiter aller Zuchtprogramme im Park befördert worden. Seine Erfolge waren Weltklasse: Mehr als achtzig Prozent aller Tiere wurden inzwischen in der Kinderstube des Meereszoos geboren. Das gab es nirgendwo sonst, Todd hatte ein Händchen für die Chemie des Lebens. Inzwischen vermehrte er auch die schwarzen Zahlen des Sea Water Parc: Er war der erste Präsident und CEO, der nicht aus der Industrie kam. Ein Wellenreiter, der den Big Boss spielte.

Lumme mochte ihr Leben, das schöne Haus, den Garten, das gleißende Licht, die sorglosen Nachmittage mit Josh am Strand, die Barbecues und die lauen Nächte. Und sie mochte Todd – immer noch. Aber er hatte den Geruch nach Salzwasser verloren. Den Eisblock in ihrer Seele hatte er schon lange nicht mehr erwärmen können.

»Bist du glücklich?«, hatte Isabella sie jedes Jahr im September gefragt, und ihre Fotografinnenaugen hatten die Tochter erbarmungslos ausgeleuchtet. Lumme hatte nie Nein gesagt, aber sie hatte gespürt, dass ihre Mutter sie durchschaute. Dass sie auf den Grund ihrer Seele blicken konnte.

»Warum gehst du nicht wieder in die Forschung?«, hatte Isabella gemeint, als Josh seinen achten Geburtstag feierte.

Ja, warum nicht? Wie hatte Lumme ihrer Mutter erklären

sollen, dass acht Jahre in der Meeresforschung so viel waren wie ein ganzes Menschenleben. Dass die polaren Plankton-ströme längst an ihr vorbeigezogen waren und andere darin fischten. Sie war eine gute Mutter, Ehefrau und Gastgeberin. Und eine gute Pinguinpflegerin. Aber sie hatte den Anschluss verloren. Sie war raus – jedenfalls nach wissenschaftlichen Maß-stäben. *Bye-bye Superwoman.*

Während Todd die Welt aus den Angeln zu heben schien, kam Lumme sich vor wie Treibgut, das an den Strand gespült worden war. Wie ein Bündel Algen, das knisternd in der Sonne vertrocknete. Wie ein Fisch, der aufs Land geworfen worden war und verzweifelt nach Luft schnappte. Das leichte Leben fühlte sich immer schwerer an, und dem ewigen Sommer fehl-ten die Jahreszeiten. Plötzlich sehnte sie sich nach Herbststür-men und langen Winternächten. Sie vermisste sogar den Früh-ling in der Nordsee, der spät kam und dann von einem Tag auf den anderen zu einem kurzen, aber unvorstellbar schönen Insel-sommer wurde.

Es war schwer gewesen, sich einzugestehen, dass ihr Schiff auf Grund gelaufen war. Kein Wind in den Segeln, totale Flaute. Lumme rieb sich die müden Augen, dann versuchte sie, die Sekunden zwischen zwei Leuchtturmrunden zu zählen. Wenn der kalte Lichtstrahl durch das Studio huschte, leuchtete das Durcheinander ihres Lebens auf.

Lumme sah den Koffer, der noch immer nicht ganz ausge-packt war. Den Laptop, an dem das Licht wie ein schwaches Positionssignal pulsierte. Die Pantry, in der sie noch nie ge-kocht hatte. In ihrem Kopf kreisten die Gedanken wie grim-mige Möwen über dem Gletscher. Sie konnte sich an den Mo-ment erinnern, in dem das Eis in ihrer Seele wieder deutlich zu spüren gewesen war.

Sie war bei den Pinguinen gewesen und danach zum Yoga gegangen.

Eine Klasse am Strand, zehn Bikinibeautys mit ihr in der Runde. Das war Del Mar, zu viel Zeit und noch mehr Sorglosigkeit. Während sie von einer Übung in die nächste glitt, war da plötzlich diese Stimme in ihrem Kopf, die alles infrage stellte: »Was machst du hier eigentlich, Lumme Hansen?«

Ja, zum Teufel, was machte sie da eigentlich, kopfüber an diesem Strand? An diesem Meer, das nicht ihres war? Als sie wieder im Strandhaus war, klingelte das Telefon. Es war ihr Vater, acht Stunden vor ihrer Zeit. Isabella war tot, gestorben in seinen Armen. Nicht überraschend, aber am Ende doch unerwartet schnell. Als ob sie keine Zeit mehr gehabt hätte für das Leben. Sie war einfach auf die andere Seite gesprungen, leicht und fröhlich, so wie sie ihr ganzes Leben gelebt hatte.

Sie hatten beide am Telefon geweint. Und Bojes untröstliches Schluchzen hatte alles fortgespült, was da noch an Unausgesprochenem zwischen ihnen schwamm. Als Lumme nach mehr als zwei Stunden aufgelegt hatte, hatte sie für einen kurzen, irrwitzigen Moment gedacht, dass ihre Mutter gar nicht tot war. Jedenfalls nicht in ihrer Zeit. Noch nicht. Vielleicht schwebte ihre Seele ja irgendwo über dem Horizont und suchte ihren Platz?

Unter Lummes Lidern sammelten sich Tränen. Warm und sanft tropften sie ihr die Wangen hinab und auf die Knie, während der kalte Leuchtturmstrahl unermüdlich seine Runden durch das Studio drehte.

Isabella.

Und Jan.

Und … sie wollte seinen Namen nicht denken.

Es war Isabellas letzter Schachzug gewesen, die Tochter auf die Insel zurückzuholen, dachte Lumme am nächsten Morgen auf dem Weg ins Aquarium. Ihre Mutter musste sich sehr sicher gewesen sein, dass Lumme kommen würde, sonst hätte sie den Bürgermeister wohl kaum um diesen Gefallen gebeten.

Hatte Isabella auch gewusst, dass Lumme gegen den Windpark kämpfen würde? Und dass die Insulaner ihre Angst um das Felswatt und den Tangwald nicht verstehen konnten? Ja, dass sogar Boje seine Tochter nicht verstand? Nicht verstehen wollte.

Lumme überlegte kurz, ob sie beim Bäcker vorbeischauen sollte. Sie hatte nicht gefrühstückt, weil sie ihrem Vater nicht begegnen wollte. Aber sie hatte auch keine Lust auf mit schiefen Blicken garnierte Kliffkanten. Fröstelnd versuchte sie, nicht an Kaffee und frische Brötchen zu denken. Sie holte ein paarmal tief Luft, um die Lungen mit Salzwasserluft zu füllen.

Es war nicht leicht, sich auf der Insel aus dem Weg zu gehen, doch an diesem Morgen blieb sie auf der Strandpromenade ganz allein. Jeder, der ihr entgegenkam, bog ab, bevor er ihr begegnete, und verschwand grußlos in eine der Seitengassen. Auch Henry, der auf dem Weg zur Seebrücke war, tat so, als wäre sie Luft. Lumme zog sich die Kapuze in die Stirn. »Guten Morgen«, sagte sie zu den Fahnenmasten, die nicht anders konnten, als ihr zu salutieren. Das Meer und die Möwen begleiteten sie. Und der Wind. Windstärke fünf, zunehmend sechs. Wieder. Dazu Wolken, die wie auf einer Autobahn über den Himmel sausten. Die Tiefausläufer kannten kein Tempolimit, die Sonne zeigte sich nicht.

»Du siehst müde aus.«

Henning sah kurz auf, als Lumme ins Labor kam. Er war

schon auf dem Wasser gewesen und beschriftete die ersten Proben.

»Du auch.« Lumme sah ihm über die Schulter, sie suchte seinen Arbeitstisch nach dem Behälter mit den Wasserflöhen ab. »Schlecht geschlafen?«

»Zu spät ins Bett gekommen.« Henning sah sie vorwurfsvoll an, seine Brauen hingen tief, sein Mund war schmal. Er trug eine ausgeleierte Kapuzenjacke. »Ich kann das nicht«, fuhr er fort.

»Was denn?«

»Theo, dieses Launige im Internet, du weißt schon. Und dann der Zoff auf der Insel. Die Leute nehmen es mir übel, dass ich zu dir halte. Ich weiß nicht, wo ich hingehöre.«

»Du meinst das Facebook-Profil?« Lumme stellte sich stur, sie hatte keine Lust, sich jetzt auf eine Diskussion um den Windpark und den Gegenwind der Insulaner einzulassen. Entschlossen beugte sie sich über Henning und kramte zwischen den Probenbehältern herum. Aus seinen Locken stieg der Geruch nach Algen und Tangwald auf. Lumme zuckte zurück, wie nach einem elektrischen Schlag. »Du hast doch damit angefangen«, murmelte sie.

»Na, jedenfalls krieg ich's nicht hin.« Henning sah sie wieder an und blinzelte verlegen, seine Augen waren vom Wind und von der Müdigkeit gerötet. »Was suchst du denn?«, fragte er.

»Die Wasserflöhe.«

»Da sind sie doch!« Zielsicher zog Henning den Behälter hervor. »Morgenrunde?«, fragte er.

»Ja«, nickte Lumme. »Lass uns einfach nachher reden, okay?« Bevor Henning noch etwas sagen konnte, nahm sie den Schlüssel zum Schausaal vom Haken und lief nach vorne.

Im Saal flackerten die Lichter optimistisch auf. Lumme ging langsam von Becken zu Becken. Die Seeanemonen leuchteten wie bunte Lichterketten, die Einsiedlerkrebse warteten in ihren Schneckenhäusern auf Beute und winkten mit den Scheren. Die drei Seewölfe wichen ihrem fragenden Blick aus. Im Panoramabecken zog der Stör seine Bahn, wie immer im Uhrzeigersinn. Selbst nachts kam er nicht zur Ruhe. Plötzlich tat ihr der Dauerschwimmer leid – dieses Leben, das von einem unerbittlichen Vorwärtsdrang geprägt war und doch innerhalb so enger Grenzen stattfinden musste. Suchte der Stör nach einem Ausweg, um dorthin zu gelangen, wohin die Natur ihn trieb? Denn eigentlich wussten Störe, wo sie hingehörten. Sie lebten ausschließlich auf der Nordhalbkugel und vermehrten sich nur im Süßwasser. Dort verbrachten die Jungtiere die ersten Jahre, bevor sie allmählich in Richtung Meer wanderten. Ein komplizierter Kreislauf, störungsanfällig und mit industrialisierten Fischfangflotten und begradigten Flussläufen nicht vereinbar. Fast alle Arten waren in ihrem Bestand gefährdet.

Lumme suchte den Blick des Tieres. Plötzlich bemerkte sie etwas, von dem sie sofort wusste, dass es nicht ins Aquarium gehörte.

Eine Farbe.

Rot. Sehr viel Rot.

Helles, leuchtendes Rot.

Durch die Scheiben des Panoramabeckens blitzte es zu ihr herüber.

War das Blut?

Lumme spürte einen Stich in der Brust. Die Wasserflöhe glitten ihr aus den Händen. Polternd schlug der Behälter auf dem Boden auf und zerbrach, die Flöhe schwappten ihr mit einem Schwall über die Füße. Wie hypnotisiert stieg Lumme über die Pfütze hinweg. Das Herz schlug ihr bis hinauf zu den Ohren. Sie versuchte zu atmen, langsam ging sie um das große Becken herum und auf die Grundeln zu.

Das Seepferdchen, dachte sie.

Theo.

Theo. Theo. Theo.

Was um Himmels willen war in der Nacht im Aquarium geschehen?

Beim Näherkommen sah sie einen Totenkopf.

Ein Totenkopf auf dem Becken, jemand hatte ihn mit roter Farbe auf die Scheibe gemalt. Die Farbe war verlaufen und auf den Boden getropft – eine blutrote Lache.

Lumme hielt den Atem an. Mit zwei, drei schnellen Schritten war sie am Becken. Die Grundeln starrten sie an. Hektisch zählte sie die Fische durch, eins, zwei, drei, vier, fünf. Fünf Paar Augen glänzten golden auf dem Grund. Die Fische waren wohlauf. Und Theo?

Sie konnte das Seepferdchen nicht sehen. Lumme stöhnte auf, ihr Herz flatterte wie die Fahnen an der Strandpromenade.

Theo.

Theo, Theo, Theo.

Wo war das Seepferdchen?

Sie lief um das Becken, öffnete die Abdeckung, zog an dem Algenstrang.

Da. Auf einmal sah Lumme einen Schatten.

Einen gebogenen Schatten.

Ein Fragezeichen.

Ein winziges Fragezeichen.

Dunkelgrün. Seegrasgrün.

106

Da war das Seepferdchen. Unversehrt, seine Flossen bewegten sich sanft auf und ab. Lumme atmete aus, ihr Herz überschlug sich vor Erleichterung.

Dann sah sie, dass auch das Seepferdchenschild beschmiert worden war. *Nein!*, hatte jemand darauf geschrieben. Im nächsten Moment wurde Lumme von einer Welle aus Wut überrollt. Ohne weiter nachzudenken, stürmte sie nach hinten zu Henning.

»Warst du das?«

»Was war ich?«

Henning drehte sich um und sah sie ruhig an. Als er ihre Wut bemerkte, zog er die Augenbrauen hoch und strich sich das Haar aus der Stirn. Seine Lippen zuckten in Richtung Ohren, die Grübchen grinsten amüsiert. Lumme sah, dass er tatsächlich nicht wusste, was sie meinte.

»Der Totenkopf …«, sagte sie etwas ruhiger, doch ihre Stimme zitterte immer noch vor Empörung. »Da hat jemand einen Totenkopf auf das Grundelbecken gemalt.« Wie zum Beweis streckte sie ihm die Hände entgegen, sie hatte mit den Fingern über die Farbe gewischt. Die Fingerkuppen waren rot, die Farbe war noch nicht ganz trocken gewesen.

Henning schüttelte den Kopf, sie sah, dass er immer noch nicht verstand. Sein Blick war so blank und unschuldig wie der eines Kindes.

»Komm mit!«

Sie griff nach seinem Arm und zog ihn einfach mit sich nach vorne. Als sie vor den Grundeln standen, versenkte er die Hände in den Hosentaschen.

»Ach du Scheiße.«

»Ja«, sagte Lumme, während die Stimme in ihrem Kopf »*Scheun'n Schiet ook*« krähte.

»Soll das etwa eine Warnung sein?«

Henning umrundete das Becken, er suchte nach dem Seepferdchen.

»Theo geht's gut«, murmelte Lumme, sie konnte noch immer nicht fassen, was geschehen war. Wieder wischte sie mit den Fingern über die Farbe. »Wahrscheinlich haben sie ihn im Dunkeln nicht gesehen.«

»Sie?«

Henning sah sie an und spitzte die Lippen. Er sah aus wie ein zweifelnder Doktor Watson.

»Sie, er, es – was weiß denn ich? Irgendjemand war jedenfalls heute Nacht hier drin und hat diese Sauerei veranstaltet.«

»Aber die Tür war doch abgeschlossen, oder?«

»Ja«, Lumme nickte. »Die Tür zum Labor war abgeschlossen. Und diese hier …«, sie lief zur vorderen Tür und rüttelte an der Klinke, »ist auch abgeschlossen.«

»Dann kommen ja nicht allzu viele Leute in Betracht.«

Henning zog die Hände aus den Hosentaschen. Er kratzte ein wenig von der Farbe ab und roch daran.

»Die Graumann? Nee, das glaube ich nicht.«

Lumme schüttelte den Kopf, sie konnte sich nicht vorstellen, dass Frau Graumann sich hier ausgetobt hatte. »Meinst du, sie ist ein Hardcore-Windpark-Fan?«

Henning lachte auf. »Sie hat auf jeden Fall einen Schlüssel zum Saal«, sagte er und wischte sich die Hand an seiner Jeans sauber. »Das ist übrigens Bootslack«, fuhr er fort. »Ziemlich hochwertiges Zeug, seewassertauglich und UV-beständig.«

»Ach was …«

Lumme sah Henning forschend an, sie hatte das Gefühl, dass er ihr noch etwas verschwieg.

Henning bemerkte ihren Blick, er drehte den Kopf zur

Seite, als wollte er ihr ausweichen. »Die Farbe heißt Leucht-rot«, sagte er schließlich. »Signalfarbe. Benutzt man auch für Rettungsboote.«

»Ja, und?«

»Eigentlich trocknet der Lack sehr schnell.«

»Das heißt?«

»Dass die Farbe noch nicht lange auf dem Glas sein kann. Vielleicht eine halbe bis dreiviertel Stunde.« Henning klopfte gegen die Scheibe. »Vielleicht war der Idiot hier drin, während ich hinten im Labor war.«

»Der Idiot?«

Henning zuckte mit den Schultern. »Oder die Idiotin«, sagte er und hob abwehrend die Hände. Die Grübchen waren aus seinem Gesicht verschwunden. Lumme fand, dass er nun doch irgendwie schuldbewusst aussah.

»Komm schon …« Lumme ging auf ihn zu.

»Mensch, Lumme, ich glaub, ich hab den Typ sogar be-merkt. Kurz bevor du gekommen bist, hab ich hinten die Tür gehört. Du weißt doch, wie die hakt. Ich hab nicht nachgese-hen, weil ich dachte, dass du das bist.«

»Du meinst, der Kerl ist kurz vor mir hinten raus und wäre mir fast in die Arme gelaufen?«

»Ich weiß nicht, was ich meine. Ich hätte jedenfalls nach-sehen müssen. Mein Fehler.«

Henning ärgerte sich sichtlich über sich selbst. Dann sah er sich um. »Wo sind denn die Wasserflöhe geblieben?«, fragte er.

»Die sind mir runtergefallen.« Kleinlaut zeigte Lumme zum Panoramabecken, wo der Stör ungerührt im Kreis schwamm. »Da hinten. Ich schau mal, ob ich noch was retten kann.«

»Gut, dann mach ich ein paar Fotos von der Schweinerei. Spurensicherung, okay?«

Henning nickte ihr aufmunternd zu, dann verschwand er nach hinten. Farbanschlag auf ein Seepferdchen, schoss es Lumme plötzlich durch den Kopf. Normalerweise passierte so etwas nur Politikern. Oder Finanzhaien. Sie dachte an Klaus Baumgartner und an die Klage. Dann fiel ihr ein, dass sie nun etwas zu erzählen hatten. *Feiger Anschlag auf Nordsee-Seepferdchen* – sie sah die Schlagzeilen schon vor sich.

»Was ist denn hier passiert?«

Frau Graumann schlug die Hände zusammen, als sie ins Aquarium kam. Bestürzt sah sie Lumme an. »Geht's ihm gut?«

»Henning oder dem Seepferdchen?«

»Na, dem Seepferdchen natürlich.«

Frau Graumann trat dicht an das Becken heran und schüttelte den Kopf. »Sollten wir das Aquarium heute nicht lieber schließen?«, fragte sie.

Lumme nickte. »Ja, ich glaube, das wäre ganz gut. Ich weiß noch nicht, ob wir Theo hier vorne lassen können.«

»Sie meinen, der Täter kommt noch einmal zurück?«

Frau Graumann kiekste alarmiert, und Lumme überlegte kurz, ob sie unter ihrem Tresen nicht vielleicht Thriller las. Schwedische Weltuntergangsfantasien.

»Na, jedenfalls müssen wir uns etwas anderes für ihn überlegen. Ich würde ihn jetzt ungern aus den Augen lassen.«

»Warum setzen Sie ihn nicht zum Stör? Da traut sich doch keiner ran.«

Der Stör. Lumme dachte nach. Der alte Fisch war so etwas wie das Maskottchen der Insel, er war seit dem Wiederaufbau im Aquarium, und die Leute glaubten, er habe der Insel Glück gebracht. Vor einigen Jahren hatte der Berliner Zoo angefragt, ob man den Stör für ein Zuchtprogramm ausleihen könne, doch die Insulaner hatten den Fisch nicht hergeben wollen. Auch nicht auf Zeit. Frau Graumann hatte recht. Niemand würde ihm etwas zuleide tun. Allerdings ernährten sich Störe in der Natur von kleinen Würmern, Krebsen und anderen Weichtieren, die am Grund lebten. Würde sich der Inselstör das Seepferdchen nicht bei Gelegenheit schnappen?

»Vielleicht frisst er Theo auf?«, antwortete sie ihr.

»Das glaube ich nicht.« Frau Graumann schüttelte energisch den Kopf, die Dauerwelle wippte. »Der ist doch satt«, setzte sie nach, als sie Lummes erstaunten Blick bemerkte. »Der frisst Henning doch aus der Hand, da interessiert der sich doch nicht für ein mageres Seepferdchen.«

»Woher …?« Lumme konnte sich ein Lächeln nicht verkneifen, Frau Graumann schien sich ihrer Sache sehr sicher zu sein.

»Na, ich bin oft hier drin«, gab sie zurück, wobei sie sich eine Falte aus ihrem Rock strich. »Wenn nichts los ist, schau ich nach den Fischen – genau wie Sie.«

»Oh.« Lumme stutzte, sie dachte, dass sie noch nie so viele Worte mit Frau Graumann gewechselt hatte wie heute.

»Haben Sie eine Idee, wer das gewesen sein könnte?« Frau Graumann ignorierte ihre Überraschung, sie wies auf das Grundelbecken.

Lumme schüttelte den Kopf. »Die Türen waren verschlossen. Gibt es irgendwo noch einen Schlüssel auf der Insel?«

»Aber ja«, sagte Frau Graumann, als wäre Lumme schwer von Begriff. »Die Gemeinde hat doch noch einen Generalschlüssel. Der müsste im Bürgermeisteramt sein.«

Lumme schreckte hoch. »Der Bürgermeister, natürlich!«

»Meinen Sie etwa, der Cassen …?« Frau Graumann riss die

Augen hinter ihren Brillengläsern auf. Plötzlich sah sie aus wie eine Eule.

»Was ist mit dem Cassen?«

Henning war mit der Kamera zurück. Mit einer Handbewegung scheuchte er die beiden Frauen zur Seite, dann begann er, den Totenkopf zu fotografieren.

»Frau Graumann meinte, dass es noch einen Generalschlüssel im Bürgermeisteramt gibt.«

»Mistkerl.« Henning ließ die Kamera sinken. »Da hätten wir auch gleich drauf kommen können.«

Lumme hatte sich nicht von Henning zurückhalten lassen. Wütend war sie über die Strandpromenade zum Rathaus gestürmt. Die Treppe zum Bürgermeisterzimmer nahm sie in drei Sprüngen. Dann stand sie außer Atem vor Cassens Bürotür.

Von drinnen hörte sie Gemurmel, der Bürgermeister war nicht allein. Lumme lauschte an der Tür und erkannte die Stimme ihres Vaters. Steckte er etwa mit Hans Cassen unter einer Decke? Panik durchfuhr sie, ein eiskalter Wasserfall, der die Wirbelsäule hinabschoss. Ohne weiter nachzudenken, öffnete sie die Tür. Der Geruch von Cognac schlug ihr entgegen.

Die beiden Männer fuhren herum und starrten sie an.

»Lumme …« Boje reagierte als Erster, bestürzt hob er die Hände. Lumme bemerkte die Papiere, die zwischen den Männern auf dem Tisch lagen. Hans Cassen legte seinen Kugelschreiber zur Seite.

»Was macht ihr da?«, fauchte Lumme. Sie fand, dass die beiden wie ertappte Sünder aussahen. Ihr Vater hatte rote Cognacbäckchen und graue Schatten unter den Augen. Offenbar hatte auch er in der Nacht kaum geschlafen.

»Lumme, beruhige dich doch.« Boje ließ den Kugelschreiber fallen, er versuchte, seinen Stuhl zurückzuschieben. »Ich hätte es dir schon noch erzählt.«

»Was hättest du mir erzählt?«

»Boje!« Der Bürgermeister schüttelte den Kopf und raffte die Papiere zusammen. »Auch einen Cognac?«, fragte er dann und sah Lumme lauernd an.

»Sag mal, spinnt ihr?« Lumme schnappte vor Empörung nach Luft. »Erst pinselt ihr mir einen Totenkopf auf das Grundelbecken, und dann wollt ihr mit mir einen heben?« Sie ging zum Schreibtisch und versuchte, einen Blick auf die Papiere zu werfen. Mit einer schnellen Bewegung drehte Hans Cassen die Unterlagen um.

»Wer hat wo einen Totenkopf hingepinselt?«

Cassen sah sie kopfschüttelnd an, seine Augen funkelten kalt und gerissen.

»Heute Morgen hat jemand mit Bootslack im Aquarium rumgeschmiert«, wiederholte Lumme. Sie versuchte, ihre Stimme nicht vor Wut zittern zu lassen. »Ein Totenkopf, signalrot. Das wird wohl kaum ein Seepferdchen-Fan gewesen sein.«

Hans Cassen hatte verstanden, er verschränkte die Arme. »Und da kommst du ausgerechnet zu mir?«, fragte er. Irgendetwas in seiner Stimme erinnerte Lumme an die Polizeibefragung vor zwanzig Jahren. Ein Riss zog sich durch das Tintenfischeis in ihrer Seele, der Block drohte, in zwei Teile zu zerbrechen. Lumme dachte, dass die Männer das furchtbare Getöse in ihrem Kopf hören müssten. Erschrocken hielt sie sich die Ohren zu.

»Lumme …« Bojes Stimme drang wie durch eine Wattewand zu ihr vor. »Setz dich.« Irgendetwas zog sie nach unten, dann saß sie wie ein Kind auf seinen Knien. Unter dem Stoff seiner Hose spürte sie seine Oberschenkelknochen. Hatte er abgenommen?

»Was macht ihr hier?«, fragte sie noch einmal, bevor sie wieder auf die Beine kam. Ihr Vater ließ sie ziehen.

»Wir sitzen hier seit halb acht zusammen«, antwortete Boje, er reichte ihr sein Cognacglas und nickte auffordernd. »Ich dachte, ich spreche mal mit Hans, ob er nicht ein gutes Wort für mich bei der Bank einlegen kann. *Du* hast doch gemeint, dass wir die *Möwe* renovieren sollten.«

Du. Wir.

»Ja.« Lummes Blick irrte zwischen den beiden Männern hin und her, sie wusste nicht, was sie von der ganzen Sache halten sollte. Ihr war schlecht, die Wirkung der Salzwasserluft hatte nicht lange vorgehalten. Vorsichtig nahm sie einen Schluck von dem Cognac. Brennend rauschte der Alkohol in ihren leeren Magen hinab.

»Deine Tochter spinnt«, stellte Hans Cassen trocken fest. »Erst das Seepferdchen und jetzt ein Totenkopf. Ich werde mich doch nicht vor ihr rechtfertigen.«

»Aber du hast doch einen Schlüssel fürs Aquarium«, fauchte Lumme zurück und nahm noch einen Schluck Cognac. Der Alkohol tat ihr gut, er schien das Tintenfischeis zu beruhigen und den Riss zu kitten. »Frau Graumann war es nicht, Henning war es nicht, und ich war es auch nicht«, setzte sie nach und trank das Glas leer.

»Lumme, bitte.« Boje hob beschwichtigend die Hand. »Du glaubst doch nicht ernsthaft, dass hier jemand deinem Seepferdchen an den Kragen will?«

»Warum eigentlich nicht?«, fragte Lumme. Sie sah ihren Vater nicht an, sondern angelte sich die Cognacflasche vom Tisch und goss sich noch einmal nach. »Ohne Seepferdchen keine Klage auf sofortigen Baustopp. Und ohne Klage könntet ihr weiter von eurem schönen sauberen Windpark träumen. Petri Heil, die Herren.«

»Lumme!« Boje sah aus, als hätte sie ihm eine Ohrfeige verpasst. Er schämte sich für seine Tochter. Vermutlich würde er ihr heute Abend kein Essen kochen. Sie stellte die Cognacflasche zurück und leerte das Glas in zwei Zügen. Der Cognacsee in ihrem Magen schwappte hin und her, ein Whirlpool, randvoll mit heißem Wasser.

»Also erst einmal hat die Feuerwehr den Generalschlüssel«, sagte Hans Cassen achselzuckend. Offenbar hatte er sich vorgenommen, sich von ihr nicht aus der Ruhe bringen zu lassen. »Und zweitens reicht es doch einfach, dich laufen zu lassen, Lumme.«

»Wie meinst du das?«

Lumme lehnte sich gegen die Fensterbank, in ihrem Rücken schillerte das Meer wie ein Vorhang aus Seide. Sie sah auf das Windpark-Modell an ihrer Seite herab, die Rotoren sahen staubig aus.

»Du machst hier inzwischen so viel Wirbel, dass Kiel sich die Sache mit der Aquariumsrenovierung noch mal überlegt. Herr Luehmann mit u e: Was meinst du, warum der uns diesen Gutachter auf die Insel schickt?«

»Was meinst du damit?«

Die Harke.

Herr Bode.

Lumme begriff nicht recht, worauf Hans Cassen hinauswollte. Der Cognacsee in ihrem Magen schlug Blasen. Irgendjemand hatte den Whirlpool auf die höchste Stufe gestellt.

»Das Aquarium ist total marode, Lumme. Wir haben letztes Jahr schon mal ein Gutachten in Auftrag gegeben, das liegt hier bei mir im Giftschrank. Eigentlich müsste man das Gebäude sofort für den Publikumsverkehr sperren. Und eigentlich müsste man auch alles abreißen und neu bauen. Aber dafür reicht das Geld aus Kiel und Berlin einfach nicht.«

»Du meinst, der Luehmann schließt uns das Aquarium?«

Lumme zitterte, eine Welle von Übelkeit stieg in ihr auf, sie ließ sich auf die Fensterbank sinken.

»Ja«, sagte Hans Cassen. »Genau das meine ich. Vielen Dank, Lumme Hansen, für deinen bedeutenden Beitrag zum Wohle dieser Insel. Dein Seepferdchen ist wirklich eine Bereicherung.«

O nein.

Cassens Ironie peitschte den Cognacsee in ihrem Inneren noch weiter auf. Wellen, die sich überschlugen, höher als jede Sturmflutmauer. Lumme würgte, sie spürte, dass sie sich nicht länger gegen die Flut wehren konnte. Geschlagen beugte sie sich vor. Wie ein Schwall hochgiftiger Säure ergoss sich die Flut aus Cognac und Magensäften über Hans Cassens Windpark-Modell.

Neun

Boje hatte seine Tochter gepackt, nach Hause geschleppt und ins Bett gesteckt. »Du bleibst hier«, sagte er, mehr drohend als mitfühlend. »Wenn ich dich heute noch einmal unten sehe, dann …« Er hob warnend den Zeigefinger, aber Lumme meinte, ein winziges Lächeln zu sehen, das sich in seinen Augenwinkeln verschanzte.

Was hatte sie getan?

Lumme zog sich die Decke über die Nase und schloss erschöpft die Augen. Sie roch ihren sauren Atem. Hatte sie sich tatsächlich in Cassens Bürgermeisterzimmer übergeben? Auf das Windpark-Modell? In ihrem Bauch rumorte es immer noch. Zwei Gläser Cognac auf leeren Magen – wahrscheinlich war Cassens Spielzeug nicht mehr zu retten.

Ihr war immer noch schlecht, auch wenn Boje ihr Kamillentee mit Honig eingeflößt hatte. Der Becher stand auf einem Hocker an ihrem Bett, daneben eine kleine Schale mit Zwieback. Schonkost. Schwarzbrot mit Zucker hatte sie sich für diesen spektakulären Auftritt wohl nicht verdient.

»*Scheun'n Schiet ook*«, höhnte die Stimme in ihrem Kopf und schüttete sich aus vor Lachen. Ein gemeines, spöttisches Möwengelächter.

Lumme rollte sich vom Rücken auf die Seite und zog die Beine an. Sie sehnte sich danach, einzuschlafen und den ganzen Schlamassel zu vergessen. Tiefschlaftauchen. Vielleicht könnte sie einfach Ende des Jahres wieder aufwachen, und alles wäre vorbei? Kurz vor Weihnachten würde sie in den Flieger nach San Diego steigen und zurück in ihr altes Leben düsen. *Bye-bye,* Insel. *Bye-bye,* Windpark. *Hello, sunshine!* Vielleicht könnte sie das Seepferdchen einfach im Handgepäck mitnehmen? Bestimmt hatte Todd ein passendes Weibchen für Theo in der Aufzuchtstation des Sea Water Parc. Etwas Exotisches vielleicht? Sie stellte sich ein Zebra-Seepferdchen an Theos Seite vor.

Wie spät war es am Pazifik?

Unter der Decke sah Lumme auf die Uhr. Drei Uhr dreißig, im Schummerlicht leuchteten die Zeiger auf. Sie hatte Josh vor Augen, wie er in seinem Bett schlief: immer auf dem Bauch, immer in T-Shirt und Surfershorts. Sein Zimmer lag auf der Rückseite des Hauses in Del Mar, bei geöffneten Fenstern konnte er den Pazifik raunen hören. »Das Wasser spricht«, hatte er als kleines Kind gesagt. In den Ferien lockte ihn die Brandung schon am frühen Morgen aus dem Bett. Dann stieg er einfach aus dem Fenster und war schon bei Sonnenaufgang auf dem Wasser. Josh der Wellenreiter, so unerschrocken wie einer seiner Superhelden. Er hatte eine gehörige Portion von Todds Surferblut geerbt und …

Lummes Gedanken waren auf einmal leicht und transparent, die Augen fielen ihr wieder zu. Sie spürte, dass sie in den Schlaf glitt. Immer dunklere Schichten umfingen sie, sie streckte die Arme aus und umarmte dieses wohlige Gefühl wie ein Kissen. Dann glitt sie schwerelos von einem Traum zum nächsten.

Lumme wusste nicht, wie lange sie geschlafen hatte. Als sie aufwachte, stand Boje an ihrem Bett.

»Besuch für dich.«

»Besuch?«

Bevor sie protestieren konnte, steckte Henning seinen Lockenkopf durch die Tür. Lumme sah, dass ihr Vater ihn mit einer Flasche Bier versorgt hatte.

»Super Auftritt!«

Henning schnappte sich den einzigen Stuhl, der nicht von schmutziger Wäsche oder Bücherstapeln belegt war, und setzte sich rittlings darauf. Seine Jeans war abgetragen und schimmerte an den Knien, neugierig und irgendwie vergnügt sah er sich um.

»Woher weißt du davon?«

Lumme fühlte sich noch ganz benommen, sie setzte sich vorsichtig auf.

»Der Cassen hat sein Windpark-Modell vor dem Rathaus mit Wasser abspritzen lassen. Die ganze Insel weiß Bescheid, Lumme.«

O nein.

Hennings Grübchen sprangen ihr entgegen, es war, als ob sie Salsa tanzten. Lumme vergrub den Kopf in den Händen.

»Also ich find's konsequent.«

Henning grinste jetzt von einem Ohr zum anderen, er prostete ihr zu und trank einen Schluck Bier. »Boje hat mich angerufen und gesagt, dass du heute nicht mehr kommst. Ich dachte, ich schau noch mal nach dir, bevor ich nach Hause gehe.«

»So spät schon?«

Erschrocken linste Lumme auf die Uhr, sie hatte den ganzen Nachmittag verschlafen. Der Himmel über den Dachfenstern war abendblau, ab und zu huschten fransige Wolken vorbei.

»Aber …« Sie strampelte sich die Decke herunter, zu spät

bemerkte sie, dass sie keine Hose mehr trug. Ihr Vater hatte ihr die Jeans ausgezogen, bevor er sie ins Bett gesteckt hatte. Ein Kollateralschaden, die Hose war in der Waschmaschine gelandet.

»Ja?« Henning beugte sich über die Stuhllehne, die Salsa-Grübchen winkten ihr zu.

»Wir müssen das Seepferdchen noch umquartieren«, sagte sie und zog die Decke wieder hoch. »Bei den Grundeln kann es nicht bleiben.«

Henning grinste weiter. »Soll ich rausgehen?«

»Ach was.«

Sie war doch kein Mädchen! Lumme sprang aus dem Bett und wühlte in den Klamottenstapeln nach einer Hose.

»Ich hab Theo fürs Erste wieder im Hummerkindergarten untergebracht. Und die Tür hab ich abgeschlossen.« Henning zog einen Sicherheitsschlüssel aus seiner Jackentasche und legte ihn auf den Tisch. »Frau Graumann hat mir versichert, dass Peddersen den Zweitschlüssel nicht rausgerückt hat. Der muss irgendwo in deinem Büro liegen – und da findet ihn garantiert keiner.«

»Mist.« Lumme fiel ein, dass sie am Morgen ihre letzte saubere Jeans angezogen hatte. Und in ihrem Koffer waren nur noch Shorts, die sie unter Todds ungläubigen Blicken eingepackt hatte.

»Nicht gut?« Hennings Blick angelte sich ihre Beine hinauf – offenbar gefiel ihm, was er sah. Auf seinem Gesicht hielten sich Erstaunen und Amüsement die Waage.

Lumme winkte ab und stapfte zum Koffer, der aufgeklappt zwischen Bad und Pantry lag. Mit dem Rücken zu Henning schlüpfte sie in eine kurze Hose.

»Der Hummerkindergarten ist prima«, sagte sie dann und

drehte sich um. Bevor Henning ihren sommerlichen Aufzug kommentieren konnte, ließ sie sich wieder aufs Bett fallen. Sie griff nach der Schale mit dem Zwieback, den sie noch nicht angerührt hatte. »Frau Graumann meinte, wir sollten ihn zum Stör setzen. Aber ich trau mich nicht.«

»Du meinst, die graue Eminenz schnappt sich unseren Kleinen?«

Henning wusste sofort, worauf sie hinauswollte, nachdenklich schob er die Lippen vor.

Lumme nickte und biss in einen Zwieback. Sie dachte, dass sie ihm erzählen musste, was der Bürgermeister ihr entgegengeschleudert hatte. Wenn das Aquarium geschlossen wurde, verlor Henning seinen Job.

»Das war nicht nur der Cognac«, nuschelte sie zwischen zwei Bissen. »Kann sein, dass sie uns das Aquarium dichtmachen. Jedenfalls für Besucher.«

»Was?« Henning sah sie entgeistert an, mit einem harten Geräusch stellte er die Bierflasche auf dem Tisch ab.

»Der Beton, die Statik …« Lumme seufzte und begann zu erklären.

»Du meinst also, dass Kiel sich für das Seepferdchen rächt?«

Henning schüttelte den Kopf, die Grübchen tanzten nicht mehr. Lumme sah, dass da jede Menge Gedanken in seinem Kopf herumwirbelten.

»Jedenfalls sieht das der Cassen so«, fuhr sie fort. »Wir torpedieren den Windpark, also legt Kiel die Aquariumsrenovierung auf Eis. Zug um Zug, so funktioniert Politik.«

»O Mann, Lumme.« Henning sah aus, als bräuchte er jetzt ganz schnell ganz viel Alkohol. Zweifelnd betrachtete er das Bier. »Du hast nicht zufällig etwas Stärkeres hier oben?«

Lumme schüttelte den Kopf. »Ich kann doch auch nichts

dafür, Henning«, sagte sie leise und sah auf seine Hände mit den kurzen geraden Fingernägeln, die die Stuhllehne umklammerten. Er sah so aus, als hätte er seinen Halt verloren. Und sie war schuld daran.

»Wir hätten das Seepferdchen einfach zurück in den Tangwald setzen sollen. Ich hätte es gar nicht erst mit auf die Insel bringen dürfen.«

Henning fuhr sich mit den Händen durchs Haar, als würde ihm das beim Denken helfen. Seine Locken sprangen auf und ab wie kleine Metallfedern.

»Henning …« Lumme kreuzte die Beine zum Schneidersitz, nahm das Kopfkissen und stützte die Arme darauf ab. Plötzlich hatte sie Angst, dass er sie mit dem ganzen Schlamassel alleinlassen würde. »Wir können jetzt nicht mehr zurück«, flüsterte sie, und ihre Stimme piepste wie ein Lummenküken, das sich nicht traute, von den Klippen zu springen. Beschwörend sah sie ihn an.

Henning sagte nichts. Er nahm das Bier und presste die Flasche an seine Lippen. Er trank und trank und trank. Dann stand er auf, drückte ihr die leere Flasche in die Hand und ging. Lumme fand, dass es nicht so aussah, als würde er sich einen Schlachtplan überlegen.

»Mist, Mist, Mist«, fluchte sie. Sie verbot der Stimme in ihrem Kopf, noch einmal »*Scheun'n Schiet ook*« zu sagen.

Der Totenkopf war immer noch da. Als Lumme am nächsten Morgen ihre Runde durchs Aquarium drehte, grinste er sie herausfordernd an. Der Schiffslack ließ sich einfach nicht entfernen, sie würden die Scheibe ersetzen lassen müssen. Vorwurfsvoll starrten die Grundeln zu ihr herauf, offenbar waren sie von der neuen Aussicht nicht gerade begeistert. »Gefällt mir auch nicht«, sagte Lumme, sie hob die Arme, als ob sie den Fischen so ihr Mitgefühl signalisieren könnte. »Aber so ist das nun mal, wenn man gegen den Strom schwimmt. Wir müssen jetzt alle zusammenhalten.«

Es war inzwischen Donnerstag, morgen würde der Gutachter auf die Insel kommen. Herr Bode hatte eine E-Mail geschickt, dass er mit dem Schiff von Büsum eintreffen werde. Ankunftszeit Viertel vor zwölf, Seebrücke. Lumme wollte ihn abholen. Sie hoffte auf gutes Wetter und eine ruhige See. Nicht auszudenken, wenn dem Gutachter schon die Überfahrt auf den Magen schlug. Dann würde sie ihn erst einmal in die *Möwe* bugsieren. Der Kaffee an Bord war miserabel, und nach der dreistündigen Überfahrt sehnte er sich gewiss nach Koffein. Vielleicht servierte Boje ihm sogar ein Rührei mit Krabben? Am Morgen hatte er Lumme mit einem winzigen Lächeln und einer Käsestulle verabschiedet. Außerdem hatte er ihr einen Stapel frischer Wäsche auf die Treppe gelegt. Jeans mit Bügelfalten! Vielleicht hatte ihm ihr Auftritt bei Hans Cassen doch irgendwie imponiert?

Lumme zeigte dem Totenkopf eine lange Nase, dann ging sie hinüber zum Panoramabecken. Die Flundern glitten in wellenförmigen Bewegungen dicht über dem Beckenboden entlang. Orangerote Flecken zeichneten das Muster des Meeresgrunds auf ihrer platten Oberseite nach. Camouflage, die Flundern sahen wie schwimmende Leinwände aus. Wenn sie flach auf dem Grund lagen, konnte man sie nur mit Mühe entdecken.

Lumme zählte die Fische durch. Die Flundern waren Meister der Tarnung, und in ihrer Kinderstube durchliefen sie eine erstaunliche Entwicklung. Erst ein paar Wochen nach dem Schlüpfen verwandelten sich die zunächst symmetrischen

Larven in Plattfische. Dabei wanderte das linke Auge nach und nach auf die rechte Körperseite, und die Fischchen legten sich mit der linken, nun augenlosen Seite nach unten. Viele Millionen Jahre Evolution im Zeitraffer. Es war, als ob die Natur mal eben einen ihrer Taschenspielertricks zeigte. Für Lumme war es immer wieder ein Wunder.

Sie tippte mit den Fingerspitzen gegen die Scheibe und lockte einen der Dorsche heran. Zutraulich näherte sich der Fisch, ein Weibchen. Die Dorschfrau hatte seelenvolle Augen und sinnlich geschwungene Lippen, neugierig blickte sie Lumme an. Ihre Schuppen schimmerten wie mattes Silber, sie sah aus, als trüge sie ein Cocktailkleid mit Pailletten.

Von oben blickte der Stör auf sie herab, ohne seine Runde zu unterbrechen. Wie hatte Henning ihn genannt – die graue Eminenz? Lumme lächelte ihm beruhigend zu. Ganz plötzlich flutete sie ein starkes Gefühl von Traurigkeit und Angst.

Würde man ihnen tatsächlich das Aquarium schließen?

Sie konnte sich das einfach nicht vorstellen. Es war doch schon immer da gewesen. Immer.

Als Kind war sie oft hierhergekommen, um die Fische zu malen. Sie hatte ihnen andere Farben gegeben, ein Karneval der Tiere. Die Dorsche waren grün, die Seewölfe violett gewesen. Und der Stör hatte ein Tigermuster bekommen, weil sie in ihren Büchern gelesen hatte, dass es irgendwo Tigerhaie gab. Was würde mit den Fischen geschehen, fragte sie sich nun. Wo sollten sie unterkommen? Auf dem Festland vielleicht?

Und der Hummerkindergarten?

Die Planktonforschung?

Und Theo?

Theo, Theo, Theo.

Vielleicht sollten sie ihn doch wieder im Tangwald aussetzen? Und vielleicht, so dachte sie nun, könnten sie einfach die Zeit um ein paar Wochen zurückdrehen? Ein kleiner Taschenspielertrick, so wie ein Flunderauge einfach von einer Fischseite auf die andere wechseln konnte.

Warum war das nicht möglich?

Lumme drückte die Stirn gegen die riesige Panoramascheibe, sie wäre jetzt gern zu den Fischen ins Becken gestiegen. Eine Runde Kraulen – Seite an Seite mit dem Stör, so wie sie in San Diego mit den Pinguinen im Eismeergehege geschwommen war.

Als Frau Graumann die vordere Tür aufschloss und kurz hereinschaute, stieß sie sich vom Becken ab und winkte ihr zu. Dann ging sie nach hinten zu Henning. Seitdem er gestern Nachmittag aus der *Möwe* verschwunden war, hatte sie nichts mehr von ihm gehört.

Im Labor spielte das Radio Rockmusik. Elektrische Gitarren, schrille Riffs. Die Musik war wie eine Wand. Offensichtlich wollte Henning nicht mit ihr reden. Er sah nicht einmal auf, als sie hereinkam. Wortlos reichte er ihr den Behälter mit Wasserflöhen nach hinten.

»Henning …« Lumme suchte in ihrer Tasche nach dem Schlüssel für den Hummerkindergarten. »Willst du nicht mitkommen?«, fragte sie.

Henning zuckte mit den Schultern, er tat noch immer so, als ob er mit dem Tagesfang beschäftigt wäre. Borstenwürmer und jede Menge *Mysis mixta*. Die Wunderwelt des Planktons. Ein Teil davon würde nachher mit dem Schiff nach Cuxhaven gehen, um von dort an seinen endgültigen Bestimmungsort verschickt zu werden. Irgendwelche Universitätslabore – auch

Lumme hatte in Kiel mit Präparaten aus dem Tangwald begonnen.

Sie waren keinen Schritt weiter als gestern Nachmittag. »Ich will doch auch nicht, dass sie uns das Aquarium schließen«, sagte sie und klemmte sich die Wasserflöhe unter den Arm. »Wenn ich das gewusst hätte, dann ...« Sie starrte auf Hennings Rücken, der wie ein V geformt war. Schwimmerschultern, ein echter Wassermann halt.

Henning schnaubte, seine Locken wippten einmal kurz auf und ab. Seufzend schob er sich die Ärmel seines Pullis hoch, dann drehte er sich um und verschränkte die Arme. Lumme sah die Härchen auf seinen sehnigen Unterarmen. Sie wartete ab, ob er etwas sagen würde.

»Keine Alleingänge mehr«, brummte Henning schließlich, er klang ernst, aber nicht böse. Seine Pupillen waren groß und dunkel, die Grübchen zwei schattige Kuhlen, in die man sich hineinkuscheln konnte.

Lumme atmete auf, sie nickte. Henning sah aus, als hätte er einen Plan. Einen Wassermann-Plan.

»Was hast du vor?«

»Wir schlagen zurück!« Henning zeigte auf den Computer, der rechts von ihm stand. »Wir posten das mit dem Totenkopf. Außerdem soll Baumgartner eine Pressemeldung machen. Wir brauchen jetzt Unterstützung von draußen.«

»Doch keine Kapitulation?«

Lumme konnte das Lächeln, das sich auf ihr Gesicht malte, nicht unterdrücken. Es strömte förmlich aus ihr heraus.

Henning schüttelte den Kopf. »Ich lass mir doch nicht das Aquarium schließen! Das hier ist mein Leben.«

»Und der Windpark? Die Arbeitsplätze?«

Henning sah sie an. »Lumme, ich bin gestern Abend noch

mal ins Aquarium zurückgekommen. Eigentlich wollte ich mir die Bestelllisten holen. Aber dann hab ich das Gutachten gesehen, das Baumgartner dir geschickt hat. Lag ja ganz oben auf deinem Tisch.«

Er machte eine entschuldigende Geste, als hätte er in ihren intimsten Geheimnissen herumgekramt.

Lumme winkte ab. »Und?«, fragte sie.

»Ich hab mir alles durchgelesen. Der Naturschutzbund hat recht, das geht so einfach nicht. Wenn man sich mit den Zahlen beschäftigt, stellen sich einem ja die Haare auf. Der Windpark ist kein Fortschritt, das ist ein Verbrechen. Und das kann nie und nimmer mit rechten Dingen zugegangen sein. Die bauen uns hier ja einen Schlachthof hin. Eine Vogelschredderanlage, die direkt an ein Naturschutzgebiet für Seevögel grenzt. Das ist doch vollkommen absurd.«

Schlachthof.

Vogelschredderanlage.

Die Stimme in Lummes Kopf echote bedeutungsschwer.

Lumme riss die Augen auf, ungläubig sah sie Henning an. »Du bist jetzt auch dagegen?«, fragte sie. »Wirklich?«

»Ja, total.«

Henning stand auf und kam auf sie zu. Für einen winzigen flirrenden Moment dachte Lumme, dass er sie umarmen würde. Sie schloss die Augen. Leg dich lieber nicht mit mir an, Henning Krüss, dachte sie.

»Komm schon, Lumme«, hörte sie seine Stimme an ihrem Ohr. »Lass uns endlich Theo füttern!«

Am Nachmittag telefonierten sie mit Baumgartner und verständigten sich auf einen Text. *Insel-Seepferdchen in Not*, so sollte die Überschrift der Pressemeldung lauten. Sie würde noch vor Redaktionsschluss an die wichtigsten Medien gehen. Dann erstellten sie auf Facebook ein Profil für Theo und verlinkten die Seite mit der Homepage des Aquariums.

Ein Herz für Theo, nannten sie die Seite. Das war noch nicht besonders kreativ, aber hey, sie waren Biologen und keine Werbetexter. Außerdem berichteten sie darüber, was im Aquarium geschehen war, und posteten ein Bild von der Totenkopffratze. Auf dem Bildschirm sah sie noch brutaler aus.

Bis zum frühen Abend hatte Theo sieben Likes bekommen. Ein paar Leute hatten die Seite mit ihren Freunden geteilt, und irgendjemand hatte ein »Kopf hoch!« und einen Smiley geschickt.

Henning war zufrieden, doch Lumme hatte sich mehr erhofft.

»Warte mal ab, was morgen los ist, wenn die Zeitungen das Bild bringen.« Henning vertraute noch auf die alte Macht der Presse. Wenn der *Inselbote* über das Aquarium berichtete, war das für ihn wie ein Ritterschlag.

»Ich versteh einfach nicht, warum die Medien nicht schon viel früher darauf angesprungen sind.« Lumme dachte wieder an das Gutachten, an all die beängstigenden Zahlen. »Wenn man sich ein bisschen damit beschäftigt, sieht man doch, dass das alles Mist ist.«

»Viel zu abstrakt!« Henning strich sich über die Jeans, als wollte er den ganzen Schlamassel von sich wegschieben. Sie saßen in Lummes Büro, vor dem Fenster verschwammen Himmel und Meer zu einer einzigen diesigen Masse. Grau und Weiß. Nur mit Mühe konnte man den Horizont erkennen, eine dünne Bleistiftlinie. Träge dümpelten die grünen und roten Tonnen in der Fahrwasserrinne, wie auf einer Achterbahnfahrt schossen Möwen durch das Grau. »Welcher Journalist macht sich denn noch die Mühe, sich durch zweihundert eng beschriebene Seiten zu arbeiten? Hat mich ja auch die halbe Nacht gekostet. Außerdem haben die Leute diese ganze Windpark-Diskussion so satt. Die haben andere Probleme. Augen zu und durch.«

Lumme nickte. »Wahrscheinlich hast du recht.« Sie dachte daran zurück, wie fasziniert sie von den ersten Windrädern gewesen war. Grüne Energie! Das hatte wie ein Versprechen auf eine sorglose Zukunft geklungen – auf eine freundlichere und sauberere Welt. Aber es gab keine grüne Energie, auch für den vermeintlich sauberen Strom musste irgendjemand die Rechnung bezahlen.

»Der Windpark ist hier draußen einfach viel zu weit weg von den Leuten. Deine Stadt ist nicht betroffen, und du siehst ihn nicht auf dem Weg zur Arbeit. Ginge mir doch genauso. Und ein paar tote Vögel …« Henning warf die Hände in die Luft. »Man macht sich einfach nicht klar, dass es während des Vogelzugs Tausende sind, die umkommen werden. Und einen Schweinswal haben die meisten auch noch nicht gesehen. Die wissen doch gar nicht, dass der fast so aussieht wie ein Delfin.«

Henning schüttelte den Kopf, wohl auch über sich selbst. Er sah ziemlich mitgenommen aus. Seine Welt war komplett durcheinandergeraten. Als wäre ein Wirbelsturm durch sein Leben gefegt. Es ging nicht mehr nur darum, den Windpark um ein paar Seemeilen nach Westen zu verlegen. Nein, Henning hatte die Seiten gewechselt. Wer würde jetzt noch ein Bier mit ihm in der Kneipe trinken? Und wer würde ihm einen Job geben, wenn das Aquarium tatsächlich schließen musste?

»Vielleicht …« Sie streckte die Hand nach ihm aus und berührte ihn an der Schulter. »Vielleicht kommst du einfach mit nach Kalifornien, Pinguine füttern?«

Henning hielt ganz still, wie ein scheues Tier, das Berührungen nicht gewohnt war. Dann nahm er ihre Hand und drückte sie kurz. »Jetzt lass uns erst mal Theo retten«, sagte er, »und das Aquarium. Ans Auswandern kann ich später immer noch denken.«

Zehn

Der Gutachter saß im ersten Börteboot, das auf die Seebrücke zusteuerte. Lumme erkannte ihn sofort zwischen den Touristen, die allesamt nach Kaffeefahrt aussahen. Er war relativ jung, vielleicht Anfang dreißig, trug Jeans und eine dicke Daunenweste und starrte unablässig auf sein Handy, als hätte er jede Menge nachzuholen. Wahrscheinlich hatte er unterwegs arbeiten wollen, dachte sie, und die fehlende Netzanbindung auf See hatte ihm seinen sorgfältig zurechtgezimmerten Zeitplan durcheinandergebracht.

Als Lumme ihm auf der Brücke auf die Schulter tippte, sah er irritiert auf. »Lumme Hansen«, stellte sie sich vor. »Ich glaube, Sie wollen zu mir.«

»Ich will ins Aquarium.« Sein Blick wanderte an ihrem Körper hinauf und hinunter, als würde er sie Zentimeter um Zentimeter vermessen. Dann steckte er sich das Handy in die Hosentasche. Hinter seinem rechten Ohr klebte ein Pflaster gegen Seekrankheit.

»Ich bin das Aquarium.« Lumme versuchte ein Lächeln, um zu testen, wie es auf ihren Gast wirkte. Am Morgen hatte sie sich ihre engste Jeans und einen meerblauen Pulli mit V-Ausschnitt angezogen. Das Haar trug sie offen und hinter die Ohren gestrichen. Ihr Vater hatte ihren Aufzug mit einem »Hoppla!« kommentiert.

»*Sie* sind Doktor Hansen?« Herr Bode lächelte erfreut,

offenbar hatte er ein älteres Semester in Gummistiefeln erwartet.

»Hatten Sie eine gute Überfahrt?«

»Ja«, sagte er und streckte ihr die Hand entgegen. »Alles in Ordnung, keine besonderen Vorkommnisse.«

»Sie können gerne Lumme sagen.« Sie gab ihm die Hand und drückte kräftig zu, dann zeigte sie auf das Haus ihres Vaters. »Haben Sie Lust auf einen Kaffee? In der *Möwe* gibt es das beste Frühstück auf der ganzen Insel.«

»Oh! Mmh, na gut.« Er sah einmal kurz auf seine Uhr, dann gab er sich einen Ruck. Offenbar sah er ein, dass er seinen Zeitplan für heute vergessen konnte. »Christoph«, sagte er, während er Lumme folgte. »Christoph Bode.«

»Dann mache ich Sie mal mit meinem Vater bekannt, Christoph.« Lumme streckte den Daumen hoch, sie wusste, dass Boje sie von der *Möwe* aus mit seinem Fernglas beobachtete. Er hatte ihr versprochen, sein Boje-Hansen-Spezialfrühstück aufzufahren.

Anderthalb Stunden später waren sie auf dem Weg ins Aquarium. Christoph Bode hatte zwei Teller Rührei, Krabben und ordentlich Schwarzbrot mit Butter verputzt, während ihr Vater ihm alles über Börteboote erzählt hatte. Außerdem hatte er drei Becher schwarzen Kaffee getrunken. Als Boje ihm zum Abschluss noch ein Stück Friesentorte auftischte, hatte er nicht Nein sagen können. Er schnappte nach Luft, während er Lumme folgte, und sie hoffte, dass sie seinen Appetit auf Entdeckungen bereits gestillt hatte.

Um noch ein bisschen Zeit zu schinden, lotste Lumme ihn im Zickzackkurs durch die Gassen, statt den direkten Weg über die Strandpromenade zu wählen. Sie zeigte ihm die

Hummerbuden, die kleinen Einkaufsstraßen mit ihren Parfümerien, Schmuck- und Spirituosengeschäften und die Häuser, die sich an die Felswand schmiegten und deren Bewohner ihre Terrassen mit Netzen vor herabfallenden Steinen schützten. Die winzigen Gärten waren aufgeräumt und warteten auf den Frühling. Und die Häuschen mit den weißen Balkonen und grauen Pultdächern erzählten von der Sehnsucht der Fünfzigerjahre nach Heimat und Sorglosigkeit. Vor der Weite des Meeres wirkten die dicht an dicht stehenden Häuser rührend und wie aus der Zeit gefallen. So als hätten Kinder Puppenhäuser aus Schuhkartons gebastelt, bunt angemalt und gegen den Wind gestapelt. Lumme mochte den trotzigen Optimismus, den die Häuser ausstrahlten. Immer noch. Die Blicke der Insulaner und die *Ja-zum-Windpark*-Schilder in den Fenstern, die plötzlich überall hingen, ignorierte sie.

Christoph Bode schaute nach links und rechts, aber er sagte nichts. Ein paar Touristen schlenderten mit ihren Einkaufstüten durch die Gassen, während eine Gang halbstarker Möwen darauf lauerte, ihnen eine Eiswaffel oder eine Brötchenhälfte zu stibitzen. Ab und zu surrte eine Elektrokarre vorbei, Autos gab es auf der Insel nicht. Unterwegs sah Lumme sich verstohlen nach den Zeitungen um, die vor dem Kiosk auf einem Ständer hingen. Kein Seepferdchen, kein Totenkopf, offenbar taugte der Anschlag nicht für die Titelseite. Sie wusste nicht, ob sie enttäuscht oder erleichtert sein sollte.

»Was machen Sie hier eigentlich mit mir, Lumme?«, fragte Christoph Bode schließlich, als sie zum dritten Mal dieselbe Einkaufsstraße kreuzten. Irritiert sah er sie an. »So groß kann die Insel doch gar nicht sein.«

»Ein kleiner architektonischer Rundgang.« Lumme erwiderte

seinen Blick mit einem arglosen Lächeln. »Das gehört einfach dazu, wenn man auf der Insel ist. Gefällt es Ihnen?«

Christoph Bode schüttelte den Kopf, als ob er nicht wüsste, was er antworten sollte. »Putzig«, sagte er schließlich. »Erinnert mich an Lummerland. Irgendwie warte ich darauf, dass mir gleich Jim Knopf vor die Füße springt. Aber ich müsste langsam mal auf die Toilette.«

»Kein Problem.« Lumme lachte, sie zeigte geradeaus auf die Felswand, die vor ihnen aufragte. »Die Besuchertoilette im Aquarium ist leider kaputt. Oben gibt's eine.«

»Das ist nicht Ihr Ernst!«

Lumme zuckte mit den Schultern. »Insellogik. Fahrstuhl oder Treppe?«

»Treppe«, grummelte Christoph Bode, als er die Schlange vor dem Fahrstuhl sah. Er wechselte seinen Rucksack von der einen auf die andere Schulter und stapfte hinter Lumme her.

»Es sind nur einhundertachtzig Stufen«, munterte sie ihn auf, als sie auf der Hälfte waren. »Und von oben haben Sie einen grandiosen Blick auf das Aquarium und die Düne. Sie werden sich fühlen wie König Alfons der Viertel-vor-Zwölfte.«

Christoph Bode antwortete nicht, sie hörte ihn schnell atmen, so als wäre sein Sportprogramm in letzter Zeit zu kurz gekommen. Oben drückte er ihr wortlos seinen Rucksack in die Hände und verschwand in der Toilette. Als er zurück war, zeigte er nach unten.

»Wollen Sie nicht noch die Kirche sehen oder den Leuchtturm? Das war mal der Flakleitstand der Insel. Ist übrigens das einzige Gebäude, das den Zweiten Weltkrieg überstanden hat.«

Christoph Bode schüttelte den Kopf, mit entschlossenem Gesicht, er wollte vorankommen. Er nahm ihr den Rucksack wieder ab und machte sich daran, die Treppe wieder hinunterzusteigen. »Ich will da runter und meine Arbeit machen«, knurrte er. »Vielen Dank für die Inselführung, Lumme Hansen, aber für heute reicht es mir mit Ihren Geschichten.«

Lumme nickte und unterdrückte ein Grinsen, hinter seinem Rücken sah sie auf die Uhr. Bis er wieder an Bord sein musste, waren es noch fast zwei Stunden. Genug Zeit, um das Aquarium auf seine Schwachstellen abzuklopfen. Sie dachte an das verzweigte Röhrensystem, das sich quer durchs Gebäude schlängelte, und an die vorsintflutliche Elektronik. In den vergangenen Monaten hatte Henning die Leckagen mit mehr Einfallsreichtum als Sachverstand geflickt.

»Interessante Architektur«, sagte Christoph Bode dann auch, als sie vor dem Aquarium standen. Es klang wie: »Ach du meine Güte!« Sein Blick wanderte über die lang gestreckte Fassade, als könnte er sehen, was sich unter dem blauen Anstrich verbarg. Wahrscheinlich besaß er so etwas wie einen Röntgenblick. Hatte er einen siebten Sinn für bröckeligen Beton und mürbe Stahlträger?

»Möchten Sie erst einmal außen rum, oder wollen wir drinnen anfangen?«, fragte sie, während der Wind mit ihrem Haar spielte.

»Na, hier draußen gibt es doch schon allerhand zu sehen.« Er stellte seinen Rucksack ab und holte ein Tablet hervor. Dann öffnete er ein Programm. Während sie sich langsam um das Gebäude herumarbeiteten, fotografierte er unablässig. Den Treppenaufgang, den Eingang mit dem *Heute-leider-geschlossen*-Zettel, die morschen Fensterrahmen, von denen die Farbe abblätterte. Ja, er kletterte sogar über eine Feuerleiter auf das flache Dach und schreckte die Möwen auf. Lumme sah ihm an, dass er sich innerlich unablässig Notizen machte. Ihr Herz verkrampfte sich, an seiner Seite sah auch sie, dass das Gebäude einen reparaturbedürftigen Eindruck machte. Das Salz, die Feuchtigkeit und die Winterstürme hatten dem Bau über die Jahre ordentlich zugesetzt, die Seeluft fraß sich selbst durch den härtesten Beton.

»Was ist das denn?«

Rechts von der Treppe zeigte Christoph Bode auf ein verwaistes Außenbecken, in dem früher einmal Seehunde gelebt hatten. Tellergroße Rostflecken hatten sich durch den Farbanstrich gefressen, ein löchriges Gitter hielt Besucher davon ab, den Umgang zu betreten. Es sah so aus, als hielte man hier eine ansteckende Krankheit im Zaum.

»Ein Robbenbecken«, antwortete Lumme, sie hoffte, dass er nicht über die Absperrung ins Becken kletterte. »Entspricht natürlich nicht mehr dem, was wir heute unter artgerechter Haltung verstehen. Außerdem hat sich der Bestand in der Nordsee erholt, auf der Düne gibt es inzwischen wieder jede Menge Kegelrobben und Seehunde. Schade, dass Sie keine Zeit haben, einmal rüberzufahren.« Sie wies auf die flache Nebeninsel in ihrem Rücken, deren Strände unter dem tiefen Himmel hell aufleuchteten.

»Aber …« Christoph Bode winkte ab und sog scharf Luft ein. Seine Nasenflügel blähten sich vor Empörung, dann stieß er die Luft wieder aus. »Das müssen Sie doch ordentlich abdecken, was ist, wenn da jemand reinfällt? Da kann man sich ja das Genick brechen.«

Lumme zeigte auf das Gitter und das Betreten-Verboten-Schild, irgendjemand hatte Eispapier zwischen den Draht gesteckt. Sie zog es heraus und steckte das klebrige Papier in die Hosentasche.

»Haben Sie sich als Kind von so etwas aufhalten lassen?«

Er rüttelte an der hüfthohen Absperrung. Als sie nicht nachgab, seufzte Lumme erleichtert auf. »Da kann man doch locker drübersteigen«, murmelte er. Lumme sah ihm an, dass er sich ein riesiges *Achtung-Lebensgefahr*-Schild ins Gedächtnis rammte.

»Ja«, sagte Lumme, weil sie wusste, dass er recht hatte. Die Gemeinde hätte sich darum kümmern müssen. Sie dachte an das Gutachten in Cassens Giftschrank. »Ich werde das weitergeben.«

»Gut.«

Christoph Bode fotografierte weiter, ab und zu sprach er etwas in sein Handy, das er offenbar auch als Diktiergerät nutzte. Lumme hörte lieber nicht so genau hin. Sie hatten inzwischen die Seeseite des Gebäudes erreicht, hier war der blaue Anstrich an einigen Stellen abgeplatzt. Risse zogen sich quer über die Fassade, ein Fenster war blind, in den Regenrinnen bauten Spatzen ihre Nester.

Henning saß im Labor. Als er sie bemerkte, tat er so, als beobachtete er sie nicht. Lumme wusste, dass sie seine Hilfe brauchte, wenn das hier nicht furchtbar schiefgehen sollte. Hinter Bodes Rücken machte sie ihm Zeichen. SOS, dreimal kurz, dreimal lang, dreimal kurz. Henning starrte sie an, dann fuhr er sich durchs Haar. Ein Tippen an die Schläfe, sein Nicken morste ihr ein Aye-aye-Sir zu. Er hatte verstanden.

Endlich hatte Christoph Bode genug gesehen. Lumme schloss ihm die Tür zum Arbeitstrakt auf und erklärte ihm kurz, woran sie im Labor forschten. Als sie ihm den Hummerkindergarten zeigte, taute er zum ersten Mal seit Bojes Frühstück wieder auf. Interessiert beugte er sich über die Kisten und starrte hinein.

»Die sind ja winzig!«

Lumme nickte. Die wenigsten Leute machten sich klar, dass Hummer erst mit sieben oder acht Jahren geschlechtsreif wurden. Und dass die meisten Krebse im Meer dieses Alter überhaupt nicht erreichten. »Bis der in Ihrem Hummersalat landet, vergehen hoffentlich noch ein paar Jahre. Wollen Sie mal einen anfassen?«

»Darf ich?«

»Klar, geben Sie mir Ihre Hand.« Vorsichtig setzte sie ihm eines der blauschwarzen Krebschen hinein, das nicht größer als ein Daumennagel war. Die drahtigen Fühler des Hummers zitterten, als hätte das Tierchen Angst. »Und, wie fühlt sich das an?«

»Merkwürdig. Wie ein feuchter Käfer. Ein Käfer mit Hummerscheren.«

Interessiert verfolgte Christoph Bode die Bewegungen des Mini-Hummers und die Mechanik der winzigen Scheren. In seiner großen Hand wirkte das Tier noch zarter, als es ohnehin schon war. In ihrem ersten Lebensjahr häuteten sich die Krebse etwa zehnmal. Bis der Panzer wieder aushärtete, waren sie besonders verletzlich.

»Sie könnten sein Pate werden.«

Lumme sah auf. Henning stand in der Tür, er hatte ihre Unterhaltung mitangehört. Ich übernehme das, signalisierten ihr seine Grübchen, sie leuchteten wie kleine Rettungsringe. »Henning Krüss, mein Mitarbeiter«, stellte sie ihn vor.

Christoph Bode nickte Henning zu. »Sein Pate, wie meinen Sie das?«, fragte er und streckte Lumme die Hand entgegen. Vorsichtig nahm sie ihm den kleinen Hummer wieder ab und setzte ihn zurück in seine Box.

»Wir vergeben hier Hummer-Patenschaften. Mit einer Spende können Sie unsere Arbeit unterstützen und sogar dabei sein, wenn wir im August die Junghummer im Felswatt aussetzen.«

»Wirklich?« Interessiert sah Christoph Bode sich noch einmal um. Lumme bereute, dass sie nicht gleich mit den Tieren angefangen hatte. Offenbar lenkte ihn die Unterwasser-Wunderwelt von der morschen Seelenfänger-Architektur des Aquariums ab.

»Wo haben Sie denn das Seepferdchen?«

»Sie haben davon gehört?«

Lumme wechselte einen Blick mit Henning, doch der schüttelte den Kopf.

»Ob ich davon gehört habe? Ist das Ihr Ernst?« Christoph Bode holte sein Tablet wieder hervor und fing an, die offenliegenden Rohre und Schläuche im Hummerkindergarten zu fotografieren. »Das Seepferdchen ist ein großes Thema bei uns in Kiel. Der Windpark-Schreck.«

»Ihnen ist schon klar, dass man Sie missbraucht, um uns das Aquarium zu schließen?« Henning meldete sich wieder zu Wort. Er hatte die Arme verschränkt, seine Augen waren dunkel, fast schwarz. Gewitterwolken. Er trug ein altes verwaschenes T-Shirt mit der Aufschrift *No surrender*. Bruce Springsteen, der Rächer aller Unterdrückten. »Die wollen uns mundtot machen.«

»Wie meinen Sie das?«

Christoph Bode ließ das Tablet sinken, er sah von Lumme zu Henning und wieder zurück.

»Na, Sie sollen denen einen Vorwand liefern, damit man uns das Institut dichtmachen kann. Das wäre eine Katastrophe für die Insel.«

»Meinen Sie?«

»Ja, meine ich.«

Henning spannte Kiefer und Unterarme an, seine Hände ballten sich zu Fäusten, die unter den Achseln zuckten. Er sah so aus, als hätte er große Lust, Christoph Bode einen Schlag vors Kinn zu setzen. Lumme fand, dass er ein bisschen zu sehr auf Boxkampf machte. Und als Schwergewichtler hatte er sowieso keine Chance.

»Wir sind hier ein bisschen nervös«, fiel sie ihm schnell ins Wort. »Wenn wir unsere Arbeit nicht fortsetzen können, haben die Hummer in der Nordsee keine Zukunft. Von den Seepferdchen mal ganz zu schweigen.«

Christoph Bode schüttelte den Kopf, er zeigte auf einen grünlichen Wasserfleck, der wie eine Blume über ihren Köpfen blühte. »Ich verstehe Ihre Sorge, aber wenn hier demnächst die Decke runterkommt, haben die Hummer auch nichts davon.«

»Das ist hier alles grundsolide.« Henning tippte sachte gegen die Wand und sah dabei ziemlich komisch aus. »Und im Herbst soll ja sowieso umgebaut werden. Bis dahin schaukeln wir den Kahn schon noch.«

Christoph Bode lachte auf. »Wissen Sie eigentlich, womit man in der Nachkriegszeit gebaut hat?« Er ging auf Henning zu und klopfte ihm jovial auf die Schulter. »Wahrscheinlich hat man hier so viel Asbest verbaut, dass das alles auf den Sondermüll gehört. Haben Sie schon mal die Raumluft testen lassen?« Er nutzte Hennings Verblüffung aus und schlüpfte an ihm vorbei durch die Tür. »Und jetzt würde ich gerne weitermachen, Lumme. Könnte ja schließlich sein, dass ich Ihnen beiden das Leben rette. Und den Fischen.«

»Aber …«

Henning schnappte nach Luft, ein sprachloser Wassermann. Empört sah er zu Lumme.

Warnend schüttelte sie den Kopf. »Warum müsst ihr Kerle

immer auf dicke Hose machen«, flüsterte sie ihm zu, als sie an ihm vorbeiging. »Mit der Hummer-Patenschaft hattest du ihn doch schon fast am Haken. Ich glaube, er hat ein Herz für Tiere. Wirklich! Vielleicht sollten wir ihm doch noch das Seepferdchen zeigen …«

Christoph Bode ließ sich nicht beirren. Zielsicher steuerte er auch im Inneren auf alle Schwachstellen des Aquariums zu. Er entdeckte die geflickten Rohre, die faulende Isolierung und den abenteuerlichen Sicherungskasten. Im Schausaal zog er eine Taschenlampe aus dem Rucksack, ihr Lichtstrahl durchfuhr das gnädige Dämmerlicht wie ein Laserschwert. Er sah die scharfen, vorspringenden Beckenkanten, an denen sich Kinder verletzen konnten, den fehlenden Feuerlöscher, der aus seiner Verankerung verschwunden war, das defekte Linoleum vor dem Panoramabecken. »Böse Stolperfalle«, sagte er. Den Stör bewunderte er nicht.

Vor dem Grundelbecken stockte er kurz, dann fotografierte er den Totenkopf.

»Ärger?«, fragte er Lumme.

»Wie man's nimmt.«

»Das Seepferdchen?«

Lumme nickte. »Wir mussten es vorläufig in Sicherheit bringen.«

»Es ist hinten bei den Hummern, richtig?«

»Sie haben es gesehen?«

»Natürlich.« Christoph Bode ließ den Strahl seiner Taschenlampe noch einmal tanzen, dann knipste er sie aus. »Ich habe ein Auge für Details.«

»Das habe ich bemerkt.« Lumme seufzte. »Und?«, fragte sie vorsichtig. »Was sagen Sie zum Aquarium?«

»Wollen Sie das wirklich hören?«

»Bitte …« Lumme fuhr sich nervös durchs Haar. Auf einmal irritierten sie die offenen Haare, und sie begann, sich einen Zopf zu flechten.

»Also gut.« Christoph Bode klappte sein Tablet zu. Während er sprach, folgte er den Bewegungen ihrer Hände. Seine Stimme klang monoton, so als hake er die Punkte einer unendlich langen To-do-Liste ab. »Die statische Struktur ist stark angegriffen. Die Betonüberdeckung ist für die extremen Witterungsbedingungen auf der Insel viel zu gering dimensioniert worden. Die andauernde Belastung durch Seewasser und salzhaltige Luft haben nicht nur dem Beton geschadet, sondern auch den Betonstahl angegriffen und in seinem Volumen reduziert. Und das ist nur ein Teil von dem, was ich da draußen gesehen habe. Von all den Verstößen gegen die Gebäudesicherheit hier drinnen will ich gar nicht erst anfangen.«

»Das heißt?« Lumme schloss für einen Moment die Augen, ihr war heiß und kalt zugleich. Haltsuchend lehnte sie sich gegen das Grundelbecken.

»Das heißt, dass der Beton seine Tragfähigkeit verliert.«

»Und das heißt?«

»Dass eine Totalsanierung fällig ist.«

Totalsanierung.

Lumme spürte den Totenkopf in ihrem Rücken, das vorwurfsvolle Starren der Grundeln. »Das hört sich nicht so günstig an«, sagte sie leise.

»Nein«, erwiderte Christoph Bode, »günstig wird das nicht. Im Gegenteil: Das wird sogar sehr viel teurer als das, was Ihnen das Land an Fördermitteln bewilligt hat. Wahrscheinlich wäre es sogar günstiger, hier alles abzureißen und neu zu bauen. Aber das erlaubt der Denkmalschutz ja nicht.«

»Okay.« Lumme holte tief Luft, um der Verzweiflung, die in ihr aufstieg, Herr zu werden. Sie kämpfte mit den Tränen. Nach einer Weile stieß sie sich vom Becken ab und sah auf die Uhr. »Zehn Minuten haben Sie noch, bevor Sie aufs Schiff müssen. Wollen Sie das Seepferdchen noch mal sehen?«

»Gerne.«

Lumme ließ ihn vorgehen, auf dem Weg hinaus blieb er vor einem Schaukasten mit leeren Schneckengehäusen stehen. Fragend tippte er auf das fast hühnereigroße, spitze Gehäuse einer Meeresschnecke. Peddersen hatte es aufschneiden lassen, sodass man die acht gewölbten, spiralförmigen Umgänge sehen konnte. Eine Wendeltreppe, Perlmuttarchitektur in Perfektion.

»Eine Wellhornschnecke«, erklärte sie. »Fleischfresser. Ist ziemlich fix unterwegs, sie schafft etwa zehn Zentimeter Meeresboden in der Minute. Sie kann ihre Beute übrigens riechen, am liebsten bohrt sie sich in Muscheln. Ihr Fleisch haben die Fischer früher gekocht und gerne gegessen.«

»Und heute?«

Lumme schüttelte den Kopf. »Sie gilt als ausgestorben, jedenfalls in der Nordsee. Inzwischen haben wir hier im Labor herausgefunden, dass ihnen eine Chemikalie, die in Schiffslacken vorkommt, buchstäblich ihre Natur verdreht. Die Weibchen bekommen männliche Geschlechtsorgane und können keine Eier mehr legen.«

»Im Ernst?« Christoph Bode sah sie an, im Halbdunkel konnte sie den Ausdruck auf seinem Gesicht nur schwer deuten. »So hängt das alles zusammen?«

»Ja«, sagte Lumme, sie dachte an den Windpark. »So hängt das alles zusammen.« Dann schwiegen sie beide.

Erst als sie im Hummerkindergarten vor dem Seepferdchen standen, fasste Lumme sich noch einmal ein Herz und fragte nach dem Gutachten. »Wann sind Sie denn damit fertig?«

»Kommt darauf an.« Christoph Bode musterte sie nachdenklich über seine Nase hinweg, etwas schien in ihm zu arbeiten. »Wie lange sollte es denn idealerweise dauern?«

»Vielleicht bis zum Herbst?« Lumme steckte die Hände in die Hosentaschen und versuchte ein Lächeln, das friesisch und nicht allzu mädchenhaft aussah. Sie hätte sich gerne für einen Augenblick Hennings Grübchen ausgeborgt.

Christoph Bode lächelte zurück, und auf einmal sah sie den Jungen vor sich, der sich zum Geburtstag den Experimentierkasten mit den Urzeitkrebsen gewünscht hatte. »Ich kann Ihnen nichts versprechen, Frau Doktor Hansen«, sagte er, während er noch ein Foto von dem Seepferdchen machte. »Aber es stimmt schon, auf meinem Schreibtisch liegt wirklich jede Menge anderes Zeug, das ich vorher noch abarbeiten muss.«

»Und?« Henning saß vor seinem Computer, Lumme sah, dass er Theos Facebook-Seite geöffnet hatte.

»Totalsanierung.« Lumme schnappte sich einen Stuhl und setzte sich neben ihn. Sie hatte den Gutachter noch bis zur Seebrücke begleitet und ihn ins richtige Börteboot gesetzt. Das Schiff nach Büsum war vor einer Viertelstunde abgefahren. »Aber er hat mir versprochen, dass er sich mit dem Gutachten nicht beeilt.«

»Wie hast du das geschafft?«

»Keine Ahnung!« Lumme stützte den Kopf in die Hände, Theo hatte drei weitere Likes und ein zweites Smiley bekommen. »Vielleicht war es das Gesamtpaket: Bojes Rührei, Inselführung und Hummerstreicheln? Ich hab dir doch gesagt, dass er ein Tierfreund ist.«

»Quatsch, das war ein …« Henning sprach nicht aus, was er dachte. Sein Blick verharrte kurz in ihrem Ausschnitt, als ob man dort irgendetwas hochtauchen könnte. Wieder roch Lumme das Salz in seinem Haar.

»Meinst du, er hat recht?«

»Damit, dass das hier ein hoffnungsloser Fall ist?«

»Ja. Nein. Ich meine das, was er über den Asbest gesagt hat?«

Henning runzelte die Stirn, Lumme sah ihm an, was er dachte.

»Du meinst, du willst nicht als Wellhornschnecke enden?«

Sie musste lächeln, auch sie hatte schon darüber nachgedacht.

»Na, jedenfalls will ich noch Kinder. Jede Menge sogar.« Henning tauchte wieder auf, er grinste verlegen.

»Und ’ne Wasserfrau«, murmelte Lumme.

Henning rollte mit den Augen, er tippte auf den Bildschirm. »Wir haben neue Freunde«, sagte er.

»Die Begeisterung für Theo hält sich aber auch in Grenzen, oder?«

»Wieso auch?«

»Na, ich meine …« Lumme seufzte, dann grinste sie ihn an. »Scheint mir so, als habe ich hier zwei von der Sorte ›schwer vermittelbar‹.«

»Quatsch, das wird noch!«

Hennings tanzende Herzmuscheln waren wieder da, sie hatte schon auf ihren Auftritt gewartet. Lumme zog das Zopfgummi aus dem Haar und steckte es in die Hosentasche.

»Sprichst du von dir oder von Theo?«, alberte sie. Sie dachte, dass sie hier einfach weitermachen mussten, um das Aquarium und das Felswatt zu retten. Dann wanderten ihre Gedanken zu Josh und zu den Pinguinen. In ihrer Jeans knisterte das Eispapier.

Elf

Theo verstand sich großartig mit den Flundern – und mit der grauen Eminenz. Noch am Freitagabend hatte Lumme das Seepferdchen in das Panoramabecken umquartiert. Frau Graumann hatte sich bereit erklärt, den Stör über Nacht im Auge zu behalten. Sie hatte sich ein provisorisches Lager aus Bürostühlen gebaut. Falls der Stör dem Seepferdchen zu nahe kam, würde sie ihn mit einer Taschenlampe blenden und in die Flucht schlagen.

Am nächsten Morgen hatte Henning Frau Graumann abgelöst, dann hatte Lumme am Panoramabecken Wache geschoben. Am Sonntagmorgen waren sie sicher, dass der Stör nicht an dem Seepferdchen interessiert war. Er schien es noch nicht einmal wahrzunehmen. Die Jahre im Aquarium hatten ihn für das echte Leben verdorben. Das Schwimmen im Uhrzeigersinn hatte sich ihm eingeprägt, alles Wilde war aus seiner Natur verschwunden. Wahrscheinlich würde er auch dann im Kreis schwimmen, wenn man ihn in die Nordsee zurücksetzte.

Als Lumme am Sonntagmittag in die *Möwe* zurückkam, war Boje mit dem Börteboot unterwegs. Er hatte sie gebeten, den neuen Gast in Empfang zu nehmen. *Johannson* hatte er auf einen Zettel geschrieben, den er am Anker für die Acht befestigt hatte. Lumme sah auf die Uhr, das Schiff aus Büsum lag bereits auf Reede, und am Horizont waren die nächsten beiden

Schiffe zu sehen. Sie holte sich einen Kaffee und setzte sich ins Frühstückszimmer, um auf den Gast zu warten.

Um zwei Uhr war Herr Johannson immer noch nicht da. Lumme machte sich auf die Suche nach dem Telefon, vielleicht hatte er im letzten Augenblick abgesagt? Doch da war keine Nachricht auf dem Anrufbeantworter. Es war auch keine Mail für Boje gekommen, sah sie, als sie einen Blick in das Postfach seines Computers warf. Aber da war ein Bild von Josh, er hatte es seinem Grandpa geschickt. Lumme setzte sich hinter den Tresen im Flur, der ihrem Vater als Büro und Kommandozentrale diente, und betrachtete ihren Sohn, der vor einem wolkenlosen Himmel durch die Wellen ritt. Todd musste das Foto gemacht haben, sie sah, dass sie es auch bekommen hatte. Und dazu ein paar Küsse – *xxx, we miss you.* Kleine Buchstaben, gemischte Gefühle.

Ich vermisse dich auch, schrieb sie Josh zurück und warf seinem Bild eine Kusshand zu. Kurz berührte ihre Hand den Bildschirm, dann suchte sie nach dem Anmeldeformular im Gästebuch. Vielleicht hatte ihr Vater sich die Telefonnummer von Herrn Johannson notiert, dann könnte sie ihn anrufen.

Das schwere Gästebuch lag auf ihren Knien, als Lumme die Eingangstür in ihrem Rücken hörte. Erleichtert seufzte sie auf, der neue Gast war wohl mit einem der kleinen Flugzeuge gekommen, die auf der Düne landeten. Sie wollte sich umdrehen und ihn begrüßen, doch irgendetwas hielt sie zurück. Ein Geruch, ein Geräusch – da war etwas furchtbar Vertrautes, das mit Wucht auf sie einströmte. Sie konnte sich nicht bewegen, in ihrem Kopf knarzte das Eis.

Dann hörte sie seine Stimme.

»Johannson. Theodor Johannson, ich hatte ein Zimmer reservieren lassen.«

Theo. Das war seine Stimme. Und sein Geruch, diese Mischung aus Wald und Watt, aus Eichenlaub, Erde – und Salz.

Theo.

Theo, Theo, Theo.

Lumme war immer noch wie erstarrt. Etwas, das lange in ihr geschlafen hatte, schien aufzuwachen. Ein Gefühl, es räkelte sich, spreizte die Finger. Ihr Herz begann zu rasen, das Blut rauschte in ihren Ohren.

»Hallo?« Über den Tresen hinweg tippte er ihr ungeduldig auf die Schulter, als hätte er keine Sekunde zu verlieren. Die Berührung löste sie aus ihrer Erstarrung.

Lumme drehte sich um und sah zu ihm auf. Er hatte sich verändert, die Schläfen grau, die Stirn etwas höher, die Zeit hatte das übermütige Gesicht von einst härter und kantiger werden lassen. Die steile Falte zwischen den Augenbrauen und die Linien um den Mund verrieten lange Arbeitstage und kurze Nächte. Ein Businessnomade. Er sah nach Macht und Durchsetzungswillen aus, nach Milliardengeschäften und langen Flügen. Sie vermutete, dass er gewohnt war zu siegen. Aber da waren immer noch diese Augen, wasserblau bis zum Horizont, die tollkühne Nase und dieser weite, wunderbare Mund, der es immer ernst gemeint hatte. Der damals jeden Quadratzentimeter ihrer Haut erkundet hatte.

»Lumme …« Er stockte, suchte nach Worten. In seinem Blick las sie ihr eigenes Entsetzen. »Ich wusste nicht, dass du wieder zurück bist.«

Lumme senkte den Kopf und sah ratlos auf das Anmeldeformular in ihren Händen. Alles drehte sich, und sie schloss für einen Moment die Augen. »Dein Name ist jetzt Johannson?«, hörte sie sich wie aus weiter Ferne sagen.

»Meine Frau, ich habe ihren Namen angenommen. Vor zwölf Jahren schon.«

Seine Stimme – unverändert. Die Zeit schien sich plötzlich in einem Punkt zu verdichten.

Theo.

Theo Simon aus Amalienkoog.

Theo, Theo, Theo.

Er war ihre erste Liebe gewesen, damals, vor zwanzig Jahren. Dann war die Sache mit Jan geschehen, und der Schmerz hatte sie auseinandergerissen. Lumme hatte ihn nur noch vergessen wollen. Hatte all das Dunkle, Schwere in die tiefste Eiskammer ihrer Seele eingelagert.

»Was machst du hier?«, flüsterte sie, während das Tintenfischeis mit einem furchtbaren Knall auseinanderbrach. Ein Eisberg, so groß wie die Titanic, setzte sich in ihrem Innern in Bewegung.

»Der Windpark …« Er zeigte auf seinen Rollkoffer, auf dem das Logo des schwedischen Energieriesen prangte. »Das ist mein Projekt.«

»Du bist …?« Lumme starrte wieder auf das Formular in ihren Händen. »Du kommst wegen des Seepferdchens?«

»Das Seepferdchen? Nein, das machen unsere Anwälte. Ich bin hier, um den zweiten Bauabschnitt zu planen. Der Ausbau des Hafengeländes, der Anleger für die Offshore-Schiffe …« Er zeigte vage in Richtung Süd-West-Hafen.

Lumme nickte. »Ich weiß.« Dann sagte sie nichts mehr und hielt ihm wortlos das Anmeldeformular hin.

Theo suchte nach einem Stift in seinem Jackett. Während er unterschrieb, rieb sie sich die Stirn, um das Eismonster in ihrem Kopf zu beruhigen. Als Theo sie fragend ansah, stand sie schwankend auf und holte ihm den Schlüssel.

»Die Acht«, sagte sie, doch der Anker glitt ihr aus den Händen und fiel ihm vor die Füße.

Sie bückten sich beide gleichzeitig danach, und für einen winzigen Augenblick waren sie sich so nah, dass Lumme die schwarzen Einsprengsel in der Iris seiner Augen sehen konnte.

Das Tintenfischeis.

Er also auch, dachte Lumme. Sie sah, wie er nach dem Schlüssel griff, und kam wieder hoch. »Du kennst dich ja aus«, sagte sie mit einer Stimme, die ihr fremd war, und wies auf die Treppe.

»Lumme …« Theo sah so aus, als wollte er noch etwas sagen. Dann schüttelte er den Kopf und nahm den Koffer wieder auf.

Lumme sah ihm nach, als er die Treppe hinaufstieg. Sie bemerkte die breiten Schultern unter dem grauen Jackett, die schwarzen Jeans, die genau richtig saßen, die teuren Schuhe, rahmengenäht. Plötzlich hatte sie ein Bild von seinem Leben in Stockholm vor Augen, das elegante Apartment auf Skeppsholmen, die ebenso kluge wie schöne Frau, die einflussreichen Freunde, das Ferienhaus am See. Als er um die Ecke verschwunden war, ließ sie den Kopf auf den Tresen fallen.

Sie hatte nicht gewusst, dass er für die Schweden arbeitete. Sie hatte noch nicht einmal gewusst, dass er in Stockholm lebte und verheiratet war. Vor zwanzig Jahren hatte sie ihn komplett aus ihrem Leben gestrichen. Und sie hatte ihn nie wieder sehen wollen.

Nie, nie wieder.

Bis in die Antarktis war sie gereist, um ihn zu vergessen.

Und jetzt?

Eine Million Fragen stürmten auf sie ein. Und eine Gewissheit: Jetzt stand er auch noch auf der falschen Seite.

»Du hast es gewusst!«

»Lumme …« Ihr Vater hob den Blick und sah sie unverwandt an. Sie saßen beide in der Küche und rührten ihr Abendbrot – Brot, Tomaten und Käse – nicht an. In der Acht war es ruhig. Seitdem Theo in sein Zimmer verschwunden war, hatte er sich nicht mehr blicken lassen. »Er heißt jetzt Johannson. Wie hätte ich das wissen sollen?«

»Aber du wusstest, dass dieser Theodor Johannson für die Schweden arbeitet? Für den Windpark?«

Boje zögerte kurz, dann nickte er. Mit den Fingern strich er prüfend über die Schneide seines Messers, dann spießte er eine Tomate auf. »Die Gemeinde hat ihn hier eingebucht«, sagte er ruhig. »Hans hat mich angerufen. Deshalb war ich bei ihm.«

»Und du hast dabei nicht eine Sekunde lang an mich gedacht?«

Lumme sah ihm in die Augen, ihre Finger zupften Teig aus einer Brötchenhälfte und formten kleine Kugeln daraus.

»Doch, hab ich. Aber ich muss doch was zu tun haben, Lumme. Und ich brauche das Geld, das weißt du doch.«

»Du musst ihn raussetzen, Papa. Sofort. Ich ertrage es nicht, mit ihm unter einem Dach zu schlafen. Ruf den Cassen an, irgendwo wird es doch noch ein freies Zimmer auf der Insel geben.«

»Wie stellst du dir das vor, Lumme?« Die Tomate war halbiert, sie lag wie ein verwundetes Organ auf Bojes Teller. Ein blutendes Herz. Ihr Vater legte das Messer zur Seite, entschieden schüttelte er den Kopf. »Er hat für eine Woche gebucht, ich kann ihm doch nicht einfach das Gepäck vor die Tür stellen.«

»Dann rede mit ihm, gleich morgen früh. Vielleicht will

er gar nicht bleiben. Jetzt, wo er weiß, dass ich wieder auf der Insel bin.«

Lumme formte noch mehr Brotkügelchen, auf einmal sah sie Theo vor sich, sein entsetztes Gesicht, als er sie erkannt hatte. Als er begriffen hatte, wer da vor ihm saß. Bestimmt hatte auch er sie nie wiedersehen wollen.

»Lass uns eine Nacht drüber schlafen, ja?«

Bojes Hände strichen über das Tischtuch. Sie fuhren beide zusammen, als sie das Klimpern eines Schlüssels hörten, der ans Schlüsselbrett gehängt wurde. Dann schlug die Eingangstür auf und zu.

»Ist er weg?«

Lumme wagte nicht, sich zu bewegen. Sie hielt den Atem an.

»Vielleicht geht er was essen?« Boje zuckte mit den Schultern. »Er hat ja nur eine Flasche Wasser auf dem Zimmer.« Er wartete ein paar Sekunden ab, dann stand er auf und ging nach vorn. Einen Augenblick später war er wieder zurück und nickte. »Er geht in Richtung Hafen. Ohne Gepäck.«

Lumme stopfte sich die Brötchenkugeln in den Mund, dann sprang sie auf. »Ich muss noch mal ins Aquarium«, sagte sie schnell. »Warte nicht auf mich, es wird bestimmt spät.«

Unterwegs hörte Lumme weder die Brandung noch die Möwen. Sie spürte nur den Wind, der sie unterhakte und mit sich zog. Im Aquarium schaltete sie die Lichter nicht an. Vorsichtig tastete sie sich durch den Schausaal, bis sie vor dem Panoramabecken stand. Im grünlichen Dämmerlicht konnte sie das Seepferdchen nicht sehen. Sie hatten ihm mit Algen- und Seegrasbündeln eine Art Tangwald gebaut, in dem es sich gerne versteckte. Die Flundern lagen auf dem Beckenboden, die Dorsche ließen sich träge treiben, nur der Stör zog seine Runden. Sein lang gestreckter Körper schimmerte, als ob winzige Lichtpunkte auf seiner Haut glimmten. Lumme sah das spatenförmige Maul mit den Barteln, die ihm als Tastorgane dienten, die Kiemen und die Knochenplatten, die Kopf und Körper panzerten. Der alte Stör sah aus, als wäre er auf Patrouille. Nachtwache. Vielleicht wollte die graue Eminenz das Seepferdchen ebenfalls beschützen?

Der kleine Theo.

Und der große Theo.

Theo, Theo, Theo.

Vor Lummes innerem Auge flackerte sein Gesicht wieder auf, so wie er am Nachmittag vor ihr gestanden hatte. Und mit Theos ozeanblauen Augen tauchten auch die Erinnerungen an jenen Sommer vor zwanzig Jahren wieder auf. An diesen Inselsommer zu dritt, der so sorglos begonnen hatte und dann in einem Meer aus Tränen und Entsetzen versunken war. Sie hatte Theo vergessen müssen, um weiterleben zu können.

Und nun – was sollte sie jetzt tun? Ihr Herz rumpelte genauso laut wie das Eismonster in ihrem Kopf, sie war vollkommen durch den Wind. Lumme dachte, dass sie diese Nacht unmöglich in der *Möwe* schlafen konnte.

Erschöpft drückte sie die Stirn gegen die kühle Panoramascheibe, um das Gedankenkarussell in ihrem Kopf zu beruhigen. Sie wünschte sich, an der Seite des Störs durchs Becken zu gleiten, so wie Henning, wenn er das Becken reinigte.

Dann dachte sie nichts mehr. Lumme sah nur noch ihrem Körper zu, der sich wie losgelöst bewegte. Sah ihre Hände, die Jeans und Pulli abstreiften, ihre Füße, die sie durch eine versteckte Tür in den Technikbereich trugen und an einen Ort über dem Panoramabecken, wo es einen Einstieg für die Reinigungsarbeiten gab.

Dann spürte sie das Wasser, sechzehn Grad, Nordseetemperatur. Ihr Element. Lumme schnappte nach Luft und ließ sich bis auf den Beckenboden sinken. Da war eine Flunder unter ihren Füßen, die ein Stück zur Seite rückte. Die Dorschfrau wachte auf und stupste ihr mit weichen Lippen gegen das Ohr, als wollte sie ihr etwas zuflüstern. Und über ihrem Kopf drehte der Stör seine Runden – stoisch und still, so als würde er sich überhaupt nicht über sie wundern.

Lumme genoss die Stille unter Wasser – und die Kälte. Bei ihren Tauchtrainings hatte sie gelernt, mit dem Sauerstoff in ihren Lungen hauszuhalten. In ihren besten Zeiten hatte sie ihren Puls auf vierzig Schläge die Minute herunterfahren können. Das war zwar immer noch kein Walniveau – aber sie konnte lange unter Wasser bleiben. Sehr lange. Ab und zu tauchte sie auf und schnappte nach Luft, dann ließ sie sich wieder sinken und konzentrierte sich auf das Fischgefühl, das sich in ihrem Körper ausbreitete und vollkommen immun war gegen all die widersprüchlichen Gefühle und Gedanken in ihrem Kopf. Als Fisch konnte sie das Eis in ihrer Seele nicht spüren.

Sie hätte ewig unter Wasser bleiben können. Einmal meinte Lumme die Luftbläschen zu sehen, die wie winzige U-Boote durch ihre Adern sausten. Vorfahrt Sauerstoff. Ein anderes Mal spürte sie eine sanfte Berührung auf der Höhe ihres Schulterblatts. War das etwa das Seepferdchen, das mit ihr tanzen wollte? Zu spät registrierte sie das rote Blinken der Webcam, die auf das Becken gerichtet war. Und die den wenigen nächtlichen Besuchern, die in diesem Moment die Seite des Inselaquariums angewählt hatten, einen ganz besonderen

Anblick präsentierten. Eine Nixe. Oder einen Trottellummenstör.

Erst als das Licht im Aquarium aufflackerte, begriff Lumme, dass sie nicht so allein gewesen war, wie sie gedacht hatte. Der Gedanke brauchte eine Weile, bis er in der sauerstoffarmen Atmosphäre ihres Körpers ein paar Muskeln gefunden hatte, die noch einen Fluchtimpuls verarbeiten konnten. Bevor sie auftauchen und aus dem Becken verschwinden konnte, stand Henning schon auf der anderen Seite der Panoramascheibe und starrte sie wie eine Erscheinung an.

Lumme sah seine Grübchen, die nicht begreifen konnten, was sich da abspielte. Sie hingen fragend in seinem Gesicht. »Was zum Teufel …«, las sie von seinen Lippen ab, und ihr Kopf, der plötzlich wieder denken konnte, vervollständigte den Satz, der mit mindestens drei Fragezeichen endete. Ja, was zum Teufel machte sie da? Nackt im Panoramabecken – und das bei schönster Schaubeleuchtung.

Mist, Mist, Mist.

Lumme stieß sich vom Beckenboden ab und trat dabei auf eine Flunder. Am Stör vorbei schoss sie nach oben und katapultierte sich aus dem Becken. Als sie zitternd in der Technik saß und Hennings Taucheranzug vor sich hängen sah, musste sie plötzlich wie irre lachen.

Und sie war nicht allein. »*Scheun'n Schiet ook*«, hörte sie die Stimme in ihrem Kopf prusten. Es war Theos Stimme, jetzt erkannte Lumme sie wieder.

»Lumme? Alles in Ordnung mit dir?«

Henning steckte den Kopf durch die schmale Tür und lugte in die Technik. Das Surren der Pumpen unterstrich die Sorge in seiner Stimme. Vermutlich dachte er, dass sie verrückt geworden war.

»Ja.« Lumme kicherte noch immer. Eine alberne, unkontrollierbare Heiterkeit, die ihr Zwerchfell erschütterte und sich schließlich in einen grandiosen Schluckauf verwandelte. »Mir ist ein bisschen kalt.«

»Soll ich nach hinten kommen?«

»Nein, bloß nicht.« Lumme wedelte mit den Armen, um ihn wie ein zudringliches Tier abzuwehren. »Meine Kleider liegen vor dem Becken, vielleicht …« Ein Hicksen ließ sie verstummen.

»Okay, ich reich sie dir rein.« Hennings Kopf verschwand kurz, dann war er wieder da. Seine Hände warfen ihr Jeans, Pulli und den ganzen Kleinkram zu.

Lumme wrang das nasse Haar aus, dann schlüpfte sie zitternd und immer noch hicksend in ihre Kleider. Schließlich stand sie da und wusste nicht, wie sie Henning gegenübertreten sollte.

»Muss ich reinkommen und dich da rausholen?«

Henning winkte ihr zu, für zwei war es zu eng in der Technik. Selbst wenn man es nur mit einem dünnen Wassermann zu tun hatte. Sie konnte Henning nicht ansehen, als sie vor ihm stand.

»Mann, Mann, Mann …« Henning ließ sein Schnauben hören. »Ich dachte, ich trau meinen Augen nicht.«

»Die Webcam?«

Lumme sah, dass sie immer noch tropfte. Zu ihren Füßen bildete sich eine Pfütze auf dem Linoleum.

»Ja, klar. Ich wollte noch mal nach Theo schauen. Und plötzlich … Also …« Henning fing an zu stottern.

»Ein Trottellummenstör«, sagte Lumme. Sie hielt sich die Nase zu, um den Schluckauf loszuwerden. »*Arcipenserida Uria aalge*. Sehr, sehr selten.«

»Aber …«

Henning suchte ihren Blick, er wusste nicht, ob er lachen oder ernst bleiben sollte.

»Das war 'ne Schnapsidee, ich weiß. Aber mir war einfach danach, ich musste mal abtauchen.«

»Im Schwimmbad hättest du weniger Aufsehen erregt.«

Henning verdrehte die Augen, er hatte sich fürs Lachen entschieden. Die Grübchen waren in ihrem Element.

»Aufsehen?«

Lumme schüttelte den Kopf. Wassertropfen spritzten ihr aus dem Haar, wahrscheinlich würde sie eine dicke Erkältung bekommen. Sie hickste wieder.

»Als ich mich eingewählt habe, hatten wir fünf Besucher. Ich hab zwanzig Sekunden gebraucht, bis ich losgelaufen bin. Da waren wir schon bei einhundertdreißig. Bis ich unten im Aquarium war und die Kamera ausschalten konnte, habe ich bestimmt sechs Minuten gebraucht. Jetzt kannst du's hochrechnen. Ein paar Tausend Besucher werden das locker geworden sein. So was verbreitet sich schneller als ein Virus. Wahrscheinlich gibt es schon Videos von deinem kleinen Tauchgang im Netz.«

O nein.

»Das ist nicht dein Ernst?«

Lumme schlug die Hände vors Gesicht, das Hicksen hörte schlagartig auf.

»Leider ja. Der Trottellummenstör dürfte ein echter Hit sein. Den fangen wir so schnell nicht wieder ein.«

»Und nun?«

Lumme schaute Henning durch die Finger hindurch an. Sie fühlte sich erbärmlich. All die wunderbaren Endorphine, die der Lachkrampf in ihr freigesetzt hatte, lösten sich in Entsetzen auf.

»Müssen wir das Beste daraus machen.« Henning nickte ihr aufmunternd zu.

»Ach ja? Erzähl mir mal, wie man aus *Aquariumschefin taucht nackt im Panoramabecken* das Beste macht!«

Henning runzelte die Stirn, er dachte nach. »Flucht nach vorn«, sagte er schließlich und zog Lumme zu sich heran, als ob er mit ihr tanzen wollte. »Das ist manchmal einfach das Beste.«

Zwölf

Henning hatte ihr seine Mütze aufgesetzt, dann waren sie zu ihm ins Oberland gegangen. Seine Wohnung war selbst für Inselverhältnisse nicht besonders groß, zwei Zimmer, kleine Küche und ein noch kleineres Bad. Sie lag im ersten Stock eines Hauses, dessen Garten an den Inselfriedhof grenzte. Wenn er aus dem Fenster schaute, sah er den Kirchturm, dessen Kupferhelm in den letzten Strahlen der untergehenden Sonne rötlich schimmerte.

Neugierig blickte Lumme sich um. Das Wohnzimmer wurde von einem großen grauen Sofa dominiert, statt eines Fernsehers gab es einen Computer mit riesigem Bildschirm. Dort chattete Henning also mit seinen Internetbekanntschaften. Ein paar Fachzeitschriften lagen herum, auf dem Tisch standen ein leerer Pizzakarton und eine halb ausgetrunkene Flasche Bier. Sein Abendessen. Die To-do-Listen am Kühlschrank fehlten, dafür hing ein Möwenbild in der Küche. Lumme sah, dass es eine Aufnahme ihrer Mutter war.

»Hab ich letztes Jahr beim Inselfest gewonnen. Die Tombola«, sagte Henning, als er ihren fragenden Blick bemerkte. »Ich find's ganz schön.«

Lumme nickte beklommen und schaute aus dem Fenster. Sie war froh, dass ihre Mutter nicht da unten auf dem Friedhof lag. Isabella hatte sich eine Seebestattung gewünscht, sie hatten ihre Asche vor der Insel dem Meer anvertraut. Auf der

Fahrt hinaus hatte ihr Vater die Urne nicht hergeben wollen, wie ein Kind hatte er sie in seinen Armen gewiegt. Als sie den Steingrund erreicht hatten, musste Lumme ihm die Urne aus den Händen lösen. Auch sie hatte ein paar Minuten gebraucht, dann hatte sie das Gefäß einfach geöffnet und die silbergraue Asche mit dem Wind davonfliegen lassen. Merkwürdigerweise hatte sie dabei an ihre Strandhochzeit denken müssen.

Boje hatte wie erstarrt am Bug des Börtebootes gestanden, bis er schließlich seinen frierenden Enkel in die Arme schloss.

»Magst du auch ein Bier?« Henning zeigte auf den Kühlschrank. »Oder willst du lieber einen Tee, bevor wir uns um deinen Tauchgang kümmern?«

»Eigentlich würde ich gerne heiß duschen.«

Lumme stockte, plötzlich war sie verlegen. Sie hatte nicht darüber nachgedacht, wie es sein würde, Henning so nah zu sein. Als er ihr vorgeschlagen hatte, den Trottellummenstör wieder einzufangen, hatte sie erst an eine arbeitsreiche Nacht im Aquarium gedacht. Doch Henning hatte sie überredet, mit nach oben zu kommen. »Mit meinem Computer sind wir schneller als mit den alten Gurken im Institut«, hatte er gemeint. Und sie hatte eingewilligt, um seiner Umarmung und all den widersprüchlichen Gefühlen, die da in ihr tobten, zu entkommen.

»Gut, dann fang ich schon mal an.« Henning zeigte geschäftig auf die Badezimmertür, als ob er die Umarmung schon wieder vergessen hatte. »Handtücher sind im Schrank.«

»Danke, Henning.«

Lumme schloss die Badezimmertür, es war gar nicht so einfach, sich in dem winzigen Bad auszuziehen. Als sie unter der

Dusche stand, schloss sie die Augen und versuchte, nicht an Theo und das Eis zu denken. Sie fand ein Duschgel und wusch sich das Salzwasser aus den Haaren. Nach ein paar Minuten war ihr wieder warm. Sie zog sich an und schlang ein Handtuch um das nasse Haar.

»Und?«, fragte sie, als sie in eine Wolke aus Wasserdampf gehüllt aus dem Bad kam. »Wie schlimm ist es?«

»Schwer zu sagen …« Henning zuckte mit den Schultern, sein Gesicht leuchtete im Widerschein des Bildschirmlichts. Er zeigte auf den Monitor, wo die Website des Aquariums zu sehen war. »Zweitausenddreihundert Besucher haben dich angeklickt, und es gibt ein paar Kommentare auf unserer Facebook-Seite. *Tanz des Riesenseepferdchens* und so weiter. Aber alles jugendfrei, jedenfalls hab ich nichts Bösartiges entdeckt. Irgendwie denken die Leute, dass das ein Gag war, um auf das Seepferdchen aufmerksam zu machen. Die nehmen das mit Humor. Wir haben fast zweihundert neue Freunde.«

»Wir?« Lumme ließ sich zu Henning aufs Sofa fallen. Sie sah ihm zu, wie er durch das Internet surfte. »Was sieht man denn von mir?«, fragte sie nach ein paar Minuten zaghaft. Sie hatte keine Vorstellung davon, was sie im Panoramabecken von sich preisgegeben hatte.

»Da …« Henning klickte auf einen Link, den jemand unter dem Titel *Die Schöne und das Seepferdchen* ins Netz gestellt hatte. Die Aufnahme war grau und verschattet. Nachtschattig. Lumme hielt den Atem an, sie sah ein paar Beine, einen Po, einen Rücken und eine Menge Haare, die von oben ins Bild kamen und auf den Beckenboden abtauchten. Dann war sie aus dem Bild, und der glitzernde Stör schwamm an der Kamera vorbei. Nach einer Ewigkeit tauchte sie wieder auf – Haare, Rücken, Po und Beine. Unter ihrem rechten Schulterblatt zeichnete sich wie ein Tattoo der Schatten des Seepferdchens ab. Das Wasser und die Dunkelheit hüllten die Aufnahme in ein mystisches Licht. Alles in allem waren die Bilder fast unwirklich schön, wenn auch reichlich verschwommen.

»Puh …« Lumme atmete erleichtert aus, sie griff nach dem Bier, das Henning ihr hinhielt, und trank einen Schluck. »Das hatte ich mir schlimmer vorgestellt.«

Henning prostete ihr zu und lächelte. »Ja, eigentlich dürftest du nur einmal frontal im Bild gewesen sein, aber das hat da draußen keiner gesehen. Ich hatte die Kamera ja schon ausgeschaltet.«

»Du meinst, als du ins Aquarium gekommen bist?«

Lumme trank noch zwei schnelle Schlucke, in ihrem Magen kribbelte es vor Verlegenheit. Unter Wasser hatte sie sich so wohl wie lange nicht gefühlt. Als könnte sie sich in eines der wunderbaren Fischwesen verwandeln. Ja, sie hatte sogar Theo für einen Augenblick vergessen. Und dann war das Licht im Schausaal plötzlich angegangen.

Henning nickte grinsend. »Für einen Moment dachte ich tatsächlich an eine Nixe. Aber dann hast du dich so schnell aus dem Wasser katapultiert, dass ich gar nicht wusste, wo oben und unten war.«

Lumme stellte das Bier auf dem Tisch ab, unter ihrem Turban fing das Eis an zu pochen. Sie dachte, dass sie Henning von Theo Johannson erzählen musste. Unentschlossen sah sie ihn an.

Henning erwiderte ihren Blick, seine Grübchen schienen nicht zu wissen, ob sie sich zurückziehen oder ihr zuzwinkern sollten. Da war eine Verbindung zwischen ihnen, für einen winzigen, flirrenden Augenblick, bis Henning sich plötzlich durch die Locken fuhr. »Das hätte ich fast vergessen, dabei wollte ich's dir die ganze Zeit schon erzählen: Der Windpark-Boss ist auf der Insel, morgen hat er ein Gespräch mit dem Bürgermeister. Frau Graumann hat's mir gesteckt. Und die hat es von ihrer Nachbarin, die im Amt arbeitet.«

Lummes Herz tat einen Sprung. »Ja«, seufzte sie, »Theo Johannson. Ich hab ihn sogar schon gesehen. Er schläft in der *Möwe*, Zimmer acht.«

Henning hatte ihr sein Bett angeboten – frisch bezogen –, während er auf dem Sofa übernachtete. Vorher gab es Käsebrot und einen in Spalten geschnittenen Apfel, das Kerngehäuse sorgfältig entfernt. Lumme hatte in einem seiner T-Shirts geschlafen und sogar eine Reservezahnbürste benutzen dürfen.

In der Nacht war Lumme aufgewacht und hatte sich ein Glas Wasser aus der Küche geholt. Während sie auf Zehenspitzen durchs Wohnzimmer schlich, musste sie an Josh denken. Henning lag auf dem Bauch, ein Bein angewinkelt – fast genauso wie ihr Sohn. Er hielt ein Kissen in den Armen, als ob er eine Frau umarmte. Sie fragte sich, wovon er träumte.

Am Morgen waren sie beide früh aufgewacht. Auf dem Friedhof hatten die Vögel ein Morgenkonzert gegeben. Frühlingsgefühle. Während Henning sich auf den Weg zum Hafen machte, ging Lumme in die *Möwe*, um sich umzuziehen. Beide sagten sie kein Wort zu den bunten Windrädern und den Ja-zum-Windpark-Postern, die in vielen Fenstern hingen. Es waren noch mehr geworden.

In der *Möwe* roch es schon nach Kaffee. Ihr Vater war in der Küche und backte Schwarzbrot. Er sah Lumme fragend an, als sie sich einen Becher aus dem Schrank holte und den Kaffee im Stehen trank.

»Ich hab bei Henning übernachtet.«

»So.«

Boje schwieg. Lumme sah ihm zu, wie er den Teig bearbeitete. Rechts, links, rechts. Es sah so aus, als ob er sich an einem Sandsack abreagierte. Sie hörte ihn schnaufen. Als er gar nichts mehr sagte, schaltete sie auf Angriff um.

»Wann redest du mit ihm?«, fragte sie.

»Mit Theo?«

Ihr Vater ließ für einen Moment von dem Klumpen Teig ab. Er fuhr sich durchs Haar, dann wischte er sich die Hände an der Schürze sauber und sah sie an. Eine steile Falte grub sich zwischen seine Augenbrauen, an seinen Schläfen klebte ein wenig Mehl.

Lumme versuchte, seine Gedanken zu lesen.

»Du hast es mir versprochen, Papa.«

»Ich hab dir doch gesagt, dass ich ihn nicht so einfach vor die Tür setzen kann.«

»Aber …« Sie versuchte, seinen Blick einzufangen. »Papa, es gibt jede Menge freie Zimmer auf der Insel. Er müsste nur hundert Meter die Straße hochlaufen. Das wird ihn nicht umbringen.«

»Mensch, Lumme«, Boje boxte wieder auf den Teig ein, »kann es bitte einmal nicht nur um dich und deine Befindlichkeiten gehen?«

»Meine Befindlichkeiten?« Lumme starrte ihn an, dann schüttete sie den Rest Kaffee in den Ausguss. »Es geht nicht nur um mich, es geht auch um ihn. Wie stellst du dir das vor – wir beide unter einem Dach?«

»Er bleibt doch nur eine Woche. Außerdem ist das alles zwanzig Jahre her. Vielleicht könntet ihr …«

»Was?« Lumme fixierte die Möwe über Bojes Herzen. Wie

konnte er ihr das antun? Er scheuchte sie doch direkt in die Arme des Eismonsters. »Uns in die Augen sehen und darüber reden?«, fauchte sie zurück. »So als wären wir alte Freunde?«

»Ja, warum nicht?« Boje deckte den Teig mit einem Tuch ab und wusch sich die Hände. Theo würde zwei Spiegeleier zu den Krabben bekommen, so wie er es damals schon geliebt hatte. Jan dagegen hatte Krabben nicht ausstehen können. Er war der Müsli-Typ gewesen. Jan Kornpicker, so hatte Boje ihn scherzhaft genannt.

»Papa, ich werde ihm das nie verzeihen. Er hat Jan doch erst …« Lumme zögerte kurz. »Wenn er nicht gewesen wäre, würde Jan noch leben.«

»Das weißt du nicht, Lumme.«

»Und ob ich das weiß! Ich war doch dabei. Ich war auch da oben auf den Klippen.«

Lumme schnappte nach Luft, ihr Herz hämmerte wie verrückt. Der Eisberg in ihrem Kopf hatte sich auf einmal in ein riesiges Containerschiff verwandelt, das durch ihre Seele pflügte. Zwanzigtausend Standardcontainer voll mit Erinnerungen und Traurigkeit. Sie funkelte Boje wütend an, dann ließ sie ihn einfach stehen.

»Was ist denn bei Ihnen los?«

Klaus Baumgartner klang heiter, offenbar hatte er das Video von ihrem Tauchgang gesehen und sie dann im Aquarium angerufen.

»Theo Johannson ist auf der Insel«, antwortete sie, als wäre das eine Erklärung für ihr Verhalten. Über dem Meer glitzerte die Vormittagssonne, das Wasser reflektierte das Licht – unendlich viele Spiegelscherben. Ein sorgloser, heiterer Anblick.

Es schien tatsächlich ein schöner Frühlingstag zu werden, der erste in diesem Jahr. »Seit gestern Nachmittag schon.«

»Dann nehmen die Schweden das Seepferdchen wohl ernst. Das Schifffahrtsamt genehmigt kaum noch neue Windparks auf See, da draußen tobt der Kampf um die letzten freien Plätze. Und es steht eine Menge Geld auf dem Spiel.«

»Er sagte, es geht um den zweiten Bauabschnitt auf der Insel.« Lumme versuchte, ihre Stimme unaufgeregt klingen zu lassen.

»Sie haben mit ihm gesprochen?«, erwiderte Baumgartner überrascht. »Ist er zu Ihnen ins Aquarium gekommen?«

»Nein.« Lumme schüttelte unwillkürlich den Kopf, obwohl Baumgartner sie nicht sehen konnte. Möwen ließen sich von der leichten Brise über das Wasser tragen, Lumme meinte, das Rascheln des Windes in den Federn zu hören. »Er wohnt in der Pension meines Vaters. Leider.«

»Ach herrje!« Da war ein mitfühlendes Schweigen in der Leitung, wahrscheinlich malte Baumgartner sich gerade ein Drama shakespeareschen Ausmaßes aus.

»Ja, ich bin auch nicht glücklich darüber.« Lumme suchte den Horizont ab, Henning war noch nicht von seiner Tour zurück. Sie sah, dass die *Neptun* auf den Hafen zusteuerte. »Es reicht schon, dass man sich auf der Insel nicht aus dem Weg gehen kann.«

»Tun Sie mir einen Gefallen, Frau Hansen, und lassen Sie den Johannson links liegen. Machen Sie einfach so weiter wie bisher, mir gefällt Ihr Einsatz. Mit Haut und Haaren – oder wie sagt man so schön? Um die Fakten soll sich das Gericht kümmern. Unsere Anwälte gehen übrigens davon aus, dass wir wohl gegen Ende des Jahres mit einer Entscheidung rechnen können. Das Gericht hat ein neues Gutachten in Auftrag gegeben.«

Mit Haut und Haaren. Lumme drehte den Kopf zur Seite und sah auf das Poster mit den bedrohten Meerestieren. Baumgartner hatte das Video gesehen. Ganz sicher. »Das war ein Trottellummenstör«, sagte sie kleinlaut. »Ich hoffe, er hat dem Seepferdchen nicht geschadet.«

»Ach was, das war wunderbar!« Baumgartner lachte dröhnend auf. »Guerillamarketing – ein bisschen nackte Haut und ganz viel Fantasie. Dagegen kommen die Schweden niemals an.«

Lumme dachte an die unscharfen Bilder und die paar Tausend Klicks, die das Video bislang erzielt hatte. »Heute Morgen hatten wir fünfhundertdreiundfünfzig neue Freunde.«

»Sehen Sie!« Baumgartner lachte immer noch, er hörte sich so an, als hätte sie jede Menge Glückshormone bei ihm freigesetzt. »Und es geht ja noch weiter. Ich hatte hier vorhin schon die erste Presseanfrage. Die haben auch noch einmal wegen des Totenkopfs nachgefragt. Wäre gut, wenn wir die beiden Sachen miteinander verknüpfen könnten.«

»Sie meinen so etwas wie: *Make love not war*?«

»Ja genau, das ist perfekt!« Baumgartners Stimme überschlug sich vor Begeisterung. »Wir müssen noch mehr emotionale Wucht in die ganze Geschichte bekommen. Unser Theo muss so richtig zu Herzen gehen, damit die Schweden alt aussehen.«

»Eigentlich wollte ich nicht noch einmal ins Panoramabecken steigen.«

»Nein, das müssen Sie auch nicht. Aber wir brauchen jetzt bald eine Seepferdchendame für unseren Theo. Eine Lovestory. Sind Sie da schon weitergekommen?«

»Ich …« Ein Rauschen aus dem Funkgerät unterbrach Lumme. Sie drehte sich um und sah das rote Empfangslicht flackern. »Einen Moment mal, Herr Baumgartner«, sagte sie in den Hörer, »ich bekomme hier gerade einen Funkspruch rein. Können Sie kurz warten?«

»Kein Problem, ich bleib dran.«

Lumme legte das Telefon zur Seite und starrte auf das Funkgerät. Hatte Henning etwa noch ein Seepferdchen gefangen? »Henning«, rief sie, als die Verbindung stabil war. »Was gibt's denn?«

Keine Antwort. Lumme wartete. Es rauschte, so als ob etwas mit dem Funkgerät nicht in Ordnung wäre. Das war doch kein Notfall? Sie schnappte sich das Fernglas und suchte auf dem Wasser nach der *Neptun*. Eigentlich, so dachte sie, müsste das Boot längst im Hafen angelegt haben.

»Henning? Hörst du mich?«

»Lumme?«

Da war Hennings Stimme, sie klang kratzig und aufgeregt, nach Geschrei und Adrenalin.

»Ja, ich bin da. Was gibt's denn?«

»Probleme, Lumme, jede Menge sogar. Du musst zum Hafen kommen, und zwar schnell!«

»Was ist denn los?«

»Frag nicht, komm einfach her!«

»Ich hab den Baumgartner in der Leitung.«

»Lumme, die versenken mir hier gleich den Kahn. Komm!«

»*Was?* Ich bin gleich da. Over.«

Lumme sprang auf. Sie wusste nicht, was sie denken sollte. Hektisch suchte sie nach ihrem Handy, dann stürzte sie aus dem Aquarium und sprintete runter zum Hafen. Unterwegs fiel ihr ein, dass Klaus Baumgartner noch immer in der Leitung hing.

Henning lag mit der *Neptun* in der Einfahrt zum Hafenbecken, Börteboote blockierten seine Weiterfahrt. Es sah so aus, als ob die Kapitäne Henning zurück aufs offene Meer drängen wollten. Die Motoren röhrten, der beißende Gestank von Schiffsdiesel lag über dem Wasser und vertrieb die Möwen. Auf dem Liegeplatz der *Neptun* lag ein Spezialschiff der Schweden. *Offshore Solutions,* stand auf der orangefarbenen Bordwand. Schaulustige verfolgten das Spektakel auf der Hafenstraße, die halbe Insel schien sich dort versammelt zu haben. Ein paar hielten Plakate und Spruchbänder hoch: *Wir sagen Ja zum Windpark!*

»He!« Lumme lief noch schneller, sie drängte sich durch die Menge und fuchtelte mit den Armen. Ihr Herz und ihre Lungen brannten vor Empörung. »Was soll das denn? Seid ihr alle verrückt geworden?«

»Das sind die neuen Verhältnisse, Lumme.« Neben Hennings Handkarren stand Hans Cassen, breitbeinig und mit verschränkten Armen. Lumme wäre fast in ihn hineingerannt. »Die *Neptun* kann draußen auf Reede ankern.«

»Die *Neptun* hat hier schon immer gelegen, Hans. Pfeif deine Leute zurück.«

Lumme schnappte nach Luft, sie sah hinüber zum Schiff. Henning stand im Fahrerstand am Ruder, aber sie konnte sein Gesicht nicht sehen. Die dröhnenden Motorengeräusche der *Neptun* sagten ihr, dass er ziemlich wütend war.

»Wir haben hier kein Gewohnheitsrecht, Lumme.«

Hans Cassen schüttelte den Kopf, er lächelte. Besitzergreifend stellte er einen Fuß auf dem Handkarren ab. Die umstehenden Leute tuschelten miteinander und starrten Lumme an. Sie warteten auf ihre Reaktion. Lumme sah bekannte, aber auch unbekannte Gesichter darunter. Eine Armee von Offshore-Leuten in orangeroten Arbeitsjacken. Die neuen Herren der Insel.

»Hans, die Proben müssen ins Labor. Lass die *Neptun* anlegen.«

»Sucht euch einen anderen Platz, Lumme. Die Schweden legen jetzt hier an.«

»Wer hat das beschlossen?«

Lumme sah wieder zu Henning, eine dunkle Dieselwolke stand drohend über dem Wasser. Das Dröhnen der Motoren machte sie ganz wirr. Das war Cassens Rache für das Windpark-Modell, dachte sie.

»Ich.« Hans Cassen nickte in die Runde, dann spuckte er verächtlich aus. Die Spucke landete direkt vor Lummes Füßen, sie sah aus wie Möwendreck. Die Leute grinsten, einige klatschten unverhohlen Beifall. Offenbar gefiel ihnen das Spektakel.

Lummes Blut kochte, ihr Herz pumpte wie ein Hochleistungsmotor, ein Puls von zweihundertzwanzig. Fehlt bloß noch, dass hier jemand anfängt, mit Leuchtmunition zu schießen, dachte sie. »Das ist Schikane, Hans«, sagte sie heiser und ging auf ihn zu. Am liebsten hätte sie ihn ins Wasser geschubst.

»Ach ja?« Der Bürgermeister gab seinen Kapitänen ein Zeichen, das Lumme nicht verstand. »Das Seepferdchen ist Schikane, Lumme«, grunzte er. »Wir alle hier wollen nur das Beste für die Insel. Und wir wollen den Windpark. Du bist doch diejenige, die wiedergekommen ist und jetzt meint, alles besser zu wissen. Das hast du dir selber eingebrockt.«

»Dann lass Henning da raus, Hans. Er macht nur seine Arbeit.«

»So, tut er das?« Hans Cassen gab dem Handkarren einen

Tritt, der Wagen rollte auf die Kaikante zu, bis Lumme ihn im letzten Moment zu fassen bekam. »Ihr beiden steckt doch unter einer Decke. Dieses Video von dir im Panoramabecken – das war doch bestimmt seine Idee.«

»Nein, war es nicht. Das war ganz allein …«

Lumme stockte, in der Menge sah sie Theos Gesicht aufblitzen. Der große Theo, er trug auch eine orangerote Arbeitsjacke. Er schaute in ihre Richtung, seine Augenbrauen hatten sich zusammengeschoben, sein Mund war eine Linie. Keine Emotionen. Theo sah so aus, als wartete er darauf, dass sie aufgeben würde. Als er ihren Blick bemerkte, schob er sich eine Sonnenbrille auf die Nase.

Sein Pokerface machte Lumme nur noch wütender, wie eine Fackel loderte der Zorn in ihrem Herzen. *No surrender!,* dachte sie, das Blut rauschte durch ihren Körper. Ihre Gedanken rasten, dann fiel ihr Blick auf die *Isabella*, das Boot ihres Vaters, das an der ersten Mole lag.

Ohne ein weiteres Wort ließ Lumme Hans Cassen stehen. Sie lief zur *Isabella* hinüber, sprang an Bord, holte die Leinen ein, ließ den Motor an und gab Gas. Mit einem Satz löste sich die *Isabella* vom Steg und schoss aufs Wasser. Lumme hielt auf die Börteboote zu, die immer noch quer vor der Hafeneinfahrt lagen. Während sie noch mehr Gas gab, hoffte sie, dass Henning verstand, worauf sie hinauswollte. Andernfalls …

Der Motor der *Isabella* dröhnte, einhundertachtzig PS. Die Eichenplanken unter ihren Füßen vibrierten kampfeslustig, während sie sich den Börtebooten immer mehr näherte. Lumme sah, dass die Kapitäne sie mit großen Augen anstarrten. Sie kannte jeden von ihnen, den gemütlichen Kalle, Jens und Boi, Jörgen und Torsten, der immer seinen Hund mit an Bord nahm, eine Königspudeldame, die ebenso gutmütig wie seefest war. Kurz fragte sie sich, was geschehen würde, wenn sie eines der Boote rammte. Würde es untergehen? Oder würde sie die *Isabella* versenken? Bojes geliebte *Isabella*.

Lumme dachte nicht weiter nach und gab noch mehr Gas. Die *Isabella* bäumte sich auf wie ein Pferd, dann setzte sie hart auf dem Wasser auf. Gischt spritzte Lumme ins Gesicht, während sie anfing, laut herunterzuzählen. Um sich selbst anzufeuern – und um sich Mut zu machen. »Zehn, neun, acht, sieben, sechs …«

Es waren jetzt nur noch wenige Meter bis zu den Börtebooten. Wenn sie noch beidrehen wollte, müsste sie jetzt den Motor drosseln. »Fünf, vier …«

Lumme widerstand dem Verlangen, die Augen zu schließen. »Drei …« Gleich würde es knallen. Mit aller Kraft umklammerte sie das Ruder in ihrem Rücken, ihre Beine zitterten vor Anstrengung und Angst. Ihr Herzschlag schien auszusetzen. Motorschaden.

»Zwei …«

Auf einmal kam Bewegung in die Barriere, wie auf ein geheimes Kommando schossen die Boote auseinander und zu den Seiten weg. Der Weg war frei.

»Eins …« Lumme atmete aus, ihr Herz fing wieder an zu klopfen. *Bäng, bäng, bäng.* Offenbar wollten die Leute von der Börte es doch nicht zum Äußersten kommen lassen. Während sie das Ruder herumriss und gerade eben so an der *Neptun* vorbeischrammte, zwängte Henning sich backbord durch die entstandene Lücke.

Sie hatten es geschafft!

Lumme drosselte den Motor und blickte über die Schulter zurück. Henning hatte verstanden und steuerte auf den

173

Anlegeplatz der *Isabella* zu. Ein kurzes Manöver, vor und zurück. Als er angelegt hatte, winkte er ihr zu.

No surrender.

Lumme hatte sich noch nie so tief ausatmen hören, sie zog mit der *Isabella* eine weite Kurve durchs Hafenbecken. Während sie an den Börtebooten vorbeifuhr, nickte sie ihren alten Kollegen zu. Das Kinn nach oben, die Nase im Wind. Dann legte sie hinter der *Neptun* an.

Henning half ihr, an Bord zu kommen. Er grinste und klatschte sie ab. »Wahnsinnsmanöver«, schnaufte er. »Das kann James Bond auch nicht besser.«

»Ich hab mir vor Angst auf die Lippen gebissen. Da …« Lumme zeigte auf ihre Unterlippe, sie schmeckte Blut. Auf der Hafenstraße begann sich die Menge zu zerstreuen, Lumme suchte nach Theos Gesicht. Dann sah sie sich nach Hans Cassen um. »Wo ist denn der Bürgermeister geblieben?«

Henning zuckte mit den Schultern. »Weiß nicht, eben war er noch da. Er hat wohl eingesehen, dass er für heute den Kürzeren gezogen hat. Wahrscheinlich ist er mit dem Windparkboss rüber zum Rathaus, mal abwarten, welches Kaninchen die als Nächstes aus dem Hut zaubern.«

»Du meinst, da kommt noch mehr?«

Lumme half Henning, die Proben an Land zu bringen. Ihre Euphorie wich der Ernüchterung. Hatte sie das Boot ihres Vaters nur für einen unbedeutenden Etappensieg aufs Spiel gesetzt?

»So schnell werden die nicht klein beigeben.« Henning sah sich nach dem Handkarren um, irgendjemand hatte ihn in ihre Richtung geschoben. Offenbar hatte das Seepferdchen doch noch einen Fan auf der Insel. Er holte den Wagen und stapelte die Proben hinein.

Lumme sah ihm nachdenklich zu. Als sie sich umdrehte, stand sie plötzlich Boje gegenüber. Ihr Vater sah sie fassungslos an. Bevor sie etwas sagen konnte, gab er ihr eine schallende Ohrfeige. Dann breitete er die Arme aus und zog sie an seine Brust.

Dreizehn

Die Ereignisse auf der Insel schwappten auch aufs Festland hinüber. Die Zeitungen berichteten über die Scharmützel in der Nordsee. *Seepferdchen findet keine Freunde auf der Insel*, lautete eine Schlagzeile. *Wasserschlacht im Inselhafen*, titelte ein anderes Blatt. Der *Inselbote* hatte sich auf die Seite der Windpark-Fans geschlagen: *Aquariumschefin läuft Amok*, las Lumme. Ein unscharfes Bild, das jemand mit seiner Handykamera gemacht haben musste, zeigte sie dabei, wie sie mit der *Isabella* auf die Börteboote zuhielt. Der Naturschutzbund gab sich im Interview siegesgewiss und wollte die Vorkommnisse nicht kommentieren. Theo Johannson dagegen wurde mit den Worten zitiert, dass er fest mit dem geplanten Baubeginn auf See rechne. »Wir sehen der Entscheidung des Gerichts mit großer Gelassenheit entgegen«, sagte er. »Bei der Genehmigung des Windparks ist alles richtig gemacht worden.«

Lumme legte die Zeitung zur Seite, sie fand, dass Theo wie ein kleinkarierter Bürokrat klang. Wo war der wilde Schimmelreiter geblieben, in den sie sich damals verliebt hatte? Der unwiderstehliche Dickkopf? Der Rebell, der geglaubt hatte, über Wasser gehen zu können?

Henning sah sie an. Nach seiner Morgentour hatte er die Zeitungen vom Inselkiosk mitgebracht. Nun saß er neben ihr am Arbeitstisch und streckte die langen Beine von sich. Da Boje ihm erlaubt hatte, den Liegeplatz der *Isabella* mitzubenutzen, war die Tour friedlich verlaufen. Aus dem Tangwald hatte er jede Menge Proben mitgebracht, Plankton, Algen, Wasserflöhe und die winzigen Krebschen für das Hummerfutter. Im Labor roch es nach Tang und Nordseewasser. Und nach Salz. Nebenan warteten die jungen Hummer auf ihre Fütterung.

»Und?«, fragte er. »Wie ist er heute drauf?«

»Papa?«

Lumme wiegte den Kopf von links nach rechts. Nach der Wasserschlacht hatte sie sich ein heftiges Wortgefecht mit ihrem Vater geliefert. Boje hatte ihr vorgeworfen, sie habe die *Isabella* für eine ihrer Launen aufs Spiel gesetzt. Ihre Argumente ließ er nicht gelten. »Lass dich doch nicht provozieren, Lumme!«, hatte er gesagt. »Die Entscheidung für oder gegen den Windpark wird vor Gericht und nicht auf der Insel fallen.« Lumme hatte mit den Tränen gekämpft. Noch immer fühlte sie sich von ihm missverstanden – und wie ein Kind hatte sie mit den Füßen aufgestampft. Dann hatte sie ihn einfach stehen lassen. Als sie am Abend aus dem Aquarium zurückkam, saßen Boje und Theo vor der *Möwe* in der Abendsonne. Die beiden Männer hatten Bier getrunken und wie alte Freunde auf sie gewirkt. Wortlos war sie an den beiden vorbeigesegelt und nach oben in ihr Studio verschwunden, wo sie sich eine Tütensuppe zum Abendbrot gemacht hatte. Tomatensuppe mit Sternchennudeln.

»Schwer zu sagen. Ich glaube, da schlagen zwei Herzen in seiner Brust«, antwortete sie Henning. »Er liebt mich, aber er kommt auch nicht gegen sein verdammtes Pflichtgefühl an. Er hat dem Johannson das Zimmer für eine Woche zugesagt, also hält er sich auch daran. Es kommt für ihn gar nicht infrage, ihn vor die Tür zu setzen. Selbst wenn er mich damit verletzt. Und gegen die Gemeinde wird er sich auch nicht auflehnen, was Hans Cassen entscheidet, ist Inselgesetz. Dass er sich den Liegeplatz mit uns teilt, ist das Höchste der Gefühle. Irgendwie erwartet er wohl von mir, dass ich ihn verstehe.«

Henning nickte, er sah sie immer noch an. »Du kennst den Johannson von früher, stimmt's?«, fragte er. »Inselgeflüster. Die Graumann hat's mir vorhin erzählt. Jetzt erinnere ich mich auch daran, damals hieß er nur anders.«

Die alte Geschichte. Lumme dachte, dass sie auf diese Frage schon gewartet hatte. Sie wusste nicht, was sie Henning darauf antworten sollte. Sie stand auf und öffnete das Fenster, um das Meer rauschen zu hören. Dann setzte sie sich wieder und nickte ihm zu.

Henning sah kurz zur Seite und aus dem Fenster, er schwieg. Schließlich stand er auf und begann, das Futter für die Hummer vorzubereiten. Er drehte ihr den Rücken zu und maß die einzelnen Portionen ab. Lumme sah, dass jeder Handgriff saß.

»Hör mal, Lumme«, sagte er nach einer Weile und drehte sich wieder zu ihr um. »Das ist nicht mehr nur deine Geschichte. Das ist jetzt auch meine Geschichte. Du musst mir schon ein bisschen mehr erzählen, damit ich die Sache richtig einschätzen kann. Ich hab nämlich keine Lust, hier als Kanonenfutter verheizt zu werden. Wenn das was Persönliches zwischen euch ist, dann halte ich mich da lieber raus.«

»Henning …« Lumme sah zu ihm auf und suchte seine Grübchen. Ihr fiel auf, dass sie ihre beiden Freunde gestern Vormittag zum letzten Mal gesehen hatte. »Ich brauch dich hier.«

»Die Fische brauchen mich auch. Und die Hummer. Und das Seepferdchen.« Henning schüttelte den Kopf. »Ein bisschen mehr musst du mir schon geben, Lumme. Ich dachte …«

O nein.

Lumme wollte nicht hören, was er dachte, sie fiel ihm schnell ins Wort. »Ich wusste nicht, dass er der Windparkboss ist«, hörte sie sich sagen, während sie aufsprang. »Ehrlich! Er ist nach Schweden gezogen. Und er hat den Namen seiner Frau angenommen. Ich habe zwanzig Jahre nichts von ihm gehört. Nichts von ihm hören wollen.«

»Wegen der Geschichte auf dem Lummenfelsen?«

Henning sah sie immer noch an, ein fester Blick, der sie nicht aus seinen Fängen entließ.

Lumme spürte, wie der eisige Containerriese in ihrem Kopf wieder Fahrt aufnahm. Seine Bugwelle war riesig und drohte, sie in einem gewaltigen Strudel mitzureißen. Erschrocken griff sie nach Hennings Arm, um sich an ihm festzuhalten. »Ja«, flüsterte sie, während sie sich zitternd an ihn schmiegte. »Wir waren zu dritt da oben. Und dann ist dieses Unglück geschehen. Nach Jans Tod war nichts mehr so, wie es einmal war.«

»Warum hast du denn nichts gesagt?« Henning legte seine Arme um sie und zog sie noch enger an sich heran. Seine Umarmung war tröstlich, aber da war auch etwas in seiner Berührung, was mehr als freundschaftlich war. Sein Körper war angespannt, wie unter Strom. Lumme roch das Salz in seinem Haar. Der Wassermann, sie hatte sich in seinem Netz verheddert.

»Henning …« Sie wollte etwas sagen, sich von ihm lösen und wusste doch, dass jetzt alles irgendwie falsch laufen würde. Dass die Dinge außer Kontrolle gerieten. So wie damals auf dem Lummenfelsen, als sie sich einen Schritt zu weit hinausgewagt hatten. Hilfesuchend sah sie auf die Uhr an ihrem Handgelenk. In San Diego war es drei Uhr früh, ihre Männer schliefen.

»Es heißt, dass …« Henning sprach leise. Er tastete sich voran, aber er wollte alles wissen. Lumme löste den Blick von der Uhr, sie sah ihm an, was er sie fragen wollte. Und weil sie nicht wollte, dass er weitersprach, zog sie seinen Kopf zu sich herab und versiegelte seinen Mund mit einem Kuss.

Das Telefon hatte sie gerettet. Zuerst war Klaus Baumgartner dran gewesen, der ein paar Presseanfragen an sie weiterleitete. Ein Reporter von der *Nordseezeitung* wollte sogar auf die Insel kommen, um sich das Seepferdchen anzusehen, und sie hatten über einen Termin gesprochen. Als sie aufgelegt hatte, klingelte es wieder. Diesmal ging es um ihre Suche nach einem Seepferdchenweibchen. Nachdem Lumme allein nicht weitergekommen war, hatte sie Todds Assistentin Sarah Howard in San Diego angerufen und um Hilfe gebeten. Sarah hatte in der Datenbank des Sea Water Parc recherchiert und war auf ein Aquarium im britischen Bournemouth gestoßen. Das dortige Ozeanarium unterhielt tatsächlich eine Zucht mit Kurzschnäuzigen Seepferdchen, und es gab einen Bestand von fünfundzwanzig Tieren. Vor ein paar Tagen hatte Lumme sich dort gemeldet. Rob Moss, der Leiter der Zuchtabteilung, der nun zurückrief, war freundlich und aufgeschlossen, er gratulierte ihr zu dem Wildfang. Der kleine Theo würde frisches Blut in die europäische Seepferdchenzucht bringen. Nach einigem Hin und Her sagte er ihr eine junge Seepferdchendame namens Harriet zu. Als Lumme sich mit ihm über den Transport des Seepferdchens unterhielt, ging Henning nach nebenan, um die Hummer zu füttern.

Er kam zurück, als sie sich gerade auf den Weg in den Schausaal machen wollte.

»Wir bekommen Harriet!«

Lumme dachte, dass das die erste positive Nachricht war, seitdem sie Theo aus dem Meer gezogen hatten. Sie freute sich und sah ihn erwartungsvoll an.

»Super.«

Henning schaute an ihr vorbei, er klang in etwa so euphorisch wie ein quietschender Gummistiefel. Seine Grübchen waren klein und runzelig, sie starrten sie vorwurfsvoll an.

Der Kuss, sie hatte es gewusst. *Wassermann sucht Wasserfrau.* Er machte sich Hoffnungen, die sie nicht erfüllen konnte.

»Alles klar bei dir?« Lumme ging auf ihn zu. »Hör mal«, sagte sie, »das da vorhin …«

»Ich weiß schon«, Henning winkte ab, »das warst nicht du, das war der Trottellummenstör.«

»Ja … Oder nein. Ich weiß auch nicht, was das war. Du hast mich mit deinen Fragen irgendwie in die Enge getrieben und …«

»Und da küsst du mich mal eben so?«

Lumme nickte und hob hilflos die Arme. »Das war dumm von mir, entschuldige. Wir beide sollten – also ich meine, wir arbeiten hier zusammen. Und dann ist da meine Familie, im Dezember gehe ich zurück. Und überhaupt …«

Plötzlich fühlte sie sich erbärmlich, Henning war der einzige Freund, den sie auf der Insel hatte. Er war lustig und freundlich und hilfsbereit. Und er war immer fair zu ihr gewesen. Er hatte alles für sie riskiert.

»Freunde?«, fragte sie. Von draußen drang das argwöhnische Gekreische der Möwen herein.

»Freunde«, antwortete er, ein schiefes Lächeln auf den Lippen. Seine Grübchen zeigten ihr einen Vogel. »Seepferdchenfreunde.«

In den nächsten Tagen schritten die Bauarbeiten im Hafen voran, der Grundstein für eine Halle wurde gelegt, in der die riesigen Bauteile für den Windpark später zwischenlagern sollten. Lumme vermied es, mit Theo Johannson zusammenzutreffen. Sie war froh, als sie sich auf den Weg nach Bournemouth machen konnte. Mit einer kleinen Propellermaschine flog sie nach Hamburg, von dort aus ging es mit einem Linienflug weiter nach London, wo sie den Zug bis an die englische Südküste nahm.

Unterwegs hatte Lumme genug Zeit, um über Theo und Henning nachzudenken. Was für ein Durcheinander! Ihr war, als hätte sie jede Orientierung verloren. Theos plötzliches Auftauchen auf der Insel hatte sie in die Vergangenheit zurückkatapultiert. Wenn sie an ihn dachte, war ihr, als stünde sie wieder am Rand der Klippen. Ein schwarzer Abgrund aus Trauer, Schuld und Sprachlosigkeit tat sich vor ihr auf. Kein Entkommen möglich. Und dann war da noch diese unbändige Wut auf die ganze Windpark-Sache. Wie hatte Theo sich nur in diesen zynischen Großkotz verwandeln können? Ausgerechnet Theo Simon aus Amalienkoog, der doch immer gegen die großen Konzerne gewettert hatte. Der noch nicht einmal das Erbe seines Vaters hatte antreten wollen!

Scheun'n Schiet ook.

Während der vollbesetzte National Express durch das ländliche Dorset raste, starrte Lumme aus dem Fenster. Sie vermisste das Rauschen des Meeres – und irgendwie auch Henning. Der Arme, er musste ihre Launen ausbaden, ob er wollte oder nicht. Lumme nahm sich vor, sich nach ihrer Rückkehr mit einer Bootstour bei ihm zu entschuldigen. Falls Boje den Schlüssel für die *Isabella* jemals wieder herausrückte.

Doch erst einmal musste sie Harriet sicher auf die Insel

bringen. Am Bahnhof nahm Lumme ein Taxi zum Ozeanarium. Es lag direkt an der Bournemouth Pier und bot einen großartigen Blick auf den Strand und das grünlich schillernde Wasser der Poole Bay. Das Gebäude selbst, ein zweigeschossiger weißer Bau, der den Zuckerbäckerstil der viktorianischen Seebäderarchitektur zitierte, versprach Kinderglück und lud zu einer Reise durch die Welt der Ozeane ein. Mehr als zweihunderttausend Besucher verzeichnete das Aquarium jährlich. Und obwohl es bereits Nachmittag war, bildeten sich immer noch Schlangen vor den Kassenhäuschen.

Lumme meldete sich an und wurde nach kurzer Zeit von Rob Moss abgeholt. Rob, Ende vierzig, etwas untersetzt, grau und mit einem Lippenpiercing, sah aus wie ein Fischotter, der am Haken hing. Er begrüßte sie herzlich und nahm sie gleich mit nach hinten, wo Harriet bereits in einem Transportbehälter auf sie wartete. Um die Reisestrapazen für das Seepferdchen so gering wie möglich zu halten, hatte Lumme ihr Konto geplündert und eine Cessna gechartert, die am Flughafen von Bournemouth auf sie wartete. Der Flug auf die Insel dauerte nur wenige Stunden. Wenn alles gut ging, würde Harriet noch vor Mitternacht in ihrem neuen Zuhause ankommen.

»Schade, dass Sie gleich zurückfliegen.« Rob übergab ihr die Zucht- und Ausfuhrpapiere, die sie für den Zoll benötigte. Dann drückte er ihr einen Pappbecher mit Kaffee in die Hand. Sein Englisch klang nach Down Under, und es stellte sich heraus, dass er ursprünglich aus Melbourne kam. Er war ein Weltreisender in Sachen Meer. Natürlich kannte er Todd, die beiden waren sich schon auf diversen Kongressen begegnet. Lumme sah ihm an, dass er sich über ihr Engagement für das kleine Inselaquarium wunderte.

»Ich bin von der Insel«, sagte sie, als würde das alles erklären. »Ende des Jahres gehe ich zurück nach San Diego.«

»Wie halten Sie das aus?« Rob verzog die gepiercten Lippen, er musterte sie neugierig.

»Was meinen Sie?« Lumme wich seinem bohrenden Blick aus und nahm Harriet in Augenschein. Die Seepferdchendame war etwas größer als Theo und von einem hellen Ockerton. Ihr Flossenschlag war gleichmäßig und unaufgeregt, sie sah wunderschön und quicklebendig aus. Der Tierarzt des Ozeanariums hatte ihr ein Gesundheitszeugnis ausgestellt, trotzdem würde Harriet die ersten zwei Wochen im Inselaquarium in Quarantäne verbringen müssen.

»Die Trennung. Wenn ich mal eine Woche verreisen muss, bin ich verrückt vor Sehnsucht. Am liebsten würde ich meine Familie ständig bei mir haben.«

»Ich weiß nicht.« Lumme blickte auf und sah ihn unverwandt an. Auf Robs Poloshirt prangte das Logo des Ozeanariums: ein Pinguin, eine Wasserschildkröte und ein Hai, die gemeinsam auf einer Welle surften – quietschbunt wie aus einem Hollywood-Trickfilm. Sie dachte an Josh und seine Superhelden. »Wir skypen. Und mein Sohn kommt mich im Sommer besuchen.«

»Oh …« Rob schwieg einen Moment, er wirkte irritiert. Er sah sie an, als wäre sie ein Eisklotz. Vielleicht fragte er sich, ob seine Harriet bei ihr wirklich in guten Händen war.

»Keine Sorge, ich passe auf sie auf.« Lumme schloss die Transportbox und lächelte ihn vertrauensvoll an. »Wenn alles gut läuft, haben wir in ein paar Wochen viele schöne Seepferdchenbabys. Unser Theo ist topfit.« Schnell setzte sie ihre Unterschrift auf alle Formulare, die Rob vor ihr ausgebreitet hatte.

»Ja …« Rob nickte, die Aussicht auf Nachwuchs schien ihn etwas zu beruhigen. Das Ozeanarium würde zwanzig junge Seepferdchen für Harriet zurückbekommen. »Wenn Sie Probleme haben, Probleme, die ich lösen kann, dann melden Sie sich, okay?«

»Probleme, die Sie lösen können?«

Lumme lachte, sie verstaute den Transportbehälter in ihrem Rucksack.

»Seepferdchenprobleme.« Rob lachte ebenfalls auf. »Sorry, ich wollte nicht indiskret sein.«

»Ist schon gut.« Lumme trank noch schnell einen Schluck von dem wässrigen Kaffee, dann sah sie auf ihre Uhr. Sie war San Diego eine Stunde näher als auf der Insel. »Wie lange brauchen wir bis zum Flughafen?«

Der Flug über den Ärmelkanal war ruhig, mit Rückenwind schafften sie es in gut drei Stunden. Lumme saß vorne neben dem Piloten, der sie mit Fliegerwitzen unterhielt. Als er hörte, dass sie ein Seepferdchen im Gepäck hatte, schien er sich überhaupt nicht zu wundern. Er war Buschflieger in Afrika gewesen und begann, Anekdoten vergangener Heldentaten zu erzählen. Irgendwann schaltete Lumme ab. Wie immer, wenn sie übers Meer flog, fühlte sie ein kindliches Staunen über dieses grenzenlose blaue Wunder in sich aufsteigen. Von oben wirkte die See majestätisch und unverwundbar, ein ganz eigener, faszinierender Kosmos. Doch Lumme wusste, dass es anders war. Nahezu ungebremst zerstörten die Menschen die Ozeane, sie verseuchten die Meere mit Erdöl, missbrauchten sie als Müllhalden, verstrahlten und vergifteten sie. Viele Millionen Tonnen Plastikmüll schwammen in den Weltmeeren herum, und allein eine einzige Plastikflasche brauchte mehr als vierhundert

Jahre, um zu verrotten. Einmal hatte sie an einer Obduktion eines Pottwals teilgenommen, der vor der Küste Mexikos verendet war. In seinem Inneren hatten sie fast zwanzig Kilogramm Müll gefunden: Folien, Gartenschläuche, Blumentöpfe, Kleiderbügel, Schuhe und Teile einer Matratze.

Und dann waren da noch das gigantische Problem der Erderwärmung und die Versauerung der Meere mit Kohlenstoffdioxid. Es war zum Verzweifeln! Lummes Herz krampfte sich zusammen. Wieder einmal dachte sie, dass sie alles dafür tun musste, um wenigstens das Felswatt und den Tangwald vor dem Windpark zu retten.

Als sie auf der Insel landeten, war die Sonne bereits untergegangen. In der Dunkelheit wirkte der Felsen noch winziger, nicht mehr als eine Ansammlung flackernder Lichter in einem Meer schwarzer Unendlichkeit. Furchtlos setzte der Pilot die Maschine auf der kurzen Landebahn auf. In Afrika, so behauptete er, hatte er einmal inmitten einer zornigen Elefantenherde notlanden müssen.

Von der Düne aus nahm Lumme die letzte Fähre auf die Insel. Sie setzte sich ganz nach hinten, den Rucksack mit dem Seepferdchen balancierte sie vorsichtig auf den Knien. An der Seebrücke holte Henning sie ab. Er hatte bereits alles vorbereitet, sodass sie Harriet gleich in das Quarantänebecken setzen konnten.

»Sie ist hübsch«, sagte er, als sie vor dem kleinen Becken standen und das Seepferdchen betrachteten.

»Findest du?« Lumme gähnte, sie war seit dem frühen Morgen unterwegs gewesen, nun löste sich die Anspannung des Tages. In den Hummerboxen um sie herum raschelte es, als wären die Krebse aufgewacht. Vielleicht lauschten sie ihrem Gespräch?

»Schau dir den Kopf an, die Kurven, den langen Schwanz.«
Henning klang regelrecht verzückt, er lächelte sie begeistert
an. »Eine Traumfrau.«

Lumme knuffte ihn in die Seite. Henning hatte recht, auch
wenn Harriets anatomische Besonderheiten weniger optischen
Reizen als vielmehr der evolutionären Anpassung geschuldet
waren. Seepferdchen waren Lauerjäger, die gebogene Form er-
möglichte es ihnen, wie eine gespannte Feder nach vorne zu
schnellen. So konnten sie Beute machen, ohne ihren Standort
und den sicheren Halt mit dem Greifschwanz aufzugeben.

»Du weißt aber schon, dass Harriet für Theo reserviert ist«,
alberte sie zwischen zwei herzhaften Gähnern.

»Man wird ja noch träumen dürfen.« Henning gab ein wenig Futter in das Becken, und tatsächlich schnappte Harriet
sich gleich ein paar Wasserflöhe. Er sah Lumme an. »Du bist
wahrscheinlich zu müde, um noch auf Harriet anzustoßen,
oder?«

Lumme nickte. »Sei mir nicht böse, aber ich bin fix und fertig. Wir holen das nach, versprochen.«

»Kein Problem.« Henning nickte, er wirkte besorgt. »Soll
ich dich nach Hause bringen?«

»Alles gut. Ich muss mich nur mal wieder richtig ausschla-
fen. Wir sehen uns morgen, ja?«

»Schlaf gut.« Henning streckte seine Hand nach ihr aus, als
wollte er ihr übers Haar streichen, dann gab er ihr einen freund-
schaftlichen Schubs. »Mach, dass du nach Hause kommst,
Lumme, sonst schläfst du mir noch im Hummerkindergarten
ein.«

Vierzehn

In der Möwe lag ein Gute-Nacht-Zettel von Boje, er war schon zu Bett gegangen. Außerdem teilte er ihr mit, dass Theo Johannson nach Kiel geflogen war; er würde erst morgen Mittag wieder auf die Insel zurückkommen.

Theo. Er war weg – wenn auch nur für eine Nacht.

Lumme atmete auf. Sie machte sich schnell ein Käsebrot und verschlang es noch in der Küche. Im Flur sah sie die Reihe der Anker am Schlüsselbrett hängen. Auch die Acht baumelte dort, Theo hatte seinen Zimmerschlüssel nicht mitgenommen. Wie hypnotisiert berührte sie den Schlüssel, dann pflückte sie ihn vom Haken. Kühl und schwer lag der Anker in ihrer Hand.

Lumme überlegte nur einen winzigen Moment, dann stieg sie hinauf in den zweiten Stock. Theos Zimmer lag am Ende des Flurs, Seeseite mit Blick auf ein Stückchen Strand. Als sie den Schlüssel ins Schloss schob, klopfte ihr Herz schneller. Ohne das Licht anzumachen, betrat sie leise den Raum.

Die Gardinen waren geöffnet, die Fenster standen auf Kipp. Mondlicht flutete herein, und auf der Strandpromenade streuten die Laternen ihr fahles Licht. Es roch nach Seeluft – und nach Theo.

Lumme sog den Duft ein, der aus seiner Arbeitsjacke und einer Jeans, die über einem Sessel hing, aufzusteigen schien. Ein Hauch von Rasierwasser und Männlichkeit. Das Bett war gemacht und sah mit seiner blau-weiß gestreiften Bettwäsche frisch und einladend aus. Lumme bemerkte, dass ihr Vater ein Täfelchen Schokolade auf das Kopfkissen gelegt hatte. Zartbitterschokolade.

»Ach, Papa«, seufzte sie. Sachte strich sie mit den Fingerspitzen über die knisternden Laken, sie stellte sich Theo darin vor. Mit dem Wäscheduft stiegen Erinnerungen in ihr auf: Theo, der sich über sie beugte und sie küsste. Theos Gesicht, wenn er sie geliebt hatte. Die geschlossenen Augen, die leicht geöffneten Lippen, sein Atem an ihrem Ohr. Sein Gewicht, das nie zu schwer gewesen war. Sein Nabel, der auf ihrem Nabel lag – wie zwei Muschelschalen, die ein Ganzes ergaben. Ihr Herz stolperte, schnell wandte Lumme sich ab.

Auf dem Tischchen am Fenster lag ein Stapel Papiere. Geschäftliches, darunter Unterlagen zum Windpark, die das Logo des Energieriesen trugen.

Wut flackerte in ihr auf, schnell und heiß wie eine Flamme. Lumme nahm die Papiere in die Hand. Hastig überflog sie die Unterlagen, sie suchte nach geheimen Zahlen, Strategien, Plänen, nach etwas, das sie gegen ihn verwenden könnte. Doch da war nichts. Nichts, was sie nicht schon kannte. Und Theos Rollkoffer mit dem Zahlenschloss fehlte.

Vielleicht fand sie etwas in seiner Jacke?

Lumme leerte die Taschen aus, ein Päckchen Taschentücher, Kaugummi, Hustenbonbons, dann durchsuchte sie die Taschen der Jeans. In der Gesäßtasche war ein zusammengefalteter Zettel. Sie zog ihn heraus und strich ihn glatt. Ein Bild, schwarzweiß, ein Screenshot ihres Tauchgangs im Panoramabecken.

Der Trottellummenstör.

Ihr Rücken, das Haar und unter ihrem Schulterblatt der winzige Abdruck des Seepferdchens.

Lumme lachte auf. Was wollte er damit?

Sie zerriss das Bild und stopfte sich die Schnipsel in die Hosentasche.

Im Bad lag ein Kamm, auf einem Ständer blinkte eine elektrische Zahnbürste. Hatte er sie vergessen? Die ordentlich gefalteten Handtücher (Boje!) rochen nach einem ihr unbekannten Shampoo. Limone und so etwas wie grüner Tee.

Lumme ging zurück ins Zimmer. Das Bett war wie eine unberührte weiße Insel auf dem dunklen Teppich. Sie starrte es an, während sie dachte, dass sie endlich nach oben verschwinden und schlafen gehen sollte.

Nach ein paar Sekunden trat sie wieder an das Bett. Sie berührte das Kissen, strich über die Decke, sog noch einmal den Duft ein, der sie nicht losließ. Bojes Waschmittel und irgendwo darunter wie ein flüchtiger, unsichtbarer Abdruck seines Körpers – Theo.

Diese Mischung aus Wald und Watt, aus Eichenlaub, Erde und Salz.

Lumme hielt den Atem an. Einen Augenblick lang und noch einen Augenblick. Dann öffnete sie die Knöpfe ihrer Jeans, zog sie schnell aus und schlüpfte unter die Decke.

Theo.

Theo, Theo, Theo.

Die schwere Daunendecke lag wie eine warme, zärtliche Woge auf ihr. Lumme schloss die Augen und atmete.

Ein und aus, ein und aus.

Wald und Watt, Erde und Salz.

Vor dem Fenster rauschte das Meer, ihr Herz schaukelte, und so schnell, wie die Wut auf ihn aufgeflammt war, verschwand sie auch wieder.

Sie war einfach nicht mehr da.

Lumme stellte sich vor, dass Theo neben ihr lag. Der alte Theo. Der Schimmelreiter. Dieser ungestüme Dickkopf, bei dessen Küssen und seiner nie versiegenden Begeisterung Lumme die Welt vergessen hatte. Dessen Herzschlag so mächtig wie die Brandung gewesen war.

Wie viele Nachmittage hatten sie damals in seinem Zelt auf der Düne verträumt, während Jan in den Inselklippen saß und Vögel zählte?

Jan Kornpicker, der in diesem Sommer nach dem Abitur unbedingt in einer Vogelschutzstation arbeiten wollte. Und Theo, der vorhatte, alles anders zu machen. Bloß nicht studieren, bloß kein Kommerz. Der sich aus Trotz gegenüber der Kohlkopfdynastie einen Job als Rettungsschwimmer gesucht hatte. Und Lumme, die noch nicht wusste, was sie wollte.

Die nur gewusst hatte, *wen* sie wollte. Und die ihre beiden Freunde einfach mit auf die Insel gebracht hatte.

Lumme versuchte, Theos Konturen nachzuspüren. Wie hatte er immer gelegen? Ein Bein angewinkelt, den Kopf auf dem rechten Arm gebettet?

Und sie? Sie hatte sich an ihn geschmiegt, ein Bein um seine Hüfte geschlungen, ihr Kopf auf seiner Brust, das Ohr an seinem Herzen, das sich nur langsam beruhigte. Sie hatte ihre Lippen auf seine Haut gepresst, ihre Liebe hatte nach Salzwasser geschmeckt. Und nach etwas, das nicht mehr besser werden konnte.

Natürlich waren sie schwimmen gegangen, dort, wo die Seehunde tauchten und das Baden wegen der tückischen Strömung verboten war. Sie waren weit hinausgeschwommen, so weit, wie sie sich trauten. Und dann noch ein gutes Stück weiter in Richtung Horizont. Wenn sie sich unter Wasser gebalgt hatten, waren die Robben neugierig herangekommen und hatten sie mit ihren glänzenden schwarzen Knopfaugen beobachtet.

Manchmal hatte Lumme gedacht, dass die Seehunde neidisch waren auf ihr Glück, aber Theo hatte lachend den Kopf geschüttelt. »Nein«, hatte er gesagt, »sie haben doch das perfekte Leben. Schwimmen, Fische fangen und in der Sonne faulenzen.« Dann hatte er sie unter Wasser gezogen und zwischen den Algen geküsst.

Lumme legte die Hände auf ihren Bauchnabel, Hitze stieg in ihr auf und dieses Gefühl, das sie lange nicht mehr gespürt hatte. Ein scheuer Vogel. Sie hielt den Atem an, um ihn nicht zu verscheuchen.

Theo.

Wenn die Sonne untergegangen war und die Vögel auf dem Lummenfelsen schliefen, war Jan zu ihnen auf die Düne gekommen. Zu dritt hatten sie im Sand gelegen und über die Zukunft gesprochen. Über das Leben, das herrlich war, leicht und frei, und das für jeden von ihnen ein Glücksversprechen bereitzuhalten schien. Damals hatte Lumme sich nicht vorstellen können, dass das Lachen ihr jemals wehtun würde. Ja, dass es eine Zeit geben könnte, in der es ihr sogar unmöglich schien.

Theo.

Theo, Theo, Theo.

Aus dem Dunkel ihrer Gedanken schwebte ein Seepferdchenpaar auf sie zu. Ihr Tanz war zärtlich und wunderschön. Unterwasserballett. Die Schwanzenden ringelten sich liebevoll umeinander, die Tiere erröteten.

Lumme spürte, dass sie lächelte, dann schlief sie ein.

Als sie aufwachte, klopfte es energisch an die Tür.

Papa!, schoss es Lumme in den Sinn.

Wie spät war es?

Benommen sah sie auf die Uhr. Neun Uhr, sie hatte verschlafen. Und wie! Sie hatte sogar Josh verpasst, mit dem sie gestern Abend noch verabredet gewesen war.

Boje hämmerte immer noch gegen die Tür. Als Lumme sich aufsetzte, bemerkte sie, dass sie in Theos Bett eingeschlafen war.

O nein.

Wie sollte sie an ihrem Vater vorbei aus dem Zimmer kommen? Ein hysterisches Kichern stieg in ihr auf. Kurz überlegte sie, aus dem Fenster zu springen.

Boje trommelte weiter gegen die Tür, das Klopfen blockierte ihre Gedanken. Lumme strich sich das wirre Haar aus dem Gesicht und bemühte sich, wach zu werden. Sie hatte so gut geschlafen wie lange nicht mehr. Das Bett roch nach Schokolade, als sie die Bettdecke zurückschlug, hörte sie, dass Boje die Tür mit seinem Zweitschlüssel öffnete.

»*Scheun'n Schiet ook*«, lärmte die Stimme in ihrem Kopf.

Dann stand er vor ihr, das karierte Hemd, die Schürze fein säuberlich vor dem Bauch gebunden. Lumme starrte auf die Möwe über seinem Herzen.

»Lumme?« Boje zog fragend die Augenbrauen hoch, während sie sich wieder in die Kissen zurücksinken ließ. »Was machst du denn hier?«

»Ich bin wohl eingeschlafen …«

Lumme rieb sich die Augen, sie wurde einfach nicht richtig wach.

»Aber …« Boje sah sie kopfschüttelnd an, ein strenger Blick, der einen ganzen Eimer voll Tadel wie Eiswasser über sie ausschüttete. Wahrscheinlich fragte er sich, ob seine Tochter gerade eine zweite pubertäre Phase durchlebte. »Dann hast *du* dir den Schlüssel genommen? Und ich dachte schon …«

Ihr Vater schwieg, offenbar wusste er nicht, was er denken sollte.

Lumme rieb sich die Augen, sie setzte sich wieder auf. »Ich bezieh das Bett gleich neu.«

»Sag mal, wie kommst du überhaupt dazu?«

Boje stemmte die Arme in die Seiten, er gab den empörten Herbergsvater. »Schon mal was von Privatsphäre gehört? Das ist Einbruch! Wenn Theo davon Wind bekommt, zeigt er dich an.«

Wind.

Theo.

Lumme schüttelte den Kopf, sie wusste nicht, was sie ihrem Vater antworten sollte. Wortlos stieg sie aus dem Bett und schnappte sich ihre Jeans.

»Na, das ist ja eine schöne Bescherung.«

Boje zupfte ihr etwas von der Schulter. Als sie sich zu ihm drehte, hielt er ihr ein Stückchen Papier entgegen. Lumme sah, dass sie auf der Schokolade gelegen hatte. Das Täfelchen war geschmolzen, das Bett sah aus, als hätte jemand darin eine Schokoladenfondue-Party veranstaltet.

Hatte sie deshalb so gut geschlafen?

»Ich hab doch gesagt, dass ich das Bett frisch beziehe.«

»Geh du mal lieber duschen!« Boje sammelte ihre Kleider auf und drückte sie ihr in die Hand, dann schob er sie resolut in Richtung Zimmertür. »Henning hat schon angerufen und gefragt, wo du bleibst.«

»Aber …«

Lumme schlüpfte in den Pullover, sie sah zum Tisch mit

den Unterlagen hinüber. Im Morgenlicht glänzte das blaue Windpark-Logo selbstbewusst, es schien sich über sie lustig zu machen.

Boje folgte ihrem Blick. »Du hast hier doch nichts angerührt, oder?«

»Nein, ich wollte nur mal …«

»Du wolltest nur mal ein bisschen rumschnüffeln, was?«

Boje begann, die schmutzige Bettwäsche abzuziehen. Lumme sah ihm schweigend zu, so wie sie als Kind ihrer Mutter zugesehen hatte. Offenbar war ihr Vater bei Isabella in die Schule gegangen, routiniert zog er zuerst die Decke ab, dann stopfte er Laken und Kopfkissenhülle in den Bettbezug. Zuletzt schüttelte er Kissen und Decke auf, dann sah er sie mit gerunzelter Stirn an.

»Soll ich dir neue Bezüge holen?«

»Mach, dass du hier wegkommst, Lumme!«

Boje schleuderte den Wäschesack in ihre Richtung. Einen Moment lang schaute er sie böse an, dann begann er zu lachen. Er lachte so sehr, dass er sich wie ein kleines Kind rückwärts auf das Bett fallen ließ.

»Wie alt bist du eigentlich?«

»Tut mir leid, Papa.«

Lumme fiel in das Gelächter ein. Sie ließ sich neben ihn auf die Matratze sinken, umarmte ihn und gab ihm einen Kuss auf die runzlige Wange.

Boje strich ihr durchs Haar. Einen Augenblick lang lagen sie nebeneinander auf dem Bett, wie zwei Sternengucker. Dann setzte er sich auf. »Wo warst du denn gestern?«, fragte er. »Du bist doch nicht einfach so zum Spaß aufs Festland geflogen, oder?«

»Gestern?« Lumme setzte sich ebenfalls auf, sie sah ihm in die grauen Augen. Das wunderbare Gefühl von Unbeschwertheit, das eben noch in ihrem Bauch gekribbelt hatte, schien wie eine Wolke von Seifenblasen aus dem Fenster zu fliegen. »England, Südküste«, sagte sie. »Ich hab da ein Seepferdchen abgeholt.«

»Ein Seepferdchen?« Boje schaute an ihr vorbei und aus dem Fenster, als folgte sein Blick den Seifenblasen. »Noch ein Seepferdchen? Was willst du denn damit?«

»Es ist eine Seepferdchendame, sie heißt Harriet.«

»Harriet?« Es dauerte einen Moment, bis ihr Vater schaltete. »Seepferdchennachwuchs«, murmelte er schließlich.

Lumme nickte, sie zog die Beine an und schlang die Arme um die Knie.

Boje seufzte, mühsam stand er auf und bückte sich nach dem Wäschesack. »Na, das habt ihr euch ja fein ausgedacht«, murmelte er, während er aus dem Zimmer ging.

Lumme sah ihm schweigend nach. Als sie aufstand, dachte sie, dass für einen Moment alles so wie früher gewesen war.

Doch nichts war mehr so wie früher.

Henning war nicht im Labor, als Lumme ins Aquarium kam. Sie warf einen Blick in den Hummerkindergarten, wo Harriet durch das Quarantänebecken schwebte. Ihre Rückenflosse trieb sie an, die Brustflosse diente als Steuer. Die Seepferdchendame schien sich wohlzufühlen, wie ein U-Boot stieg sie auf und ab.

Im Schausaal waren die Becken bereits erleuchtet, vor dem Panoramabecken sah sie Henning stehen. Als er sie hereinkommen hörte, drehte er sich um.

»Ausgeschlafen?«

»Sorry«, Lumme hob die Arme, »ich hab wirklich wie ein Stein geschlafen.«

»Dann warst du doch in der *Möwe*?« Henning sah sie prüfend an. »Dein Vater meinte, dass er dich seit gestern früh nicht mehr gesehen hat. Er hat dich gesucht.«

»Ich war in der Acht.« Lumme sah, dass Henning nicht verstand, was sie meinte. »Ich bin da eingeschlafen«, fuhr sie fort, während sie den Stör beobachtete. Plötzlich sah sie das Seepferdchen aus dem Seegras aufsteigen, es schien direkt auf die graue Eminenz zuzusteuern. Lumme stockte der Atem.

»Dann hast du …« Verwirrt fuhr Henning sich durch die Locken, als könnte er so seine Gedanken ordnen. »Du hast bei Theo Johannson geschlafen?«

»Ja. Nein.«

Henning sah nicht, was da in seinem Rücken vor sich ging. Lumme schüttelte den Kopf, aufgeregt zeigte sie auf das Panoramabecken, doch Henning ließ sie nicht aus den Augen.

»Du hast doch nicht etwa …?«

Seine Grübchen schienen sich die Ohren zuzuhalten.

»Mensch, Henning!«

Lumme gab ihm einen Schubs, und endlich drehte er sich um. Das Seepferdchen war nur noch wenige Zentimeter vom Maul des Störs entfernt. Seine Farbe war leicht grünlich, es sah wie ein ganz besonderer Leckerbissen aus.

»Kollisionskurs«, stöhnte sie auf.

Henning sagte nichts. Er griff nach ihrer Hand, während sie beide regungslos vor dem Becken standen.

»Bitte sag, dass das gut geht«, flüsterte Lumme, gleichzeitig verfluchte sie sich selbst. Warum nur hatte sie auf Frau Graumann gehört?

»Das geht gut«, murmelte Henning, aber er klang nicht sehr überzeugt. Lumme drückte kurz seine Hand.

Der Stör schien etwas langsamer zu werden, kurzsichtig,

wie er war, bemerkte er das Seepferdchen erst im letzten Moment. Dann rammte er Theo mit seinem breiten Maul.

»Volltreffer!«, ächzte Lumme, ihr Herz zog sich zusammen.

Das Seepferdchen trudelte zur Seite. Kurz verlor es die Balance, dann stieg es furchtlos wieder auf.

»Was macht der denn?«

Lumme japste nach Luft. Ein zweites Mal würde sich die graue Eminenz den Leckerbissen wohl kaum entgehen lassen.

Der Stör stupste noch einmal gegen das Seepferdchen, neugierig fast, so als wollte er wissen, wer ihm da in die Quere gekommen war. Der kleine Theo hielt dagegen, es sah fast so aus, als ob der riesige Fisch und das winzige Seepferdchen sich beschnupperten. Auf einmal überzog sich Theos Haut mit einem silbrigen Schimmer, als nähme er die Farbe des Störs an. Im nächsten Augenblick tauchte er wieder ab und verschwand zwischen den Seegrashalmen.

»Freundschaft«, murmelte Henning. Er drückte Lummes Hand so fest, dass sie leise aufschrie.

Als der Stör weiterzog, kam Frau Graumann von draußen hereingestürmt. »Habt ihr das gesehen?«, rief sie begeistert, offenbar hatte sie das Panoramabecken auf ihrem Kassenmonitor beobachtet. Dass Lumme und Henning Hand in Hand vor dem Becken standen, kommentierte sie nicht.

Fünfzehn

Klaus Baumgartner war mehr als begeistert. »Wie haben Sie das denn hingekriegt?«, fragte er, als hätte Lumme die Begegnung zwischen Seepferdchen und Stör eigens inszeniert. Nachdem die Abrufe für das Video, das Henning ins Netz gestellt hatte, durch die Decke knallten, hatte er sich sofort bei ihr gemeldet. »Das geht wirklich zu Herzen.«

»Mehr als fünfzehntausend Klicks und jede Menge Kommentare«, antwortete Lumme stolz. »So langsam mausert sich unser Theo. Und das Beste kommt ja noch.«

»Sie meinen Harriet?«

Baumgartner lachte leise, er freute sich diebisch über die Seepferdchendame. »Wann können wir die Ankunft der englischen Lady denn vermelden?«

»Ich würde gern die Quarantäne abwarten.« Lumme sah aus dem Fenster. Eine einzelne weiße Schäfchenwolke zog behäbig über den Himmel. Der Wind war kaum zu spüren, der Frühling schien tatsächlich auf der Insel haltzumachen. »Und dann brauchen die beiden noch ein paar Tage, um sich zu beschnuppern. In zwei Wochen?«, schlug sie vor.

»Gut, dann pushen wir das Video noch ein bisschen. Ich setze unsere Presseleute noch mal darauf an.«

Baumgartner räusperte sich kurz, als wollte er das Thema wechseln. »Wie läuft es denn mit dem Johannson?«, fragte er.

»Alles ruhig«, antwortete Lumme, sie beobachtete die Bilderbuchwolke, die wie ein gemütliches Kissen aussah. Die Erinnerung an die Nacht in Theos Bett flackerte in ihr auf. Kurz überlegte sie, ob sie Baumgartner erzählen sollte, dass sie Theo von früher kannte.

»Er war gestern in Kiel«, fuhr Baumgartner fort, »ein Treffen im Ministerium. Es gibt Probleme mit dem Windpark.«

»Probleme?« Lummes Herz hüpfte, sie winkte Henning, der in der Tür stand, in ihr Büro.

»Es gibt da wohl eine neue Studie.« Baumgartner klang wieder ernst, es raschelte in der Leitung, so als ob er in der Studie blätterte. »Sie ist noch nicht veröffentlicht, aber man hat uns Auszüge zugespielt.«

»Und?« Lumme schaute Henning an, der sich gegen die Magnetwand lehnte und irgendwie so aussah, als ob es in seinem Inneren brodelte.

»Man hat die Leistungsfähigkeit großer Windparks untersucht.« Baumgartner machte eine Pause, er schien Lumme auf die Folter spannen zu wollen. Als er weitersprach, war seine Stimme so laut, dass Henning ohne Mühe mithören konnte. »Bisher ist man davon ausgegangen, dass die Rotoren eine Leistung von sieben Watt pro Quadratmeter erzeugen können. Die neue Studie besagt jedoch, dass man maximal mit einer Leistung von einem Watt rechnen kann. Mit der Größe der Windparks sinkt also ihre Leistungsfähigkeit.«

»Das heißt, je mehr Rotoren, desto weniger Strom?«, fragte Lumme ungläubig nach. Henning zog die Augenbrauen nach oben. »Physik«, las sie von seinen Lippen ab.

»Die Turbinen nehmen sich gegenseitig den Wind weg«, brachte es Baumgartner auf den Punkt. »Eigentlich logisch: Wenn viele Anlagen nahe beieinanderstehen, kommt kaum noch Wind in der Mitte des Feldes an. Die Rotoren kannibalisieren sich gegenseitig, was ihre Leistung anbelangt. Komisch, dass man das erst jetzt untersucht hat.«

»Und der Windpark vor der Insel?« Lumme sah wieder zum Fenster hinaus, die Wolke war in Richtung Horizont verschwunden. Der Himmel war blank und blau wie eine Picknickdecke, auf der Strandpromenade verspeiste eine Möwe die Überreste eines Taschenkrebses.

»Die Schweden haben ganz nach dem Prinzip ›Mehr bringt mehr‹ geplant. Einhundertzwanzig Turbinen, dicht an dicht«, Baumgartner lachte auf. »Ich glaube, Stockholm hat jetzt mehr als ein Seepferdchenproblem. Der Wind dreht sich, Frau Hansen.«

»Sie meinen also, dass Theo Johannson zu einem Krisentreffen nach Kiel zitiert worden ist?«

»Jedenfalls werden die Schweden ihre Leistungszusagen nicht halten können. Und mehr Fläche wird man ihnen wegen der Klage und der Nähe zum Naturschutzgebiet nicht zuweisen. Ich würde sagen, da braut sich was zusammen.«

Lumme reckte eine Faust in die Luft, sie drehte sich zu Henning. Irgendwie hatte sie es gewusst: Der Wind war ihr Freund.

»Ich würde mich nicht zu früh freuen.«

Nachdem Lumme das Gespräch mit Klaus Baumgartner beendet hatte, war sie aufgesprungen. Eigentlich hatte sie Henning um den Hals fallen wollen, doch der hatte die Arme vor der Brust verschränkt. Ein störrischer Wassermann.

»Warum sollte ich mich denn nicht freuen?« Lumme wippte ungeduldig auf den Zehenspitzen auf und ab, sie sah ihn fragend an. »Die Schweden haben jetzt ein dickes Problem am Hals, du hast den Baumgartner doch gerade selbst gehört.«

»Wir haben auch ein Problem, Lumme.«

Lumme warf Henning einen prüfenden Blick zu. War er sauer, weil sie in Theo Johannsons Zimmer eingeschlafen war?

»Hör mal«, sagte sie, um ihn zum Schmunzeln zu bringen, »wegen letzter Nacht: Ich war undercover unterwegs. Im Auftrag Ihrer Majestät sozusagen …«

Hennings Grübchen ließen sich nicht erweichen, er zog eine Augenbraue in die Höhe.

»Ich wollte nur mal sehen, ob im Zimmer Unterlagen zum Windpark rumliegen. Hätte ja sein können, dass ich etwas finde, was uns hilft. Und dann …«

»Ist schon gut, Lumme.«

Henning winkte ab, offenbar wollte er nicht mehr über letzte Nacht reden. Stumm sah Lumme ihn an.

»Ich hatte eben Christoph Bode dran, du weißt schon, den Gutachter aus Kiel. Sein Anruf ist zu mir gesprungen, weil bei dir besetzt war.«

»Oh.« Christoph Bode. Lumme hatte ihn sofort vor Augen: das kurze Haar, die Daunenweste, das kleine Pflaster gegen Seekrankheit. Kurz dachte sie daran, dass ihm das Ozeanarium in Bournemouth gefallen hätte. Solider Beton und reichlich Notausgänge. »Was wollte er denn?«

»Uns warnen. Er hat erzählt, dass ihm die Behörde Druck macht, er muss das Gutachten vorziehen. Nächste Woche soll er es abgeben, er kann es wohl nicht mehr länger hinauszögern.«

»Mist.«

Henning nickte, seine Grübchen sahen so aus, als könnte er einen Schluck Rum vertragen. »Er meinte, dass er eine Schließung des Aquariums empfehlen muss. Jedenfalls für Besucher. Ich soll dir ausrichten, dass es ihm leidtut.«

Lumme schwieg, sah aus dem Fenster. Die Möwe zerrte immer noch an den Überresten des Krebses. Hatte sie tatsächlich gedacht, dass sie davonkommen würden? Auf einmal musste sie an den Sommer vor zwanzig Jahren denken. An die Zeit davor und danach – und an die wunderbaren Wochen dazwischen.

»Es tut mir so leid, Henning«, flüsterte sie, als sie sich nach einer Weile wieder umdrehte. Aber Henning war längst aus ihrem Büro verschwunden.

Am Abend saß Boje wieder mit Theo vor der *Möwe*. Lumme sah die beiden schon von Weitem, sie steckten die Köpfe zusammen, als heckten sie gemeinsam etwas aus. Kurz überlegte Lumme, ob sie einfach kehrtmachen sollte. Aber diese Nacht würde sie wohl nicht noch einmal bei Henning unterkommen.

»Lumme!«

Boje hatte sie entdeckt, stürmisch winkte er ihr zu, als hätte er schon auf sie gewartet. »Willst du auch ein Bier?«, rief er, während sie zögerlich über den Rasen näherkam. Bevor sie ihm antworten konnte, stand er auf und verschwand im Haus.

»Hey, Lumme.«

Theo blieb sitzen, bis sie bei ihm war. Dann sprang er plötzlich auf, ein winziges Lächeln auf den Lippen. Lumme dachte an das Bild von ihr, das sie in seiner Jeans gefunden hatte. Der Trottellummenstör. Der Containerriese in ihrem Inneren geriet wieder ins Schlingern, ihr war schwindelig, und sie stützte sich an der Gartenmauer ab.

»Willst du dich nicht einen Moment zu uns setzen?«

Theo wies mit großer Geste auf die Bank, auf der Boje gesessen hatte. Er führte sich auf, als ob er in der *Möwe* zu Hause wäre.

»Ich …«

Lumme sah kurz zur Tür, aber Boje blieb verschwunden. Dann dachte sie an Baumgartners Anruf.

Der Windpark, die Probleme.

»Na gut«, sagte sie betont gleichgültig und ließ sich ans andere Ende der Bank fallen. Vielleicht konnte sie etwas aus Theo herauskitzeln.

»So«, sagte Theo, dann schwiegen sie beide. Vom Strand her war das aufgeregte Rufen eines Austernfischers zu hören, der an der Wasserlinie auf- und abtippelte.

Kiewiev, Kiewiev.

Lumme blickte zur Seite. Das graue Holz der Hortensienbüsche zeigte die ersten grünen Tupfer. Im Sommer blühten die Hortensien in den herrlichsten Farben. Die Blütenpracht säumte die Terrasse wie ein buntes Band.

»Ist noch immer schön hier«, sagte Theo, als ob er ihren Gedanken folgte.

»Ja.« Lumme wischte sich mit den Händen übers Gesicht. »Noch.«

Theo schwieg, dann räusperte er sich, als ob da etwas in seinem Hals festsaß. »Lumme, ich will dir nichts Böses. Im Gegenteil, der Windpark wird die Insel zum Positiven verändern.«

»Ach ja?«

Lumme spürte, wie sich alles in ihr verkrampfte. Ihr Herz gab Vollgas, es klopfte gegen die Rippen und bis hinauf in den Hals, als ob es ausbrechen wollte. Unwillkürlich ballte sie die Hände zu Fäusten.

»Wir stellen da draußen die modernsten Anlagen hin, und beim Aufbau halten wir uns an die Schallschutzrichtlinien, das haben wir den Behörden zugesichert.«

Schallschutzrichtlinien.

Behörden.

Lumme warf den Kopf herum und sah Theo wütend an. Merkte er überhaupt noch, was er da sagte? Oder war das alles nicht mehr als Unternehmensgewäsch – Worte, die er sich durch die häufige Wiederholung zu eigen gemacht hatte. Glaubte er das, was er da sagte, tatsächlich?

Theo sah sie nicht an, er blickte auf seine Hände, die ganz ruhig auf den Knien lagen. Im Profil erkannte sie den Jungen von damals. Den Dickkopf, die sture Linie seiner Stirn. Dann dachte sie an die Nacht in seinem Bett zurück, ganz plötzlich wallte die Erinnerung in ihr auf. Als sie kurz die Augen schloss, sah sie den Containerriesen am Horizont ihrer Seele durchs Wasser pflügen.

»Lumme?«

»Hör mal, Theo. Was wird das jetzt hier? Ein Versuch, mich um den Finger zu wickeln?«

»Nein, ich …«

»Ich hab gehört, ihr habt Probleme. Effizienzprobleme.«

Lumme lehnte sich zurück, sie wartete darauf, dass Baumgartners Torpedo bei ihm einschlug.

Theo schwieg einen Moment.

»Was soll das sein?«, fragte er dann und zog die Augenbrauen zusammen. Das Netz feiner Fältchen um seine Augen verdichtete sich.

»Je größer der Windpark, desto weniger Strom.« Lumme sah ihn triumphierend an. »Deshalb warst du doch gestern in Kiel.«

»Ja?« Theo zuckte mit den Schultern, er sah nicht besonders beeindruckt aus. »Die Studie, von der du sprichst, beruht auf einer Simulation, Lumme. Es gibt noch keine derartige Untersuchung für Offshore-Windparks und für die Nordsee. Ich bin übrigens regelmäßig in Kiel, um die Behörde über die Fortschritte auf der Baustelle zu unterrichten. Das hat dir dein Informant wohl nicht mitgeteilt.«

Pause, Schweigen, feines Lächeln. Die Abendsonne färbte den Himmel in allen Regenbogenfarben, der Austernfischer lamentierte immer noch. So als suchte er verzweifelt nach seiner Gefährtin.

»*Scheun'n Schiet ook*«, hörte Lumme die Stimme in ihrem Kopf lachen. Ihre Fingernägel gruben sich in die Handflächen, sie biss sich auf die Lippen.

»Erkennst du dich eigentlich selbst noch im Spiegel?«, hörte sie sich flüstern.

Theo lachte auf. »Das könnte ich dich auch fragen, Lumme Hansen. Du kannst mir doch nicht weismachen, dass ihr dieses Seepferdchen tatsächlich da draußen gefangen habt. Ausgerechnet jetzt.«

»Du unterstellst mir, dass ich lüge? Also …«

Lumme hatte Mühe, nicht aufzuspringen. War das wirklich derselbe Theo, den sie so sehr geliebt hatte? Mit dem sie im Tangwald tauchen gewesen war und der ihr nachts in den Dünen die lateinischen Namen der Sternbilder ins Ohr geflüstert hatte? Der sie geküsst hatte, bis ihre Lippen rissig wurden? Der ihr Leben zu etwas ganz Besonderem gemacht hatte?

»Und dann noch sein Name! Das ist wirklich albern.«

Theo schüttelte den Kopf. Seine Hände lagen noch immer auf den Knien, plötzlich nahm Lumme seinen Ehering wahr, ein breiter Streifen Platin. Wie schrieb man auf Schwedisch *Für immer und ewig?*

»Theo gegen den Rest der Welt«, sagte sie und sah Henning vor sich. »Passt doch.«

»Ich hab gehört, du willst jetzt auch noch Seepferdchen züchten.«

»Hat Boje dir das erzählt?«

Theo nickte, er griff nach der halb vollen Bierflasche, die neben seinen Füßen stand, und trank sie leer.

»Er macht sich Sorgen um dich, Lumme.«

»Und das erzählt er ausgerechnet dir?«

Lumme schnaubte, ihr Vater hatte Theo schon vor zwanzig Jahren ins Herz geschlossen. Die beiden waren immer bestens miteinander klargekommen, während Jan sich schwergetan hatte, mit Boje warm zu werden. Im Lauf des Sommers hatte er sich immer mehr zurückgezogen und in den Klippen nach seltenen Vögeln Ausschau gehalten. Er war nicht ein Mal mit ihrem Vater zum Fischen rausgefahren, Theo dagegen durfte schon nach zwei Wochen den Dieselmotor der *Isabella* auseinandernehmen. Und die beiden hatten Schach gespielt. Lange, ausufernde Partien, die etwas Archaisches an sich hatten. Zwei stolze Könige, die sich über ihr Schlachtfeld beugten.

»Er hat mir erzählt, dass du wieder nach San Diego zurückgehst.« Theo stellte die Flasche auf die Erde.

Lumme nickte stumm, sie hatte keine Lust, mit Theo über ihre Familie zu sprechen. Außerdem wollte sie nicht, dass er merkte, wie sehr auch sie sich um ihren Vater sorgte. Wie würde Boje es verkraften, wenn sie ihn wieder verließ? Und wie lange würde er die *Möwe* noch betreiben können?

»Ich habe ihm ein Angebot gemacht.«

»Ein Angebot?«

Lumme spreizte ihre Finger und sah auf die etwas zu lang gewachsenen Nägel, dann ballte sie die Hände wieder zu Fäusten. Sie hatte die ganze Zeit über gespürt, dass Theo noch einen Trumpf in der Hinterhand hatte. Jetzt würde er seinen Killerzug spielen.

»Ich habe Boje vorgeschlagen, dass wir die *Möwe* auf zehn Jahre mieten.«

»Wer ist wir?«

Lumme sah Theo ins Gesicht. Seine Augen waren wegen der tief stehenden Sonne halb geschlossen, die Pupillen hatten sich zusammengezogen. Zwei winzige, kreisrunde Fenster in seiner düsteren Seele.

»Der Energiekonzern. Wir brauchen Zimmer für unsere Arbeiter, die beiden Unterkünfte, die wir im Hafen errichten, sind schon wieder zu klein. Wir müssen fast hundert Arbeiter auf der Insel unterbringen.«

Lumme schwieg, ihr Fuß zuckte in Richtung Bierflasche. Würde Boje die *Möwe* den Schweden tatsächlich in den Rachen werfen?

»Das wird er nicht tun«, sagte sie heiser.

»Boje hat Ja gesagt.«

Theo fuhr sich durch das kurze Haar. Er sah weder triumphierend noch schuldbewusst aus. Eher wie jemand, der sich gerne zurücklehnen würde, um noch ein Bier zu trinken.

Lumme wandte den Blick von ihm ab und sah auf die Uhr. In ihrem Inneren war es ganz still. Kein Rauschen, kein Klopfen, keine Schaukelei.

Sie fühlte sich allein. Und vollkommen erstarrt.

So musste es sich anfühlen, wenn man in einem ganz mit Eis gefüllten Container eingeschlossen war. Sie krallte ihre

Fingernägel in die Handflächen, um wenigstens etwas zu spüren.

Als Boje mit drei Flaschen Bier aus dem Haus kam, stand sie wortlos auf und ging an ihm vorbei hinunter zum Strand. Aber der Austernfischer war bereits verschwunden. Unter ihren Schuhen knackten die Splitter der angespülten Muschelschalen.

Josh hatte schon auf sie gewartet. Als Lumme seinen Computer anwählte, war er gleich da.

»Mummy!« Er winkte ihr mit beiden Händen zu, sein Lachen haute sie um. »Alles cool?«

Nein, dachte sie, und sagte: »Ja.« Sie hoffte, dass die Entfernung ihr angestrengtes Lächeln irgendwie übertünchen konnte.

»Daddy hat mir von den Seepferdchen erzählt.«

»Und?«

»*Great story!*«

Josh strahlte, sie merkte ihm seine Begeisterung an. Lumme dachte, dass Sarah Todd von ihrer Recherche erzählt haben musste. Oder war er zufällig auf die Videos im Netz gestoßen?

»Hast du es schon gesehen?«

»*Yes. Big fish, small fish.*«

Josh drehte sich um, Lumme sah, wie sich Todd von hinten ins Bild schob.

»*Hi, Darling*«, sagte sie verlegen. Es war seltsam, ihn zu sehen. Etwas, das sie nicht benennen konnte, überlagerte die räumliche und zeitliche Distanz, die zwischen ihnen lag. Es stand wie eine unsichtbare Wand zwischen ihnen.

»Lumme …« Er nickte ihr zu, während er Josh durchs Haar wuschelte. »Brauchst du Hilfe mit den Seepferdchen?«

»Wir haben sie noch nicht zusammengebracht«, sagte sie mit einem Kopfschütteln, während sie Todds Gesicht studierte. Selbst im erbarmungslosen Licht der Webcam wirkte er strahlend und ausgeruht. Seitdem sie fortgegangen war, hatte er sich einen kurzen Bart stehen lassen, der ihm den verwegenen Look eines Rockstars gab. »Unser Gast aus England ist noch in Quarantäne.«

»Du musst auf die Wassertemperatur achten«, fuhr er fort und erinnerte sie an die komplizierten Rituale der Seepferdchenliebe. »Gib ihnen Zeit, damit sie sich kennenlernen.«

Lumme nickte. Sie spürte einen Kloß im Hals. Obwohl bei Fischen eigentlich völlig unüblich, hegten Seepferdchen eine lebenslange treue Paarbeziehung. Sie warben zärtlich umeinander und ließen sich später nie lange aus den Augen.

»Wenn Josh auf die Insel kommt, haben sie sich hoffentlich schon aneinander gewöhnt«, sagte sie.

Todd nickte, etwas zu schnell, wie sie fand. Er lehnte sich zurück, als bräuchte er noch mehr Distanz zu ihr. Eine Linie in seinem Gesicht veränderte sich. Gezeitenwechsel, dachte sie. Plötzlich überlagerte Theos Gesicht, so wie er sie vorhin auf der Terrasse angeschaut hatte, das Bild von Todd.

»Darüber wollten wir mit dir reden, Lumme.«

»Das Basketball-Camp?«

Lumme wusste sofort, worauf er hinauswollte. Sie spürte, wie sich ihr Mutterherz zusammenzog.

»Ich hab eine Einladung bekommen, Mummy.«

Josh, da war er wieder. Seine Stimme klang hell und aufgeregt. Er platzte vor Stolz, denn nur die hoffnungsvollsten Nachwuchstalente wurden zum Sommer-Camp der San Diego

Toreros eingeladen. Und Josh hatte lange dafür trainiert. Mit Todd.

»Das ist ja … großartig. Gratuliere, mein Schatz.«

Lumme bemühte sich um ein Lächeln, obwohl ihr zum Heulen war. Josh würde nicht auf die Insel kommen. Sie wusste, dass Todd nicht für das Camp verantwortlich war, und trotzdem nahm sie es ihm übel. Hatte es ihm nicht gereicht, Josh sein Wellenreitergen zu vererben? Musste er ihren Sohn auch noch mit seiner Basketballbegeisterung infizieren?

»Bist du traurig, Mom?«

Josh beugte sich vor, er lächelte und sie sah eine Zahnlücke aufblitzen. Der letzte Milchzahn war ihm ausgefallen, bald würde er Lumme nicht mehr brauchen.

»Ein bisschen«, gab sie zu und schluckte. »Ich hab mich darauf gefreut, dich bald zu sehen, Schatz.«

»Warum kommst du nicht *uns* besuchen? *Just for a week.*«

Josh lehnte sich wieder zurück. Er wirkte so zufrieden wie ein Politiker, der in einer Talkshow einen entscheidenden Punkt gemacht hatte. Lumme bemerkte, wie Todd im Hintergrund auf sein Handy sah.

»Ich kann hier jetzt nicht weg, mein Schatz. Das Aquarium … Und Grandpa, er braucht mich noch ein bisschen. Er ist immer noch so traurig wegen Grandma.«

»Gibst du ihm einen Kuss von mir?«

»Kuss für Grandpa.« Lumme nickte. Sie wusste, dass sie bald Schluss machen mussten, sonst würde sie noch in Tränen ausbrechen.

»Wir müssen los, Mummy. Basketballtraining. Bis morgen.«

»*Bye-bye*, Josh.«

Aus dem Hintergrund winkte Todd ihr zu. An seinem Arm blitzte die gleiche silberne Uhr auf, die auch sie trug.

Don't crack under pressure.

Lumme schaltete den Computer aus. Sie dachte, dass die Werbestrategen des Schweizer Uhrenherstellers keine Ahnung hatten von ihrem Leben.

Sechzehn

In der Nacht dann ein seltsamer Traum. Lumme tauchte im Tangwald vor der Insel, das Sonnenlicht, das von oben ins Wasser fiel, ließ die Algenstränge wie bizarre Glasskulpturen leuchten. Ein Schwarm Bernsteinmakrelen kam ihr entgegen, tausend goldene Augen, die sie neugierig betrachteten. Die Fische umkreisten sie, schlossen sie in ihrer Mitte ein, als wollten sie mit ihr tanzen, dann zogen sie weiter.

Lumme tauchte tiefer, hinab zu den Wurzeln der Algen. Plötzlich sah sie Theo auf sich zuschwimmen. Er lachte, und sie dachte, dass sie ihn endlich wiedergefunden hatte. Als er bei ihr war, umarmte er sie und zog sie an sich. Sein Körper fühlte sich stark und gleichzeitig herrlich vertraut an, sie konnte seine Wärme spüren, die sie wie ein unsichtbarer Mantel umfing. Während sie sich küssten, trieben sie durch die Blätter des Algenwaldes nach oben. Lumme dachte, dass sie noch nie so glücklich gewesen war.

An der Wasseroberfläche schnappten sie lachend nach Luft. Die Wellen trugen sie, vor ihren Augen verwandelten sich die Klippen in einen Vorhang aus Feuer. Vögel stiegen in den Himmel auf, weiße und schwarze Scherenschnitte, sie schienen ihre Nester in die violetten Abendwolken zu bauen. Da hörte Lumme ein Boot näher kommen. Als sie sich umdrehte, sah sie die *Isabella*. Das Börteboot rauschte auf sie zu, ihr Vater stand am Ruder, er konnte sie nicht sehen.

Theo.

Theo, Theo, Theo.

Lumme wollte ihn warnen, ihn mit sich hinabziehen in die Tiefe, doch er schüttelte sie ab, immer wieder, so laut sie ihm ihre Warnung auch ins Ohr schrie.

Als sie sich noch einmal umdrehte, war das Boot nur noch wenige Meter entfernt. Wieder zog sie panisch an Theos Arm, dann siegte die Angst, und sie ließ ihn los und tauchte unter. Tauchte hinab in das Grün des Tangwaldes.

Die Angst ließ sie wie ein Stein zu Boden sinken. Als sie tief genug war, blickte sie hinauf. Sie sah den Schatten über sich hinwegziehen. Die Schiffsschraube zerfetzte die Algenkronen, Tangstückchen rieselten auf sie herab. Unter Wasser öffnete sie den Mund zu einem lautlosen Schrei.

Theo.

Theo, Theo, Theo.

Sie wusste, dass sie ihn nie wiedersehen würde. Mit einem Ruck wachte sie auf.

Der Frühstückstisch war schon gedeckt, als Lumme nach unten kam. Eigentlich hatte sie nur einen Kaffee im Stehen trinken wollen, doch ihr Vater hielt ihr ein Stück Schwarzbrot mit Zucker unter die Nase. Der Geruch von warmem Brot und geschmolzener Butter ließ sie weich werden, der Groll auf ihren Vater fiel in sich zusammen. Seufzend setzte Lumme sich an den Tisch und wartete ab, wie er sich ihr gegenüber rechtfertigen würde.

Boje strich ihr über das Haar.

»Ich wollte es dir selber erzählen«, sagte er, als er sich zu ihr an den Tisch setzte. Es war früh, selbst die Möwen schienen noch zu schlafen. An der Strandpromenade zog der Brückenkapitän gemächlich die Flaggen an den Fahnenmasten hoch.

»Und, warum hast du mir nichts gesagt?« Lumme schob das Stück Schwarzbrot auf dem Teller hin und her. Sie fand, dass sie wie ihr Vater klang, wenn er sie wie ein kleines Kind behandelte.

Ihr Vater lächelte, in seinem Blick lag Zärtlichkeit und etwas, das sie empfand, wenn sie Josh in die Arme schloss. Grenzenlose Liebe.

»Du hättest dich doch nur aufgeregt«, antwortete er augenzwinkernd.

»Ja«, sagte sie und biss in ein Stück Schwarzbrot. Der Geschmack von Butter und Zucker explodierte auf ihrer Zunge, sie musste kurz die Augen schließen. »Ich rege mich immer noch auf. Ganz fürchterlich sogar.«

»Ich habe noch nichts unterschrieben, Lumme. Aber Theos Angebot ist mehr als großzügig. Ein Mietvertrag über zehn Jahre! Neun Zimmer, die ständig belegt wären. Dann habe ich endlich wieder was zu tun. Außerdem kann ich meine kleine Wohnung im Haus behalten, und dein Studio vermiete ich auch nicht.«

»Aber …« Lumme musterte ihren Vater, zum ersten Mal seit Isabellas Tod konnte sie etwas von seiner alten Energie spüren. Sein Haar schien über Nacht seinen rötlich-goldenen Schimmer zurückgewonnen zu haben, seine Augen glänzten. »Was ist denn mit dem Kredit von der Bank? Sollen wir nicht doch noch einmal gemeinsam hin?«

Lumme biss noch einmal in das Schwarzbrot, plötzlich hatte sie das Gefühl, dass der Zucker ihre Gefühle betäubte.

»Keine Chance.« Boje winkte ab. »Ich war schon zweimal da, einmal sogar mit Hans Cassen. Und mit dir im Schlepptau wird das auch nicht besser. Mein Ausfallrisiko ist denen einfach zu hoch.«

»Und wenn ich für dich bürge?«

»Lumme …« Boje sah sie empört an. »Jetzt halt mal die Luft an! Ich bin achtzig, und ich will dir ein Haus und ein Boot und nicht einen Berg Schulden vererben, wenn ich irgendwann nicht mehr aufwache.«

»Papa …«

»Lumme, ich kann doch froh sein, wenn ich die nächsten zehn Jahre noch erlebe.« Boje blinzelte schelmisch, seine hellen grauen Augen schimmerten wie Perlmutt. Er beugte sich vor, als wollte er ihr etwas zuflüstern. »Das ist der Deal meines Lebens!«

Der Deal meines Lebens.

Ihr Vater glühte, er freute sich wie ein kleiner Junge. Es fehlte bloß noch, dass er sich auf die Schenkel klopfte.

Lumme lehnte sich zurück und leckte sich die Zuckerkörnchen von den Lippen. Sie dachte, dass Bojes Glück auf ihrem Unglück fußte. Dieser verdammte Windpark! Sah er denn nicht, dass Theo ihn für seine miesen Spielchen missbrauchte?

»Und was ist, wenn der Windpark nicht kommt?«

»Dann gibt's eine Ausfallzahlung. Alles bedacht, müssen wir nur noch vertraglich festhalten.«

»Und darauf lässt er sich ein?«

»Ach, Lumme …« Boje lächelte nachsichtig, als hätte sie es immer noch nicht kapiert. »Theo will hier doch keine verbrannte Erde hinterlassen.«

»Muss er ja auch nicht. Es reicht ja, dass er uns das Felswatt kaputt macht.«

Lumme schob ihren Teller zurück, plötzlich widerte sie das

216

Zuckerbrot an. Sie trank einen Schluck Kaffee, um die klebrige Süße in ihrem Mund loszuwerden.

Ihr Vater seufzte. »Du bist doch bald wieder in San Diego«, sagte er, und in seiner Stimme schwang etwas, das sie nicht deuten konnte. »Und dann kommst du auch so schnell nicht wieder zurück. Warum nimmst du die beiden Seepferdchen nicht einfach mit rüber und lässt uns hier machen, was wir für richtig halten? Dein Mann hat in seinem Park doch bestimmt Platz für ein paar Nordsee-Seepferdchen.«

Lumme schüttelte den Kopf, ihr Herz raste. »Weil es falsch ist, Papa. So falsch wie nur irgendwas. Ich kann das nicht …«

Sie stockte und sah ihm in die Augen. Sie wollte ihren Vater nicht verletzen. Und sich nicht ständig mit ihm streiten. Sie durfte nicht zulassen, dass Theo einen Keil zwischen sie trieb. Ihr Blick fiel auf das Schachspiel auf dem letzten Tisch. Auf einmal wusste sie, dass in diesem Augenblick nur zwei Züge möglich waren.

»Ich liebe dich, Papa«, sagte sie leise, »und ich kann verstehen, dass du Theos Angebot verlockend findest. Aber ich kann den Windpark da draußen einfach nicht zulassen.« Dann stand sie auf.

Als sie hinausstürmte, lief sie Theo in die Arme. Er roch frisch geduscht, nach Limone und grünem Tee. Sein Haar war noch feucht, so als wäre er eben aus ihrem Traum aufgetaucht. Lumme schnaubte, während sie sich an ihm vorbei durch die Tür schob, hielt sie den Atem an. Der Containerriese in ihrem Kopf stöhnte unter seiner schweren Fracht.

Auf der Strandpromenade blieb sie für einen Moment stehen. Was sollte sie tun? Der Wind hatte über Nacht wieder aufgefrischt, die Cumulusgebirge waren wieder da. Aufwind. Die

Böen rissen die von der Sonne beschienenen, leuchtend weißen Haufen auseinander. Am Horizont parkten Containerschiffe vor der Elbmündung.

Lumme starrte auf den Glaskasten mit den Informationen zum Windpark. Einhundertzwanzig Turbinen! Sie schloss für ein paar Atemzüge die Augen, hielt das Gesicht in den Wind und lauschte dem Auf und Ab der Brandung. Wassermusik. Dann ging sie ins Aquarium.

Henning war schon bei den Hummern. Sie rief ihm ein »Guten Morgen!« zu, dann schlängelte sie sich an ihm vorbei, bis sie vor Harriets Quarantänebecken stand.

»Was wird das denn jetzt?«

Henning stemmte die Arme in die Seiten, als er sah, dass sie den Sauerstoffschlauch aus dem Behälter zog und das Becken auf einen Rollwagen wuchtete.

»Ich zieh das Tempo an«, murmelte Lumme. Vorsichtig steuerte sie den Wagen an den Hummerkisten vorbei durch die Tür auf den Flur. »Blind Date.«

Henning lief ihr nach, an der Stahltür fing er sie ab.

»Du willst sie schon zu Theo setzen?«

»Willst du warten, bis Kiel uns den Laden dichtmacht?«

Lumme schloss die Tür auf und schob den Wagen in den Schausaal. Die Becken waren noch dunkel. Sie hörte Henning atmen, während sie die Beleuchtung anschaltete.

»Und die Quarantäne?«

Henning rieb sich die Augen, er sah aus, als hätte sie ihn aus dem Schlaf gerissen.

Lumme zuckte mit den Schultern. »Volles Risiko«, antwortete sie. »Außerdem hat sie doch ein hervorragendes Gesundheitszeugnis mitgebracht.«

»Also Lumme, was ist denn jetzt wieder passiert?«

Henning packte ihren Arm, als sie den Wagen in Richtung Panoramabecken schieben wollte. Aus den Augenwinkeln heraus sah sie, dass die Seewölfe sie neugierig anstarrten.

»Josh geht im Sommer ins Basketball-Camp, er kommt nicht auf die Insel. Und Papa will die *Möwe* den Schweden geben. Der Johannson hat ihm gestern angeboten, die Pension für zehn Jahre zu mieten.«

»Und Boje hat Ja gesagt?«

Henning lockerte seinen Griff, seine Grübchen starrten sie bestürzt an.

»Er freut sich so wie …« Lumme suchte nach einem passenden Vergleich, dann schüttelte sie den Kopf. »Er wird unterschreiben.«

»Mistkerl.«

»Wer? Papa?«

»Nein, der Johannson. Der ist echt nicht gut auf dich zu sprechen, was?«

»Nein.« Lumme schob den Rollwagen wieder an. Während sie auf das Panoramabecken zusteuerte, murmelte sie ihr »Guten Morgen, Fische«.

Es dauerte eine Weile, bis sie Harriet in die Nordseelandschaft umgesetzt hatten. Doch als sie endlich zwischen den Seegrasstängeln schwebte, schien sie vor Freude zu erröten. Theo dagegen hatte sich versteckt und tauchte auch nicht wieder auf.

»Meinst du, das wird was?«

Henning stand neben Lumme vor dem Becken und beobachtete Harriet.

»Du weißt doch, wie scheu er bei den Grundeln war.«

Lumme steckte die Hände in die Hosentaschen, sie dachte

daran, was Todd über Seepferdchenliebe gesagt hatte, und daran, wie gut er ihr damals in der Antarktis getan hatte. Wohin waren ihre Gefühle füreinander bloß verschwunden? Über ihren Köpfen drehte der Stör seine Runden wie in einem Karussell, am Beckenboden lümmelten die Flundern gemütlich im Sand.

»Aber das ist eine Seepferdchendame. Und was für eine!«

Henning wischte mit einem Lappen Kondenswasser von der riesigen Scheibe. In den vergangenen Tagen hatten sich immer wieder kleinere Pfützen vor dem Becken gebildet. Wahrscheinlich gab es irgendwo ein neues Leck, das sie noch nicht entdeckt hatten.

»Lass ihm doch ein bisschen Zeit«, murmelte sie und sah sich nach der Webcam um, das rote Aufnahmelicht leuchtete. »Wir sollten die Ankunft der englischen Lady bekannt geben.«

Henning nickte, er wrang das Tuch über einem Eimer aus, den er neben dem Panoramabecken positioniert hatte. »Machst du das?«, fragte er, während er sorgenvoll an die Decke starrte. »Ich glaube, ich sollte mal einen Blick hinter die Kulissen werfen. Das ist mehr als die übliche Menge Kondenswasser. Da oben gibt es irgendwo ein Loch.«

Noch mehr Schwierigkeiten. Für einen Augenblick stellte Lumme sich vor, die vielen ungelösten Probleme einfach in einen der eisigen Container in ihrem Kopf zu sperren. Und dann ab damit nach Hongkong oder Panama-City.

Zurück in ihrem Büro betrachtete sie das Bild von Todd und Josh, doch es tröstete sie nicht, sondern tat weh. Kurz entschlossen nahm sie es ab und versenkte es in einer der Schreibtischschubladen. Dann postete sie ein Bild von Harriet auf Facebook und schrieb ein paar Zeilen dazu. Am Abend hatten sie siebzehntausend Likes und ein paar Hundert Freunde mehr.

Love saves it all, hatte jemand dazugeschrieben. Der Spruch wärmte Lummes Herz, aber sie wusste auch, dass das nicht genug sein würde. Sie brauchten alle so etwas wie ein Wunder. Ein Nordsee-Wunder.

Im Laufe der Woche versuchte Lumme, sich auf ihr Planktonprojekt zu konzentrieren. Sie wollte wenigstens eine ihrer Aufgaben zu Ende bringen, bevor man ihnen das Aquarium schloss. Außerdem lenkte sie die Arbeit von ihren Grübeleien ab. Sie wollte nicht ständig daran denken, dass Josh nicht kommen würde. Und sie wollte sich nicht mit ihrem Vater streiten. Theo ging sie sowieso aus dem Weg. Wenn sie ihn in der *Möwe* auf der Treppe hörte, blieb sie oben in ihrem Studio, oder sie flüchtete sich nach hinten in die Küche, wo ihr Vater die Augen verdrehte oder ihr einen liebevollen Klaps mit dem Geschirrhandtuch verpasste.

Auch Henning war beschäftigt. Neben seinen üblichen Aufgaben – Morgentour, Versand der Präparate, Tierpflege, Hummerzucht – hatte er sich offenbar eine Generalüberholung aller Wasserleitungen vorgenommen. Nach der Mittagspause verschwand er mit seinem Werkzeugkoffer in die Technik, und Lumme hörte ihn an den merkwürdigsten Orten rumoren. Ab und zu fluchte er herzhaft, ein polternder Klabautermann, der über ihrem Kopf herumspukte.

Erst spät am Abend verließen sie gemeinsam das Aquarium. An der Treppe ins Oberland wünschten sie sich brav Gute Nacht, dann verschwand Henning nach oben, und sie verkroch sich in ihr Studio. Doch unter dem Dach kamen die Zweifel zurück. Tat sie wirklich das Richtige für die Insel? Oder hatte ihre Liebe zum Meer sie blind werden lassen für die Bedürfnisse der Insulaner? Inzwischen hatte sie so viel Verantwortung auf sich geladen, dass sie es mit der Angst zu tun bekam. Wäre es nicht doch besser, aufzugeben und zu ihrer Familie zurückzukehren? Um sich nicht so allein zu fühlen, wählte sie die Webcam des Inselaquariums an und sah den Fischen beim Schlafen zu.

Die beiden Seepferdchen brauchten drei Tage, bis sie einander zum ersten Mal in Augenschein nahmen. Bei ihrer Morgenrunde bemerkte Lumme, dass sich etwas verändert hatte. Da war ein Wispern und Raunen im Schausaal, als ob die übrigen Fische die Annäherung der beiden Tierchen flüsternd kommentierten.

Als sie vor dem Panoramabecken stand, hielt sie den Atem an. Vorsichtig umkreisten sich Theo und Harriet, sie schienen sich gegenseitig zu bestaunen. Sie fixierten einander – und offenbar gefiel ihnen das, was sie sahen, denn nach ein paar Minuten ringelten sich auch die Schwanzenden umeinander. Schließlich hüpften die beiden wie tänzelnde Pferdchen über den sandigen Beckenboden. Auf und ab, links herum und rechts herum, zwei Seepferdchen im Dreivierteltakt, bis sie nach zwanzig Minuten voneinander abließen. Lumme lächelte glücklich. Die beiden Seepferdchen schienen sich tatsächlich anzufreunden. Sie hatten sich an benachbarte Seegrasstängel gehängt und warfen sich immer wieder lange Blicke zu, während sie fraßen. Theos Farbe war von bräunlichschwarz zu einem hellen Orangeton gewechselt, er wirkte nicht mehr länger ängstlich, sondern heiter und gelassen. Neugierig umkreiste die Dorschdame das Seegrasidyll, als wollte sie nichts von dem Schauspiel verpassen.

Flirt im Panoramabecken, schrieb Lumme etwas später im Netz und postete einen kleinen Filmausschnitt. Sie hoffte, dass dieser erste Tanz den Auftakt zu mehr bildete.

»Was hast du denen denn ins Futter gemischt?«, fragte Henning, als er nach der Morgentour zu Lumme ins Büro kam. »Liebesperlen?«

Lumme lachte. »Ich hab dir doch gesagt, dass sie ein bisschen Zeit brauchen«, antwortete sie. »Gelegenheit macht Liebe.«

»Das wüsste ich aber.«

Henning reichte Lumme ein paar Algenproben aus dem Tangwald, mit den steigenden Temperaturen nahm ihr Wachstum wieder zu. Lumme hatte inzwischen weit über dreihundert verschiedene Arten beschrieben und aufgelistet, mehr als hundert davon kamen in der Nordsee nur im Tangwald rund um die Insel vor. Das Wasser in den kleinen Probenbehältern schillerte in den unterschiedlichsten Rot-, Grün- und Brauntönen. Meerwassercocktails.

Ihre Hände berührten sich kurz, als sie ihm die Proben abnahm. Lumme musste lächeln, auch über Hennings sarkastischen Tonfall.

»Vielleicht kommen ja mit dem Windpark ein paar Frauen auf die Insel«, sprach sie ihm Mut zu. »Ein paar toughe Ingenieurinnen …«

»Du glaubst also auch nicht mehr daran, dass wir die Anlage noch verhindern können?«

Henning ließ sich neben ihr auf einen Stuhl fallen. Wie immer roch er, als hätte er da draußen ein Algenbad genommen.

»Ach, Henning.« Lumme stellte die Proben auf dem Tisch ab, sie würde sie später unter dem Mikroskop untersuchen. »Ich weiß auch nicht mehr weiter.« Sie seufzte.

»Was macht denn der Johannson?«

»Packt hoffentlich seine Sachen. In vier Wochen kommt er wieder, dann will er mit Papa den Mietvertrag für die *Möwe* unterzeichnen.«

»Und du kannst deinen Vater wirklich nicht umstimmen?«

Henning rutschte auf dem Stuhl hin und her.

»Was soll ich ihm denn sagen?« Lumme hob hilflos die Hände. »Papa hat ja recht: Ende des Jahres lasse ich ihn wieder allein. Er muss für sich entscheiden, was gut für ihn ist. Und die Arbeit in der *Möwe* macht ihn nun mal glücklich. Die Schweden können ihm etwas bieten, was ich ihm nicht geben kann.«

»Und wenn ich mal mit ihm rede?« Henning sah sie an, seine Augen hatten die Farbe von dunklen Regenwolken.

»Wie meinst du das?«

»Ich hab darüber nachgedacht, was ich tun soll, wenn …« Henning sah hinüber zum Telefon. »Wenn die uns hier nicht weitermachen lassen.«

»Wir bleiben einfach trotzdem hier.« Lumme verschränkte die Arme, auch sie hatte darüber nachgedacht. »Auf eigene Gefahr. Zumindest, bis wir die Fische irgendwo untergebracht haben. Und das kann dauern.«

»Du meinst, wir besetzen das Aquarium?« Henning sah sie mit großen Augen an, offenbar war ihm diese Idee noch nicht gekommen.

»Ja, so etwas in der Art.«

Lumme schwieg, als müsste sie ihren Worten noch einmal hinterherhorchen. Wenn sie ehrlich war, war ihr das gerade erst eingefallen. Der Seepferdchentanz hatte sie beflügelt.

»Aber …« Henning schnappte nach Luft, er klappte den Mund auf und zu. »Selbst wenn wir die endgültige Schließung noch ein halbes Jahr hinauszögern können – irgendwann ist hier Schluss. Und irgendwann gehst du wieder rüber.«

Lumme nickte zögerlich. Unweigerlich schoss ihr der Gedanke durch den Kopf, dass Henning ihr fehlen würde. Wortlos sah sie ihn an.

Er fuhr mit den Händen über seine löchrige Jeans, zupfte an einem Faden. Sie bemerkte, dass er geringelte Socken trug.

»Lumme, ich hab mir überlegt, dass ich Boje vorschlagen könnte, die *Möwe* zu renovieren. Also, ich meine, wenn der Anruf aus Kiel wegen der Schließung kommt.«

»Die *Möwe*, aber …« Lumme sah ihn verdutzt an. Es dauerte einen Moment, bis sie begriffen hatte, dann dachte sie über seinen Vorschlag nach. »Papa kann das nicht bezahlen«, sagte sie schließlich. »Die Bank gibt ihm keinen Kredit.«

»Muss er auch nicht.« Henning sah ihr in die Augen und lächelte. »Er muss mir nur einen Job geben. Wenn wir die *Möwe* wieder auf Vordermann bringen und die Buchungen nächstes Jahr ein bisschen anziehen, dann … Ich könnte ihm unter die Arme greifen. Und wenn es läuft, krieg ich was ab.«

»Du willst in der *Möwe* arbeiten?«

Lumme gönnte sich einen Blick aus dem Fenster. Dunkle Wolken auf fahlem grauem Grund.

»Und das Meer?«, fragte sie. »Die Schaukelei im Herzen?«

Henning lachte – wieder. »Angelfahrten«, sagte er. »Vielleicht lässt mich Boje ja auf die *Isabella*. Und um die Hummer würde ich mich auch weiter kümmern. Ich könnte eine Halle im Hafen mieten und noch mehr Spendengelder sammeln. Vielleicht lässt du ja auch die Seepferdchen hier.«

»Du spinnst, Henning.«

Lumme spürte, dass ihre Wangen Farbe bekamen. Ein

warmes, wohliges Gefühl, so als ob die milde Frühjahrssonne sie streichelte.

Henning schüttelte den Kopf, er wirkte sehr klar und entschlossen.

»Das würdest du wirklich tun?«, fragte Lumme etwas leiser nach.

»Ja«, sagte Henning, und seine Herzmuschel-Grübchen lächelten verträumt. »Für dich würde ich das tun.«

Siebzehn

Der Anruf aus Kiel ließ noch ein paar Wochen auf sich warten. Theo Johannson war wieder in Stockholm, Offshore-Schiffe brachten Baumaterial auf die Insel, und Boje grübelte über einen Vertragsentwurf der Schweden nach. Er hatte nichts von Hennings Vorschlag wissen wollen. Lumme ließ ihn in Ruhe und tat so, als wäre nichts, wenn sie ihn über den Papieren brüten sah. Und auch ihr Vater ließ sich nicht anmerken, dass er dabei war, die *Möwe* dem Energiekonzern zum Fraß vorzuwerfen. Sie umkreisten einander wie zwei ferne Planeten.

Im Mai pendelten sich die Temperaturen in der Nordsee auf sechzehn Grad ein, der Wind wurde wärmer, die Wolken ließen immer öfter die Sonne durch. Ein paar Stammgäste urlaubten in der *Möwe* und beschäftigten Boje. Mitte Mai schlüpften die ersten wollig-grauen Lummenküken auf dem Vogelfelsen, und im Panoramabecken tanzten die Seepferdchen immer ausgelassener miteinander. Sie hatten noch mehr Freunde gefunden. Etwa dreißigtausend Menschen folgten ihnen im Internet, eine kleine, verschworene Fangemeinde. Auch die Zeitungen hatten darüber berichtet: *Gibt es bald wieder Seepferdchen in der Nordsee?* Ein Reporter war sogar auf der Insel gewesen, er hatte auch Fotos gemacht.

Lumme hatte sich eingerichtet in diesem seltsamen Schwebezustand, sie blendete die drohende Aquariumsschließung einfach aus. Und je länger Kiel schwieg, desto optimistischer war sie, dass sie irgendwie davonkommen würden. Vielleicht rettete sie ja sogar das Gericht in Hamburg, das über dem neuen Gutachten brütete?

Doch das Wunder blieb aus.

Es war Anfang Juni, Lumme hatte gerade ihre Morgenrunde im Schausaal beendet, als das Telefon auf ihrem Schreibtisch energisch klingelte und sie die Kieler Nummer im Display sah. Luehmann mit u e. Die Papierstapel zitterten. Sie ließ die Harke ins Leere klingeln und ging hinüber in den Hummerkindergarten, wo sie Henning half, das Futter für die Hummer vorzubereiten.

Als sie gerade die ersten Tiere fütterten, kam Frau Graumann zu ihnen nach hinten. »Besuch für euch«, sagte sie und wies mit dem Daumen hinter sich. In der Tür zum Hummerkindergarten stand Hans Cassen, am Revers seines Jacketts blitzte eine Nadel mit dem Logo des Energiekonzerns.

»Hallo, Hans.«

Lumme sah kurz auf, sie nickte ihm zu, während Henning wortlos die Arme verschränkte.

»Hey, Lumme.«

Der Bürgermeister blieb in der Tür stehen, sein Blick streifte die Kisten mit den jungen Hummern. Wenn Henning die Tiere im August im Felswatt aussetzte, war Cassen immer mit von der Partie. Lumme kannte die Bilder aus dem *Inselboten*, jedes Jahr wieder hatte er sich stolz mit den winzigen grauen Hummern ablichten lassen. *Bürgermeister wildert Junghummer aus*, hieß es in den dazugehörigen Artikeln, als wäre die Zucht sein Verdienst. Cassen hatte sich stets vollmundig zum Naturschutz bekannt. »Der Hummer gehört zu uns«, hatte er getönt. »Wir Insulaner haben ein Herz für Tiere.«

»Kann ich dich einen Moment sprechen, Lumme?«

Hans Cassen hatte sich immer noch nicht von der Stelle gerührt, interessiert musterte er die gelblichen Wasserflecken über ihren Köpfen. Für einen Moment waren nur das Surren der Sauerstoffschläuche und das Kratzen der Hummerpanzer in den Aufzuchtkisten zu hören.

Lumme wechselte einen Blick mit Henning, ihr fiel auf, dass er sein *No-Surrender*-T-Shirt trug.

»Schieß los«, sagte sie mit fester Stimme.

»Unter vier Augen.«

»Mich gibt's nicht unter vier Augen«, antwortete Lumme. »Das, was du zu sagen hast, geht uns alle an.«

»Mannomann, Lumme, jetzt sei doch nicht so stur.«

Wie Boje verdrehte Hans Cassen die Augen. Er wirkte weder besorgt noch besonders aufgeregt.

Lumme hätte ihm liebend gern einen Eimer Salzwasser ins Gesicht geschüttet. Wieder wechselte sie einen Blick mit Henning, die ernsten Grübchen signalisierten ihr sein Einverständnis.

»Also gut, fünf Minuten«, sagte sie, als ob sie ihm die Bedingungen diktieren könnte. Statt in ihr Büro führte sie ihn in den menschenleeren Schausaal. Während sie zwischen den Becken hindurchgingen, hatte sie das Gefühl, von den Fischen misstrauisch beäugt zu werden.

Vor dem Panoramabecken zeigte sie auf den Stör.

»Hat Kiel schon eine Idee, was wir mit ihm machen sollen?«

»Sie wollen einen Plan ausarbeiten«, sagte Hans Cassen, »gemeinsam mit dir. Wahrscheinlich wird der Bestand aufgeteilt.«

»Das heißt, wir schließen tatsächlich?«

Das Sausen in ihren Ohren machte es Lumme schwer, ihn zu verstehen. Fassungslos starrte sie auf die kleine Pfütze vor dem Becken. Henning hatte das Leck immer noch nicht gefunden.

»Was hast du erwartet, Lumme? Das Gutachten empfiehlt eine Schließung zum Jahresende. Offenbar sind mehr als zwei Millionen Euro fällig, um hier das Gröbste zu erledigen. Deshalb haben der Bund und das Land ihre Förderzusage zurückgezogen. Das Geld ist weg.«

»Zwei Millionen Euro?« Lumme bekam weiche Knie, entsetzt sah sie ihn an. »Und es gibt keine Alternative?«

Der Bürgermeister lachte auf. »Es gibt immer eine Alternative. Du könntest Spenden für das Aquarium sammeln. Vielleicht geben dir die Schweden ja was in den Topf, damit du sie mit den Seepferdchen in Ruhe lässt. Du hast noch ein halbes Jahr Zeit, am besten fängst du gleich an zu trommeln.«

Spenden.

Zwei Millionen Euro.

Lumme atmete tief ein und aus, um nicht die Fassung zu verlieren. Auf einmal sehnte sie sich nach ihren Pinguinen, nach dem harten Rascheln der Palmen am Cammino. Und nach Josh. Dann hatte sie Todds Stimme im Ohr: »Du wirst die Sonne vermissen.«

Hatte er doch recht gehabt?

Ihre Augen füllten sich mit Tränen, und sie blinzelte.

»Oh, da ist es ja.« Hans Cassen trat plötzlich ganz nah an das Becken heran, dann zeigte er auf das Seegras.

Theo.

Theo, Theo, Theo.

Das Seepferdchen schwebte auf sie zu. Es kam so nah heran,

dass seine Schnauze die Scheibe berührte. Lumme sah seine winzigen dunklen Augen.

»Das ist Theo«, sagte sie. »Und da hinten kommt Harriet.«

»Theo und Harriet. Sieht so aus, als ob sie uns beobachten«, murmelte er. Er schwieg einen Moment. »Mein Großvater hat geglaubt, dass sie Glück bringen«, fuhr er schließlich fort. »Er hat meiner Großmutter ein Medaillon geschenkt, einen See-pferdchen-Anhänger aus Bernstein. Sie trug es immer bei sich, wenn er auf große Fahrt ging.«

»Und – hat es ihnen Glück gebracht?«, fragte Lumme leise und sah Hans Cassen an. Sein Gesicht hatte auf einmal etwas Weiches, Jungenhaftes.

»Er ist immer zurückgekommen. Und sie hatten eine glück-liche Ehe, sieben Kinder, sie haben keines verloren. Aus allen ist etwas geworden.«

Lumme nickte, sie zeigte auf die beiden Seepferdchen. »Sie tanzen«, sagte sie, »jeden Morgen ein paar Minuten länger. Ich bleibe jedes Mal stehen, um ihnen zuzuschauen. Es ist ma-gisch.«

»Ja«, sagte Hans Cassen, und er klang auf einmal so, als ob er sie verstehen könnte. »Schade, dass du hier alles kaputt ge-macht hast.«

Die einzig mögliche Antwort war das Meer. Als Henning und Lumme die Hummer gefüttert hatten, sahen sie sich stumm an.

»Tangwald?«, fragte Lumme schließlich, sie fühlte sich voll-kommen leer. Ein eisiger Nebel, der alle Geräusche schluckte, waberte durch ihr Inneres.

Henning blinzelte, als ob er nicht scharf sehen könnte, seine Grübchen waren auf Tauchstation gegangen. »Tangwald«, nickte er. »Nach Feierabend.«

»Ich frag Papa, ob wir die *Isabella* haben können.«

»Dann treffen wir uns nachher im Hafen?«

Lumme nickte. Sie tauchte ihre Hand in eine der Hummerkisten und strich über den glatten, kühlen Panzer, der sich raschelnd unter ihren Fingern bewegte. War das die letzte Hummergeneration, die im Aquarium heranwuchs? Der Containerriese in ihrer Seele stieß öligen Rauch durch seine Schlote aus. Tintenfischwolken, die sich schwer und schwarz auf ihre Gedanken legten.

Am Abend war ihr Vater nicht in der *Möwe*. Als Lumme nach ihm rief, blieb das Haus still. Vielleicht kaufte er noch etwas ein? Lumme wusste, dass er Gäste erwartete, ein Ehepaar aus Bremen. Ihr Blick fiel auf das Schlüsselbrett, wo Boje zwischenzeitlich auch den Schlüssel für die *Isabella* aufbewahrt hatte. Doch der Haken war leer. Dann fiel ihr ein, dass ihr Vater vor zwei Tagen zum Angeln rausgefahren war. In der Küchentischschublade fand sie den Schlüssel zwischen einem Wirrwarr aus Angelhaken, Gummibändern und alten Kronkorken.

Kurz überlegte sie, ob sie das Boot einfach nehmen durfte, dann schrieb sie ihm einen Zettel, den sie an den Kühlschrank pinnte, und angelte ein Sechserpack Bier und ein großes Stück Käse aus dessen schummrigem Inneren hervor. Mit ihrer Segeljacke bewaffnet machte sie sich auf den Weg zum Hafen.

Henning wartete schon auf sie, sie sah ihn, als sie die Hafenstraße heruntergelaufen kam. Auch er hatte Bier dabei, als er das Sixpack unter ihrem Arm bemerkte, schmunzelte er.

Sein Lächeln tat ihr gut. Zum ersten Mal an diesem Tag spürte Lumme ihr Herz. Kleine kabbelige Schläge, synchron zur Brandung. Sie winkte ihm zu. Als sie bei ihm war, hielt sie ihm den Schlüssel hin.

»Willst du fahren?«

»Bojes heilige *Isabella*?« Henning schüttelte den Kopf. »Nee, mach du mal.«

»Feigling.«

Lumme stellte das Bier ab, dann sprang sie an Bord und ließ den Motor an. Henning löste die Leinen und holte die Fender ein, die das Boot vor dem Anstoßen schützten. Er stand am Bug und stieß das Boot von der Kaimauer ab. Als sie an der *Neptun* vorbei waren, gab Lumme Gas.

»Machst du uns ein Bier auf?« Lumme musste schreien, um den Dieselmotor zu übertönen. Hennings Lippen formten ein Aye aye, Sir, er streckte den Daumen nach oben. Als sie aus dem Hafen heraus und um die Südmole fuhren, stießen sie das erste Mal an.

»Perfektes Timing.«

Henning war zu ihr nach hinten gekommen. Breitbeinig stand er auf der anderen Seite des Ruders und sah mit zusammengekniffenen Augen nach Westen, wo bald die Sonne untergehen würde. Munter wie ein Pferd, das sich auf seinen Auslauf freute, ritt das Boot die Wellen ab.

»Wahrscheinlich das erste Mal, seitdem ich auf der Insel bin.«

»Wie meinst du das?« Henning sah sie verdutzt an.

Lumme blies scharf Luft durch ihre Lippen aus. »Seitdem ich hier bin, habe ich das Gefühl, dass alles schiefläuft.«

»Das Seepferdchen hab *ich* gefangen.«

Henning trank sein Bier aus, und Lumme tat es ihm nach.

»Aber ich hab dir gesagt, dass du es mit an Land bringen sollst.«

»Du hast es mir befohlen.« Henning lachte, er öffnete ihnen das nächste Bier.

»Ziemlich blöd von mir.«

»Ach, Lumme …«

Henning prostete ihr wieder zu. Sie hatten inzwischen die westliche Mole hinter sich gelassen und fuhren unterhalb der Klippen entlang. An Steuerbord begann die rote Felswand zu glühen, über dem Horizont färbten sich die Abendwolken erst purpurrot und dann violett. Die Sonne senkte sich, das Schauspiel begann.

Lumme drosselte den Motor, sie mussten nun nicht mehr so laut sprechen. Das Vogelrauschen flutete heran, als näherten sie sich einer ausgelassenen Party.

»Als Kind bin ich oft mit meinem Vater hier rausgefahren«, sagte sie. »Er hat wirklich alles gegeben, um mich mit seiner Liebe zum Meer zu infizieren.«

»Und deine Mutter?«

Henning lehnte sich gegen den Bootsrand, ab und zu nahm er einen Schluck Bier. Die untergehende Sonne zeichnete sein Profil nach, eine Linie aus Feuer. Lumme hätte ihm gern die Mütze vom Kopf gezogen, um das flirrende Sonnengold in seinen Locken zu sehen.

»Sie war toll, die Beste. Ich glaube, sie hat es nicht immer leicht gehabt mit Papa. Vor allem nachdem er bei der Börte aufgehört hatte. Aber sie hat es mich nie spüren lassen. Sie war nie bitter, selbst als sie schon so krank war. Irgendwie hat sie mir immer versichert, dass man alles schaffen kann, wenn man nur will.«

Henning sah so aus, als horchte er in sich hinein. »Deshalb bist du auch so, wie du bist.«

»Wie bin ich denn?«

»So geradeheraus und … stur. Du lässt dich nicht verbiegen.«

»Ach, komm.« Lumme drehte ihr Gesicht in die Sonne und schloss die Augen. Sie bemerkte, dass Henning seine Hand ganz leicht auf ihre legte, gemeinsam steuerten sie die *Isabella*. »Ich will nur diesen verdammten Windpark nicht«, flüsterte sie.

»Dann musst du es mit dem Johannson aufnehmen. Und mit Kiel. Du darfst jetzt nicht einfach aufhören.«

Lumme schwieg, sie konzentrierte sich auf den Wasserfall aus Vogelstimmen, der nun fast so laut war wie das Tuckern des Dieselmotors. Dann dachte sie an Josh, sie hätte ihn jetzt so gern bei sich gehabt. Im nächsten Moment spürte sie, dass sie die Sehnsucht nach ihm nicht ewig in einem der eisigen Container einschließen konnte.

»Ich glaube, ich kann nicht mehr, Henning«, sagte sie.

Henning schwieg, doch er zog seine Hand nicht zurück.

Sie waren nun über dem Tangwald, Lumme konnte die Algen riechen. Auf dem Vogelfelsen kreischten die brütenden Seevögel, es waren Tausende. Basstölpel, Trottellummen, Dreizehenmöwen. Dicht gedrängt saßen die Brutpaare auf den schmalen Felsvorsprüngen, ein flirrendes, flügelschlagendes Durcheinander weißer und schwarzer Flecken, die sich vor der roten Felswand stapelten.

Lumme öffnete die Augen, vorsichtig befreite sie ihre Hand aus Hennings Griff und machte den Motor aus. Das Boot wippte auf dem Wasser, der Wind fuhr ihr ins Gesicht und war doch kaum zu spüren.

Henning sah sie an. »Da oben ist es passiert, oder?« Lumme sah zur Seite, sie nickte beklommen. »Ich hab mir die alten Berichte durchgelesen. Man findet ziemlich viel dazu im Netz.«

»Es war ein Unfall«, sagte Lumme leise. Sie wollte daran glauben. Immer noch.

»Hab ich auch gelesen. Ein tragischer Unfall am Klippenrand. Jedenfalls haben das die polizeilichen Untersuchungen
ergeben. Hans Cassen hat damals ausgesagt, dass euer Freund
alle Warnschilder missachtet haben muss.«

»Jan …« Lumme zeigte vage in Richtung Lummenfelsen.
»Er war verrückt nach Vögeln. Er ist einfach über den Zaun
geklettert, weil er dachte, einen Eissturmtaucher in den Klippen zu sehen. Und dann …«

Lumme schloss wieder die Augen. Die Erinnerungen an
den Sommer vor zwanzig Jahren strömten mit Macht auf sie
ein. Warum nur waren sie Jan damals überhaupt zum Lummenfelsen gefolgt?

Es war Abend gewesen, ein perfekter lauer Inselsommer-
abend, windstill und mit einer unglaublichen Sicht. Das Meer
hatte in der Dämmerung geleuchtet, ein geheimnisvolles grünes
Flackern aus der Tiefe, und von den Felsvorsprüngen war das
Knarzen und Federrascheln der schlafenden Vögel emporge-
stiegen. Während sie am Klippenrand im Gras saßen und eine
von Bojes Weinflaschen leerten, hatten sie über ihre Pläne gesprochen. Und über das Leben. Wieder einmal. Es war, als ob
sie die Zukunft heraufbeschwören wollten.

Oder hatten sie das Glück nur festhalten wollen?

Jan wollte im Herbst sein Biologiestudium beginnen.
Und die Welt mit einem ornithologischen Werk beglücken.
Seevögel im Wind, so sollte es heißen. Auf dem Felsen hatte er
sich erste Notizen gemacht, die er ständig mit sich herum-
trug.

Theo wollte reisen, sich treiben lassen. Dem väterlichen
Hof endgültig den Rücken kehren. Kein Ziel, keine Richtung,
die Kompassnadel auf Freiheit geeicht.

Und Lumme wollte bei Theo bleiben.

Sie hatten mit einer ganz selbstverständlichen Gewissheit von der Zukunft gesprochen. Es war jene Selbstsicherheit gewesen, die man nur in der Jugend besaß, wo das Scheitern unmöglich war. Wo jeder Richtungswechsel nur ein spannender Neuanfang war, der keine Scherben hinterließ. Das Leben, von dem sie träumten, schien nur noch einen Horizont entfernt.

Plötzlich war Jan aufgesprungen.

»Ein Eissturmvogel!«, hatte er aufgeregt geschrien, weil diese Vögel so selten waren. Dann war er einfach über den Zaun geklettert, um besser sehen zu können – so wie er es viele Male zuvor auch schon gemacht hatte. Die Höhe schreckte ihn nicht. Und auch nicht die bröckelige Felskante. Der Steinschlag. Das dunkle Maul der See.

Theo hatte sich an die Stirn getippt. Sie hatten sich über Jan lustig gemacht, gelacht. Dann hatte Theo sich zurück ins harte, schafskurze Gras fallen lassen und Lumme an sich gezogen. Sie hatten sich geküsst, den Geschmack von Salz und Wein auf ihren Lippen.

Lumme wusste nicht mehr, wie lange sie so dagelegen hatten. Aber plötzlich überkam sie das Gefühl, sich umdrehen zu müssen. Irgendetwas hatte mit aller Macht an ihr gezogen, ja, es war ihr so vorgekommen, als ob ihre Schulterblätter sich wie Vogelschwingen auseinanderfalteten. Der Raum zwischen ihren Rippen bot plötzlich nicht mehr genug Platz für das, was da aus ihr hervorbrechen wollte.

Jan hatte am Klippenrand gestanden und sie angesehen. Und in diesem Blick hatte all das gelegen, was sie den ganzen Sommer über schon gespürt hatte.

Sein Wissen darum, dass er sie endgültig an den Freund verloren hatte. Und seine Traurigkeit, weil in diesem Sommer etwas zu Ende ging, von dem er wusste, dass es nie wieder zurückkommen würde.

Auch Lumme hatte plötzlich gewusst, dass sie den Rückweg zu dem, was sie einmal geteilt hatten, nicht mehr finden würden. Und sie hatte seinen Schmerz gespürt, wie ein Schwert war er durch ihr Herz gefahren. In seinem Blick hatte etwas Unheimliches gelauert. Etwas, das ihn in die Knie zwingen würde.

Sie hatte ihn rufen, ihn mit ihrer Stimme ins Leben zurücklocken wollen.

Weg vom Klippenrand.

Weg von dem Bösen, das die Hände nach ihm ausstreckte.

Weg von dem Schwindel, der ihn in die Tiefe lockte.

Ihm Erlösung vorgaukelte.

Doch sie brachte keinen Ton hervor. Wie hypnotisiert hatte sie ihm in die Augen gestarrt.

»Spring!«, hatte Theo an ihrer Seite gemurmelt.

Oder hatte er doch etwas anderes gesagt?

In diesem Augenblick verlor Jan das Gleichgewicht.

Es hatte so ausgesehen, als hätte er sich einfach nach hinten fallen lassen.

Sechzig Meter in die Tiefe.

Jan.

Jan, Jan, Jan.

Das Kreischen der Vögel hatte seinen Schrei übertönt.

Und dann …

Lumme stöhnte auf, der Containerriese in ihrem Kopf schlingerte durch hohe See, die Container verrutschten und knallten gegeneinander. Ein ohrenbetäubendes Geräusch.

»Lumme?«

Henning nahm sie in den Arm, sie spürte seinen Atem am Ohr, hörte seine Stimme.

»Das war kein Unfall, oder?«

Lumme schüttelte den Kopf.

»Ich weiß es nicht«, sagte sie, als sie wieder sprechen konnte. »Aber sein Tod hat alles verändert.«

Achtzehn

Sie war seitdem nie wieder da oben am Klippenrand gewesen. Und wenn sie mit der *Isabella* über dem Tangwald schaukelte, hatte sie den Blick nicht gehoben. Sie hatte den Kopf nie in den Nacken gelegt.

Jan.

Und Theo.

Lumme löste sich aus Hennings Armen. Sie nahm sich noch ein Bier, setzte sich auf den Bootsrand und ließ die Beine baumeln. Das Wasser schmatzte an der Bootswand, der Algengeruch war noch intensiver als beim letzten Mal.

»Deshalb bist du also weggegangen?«

Henning setzte sich neben sie. Sie hatten die Sonne im Rücken, die nun über den Horizont rutschte. Die Felswand glimmte wie glühende Kohle, die Vögel verstummten.

»Da war nur noch Eis in mir«, sagte Lumme. »Ich wollte einfach weg von hier. Der Ekström-Schelf schien mir ein guter Ort zu sein, um zu vergessen.«

Henning nickte. »Aber jetzt bist du wieder da.«

»Großer Fehler.« Lumme prostete Henning zu. »Ich weiß auch nicht, was ich mir dabei gedacht habe.«

»Du wolltest bei Boje sein, ihm über Isabellas Tod hinweghelfen.«

»Und ich hab mich auf das Aquarium gefreut, auf die Fische. Ich dachte …«

Lummes Stimme versagte. Sie starrte gegen die Felswand. Eine Robbe tauchte auf, sah kurz zu ihnen herüber und verschwand wieder.

»Die Insel hat dich einfach wieder gepackt.« Henning lachte leise. »Heimat. Gegen dieses Gefühl kommt man nicht an. Das lässt einen nie los.«

Lumme schüttelte den Kopf, sie starrte auf ihre Füße. »Meine Familie ist da drüben, Henning«, antwortete sie ihm. Dann zeigte sie hinter sich, ihre Armbanduhr glitzerte im schwindenden Licht. Am Pazifik war jetzt Mittagszeit. »Und dieser verdammte Windpark ...«

»Du darfst nicht aufgeben, Lumme. *Wir* dürfen nicht aufgeben.«

Du.

Wir.

Lumme dachte, dass es nicht nur um den Windpark ging. Es ging auch um Theo. Sie hatte ihm nie wieder begegnen wollen, und nun konnte sie sich ihre widersprüchlichen Gefühle für ihn nicht erklären. Sie hatte Angst vor dem, was geschehen würde, wenn der Containerriese in ihrer Seele irgendwann Schlagseite bekam.

»*Scheun'n Schiet ook*«, gluckste es in ihrem Kopf, obwohl sie sich doch verboten hatte, diese Worte überhaupt zu denken. Sie schienen in Leuchtschrift auf den Eiscontainern zu prangen. Signalrot.

Lumme schloss die Augen, überließ ihren Körper dem Auf und Ab der Brandung, roch die Algen.

Plötzlich wurden die Vogelstimmen wieder lauter.

Arrahoorr. Arrahoorr.

Das waren die Trottellummen.

Verdutzt öffnete Lumme die Augen, sie suchte die Felswand vor sich ab. Die schwarz-weißen Vögel sahen aus wie kleine Pinguine, sie schlugen aufgeregt mit ihren Stummelflügeln.

Theo stieß sie an. »Lummensprung …«

»Aber das ist doch …« Zu früh, dachte Lumme.

Sie starrte auf den glühenden Felsen, der wieder in Bewegung geriet. Wenn sie genau hinschaute, würde sie die wolligen Lummenküken zwischen den entengroßen Altvögeln erkennen. Drei Wochen hatten sie fast regungslos auf den schmalen Felsvorsprüngen ausgeharrt, nun war ihr Appetit so groß, dass es für die Eltern zu anstrengend wurde, sie in den Klippen zu füttern.

Lummen waren Vögel, die besser tauchen als fliegen konnten. Die Küken mussten springen, wenn sie überleben wollten. Vom Brutfelsen ins Meer, mehr als fünfzig Meter in die Tiefe. Es war eine Mutprobe, um die sie nicht herumkamen. Flügelschlagend näherten sie sich dem Felsrand. Der Vater zeigte dem Nachwuchs noch einmal die richtige Absprunghaltung, die Mutter krächzte aufmunternd.

Arrahoorr. Arrahoorr.

Lumme hielt den Atem an. Der Sprung hinab war für die Küken, die noch nicht fliegen konnten, lebensgefährlich. Zwar bremsten die Flügelchen den freien Fall, und ein dickes Fettpolster milderte den Aufprall auf dem Wasser ab, doch einige Küken landeten auch am Fuß der Klippen im Geröll. Oder aber sie schafften es nicht über die Flutmauer, die den Felssockel vor der nagenden Nordsee schützte. Außerdem waren sie leichte Beute für Raubvögel, weshalb sie nur in der schützenden Dämmerung sprangen.

Und nur an windstillen Abenden – so wie dieser einer war.

Und wie es der Abend vor zwanzig Jahren gewesen war.

Jan.

»Lumme, nun schau doch!«

Henning stieß sie so heftig an, dass sie fast kopfüber ins Wasser fiel.

»Henning, ich ...«

Sie konnte einfach nicht nach oben schauen. Nicht ganz nach oben, dorthin, wo Jan von den Klippen gestürzt war. Eine Böe hätte ihn in die Tiefe gerissen, so hatte es später im Polizeibericht gestanden. In diesem furchtbaren, gefühllosen Amtsdeutsch.

Ein Fallwind. Und das an einem windstillen Abend.

Lumme drückte das Kinn auf die Brust. Sie hörte die dunklen Rufe der Altlummen, ihr Locken und Werben.

Die Wasserrufe.

Und das zarte Piepsen der Küken.

Arii arii.

»Lumme, du verpasst den Sprung. Nun schau doch nach oben!« Henning legte seine Hand ganz leicht an ihre Wange. »Bitte!«

»Aber ich ...« Lumme drückte das Kinn auf die Brust.

Arrahoorr. Arrahoorr.

Arii arii.

Ihr Herz schlug aufgeregt, es plusterte sich auf. Es war, als ob die Lummen nach ihr riefen. Lumme holte tief Luft, sie konnte sich nicht gegen die Wasserrufe wehren. Sie musste einfach nach den Küken schauen.

Vorsichtig hob sie das Kinn, ihr Blick tastete sich den Felsen empor, Stufe um Stufe, immer höher, bis sie ganz oben auf die Kolonie der Lummen stieß. Jedes Lummenpaar hatte nur ein Ei ausgebrütet, ein Küken umsorgt, nun lockten sie ihr Junges in die Tiefe. In das Leben – oder in den Tod.

Lumme suchte Hennings Hand. Ihr war, als stünde ihr Herz da oben am Klippenrand und starrte in den Abgrund.

Dann sah sie den ersten Körper fallen.

Zweihundert Gramm, mehr Federn als Fleisch. Eine Handvoll Leben.

»Wasserlandung.« Henning lachte leise auf. »Da kommt das Nächste.«

Wie schwarzgraue Federbälle regneten die Lummenküken den Felsen hinab. Eines nach dem anderen. Erst zehn, dann hundert, dann tausend.

»Das glaubt uns keiner.«

Henning schüttelte den Kopf, er gluckste wie das Wasser zu ihren Füßen.

Normalerweise beobachteten Vogelfreunde und Fotografen das Spektakel vom Klippenrand aus, doch sie hatten wohl noch nicht mit dem Lummensprung gerechnet. Nicht an diesem Abend, nicht so früh.

»Sie springen nur für dich«, sagte er mit rauer Stimme und drückte ihre Hand.

»Ach was. Sie springen für uns.«

Lumme beschirmte die Augen und suchte das Wasser nach den Küken ab. Die kleinen Lummen trieben in den Wellen und riefen nach ihren Eltern. Wenn sich die Familien gefunden hatten, würden sie bis zu den Fjorden Norwegens schwimmen, wo sie wie Pinguine im Wasser lebten. Das Rufen der Küken gab ihrem Herzen einen Schubs.

Jan.

Und Theo.

Und der Windpark.

Was sollte sie nur tun?

Ihr Herz trippelte vor und zurück, so als stünde es immer

noch da oben am Klippenrand. Als könnte es sich nicht entschließen zu springen.

Wieder sah sie Jan vor sich. Sie wusste, dass er irgendwo auf sie wartete.

»Spring!«, hörte sie eine Stimme, die aus der Vergangenheit zu kommen schien.

Und sie sprang.

Ließ sich fallen.

Sie spürte noch, dass Henning sie zu halten versuchte, dann tauchte sie mit den Füßen voran in das stille Wasser ein.

Die Kälte biss sie, raubte ihr den Atem. Algen wickelten sich um ihren Körper, so als ob die Schlingen sie nie wieder hergeben wollten. Ein Greifen und Zerren.

Und doch war es ein herrliches Gefühl, ganz langsam immer tiefer hinabzusinken.

Anzukommen.

Ihre Ohren waren erfüllt von der strudelnden Wassermusik. Ihr Herz schlug nun gleichmäßig, ihr Puls sank mit jedem Meter, den sie tiefer tauchte. Bis sie am Grund des Tangwaldes angekommen war.

Von unten blickte Lumme hinauf wie in ihrem Traum. Sie sah die Kronen der Algen und den dunklen Schatten der *Isabella*, den letzten Rest Helligkeit und – Himmel. Ein gelblichgrünes Leuchten.

Sie sah Jan.

Und Theo.

Sie spürte plötzlich eine herrliche Leichtigkeit, die sie flutete. Osmose. Das Salzwasser drang durch die Poren in ihren Körper, es war, als ob der salzige Strom ihre Batterien wieder auflud.

Lumme lächelte, sie fühlte sich leicht. Wie ein Fisch tauchte sie zwischen den Algen hindurch.

Sie schwamm, bis das Verlangen nach Sauerstoff übermächtig wurde. Auf einmal spürte sie Hennings Sorge, die an ihr zerrte. Die sie nach oben lockte.

Einen glücklichen Moment lang kostete Lumme das schwerelose Fischgefühl noch aus, dann stieß sie sich vom Meeresboden ab und tauchte auf.

Das Erste, was sie sah, waren Hennings Grübchen. Zwei kleine leuchtende Rettungsringe, die über der Bordwand hingen und ins Wasser starrten.

»Du bist total verrückt«, sagte er, als er sie packte und ihr ins Boot zurückhalf.

Lumme lachte und umarmte ihn, damit etwas von dem wunderbaren Fischgefühl auf ihn übersprang. Ihr war heiß und kalt zugleich, sie zitterte vor Aufregung und Glück. Der Lummensprung hatte sie wieder mit Zuversicht erfüllt.

Henning grinste, er zog seine Jacke aus und hüllte sie darin ein. Dann suchte er in Bojes Proviantkiste nach einer Decke.

Als sie um die Nordspitze der Insel herum zum Hafen zurückfuhren, wusste Lumme, dass sie weiterkämpfen würde.

Für Jan.

Und für das Seepferdchen.

Und irgendwie auch für sich selbst.

Es war ein Wettlauf gegen die Zeit. Sie posteten nun jeden Tag etwas zu den Seepferdchen. Einen Satz, ein Bild, einen kleinen Film. Und sie berichteten darüber, dass der Windpark das einzigartige Biotop vor der Insel unwiederbringlich zerstören würde. Die Heimat von vielen Tausenden Pflanzen und Tieren. Aus Kiel versorgte Klaus Baumgartner sie mit immer neuen Nachrichtenhäppchen, Zahlen und Fakten, die den Kampf gegen die monströsen Windmaschinen zu einem beklemmenden Krimi werden ließen. Im Titelbild der Facebook-Seite, das die Begegnung zwischen dem kleinen Theo und dem gewaltigen Stör zeigte, lief ein Countdown: noch zweihundertneunundachtzig Tage bis zum Beginn der Bauarbeiten in der Nordsee.

Anfang Juli, die Sommerferien hatten mit Nieselregen und Böen aus Westen begonnen, erschien ein Artikel über den Windpark in einem der großen Nachrichtenmagazine. Der Autor hatte die Effizienzstudie aufgegriffen, die nun in einem Fachblatt veröffentlicht worden war. Und er hatte nicht nur Windkraftbefürworter, sondern auch den Naturschutzbund und andere Kritiker zu Wort kommen lassen. *Geht der Windkraft in der Nordsee die Puste aus?*, lautete der Titel. Der Bericht war auch mit einem Bild illustriert, das die beiden Seepferdchen im Inselaquarium zeigte. *Bald ohne Heimat?*, las Lumme in der Bildunterschrift. *Den beiden Seepferdchen droht der Umzug aufs Festland. Zum Jahresende muss das Inselaquarium schließen.* Zum ersten Mal wurde auch die Frage nach dem Zusammenhang zwischen der Klage gegen den Windpark und der Rücknahme der Fördergelder für die Aquariumsrenovierung gestellt. Es war klar, wie das Magazin die Fakten interpretierte: Das Inselaquarium war zum Bauernopfer der Energiepolitik geworden.

Der Artikel ließ Theos Beliebtheit noch einmal nach oben schnellen. Plötzlich ging alles ganz schnell, es war, als raste ein Tsunami durchs Netz. Auf einmal hatte das Seepferdchen mehr Freunde als der Naturschutzbund Mitglieder – auch weil Theo ausdauernd und zärtlich um Harriet warb. Wenn die beiden Fische die Schwanzenden umeinanderschlangen und die Köpfchen zärtlich aneinanderrieben, schienen sie ein

Herz zu bilden, das durch das Wasser schwebte. Als Lumme dieses Bild postete, wurde es fast dreihunderttausendmal geliked und ebenso oft geteilt. Und mit begeisterten Kommentaren versehen. Mit den Posts hätte man ein dickes Buch füllen können. Eine heitere Welle schwappte durch das Netz, so friedlich, fröhlich und liebestrunken, wie es wohl einst die Happenings der Hippies gewesen waren. Lumme druckte die schönsten Kommentare aus und pinnte sie an die Magnetwand in ihrem Büro. Eine bunte Wand aus Herzchen, Smileys und anderen Bildchen.

Make love not war.

Die Facebook-Seite war zu einer rührenden Chronik in Sachen Seepferdchenliebe geworden, Lumme und Henning kamen kaum noch an gegen die Flut der Freundschaftsanfragen. Bis spät in die Nacht beantworteten sie Mails. Bald war Theo so bekannt, dass auch die regionalen Fernsehsender über die Lovestory im Inselaquarium berichteten. Sie zeigten die kleinen Clips aus dem Panoramabecken, den heiteren Tanz der Seepferdchen. »Lasst die Seepferdchen in Ruhe!«, forderten immer mehr Menschen. »Stoppt den Windpark vor der Insel!« Petitionen und Unterschriftenlisten geisterten durch das Netz, und die empörten Seepferdchenfreunde bombardierten die Landesregierung und den Energiekonzern mit ihren Protestmails. Das Bild der verschlungenen Fische, das schwebende Seepferdchenherz, wurde zum Symbol des Aufstands. Es hatte die Wucht, von der Klaus Baumgartner immer gesprochen hatte – der kleine Theo war zu einer Persönlichkeit geworden.

Lumme und Henning hatten beide gehofft, dass der morgendliche Tanz nach Sonnenaufgang bald zu mehr führen würde, doch als es endlich so weit war, stand Lumme allein vor dem Panoramabecken.

Sie war früher als üblich ins Aquarium gekommen, eine Ahnung hatte sie aus dem Bett getrieben. Als sie in den Schausaal kam, war da wieder dieses geheimnisvolle Flüstern, das über den Becken schwebte und das Surren der Wasserleitungen und Sauerstoffschläuche übertönte. Behutsam drehte sie das Licht hoch, bis es gerade hell genug war, um die Seepferdchen beobachten zu können.

Im Panoramabecken kreiste der Stör, die Flundern schliefen noch. Lumme ging in die Knie, eine Handbreit über den regungslosen Plattfischen umgarnten sich die beiden Seepferdchen. Ihre Schritte waren noch komplizierter als in den vergangenen Tagen. Theo drehte sich wieder und wieder um die eigene Achse. Er vollführte Pirouetten, dann hüpfte er wie ein liebestoller Clown auf Harriet zu.

Lumme lachte, sie holte ihr Handy hervor und schickte Henning eine Nachricht. Wenn er seine Morgentour schon beendet hatte, würde er vielleicht noch rechtzeitig zurück sein, um den großen Augenblick nicht zu verpassen.

Die Seepferdchendame schien entzückt, geschmeichelt und einladend neigte sie den Kopf. Theo fasste Mut, er blähte seine Bruttasche auf und schien wie ein Glühwürmchen von innen heraus zu leuchten. Ein sattes, optimistisches Orange. Immer wieder stolzierte er vor Harriet auf und ab.

Lumme hielt den Atem an. Geschah nun das, worauf sie so lange gewartet hatten? Sie wusste, dass Henning jetzt gerne an ihrer Seite wäre. Vielleicht hätte er ihre Hand genommen und sie vorsichtig gedrückt? Sie spürte ein Kribbeln in ihren Handflächen – wie von einer unsichtbaren Berührung.

Harriet begann nun ebenfalls zu tanzen. Die beiden Seepferdchen umkreisten sich, ihre Schwanzenden ringelten sich umeinander – wieder. Engtanz, links herum und rechts herum. Zunächst vorsichtig, dann immer wilder, bis sie durch das Becken wirbelten und die Flundern weckten. Rock 'n' Roll.

Die Seepferdchen tanzten mehr als eine halbe Stunde, schließlich schien sich der Tanz seinem Höhepunkt zu nähern. Lumme konnte den Blick nicht von ihnen lösen. Sie wünschte sich, an ihrer Stelle zu sein. Fühlten auch die Tierchen den Zauber, den die Liebe die Menschen spüren ließ? Die Schaukelei im Herzen, das Flattern im Bauch? Dann lachte sie sich selbst für diesen sentimentalen Gedanken aus. Zärtlich aneinandergeschmiegt schwebte das Pärchen ganz langsam nach oben. Sie kreuzten die Bahn des Störs, der ihnen verwundert und irgendwie melancholisch nachblickte. Dann schwebte das Seepferdchenherz bis dicht unter die Wasseroberfläche, als wollte es gleich davonfliegen.

Wieder dachte Lumme an Henning, bestimmt hätte er den Liebesakt mit einer schelmisch-verlegenen Bemerkung kommentiert. Vielleicht wären sogar seine Grübchen errötet? Sie lächelte, und während das Lächeln sich auf ihr Gesicht malte und jede Menge Glücksgefühle durch ihren Körper schwammen, sah sie, dass das Weibchen sachte seine Eier in die Bruttasche des Männchens übertrug.

Seepferdchenbabys.

Theo war schwanger. Jedenfalls fast.

Lumme konnte nicht anders, sie klatschte begeistert in die Hände, dann begann sie vor Freude vor dem Panoramabecken auf und ab zu hüpfen. Wenn sie Theos Schwangerschaft vermelden könnte, würden die Seepferdchenfans ausflippen. Stirnrunzelnd sah ihr die Dorschfrau zu, und Lumme schenkte ihr übermütig eine Kusshand.

Plötzlich trennten sich Theo und Harriet voneinander. Die beiden sanken wieder zu Boden, und der werdende Vater suchte sich ein ruhiges Plätzchen im Seegras. Theo brauchte nun Ruhe, damit sich die Eier in der Taschenwand einnisten konnten. Jetzt würde er die Eier auch besamen, und damit begann eine der ungewöhnlichsten Schwangerschaften im Tierreich. Wie bei einem Känguru wuchsen die winzigen Seepferdchen in der Bruttasche heran, die Schwangerschaft würde genau einundzwanzig Tage dauern.

Lumme ging wieder in die Knie, um Theo nicht aus den Augen zu lassen. Plötzlich hörte sie das Knarzen der Metalltür in ihrem Rücken. Henning war zurück. Sie wollte aufstehen und ihn zu sich winken, doch dann bemerkte sie, dass es gar nicht Henning war.

Die Gestalt, die zwischen den Becken hindurchschlich, war kleiner, gedrungener – und sie roch nicht besonders gut. Der Gestank von kaltem Zigarettenqualm und Farbe stieg Lumme in die Nase.

Der Totenkopf, schoss es ihr durch den Kopf. Das war der Totenkopf-Maler.

Was hatte er dieses Mal vor?

Lumme machte sich noch kleiner. Ihre Hand tastete nach dem Eimer, der immer noch neben dem Panoramabecken stand. Leise zog sie den nassen Feudel daraus hervor.

Dann wartete sie ab. Lumme verspürte überhaupt keine Angst, in ihr war nur eine wahnsinnige Wut. Sie wollte Theo beschützen. Und Harriet. Und ihre noch ungeborenen Kinder. Die Seepferdchen-Babys.

Der Typ kam langsam näher, als überlegte er noch, was er hier eigentlich wollte. Zögernd schlich er am Grundelbecken vorbei, schließlich steuerte er auf das Panoramabecken zu.

Offenbar hatte er Lumme noch nicht entdeckt. Sie hörte das Geräusch einer Spraydose, die rhythmisch geschüttelt wurde. Das metallische Klackern machte sie noch wütender.

»He«, rief sie, als er vor ihr stand, und sprang auf. Den schweren, nassen Feudel schwang sie wie einen Prügel.

Der Eindringling machte einen erschrockenen Satz nach hinten. Er trug eine dunkle Windjacke und eine schwarze Mütze, die er tief in die Stirn gezogen hatte.

Trotzdem erkannte Lumme ihn sofort.

»Jörgen?«, japste sie verdutzt und ließ den Feudel sinken. Jörgen Maas arbeitete bei der Börte – und er war Mitglied der Freiwilligen Feuerwehr. War er so an den Aquariumsschlüssel gekommen?

Jörgen quiekte auf wie ein erschrockenes Schwein. Er ließ die Farbdose fallen, dann machte er sofort kehrt. In der Tür stieß er mit Henning zusammen.

»He, he, he, Kollege.« Henning begriff sofort. Er packte Jörgen an der Jacke und schob ihn zurück in den Schausaal. »Nun mal langsam.«

Während er Jörgen gegen das Becken mit den Seeanemonen drückte, sah er sich nach Lumme um. »Alles in Ordnung bei dir?«

»Alles gut.«

Lumme ließ den Feudel fallen und lief zu den beiden Männern. Sie legte eine Hand auf Hennings Arm.

»Ich glaube, du kannst ihn loslassen, ist ja nichts passiert.«

»Aber der Mistkerl ...«

»Lass ihn los, Henning.«

Henning warf ihr einen ungläubigen Blick zu, doch dann ließ er die Arme sinken und trat einen Schritt zurück.

Jörgen schüttelte sich, trotzig sah er zur Seite.

»Das hast du dir doch nicht selbst ausgedacht, Jörgen«, sagte Lumme. Jörgen galt nicht unbedingt als der hellste Kopf der Insel, einmal hatte er sogar eine ganze Börtebootladung Touristen zum falschen Dampfer gebracht. Sie sah ihn aufmunternd an. »Wer hatte denn die Idee mit dem Totenkopf?«

»Das geht euch nichts an.«

Jörgen presste die Lippen aufeinander, seine Kiefer mahlten. Die leuchtenden Seeanemonen im Hintergrund bildeten einen seltsamen Kontrast zu seinem dunklen, massigen Körper.

Henning schnaubte, er sah aus, als wollte er sich noch einmal auf Jörgen stürzen.

»Es reicht, Henning«, sagte Lumme leise. Dann streckte sie die Hand aus. »Schlüssel her«, sagte sie fordernd.

Jörgen schüttelte den Kopf, er verschränkte die Arme.

»Wir haben hier überall Webcams hängen, Jörgen.« Lumme machte eine vage Geste in den Schausaal hinein, Henning sah sie mit großen Augen an. »Ich kann gerne im Internet posten, wie du hier durchs Aquarium schleichst. Kommt da draußen bestimmt super an. Die beiden Seepferdchen haben inzwischen mehr Fans als du Haare auf dem Kopf. Und die Polizei wird das auch nicht komisch finden. Das ist Einbruch, Jörgen. Willst du dir das wirklich antun?«

Jörgen grunzte, er schien nachzudenken. Lumme konnte beinahe zusehen, wie sich die kleinen grauen Zellen in seinem Hirn gegenseitig anstupsten.

»Nö«, sagte er schließlich.

»Dann hätte ich gerne den Schlüssel.«

»Das ist nicht meiner.«

»Weiß ich doch, Jörgen, weiß ich.«

Lumme stieß Henning an, wieder streckte sie fordernd die Hand aus. Die Seeanemonen schienen ihr zu applaudieren, ihre bunten Tentakel wirbelten hin und her.

»Den muss ich zurückgeben.«

»Das mach ich schon, keine Sorge. Ich will nur nicht, dass du hier noch mal rumspukst.«

»Aber wir wollen die Seepferdchen hier nicht.« Jörgen verschränkte die Arme vor der Brust. »Wir wollen den Windpark.«

»Das hab ich kapiert.« Lumme wies auf den Totenkopf, der immer noch auf dem Grundelbecken prangte.

»Dann ist ja gut.« Jörgen nickte, irgendwie erleichtert. »Ich will dir ja auch nichts Böses, Lumme. Bist ja Bojes Tochter. Wir Insulaner müssen doch zusammenhalten.«

»Ja«, sagte Lumme. Sein schlichtes Gemüt erheiterte sie, sie bemühte sich, das Lächeln, das sich breitbeinig auf ihr Gesicht setzen wollte, zu unterdrücken. Kurz fragte sie sich, wie Jörgen einst sein Kapitänspatent bestanden hatte. »Wir müssen zusammenhalten.«

An ihrer Seite hörte sie Henning, sein mühsam unterdrücktes Prusten. Er klang wie eine überreife Seegurke kurz vor dem Platzen.

»Schlüssel«, sagte sie noch einmal.

Jörgen langte in seine Jackentasche, dann warf er ihr einen Schlüsselbund zu und Lumme fing ihn auf. »Du bringst ihn zurück?«

»Mach ich«, sagte Lumme. Sie hielt Jörgen die Tür auf. »Abmarsch!«

Henning prustete schon, bevor die Tür wieder zugefallen war. Und Lumme fiel ein, sie lachte und lachte.

»Und sonst so?«, fragte Henning, als sie wieder Luft bekamen.

Lumme öffnete ihre Faust, der Schlüsselbund darin war ganz warm geworden.

»Ich glaube, wir sind schwanger«, sagte sie, während sie ungläubig auf den Anker in ihrer Hand starrte.

Neunzehn

»*Was hast du damit* zu tun, Papa?«

Lumme hatte Henning mit den Seepferdchen allein gelassen und war sofort in die *Möwe* gelaufen, um Boje mit dem
Schlüsselanhänger zu konfrontieren. Auf der Strandpromenade hatte sie Jörgen getroffen, der noch nicht besonders weit
gekommen war. Er sah so aus, als ob er über einen Abstecher
zum Rathaus nachdachte. Als sie ihn überholte, blickte er verlegen zur Seite. Die Flaggen an den Fahnenmasten hingen
schlapp herunter. Da war kein Wind, nur der Sturm in Lummes
Herzen.

»Was ist denn nun wieder los, Lumme?«

Boje sah kurz auf den Anker, den sie ihm anklagend vor die
Nase hielt. Obwohl es ein schöner Tag war, saß er drinnen. Im
Frühstückszimmer, ganz hinten am letzten Tisch, den Kopf in
die Hände gelegt. Der Schlüsselbund baumelte in einem Streifen Sonnenlicht, das durch das Fenster fiel. Er blickte auf,
dann legte er die Hände auf den Tisch, so als hätte er nichts zu
verbergen.

Lumme zog sich einen Stuhl zurück und setzte sich ihm gegenüber. Sie ließ den Schlüssel auf den Tisch fallen. Das Schachspiel stand wie eine Barriere zwischen ihnen.

»Jörgen war vorhin im Aquarium«, sagte sie.

»Ja und?«

Boje schnappte sich den Schlüssel und sah ihn sich noch

einmal von allen Seiten an. Seine Nasenflügel zuckten dabei.

»Jörgen war das mit dem Totenkopf bei den Grundeln. Eben wollte er auf das Panoramabecken los, ich konnte ihn gerade noch davon abhalten. Und er hatte diesen Schlüssel dabei. Der Anhänger – das ist doch deiner.«

Lumme bemerkte, dass ihre Stimme zitterte, und räusperte sich schnell. Etwas saß wie ein zu groß geratener Bissen in ihrem Hals fest und schnürte ihr die Kehle zu. Sie schluckte und hustete.

Boje schüttelte den Kopf. »Du lieber Gott, Lumme. Die Anker habe ich vor ewigen Zeiten gekauft, als wir hier mit der *Möwe* anfingen.« Er lächelte, und ein wehmütiger Zug trat in sein Gesicht. Lumme sah, dass in seinen hellgrauen Augen jede Menge Erinnerungen schwammen. Wie flackernde Leuchtbojen. »Deine Mutter meinte, dass wir ein paar Schlüsselanhänger mehr ordern sollten, falls mal einer verloren geht. Ich glaube, wir haben damals doppelt so viele bestellt, wie wir eigentlich brauchten. So an die fünfundzwanzig Stück?«

»Und, ist mal einer verloren gegangen?« Lumme seufzte, sie sah ihren Vater immer noch an. Die Vormittagssonne setzte funkelnde Reflexe auf sein rotblondes Haar. Hatte sie tatsächlich geglaubt, dass Boje etwas damit zu tun hatte? Auf einmal fühlte sie sich ganz elend, die Seepferdcheneuphorie war verschwunden.

»Die Zimmerschlüssel sind noch alle da.« Boje zuckte mit den Achseln. »Aber ich hab keine Ahnung, wo die Anhänger geblieben sind. Isabella hat vor ein paar Jahren mal einen Rappel bekommen und den Tresen vorne aufgeräumt. Die Anker waren in einer der Schubladen, vielleicht hat sie ein paar davon verschenkt? Du weißt doch, wie sie war.«

Isabella.

Die lebenslustige, freigebige, wunderbare Isabella, die sie beide so sehr vermissten.

Lumme lehnte sich zurück, sie sah aus dem Fenster. Soeben passierte Jörgen das Haus, er bemerkte Boje im Fenster und winkte ihm zu.

»Na großartig«, murmelte sie.

Die Sonne blendete, es würde ein richtig schöner Sommertag werden. Wie Papierflieger segelten die Möwen durch den weiten Himmel, kaum mehr als dunkle Pfeile. Die Hortensienblüten bekamen Farbe. Blau und Violett. Lumme schüttelte den Kopf, doch die Worte drängten aus ihr heraus, wie Luftblasen, die an die Wasseroberfläche stiegen.

»Ich finde es furchtbar, dass wir uns nicht mehr vertrauen, Papa.«

»Aber ich vertrau dir doch!«

Boje sah sie arglos an.

»Tust du nicht. Du verscherbelst die *Möwe* an die Schweden, anstatt mich zu unterstützen. Und du ...« Lumme stockte, plötzlich hatte sie Theo vor Augen.

Theo Johannson.

Ihr Vater hatte nicht mehr über den Vertrag gesprochen, aber sie wusste, dass Theo bald wieder auf die Insel kam. Boje hatte die Acht für ihn reserviert, und ganz bestimmt würden sie dann auch den Mietvertrag unterschreiben. Wenn Lumme daran dachte, kam es ihr vor, als würde sie ihr Zuhause verlieren.

Boje sah sie bestürzt an, eine seltsame Mischung aus Resignation und Stolz spiegelte sich auf seinem Gesicht, seine sommersprossigen Hände krallten sich in das Tischtuch. Ein zweifelnder Käpt'n Ahab.

»Darüber haben wir doch schon gesprochen«, sagte er schließlich. Lumme fand, dass er so klang, als spräche er zu einem kleinen Kind. »Die Seepferdchen bekommen Nachwuchs, Papa. Noch drei Wochen. Und da draußen gibt es ganz viele Leute, die mit uns mitfiebern. Die uns die Daumen drücken. Und die gegen den Windpark sind. Warum kannst du das nicht verstehen? ›Im Herzen das Meer‹, das hast du mir doch immer zugeflüstert, wenn wir da draußen unterwegs waren. Du bist doch ...« Sie brach ab und schnappte nach Luft.

Ihr Vater nickte stumm, dann sah auch er aus dem Fenster auf die Strandpromenade. So früh am Morgen war kaum etwas los, die Fahnenmasten warfen Schatten auf den Asphalt. Unbewegliche, stumme Gesellen. Die weißen Bäderschiffe würden erst in zwei Stunden ankommen und ein paar Kaffeegäste in die *Möwe* spülen.

»Wo sind denn diese Leute?«, fragte er leise. »Meinst du, von denen kommt irgendjemand auf die Insel, um uns hier zu helfen? Ein bisschen im Internet herumspazieren, das kann jeder. Aber ich, ich lebe hier. Vom Meer und mit dem Meer.«

Ja, dachte Lumme, er hatte recht. Natürlich hatte er recht. Sie schluckte, hinter ihren Lidern sammelten sich salzige Tränen, die nur darauf warteten hinabzustürzen. Sie konnte ihren Vater nicht ansehen. Schließlich steckte sie den Schlüsselbund wieder ein, den Boje zurück auf den Tisch gelegt hatte, und stand auf. »Ich muss los, Papa.«

»Warte mal, Lumme.« Boje schob seinen Stuhl zurück, er stand ebenfalls auf und schloss sie in die Arme. »Im Herzen das Meer«, flüsterte er ihr zu, sein Atem kitzelte an ihrem Ohr. Lumme spürte, dass er ihr etwas in die Hosentasche steckte.

Als sie auf der Strandpromenade stand, fischte sie den kleinen

Gegenstand heraus. Es war der Schwarze König, E8. Die Figur, die ihre Mutter einst nach ihrem Vater geworfen hatte.

Lumme lachte, während ihr gleichzeitig die Tränen über die Wangen liefen. Obwohl sie Henning versprochen hatte, so schnell wie möglich zurückzukommen, lief sie hinunter zum Strand. Sie zog die Schuhe aus, watete bis zu den Knien ins Wasser und bohrte die Füße in den Schlick. Am Horizont lag ein riesiges schwarzes Containerschiff.

Drei Tage später rief Klaus Baumgartner sie an.

»Der schwangere Theo ist der Knüller. Wenn wir nicht aufpassen, vereinnahmen ihn auch noch die Genderaktivisten für sich. Im Netz kursieren schon die ersten Seepferdchenherzen in Regenbogenfarben.«

»Ich hab's gesehen.« Lumme lachte. Der kleine Theo hatte inzwischen fast eine halbe Million Freunde, die das Fortschreiten der Schwangerschaft gespannt verfolgten. Ein Boulevardblatt hatte ihn zur schönsten Schwangeren des Jahres gewählt, eine Meldung auf der Titelseite. Jeden Tag postete Lumme ein Bild von Theos wachsendem Bauch und beschrieb, was in seinem winzigen Körper vor sich ging. Die Seepferdchenbabys, die nun sicher eingenistet in der Bruttasche lagen, wurden durch ein verzweigtes Netz von Blutgefäßen mit Sauerstoff und Nährstoffen versorgt. Mit der Zeit würde der Salzgehalt in der Bruttasche ansteigen, um die Kleinen auf ihr künftiges Leben im Meerwasser vorzubereiten. »Theos kleines Schwangerschaftstagebuch«, hatte Henning ihre Einträge genannt. Falls Todd sie in San Diego lesen sollte, würde er bestimmt grinsen. *What a story!*

Sie blickte über die Schulter auf das Durcheinander der Fankommentare. Die Magnetwand quoll inzwischen über, es waren sogar Zuschriften aus dem Ausland dabei. So viel Liebe und überhaupt kein Hass. Auch Professor Peddersen hatte sich aus Südafrika gemeldet und ihnen ein *Viel Glück!* geschickt. Henning hatte begonnen, die schönsten Kommentare in Ordnern zu sammeln. Er konnte einfach nicht anders.

»Wir haben heute eine ganz besondere Anfrage bekommen«, fuhr Baumgartner fort. »Fernsehen, öffentlich-rechtlich, eine Talkshow zum Thema Offshore-Windparks. Wirtschaft, Politik und Umweltschutz an einem Tisch – und das zur besten Sendezeit. Die Redaktion hat angefragt, ob wir uns vorstellen könnten, dabei zu sein.«

»Das ist ja großartig!«, freute sich Lumme.

»Hab ich auch gesagt. Ich habe denen vorgeschlagen, dass Sie nach Berlin kommen.«

»Aber …« Lumme lachte auf, ihr Blick flatterte aus dem Fenster, sie suchte Halt am Horizont. »Das ist hoffentlich ein Scherz!«

»Natürlich nicht. Sie können das, davon bin ich überzeugt.«

»Herr Baumgartner, ich bin Meeresbiologin, na ja, jedenfalls war ich mal eine. Ich werde keinen Ton rausbekommen. *Sie* sind der Profi. Das mit Theo – das war doch Ihre Idee. Die Lovestory und die Schwangerschaft …«

»Und Sie haben meine Idee mit Leben erfüllt.« Baumgartner lachte auf. »Mit ganz viel Leben. Wie viele Seepferdchenbabys erwarten wir?«

»Ein paar Hundert werden es schon sein. Aber …« Lumme bemerkte, dass sie rote Wangen bekam, unruhig rutschte sie auf ihrem Stuhl hin und her.

»Liebe Frau Hansen, das Seepferdchen ist Ihr Baby. Sie sind seine Stimme, und Sie sind das gute Gesicht der Insel. Kommen

Sie, geben Sie sich einen Ruck und steigen Sie in den Ring! Zeigen Sie Kiel, dass man sich nicht mit einer Friesin anlegen sollte.«

»Puh …« Lumme schwieg und pustete Luft durch die Lippen aus. Sie hatte das Gefühl, dass die Sache aus dem Ruder lief. Wieder einmal. »Könnten wir nicht erst einmal eine Nummer kleiner anfangen?«

»Dafür ist die Sache schon zu groß.« Baumgartner senkte seine Stimme, er sprach leise, fast beschwörend. »Wir stoßen mit der Story mitten ins Sommerloch, Frau Hansen. Was Besseres kann uns gar nicht passieren. Wenn wir zusagen, muss Kiel reagieren. Die Behörde hasst das Seepferdchen doch jetzt schon, und wenn die Politiker ihre Winkelzüge öffentlich erklären müssen, haben wir sie da, wo wir sie haben wollten. Dann steht Kiel mit dem Rücken zur Wand, und da fühlt sich keiner wohl. Eigentlich können Sie nur gewinnen.«

»Das geht nicht gut, Herr Baumgartner, glauben Sie mir.« Lumme sah sich schon schwitzend im Scheinwerferlicht sitzen und verzweifelt nach Worten suchen. Angst kroch wie auf einer Leiter ihre Wirbelsäule empor, und ihr Herz begann zu rasen. »Das kann gar nicht gut gehen.«

»Das kann gar nicht schiefgehen, Frau Hansen. Ich komme auf die Insel, und wir erarbeiten gemeinsam eine Strategie. Ich bereite Sie auf alle Eventualitäten vor, versprochen. Und ich begleite Sie nach Berlin. Ich halte Ihnen auch die Hand, bis die Kameras angehen. Den Rest müssen Sie erledigen.«

Lumme schüttelte den Kopf, sie tastete nach dem Schwarzen König, den sie noch immer in der Hosentasche trug. »Ich sehe gar nicht aus wie eine Friesin«, murmelte sie.

»Das«, Klaus Baumgartner lachte, »ist ein erbärmlicher Versuch, um davonzukommen.«

Als Lumme aufgelegt hatte, ließ sie die Stirn auf die Papierstapel vor sich sinken. Sie stöhnte und bewegte den Kopf hin und her, als wäre sie eine Flunder, die sich im Sand eingrub. Hatte sie tatsächlich Ja gesagt?

»Ist dir nicht gut?«

Henning – er musste denken, dass ihr schlecht geworden war. Sie hörte, wie er in ihr Büro kam, dann spürte sie seine Hand auf ihrer Schulter.

»Baumgartner«, murmelte Lumme, ohne den Kopf zu heben. »Er hat eine Anfrage für eine Talkshow. Nein, für *die* Talkshow.«

»Aber das ist doch super. Theo auf großer Fahrt.« Henning zog seine Hand zurück, er klang begeistert. »Ein Seepferdchen-Talk am Sonntagabend, da schauen doch bestimmt ein paar Millionen zu. Wo ist das Problem?«

»*Ich* bin das Problem.« Lumme hob den Kopf, sie hatte den Geruch von Papier und Druckertinte in der Nase.

»Versteh ich nicht.«

»Baumgartner will, dass ich da hingehe. Und ich hab auch noch zugesagt.«

Stille.

Lumme hörte, wie Henning atmete. Als sie sich zu ihm umdrehte, starrte er sie an. Seine Grübchen rissen die Augen auf, sie sahen wie zwei erschrockene Kinder aus.

»Bitte sag was«, murmelte sie leise.

»Wann soll's denn losgehen?«

Henning versuchte zu lächeln, er fuhr sich durch die Haare, als suchte er Halt. Offenbar traute er ihr den Auftritt auch nicht zu. Schließlich vergrub er die Hände in den Hosentaschen.

»Die Sendung ist schon in drei Wochen. Baumgartner meint,

wir kriegen das hin. Er kommt auf die Insel, um mich zu coachen.«

»Okay ...«

Hennings Miene entspannte sich ein wenig, ein vorsichtiges Lächeln schlich sich in sein Gesicht zurück.

»Na dann, Mast- und Schotbruch«, murmelte er.

»Mehr sagst du dazu nicht?«

Henning grinste, er musterte ihre verblichenen Jeans.

»Weißt du schon, was du anziehst?«

»O Gott, Henning«, Lumme sah an sich herab, »du sollst mir Mut machen!«

Er lachte. »Du könntest als Meerjungfrau gehen, in der Rolle bist du wirklich gut. Wir bestellen einfach einen Fischschwanz für dich im Internet.«

»Vorsicht ...« Lumme langte hinter sich, sie suchte etwas, das sie nach ihm werfen konnte. Zwischen den Papierstapeln tastete sie nach einem Probenbehälter. »Leg dich nicht mit mir an!«, sagte sie und holte aus.

Der Becher sauste durch die Luft und traf Henning an der Schläfe. Er zuckte zusammen, sein Blick flatterte, dann sackte er einfach weg.

Treffer, versenkt.

»Henning!«

Lumme sprang auf und stürzte zur Tür, wo er auf der Seite lag. Sein Kopf war seltsam verdreht, die Augen geschlossen. Sie sah, dass er atmete. Kurze, flache Bewegungen. An der Stirn hatte der Becher einen roten Abdruck hinterlassen. Wie ein Feuermal.

Henning.

Henning, Henning, Henning.

War er etwa ohnmächtig?

Lumme kniete sich neben ihn, tastete nach seinem Puls.

Als sie sich über ihn beugte, zog er sie an sich.

»Sag jetzt nicht, dass das der Trottellummenstör war«, murmelte er.

Zwanzig

Lumme hatte Klaus Baumgartner in der *Möwe* eingebucht. Ein Zimmer mit Meerblick und reichlich Abstand zur Acht. Aber Theo Johannson war nicht wieder auf der Insel aufgetaucht. Noch nicht. Ihr Vater hatte etwas von Terminen gemurmelt, die ihm dazwischengekommen waren. Wahrscheinlich hatte Boje ihm den unterschriebenen Mietvertrag mit der Post nach Stockholm geschickt. Lumme hatte ihren Vater nicht mehr darauf angesprochen. Sie war froh, Theo nicht sehen zu müssen. Es reichte ihr, dass seine Stimme in ihrem Kopf herumspukte: »*Scheun'n Schiet ook.*«

Baumgartner wollte zwei Tage bleiben und sie für die Talkshow fit machen. Als Lumme ihn auf der Seebrücke abholte, waren sie sich sofort sympathisch. Noch sympathischer als am Telefon. Lumme mochte seine wachen Augen, sein Tempo und seine zupackende Art.

»Klaus«, sagte er, während er ihr zur Begrüßung überschwänglich die Hand schüttelte, dann gab er ihr auch noch einen herzhaften Klaps auf den Rücken, dass sie nach Luft schnappen musste. »Wollen wir nicht endlich Du sagen?«

Er wollte keinen Kaffee in der *Möwe*, sondern gleich ins Aquarium, um Theo und Harriet zu sehen. Und um Henning kennenzulernen.

Auf der Strandpromenade sah er sich neugierig um. »Ich war Ewigkeiten nicht mehr auf der Insel«, sagte er, während er die leuchtenden Häuser und die blühenden Hecken musterte. Die Dünenrosen rekelten sich behaglich in der Sonne, ihr feiner Blütenduft stieg ihnen in die Nase. »Vor fast fünfzehn Jahren habe ich mal mit deinem Vorgänger Hummer ausgesetzt. Damals fing Professor Peddersen gerade mit der Zucht an, und der Naturschutzbund beteiligte sich an der Finanzierung. Ich weiß noch, wie mich das Felswatt fasziniert hat. Und der Lummenfelsen – die Insel hat da draußen ein vollkommen anderes Gesicht. Jedenfalls dachte ich, dass die Klippen nur den Vögeln gehören.«

Lumme nickte, sie wusste sofort, was er meinte. »Schade, dass Peddersen fort ist«, sagte sie, als sie das Aquarium durch den Haupteingang betraten. »Mit seiner Erfahrung hätte er das Inselaquarium bestimmt erfolgreich gegen jeden Angriff aus Kiel verteidigt. Er war halt doch eine Autorität. Dem hätte niemand einen Totenkopf aufs Grundelbecken gemalt.«

Klaus Baumgartner lachte auf, dann schüttelte er den Kopf. »Den Peddersen hätte ich nie in eine Talkshow bekommen. Und das Internet hat er auch nur mit spitzen Fingern angefasst. Wenn er hier noch am Ruder wäre, würde kein Mensch den kleinen Theo kennen. Na ja, jedenfalls kein Mensch bis auf ein ausgewähltes Fachpublikum. Du solltest dir abgewöhnen, ständig an dir zu zweifeln. Ich finde, du machst deine Sache hier wirklich großartig.«

»Aber …«

Lumme wollte ihm widersprechen, doch dann stutzte sie. An der Kasse standen eine Handvoll Touristen an, sie bildeten fast eine Schlange. Schon in den vergangenen Tagen hatte das Interesse zugenommen, die Sommerferien machten sich bemerkbar. Oder waren das etwa die Seepferdchen?

Frau Graumann blickte auf und winkte ihnen zu. »Volles

Haus«, rief sie aufgekratzt. »Ich hab heute schon fünf Karten verkauft. Und für nachher hat sich eine Gruppe angesagt. Zwölf Personen, die haben sogar Tickets reserviert. Die hätten auch gern eine Seepferdchen-Führung. Machen Sie das?«

»Ich …« Lumme lächelte, so viele Besucher an einem Tag hatten sie noch nie gehabt. Sie ging zur Kasse. »Stellen Sie doch bitte ein Schild auf, Frau Graumann: ›Seepferdchen-Führung, täglich um 14.00 Uhr‹.«

»Siehst du …« Klaus Baumgartner hielt ihr die Tür zum Schausaal auf und folgte ihr ins Halbdunkel hinein. »Das ist das Seepferdchen, dein Schwangerschaftstagebuch. Die Leute wollen Theo sehen. Wart mal ab, da kommt noch mehr.«

Lumme lachte, plötzlich fühlte sie sich ganz leicht. Aus den Augenwinkeln heraus sah sie eine Frau und zwei Jungen, die bei den Seewölfen standen. Der Größere der beiden versuchte, das Trio zum Lachen zu bringen. Er zog Grimassen und alberte vor dem Becken herum. Beschwingt ging sie voran und steuerte auf das Panoramabecken zu.

»Wann ist es denn nun so weit?«, raunte Baumgartner ihr ins Ohr.

»Fünf Tage noch. Ende der Woche müssten die Wehen einsetzen. Ich hoffe, ich bin dann noch auf der Insel und nicht in Richtung Berlin unterwegs.«

»Und wenn nicht?«

»Dann muss mein Kollege als Geburtshelfer ran. Henning macht das schon, er ist auch ein begnadeter Hummerkindergärtner. Und er hat unseren drei Seewölfen im letzten Jahr aus dem Ei geholfen.«

Im Panoramabecken zog der Stör seine stillen Runden, während die Dorsche ohne erkennbare Ordnung hin und her schwammen. Theo und Harriet saßen im Seegras und fraßen.

Theos gerundeter Bauch war mehr als deutlich zu erkennen, er schimmerte rötlich, als würde eine Taschenlampe in seinem Inneren leuchten. Wenn man ganz genau hinschaute, sah man die Seepferdchenembryos, die sich in der Bruttasche bewegten. Winzige, unwirkliche Schatten.

»Der schwangere Mann …« Klaus Baumgartner ging in die Knie und schwieg einen Moment, dann sah er lächelnd zu Lumme auf. Auf seinem Gesicht lag ein Ausdruck kindlichen Glücks. »Ich hätte nie gedacht, dass uns dieser kleine Kerl so viel Freude bereiten würde.«

Nach einer kleinen Runde durch den Saal und einem kurzen Besuch im Hummerkindergarten zog Lumme sich mit Klaus Baumgartner in ihr Büro zurück. Die verbleibende Zeit bis zur Seepferdchenführung wollten sie so gut es ging nutzen. Und Baumgartner legte los. Seine Tipps zur Bewältigung einer Talkshow waren ebenso simpel wie einleuchtend. Trotzdem starrte Lumme ihn ungläubig an. War das sein Ernst?

»Ausgeschlafen sein«, so lautete Regel Nummer eins, er schrieb sie auf ein großes Blatt Papier, das er an die Magnetwand pinnte. Wie ein munteres Ausrufungszeichen prangte es vor den vielen bunten Ausdrucken aus dem Netz. »Am besten gönnst du dir auch noch ein kleines Nickerchen am Nachmittag vor der Sendung.«

Lumme stand auf und öffnete das Fenster, um das Meeresrauschen zu hören. In der Nacht vor der Sendung würde sie ganz gewiss nicht schlafen.

Regel Nummer zwei war schon etwas konkreter, aber für jemanden mit einem Containerriesen voll Tintenfischeis im Kopf auch nicht gerade einfach zu bewältigen. »Klare und deutliche Ja- oder Nein-Antworten formulieren«, verlangte Baumgartner von ihr, als ob dies die einfachste Sache der Welt wäre. »Du wirst während der Sendung höchstens fünf- bis sechsmal zu Wort kommen, deshalb müssen deine Statements sitzen. Und sie müssen authentisch rüberkommen. Du musst denen Lumme Hansen pur bieten. Keine Ausflüchte, keine Kompromisse.«

Und, passend dazu, Regel Nummer drei: »Deine drei stärksten Argumente musst du aus dem Effeff beherrschen. Vorwärts, rückwärts, und wenn es sein muss auf dem Kopf: Diese Statements müssen sitzen. Und du musst sie in der Sendung so schnell wie möglich loswerden. Als ob du Ballast über Bord wirfst.«

War es tatsächlich so einfach?

Lumme holte tief Luft, sie winkte Henning herein, der sie mit Kaffee versorgen wollte. »Dann arbeiten wir mal an meiner Botschaft.«

Natürlich war es nicht so einfach. Bis auf eine kurze Unterbrechung für die Führung saßen sie bis zum späten Abend zusammen und feilten an den Statements. Lumme wollte nicht so viele Zahlen nennen und sich nicht hinter Statistiken verschanzen. Schließlich einigten sie sich auf den Satz, den Klaus Baumgartner ihr schon einmal in einer seiner Mails geschickt hatte: »Alternative Energiegewinnung ist unsinnig, wenn sie genau das zerstört, was wir eigentlich durch sie bewahren wollen – die Natur.«

Lumme mochte die Botschaft, und sie fand, dass dieses Statement all das mit einschloss, was die Insel so einzigartig machte: das Felswatt, den Tangwald, die Vögel, die Schweinswale und das Seepferdchen.

»Jetzt müssen wir eine Lösung bieten«, sagte Klaus Baumgartner, als sie diesen Punkt endlich abgehakt hatten. »Kann die Insel ohne Windpark überleben?«

»Das Inselaquarium, die gute Luft, das Naturerlebnis …« Lumme dachte daran, dass sie noch nicht einmal ihren Vater hatte überzeugen können. Sie schüttelte den Kopf. »Schwierig«, sagte sie. »Wahrscheinlich werden wir mit einem Kompromiss leben müssen.«

»Ist das dein Ernst?«

Baumgartner nahm sie wie ein Staatsanwalt vor Gericht in die Zange.

»Ich weiß es nicht.«

»Du bist hin- und hergerissen?«

»Ja.«

»Dann steh auch dazu. Sei du selbst, alles andere wird man dir auch nicht abnehmen.«

»Wenn Lumme in Berlin sie selbst sein soll, musst du sie in einen Bottich mit Meerwasser setzen«, warf Henning ein. Er lachte und warf ihr einen unergründlichen Blick zu, der sie an ihren Kuss erinnerte.

Lumme streckte ihm die Zunge raus.

»Gut. Ich will den Windpark nicht. Hier nicht und anderswo auch nicht. Punkt.«

»Und die Lösung? Was wird aus der Insel?«

Baumgartner ließ nicht von ihr ab.

Lumme zögerte kurz, sie sah sich um. Ihr Blick streifte das Poster mit den bedrohten Meeresfischen.

»Wir brauchen das Inselaquarium und das Biologische Institut. Forschung und Naturerlebnis. Das Land muss die Fördergelder wie zugesagt zahlen. Die Insel ist das Galapagos Europas. Die unglaubliche Artenvielfalt – das ist ihr Schatz. Und ihr Kapital. Wir sehen doch, wie sich die Leute für das Seepferdchen begeistern.«

»Dann sag das auch so. Kaum jemand weiß bislang davon,

dass das Land euch das Aquarium dichtmachen will. Deck die Zusammenhänge auf, Punkt für Punkt. Das wird für Aufsehen sorgen, auch nach der Sendung. Ich möchte sehen, wie sich das Ministerium dann erklärt.«

»Und du meinst, das geht gut?«

Lumme sah Klaus Baumgartner an, der ihr seelenruhig gegenübersaß. Er schien wie ein Buddha in sich zu ruhen, lediglich seine Augen blinzelten wach hinter den Brillengläsern.

»Was hast du zu verlieren? Jedenfalls kann dir in der Sendung niemand an den Kragen gehen.«

»Und das ist alles?«

Baumgartner nickte. »Das ist alles, was du im Kopf haben solltest. Alles Weitere wird sich in der Diskussion ergeben. Noch einmal: Sei du selbst, Lumme. Die Leute mögen Typen mit interessanten Positionen. Talkshows sind nicht nur Informationssendungen, sie sind auch Unterhaltung.«

»Man wird mich naiv nennen. Wir brauchen die Windenergie doch für den Energiewandel.«

»Das mag sein, aber du stehst in dieser Sendung nicht für die Windenergie, sondern für das Naturschutzgebiet vor der Insel. Du bist die Stimme des Seepferdchens, und in diesem konkreten Fall ist der Offshore-Park nun mal schlecht für die Natur. Die Schifffahrtsbehörde hat einen Fehler gemacht, als sie den Windpark an diesem Standort genehmigt hat. Lass dich da nicht auf Diskussionen ein.«

Lumme schluckte, sie dachte an die Insulaner. Und an ihren Vater, an seinen Käpt'n-Ahab-Stolz. Sie fühlte sich nicht besonders wohl mit Baumgartners Linie, sie war ihr zu hart, fast noch kompromissloser als ihr eigenes Denken. Würde sie damit in Berlin bestehen können?

»Und was sage ich noch?«, fragte sie zögernd. »So etwas wie:

Wenn wir die Seepferdchen retten, können wir auch die Meere retten?«

»Ja, warum nicht? Gib den Leuten ein Versprechen, mach ihnen ein wunderschönes schillerndes Geschenk. Und dann sprichst du einfach so viel wie möglich über das Seepferdchen. Und über die Seepferdchenbabys. Das kannst du doch. Lass die Leute deine Begeisterung für diese wunderbaren Wesen spüren.«

»Und wenn …«

Lumme hob unentschlossen die Arme, Baumgartners Talkshow-Crashkurs setzte ihr zu.

Klaus Baumgartner schüttelte entschieden den Kopf.

»Kein Wenn, kein Aber. Lass uns lieber darüber sprechen, was die anderen gegen dich in der Hand haben könnten.«

»Du meinst …«

»Du kennst diesen Theo Johannson von früher, oder?«

»Ich bin mit ihm zur Schule gegangen. Aber das ist zwanzig Jahre her. Ich wusste nicht …«

Baumgartner wedelte mit den Händen. »Das meine ich nicht. Was ist, wenn dich jemand auf die Sache in den Klippen anspricht? Ihr habt damals einen Freund verloren.«

»Was weißt du davon?«

Baumgartner lächelte leise, hinter der Brille zwinkerten ihr seine Augen beruhigend zu.

»Da hat sich jemand die Mühe gemacht, ein kleines Dossier über dich anzulegen. Wir haben es auch bekommen, anonym natürlich. Du siehst also, dass dich die Gegenseite verdammt ernst nimmt.«

»Aber …« Lumme spürte, dass der Containerriese in ihrem Kopf wieder ins Schlingern geriet. Hilfesuchend sah sie sich nach Hennings Grübchen um. »Das ist so lange her.«

»Eben.« Baumgartner nickte. »Und genau das sagst du auch. Und dann verweist du auf die polizeiliche Untersuchung. Es ist alles geklärt, und mehr ist da nicht. Lass dich also nicht in die Defensive drängen.«

Mehr ist da nicht?

Die mit Eis gefüllten Container verrutschten wieder und rumpelten gegeneinander. Metall auf Metall, dröhnende schmerzhafte Schläge.

»Keine Sorge, Lumme«, sagte Klaus Baumgartner. »Ich bringe noch ein paar Leute zum Anklatschen mit ins Studio. Wir machen da richtig Stimmung – für dich und für den kleinen Theo.«

Einundzwanzig

Einen Tag vor der Sendung lag Lumme am Strand und starrte auf die Karteikarten, die Henning für sie vorbereitet hatte. Es war Samstag, und es war heiß. Richtig heiß – hübsche kleine Schönwetterwölkchen trieben träge über den Himmel, das Meer hatte sich zurückgezogen und ruhte sich aus. Ein Saum aus Tang und Muscheln markierte den Höchststand der Flut. Es roch nach Quallen und Krebsen, die in der Sonne vertrockneten. Austernfischer pflügten durch den Schlick, während die Möwen um die Strandkörbe herumbuckelten.

Sechsundzwanzig Grad Lufttemperatur – und das mitten in der Nordsee. Lumme ließ die Karten sinken und dachte an ihren Sohn. Er hätte sich wohlgefühlt, auch wenn seit ein paar Tagen der Wind zum Surfen fehlte. Gestern Abend hatte sie noch mit ihm gesprochen, das Basketball-Camp war noch viel besser als erwartet. Der Coach hatte ihn sogar zum Center-Spieler bestimmt. Ein Westküsten-Traum! Todd platzte vor Stolz, während des Gesprächs hatte er neben seinem Sohn gestanden und beide Daumen nach oben gereckt. Sie hatte sich unendlich weit entfernt von ihnen gefühlt. Eigentlich hatte sie den beiden endlich von der Talkshow erzählen wollen, doch dann hatte sie Joshs glänzende Augen und Todds optimistische Daumen gesehen und geschwiegen. Ihr Inselchaos hatte nichts mit dem sonnigen Leben ihrer Lieben zu tun.

Lumme seufzte, wieder versuchte sie, sich auf die Karten zu

konzentrieren. Auf die Statements, die sie schon längst hätte auswendig wissen müssen. »Aus dem Effeff«, wie Baumgartner es formuliert hatte. Nach seiner Abreise hatten sie noch ein paarmal miteinander telefoniert, doch als Henning sie gestern Abend abgefragt hatte, hatte sie gepatzt. Da war nur eine bleierne Leere in ihr gewesen. Ebbe.

Henning hatte sie ratlos angesehen, dann hatte er gemeint, dass sie sich heute freinehmen solle. Er hatte sie auf die Düne geschickt, obwohl das Aquarium schon seit Tagen aus allen Nähten platzte und die Leute nach noch mehr Seepferdchen-Führungen fragten. Frau Graumann wirbelte hinter der Kasse, ihre Brille war beschlagen. Am Donnerstag war es so voll gewesen, dass sie sogar den Einlass begrenzen mussten. Mehr als fünfzig Besucher auf einmal verkraftete der Schausaal einfach nicht. Henning hatte sich einen Teil der Besucher geschnappt und eine Führung durch den Hummerkindergarten improvisiert, während Lumme vorne aufgepasst hatte, dass bei dem Andrang am Panoramabecken niemand zu Schaden kam.

Es war verrückt.

Total verrückt.

Zum ersten Mal seit Jahren kamen wieder mehr Touristen auf die Insel. Die Reedereien vermeldeten einen Anstieg der Passagierzahlen, und es gab mehr Übernachtungen als im Vorjahr. Der *Inselbote* hatte von einem überraschenden Gästeplus gesprochen, mehr als fünfzig Prozent. Und auf der Seebrücke wirbelte der Brückenkapitän und dirigierte das Ballett der Börteboote. Er war in seinem Element und wirkte so agil, als wäre er fünfzehn Jahre jünger.

Lumme ließ sich in den warmen Sand sinken und schloss die Augen. Sie versuchte, nicht an morgen zu denken. An den Flug nach Berlin und an die letzten Minuten im Studio, bevor das Rotlicht der Kameras anging und die Sendung begann. Wie hatte es Klaus Baumgartner nur geschafft, sie dazu zu überreden? Die Seepferdchen-Endorphine mussten wie eine Designerdroge durch ihren Körper geschwappt sein und ihr kleine rosa Wölkchen ins Hirn gepustet haben. Totaler Realitätsverlust, kein klarer Gedanke möglich.

Lumme schüttelte den Kopf, dann versuchte sie noch einmal, sich an eines der Statements zu erinnern, die in Hennings klarer Wassermannhandschrift auf den Kärtchen standen.

»Die Insel ist das Galapagos Europas«, murmelte sie vor sich hin, als sie jemanden lachen hörte. Die Stimme schien von ihren Füßen zu kommen.

Seine Stimme. Offenbar lachte er über ihr Selbstgespräch.

Lumme schlug die Augen auf und sah Theo. Der große Theo – er war wieder da. In Sekundenbruchteilen erfasste sie seinen Angeber-Freizeitlook, der eher an die Côte d'Azur als auf die Insel passte. Er trug dunkelblaue Shorts, ein teures silbergraues Logo-T-Shirt mit V-Ausschnitt, das straff über seinem flachen Bauch saß, und ein Buch unter dem Arm. Dazu die dunkle Sonnenbrille, die er sich ins Haar geschoben hatte. Seine Segelschuhe lagen neben ihren Füßen.

Wie hatte er sie gefunden?

Im nächsten Augenblick wurde ihr bewusst, dass sie nur ein Bikinihöschen und kein Oberteil trug.

»Hey, Lumme.«

Theo ging in die Knie und setzte sich neben sie, als hätte sie ihn dazu eingeladen. Sein Blick wanderte ungeniert über ihren Körper, dann blieb er an den Karteikarten hängen.

»Was wird denn das?«

Lumme setzte sich auf und griff sich ihr T-Shirt. Mit einer schnellen Bewegung zog sie es über den Kopf.

»Geht dich gar nichts an«, sagte sie feindselig. »Hat Boje dir verraten, wo ich bin?«

Theo schüttelte den Kopf und legte das Buch in den Sand. »Ich bin gerade erst angekommen, mein Gepäck ist noch beim Flieger. Heute Abend geht's weiter. Ich wollte nur mal …«

Er versuchte, ihr in die Augen zu sehen, dann verlor sich sein Blick in den Dünen.

»… schauen, was das Seepferdchen so macht?«

Seine Nähe löste ein merkwürdig beklommenes Gefühl in ihr aus. Ihr Herz flatterte wie verrückt. Lumme versuchte, ein Stück von ihm wegzurücken.

»Hier haben wir damals gezeltet, oder?« Theo sah sie wieder an, sein Blick schien jeden Winkel ihrer Seele ausleuchten zu können. In seiner Stimme hörte sie die Verblüffung darüber, dass seitdem so viel Zeit vergangen war. So viel Zeit, in der sie nicht miteinander gesprochen hatten. Nicht miteinander hatten sprechen wollen.

Lumme nickte. Sie hatte das Zelt noch vor Augen, grün war es gewesen, dunkelgrün. Ein Ein-Mann-Zelt, angefüllt mit Liebe. Sie hatten sich einen Schlafsack geteilt, und wenn es trocken gewesen war, hatten sie einfach unter freiem Himmel geschlafen. Irgendwie hatte ihnen die Nacht nichts anhaben können. Die aufgehende Sonne hatte sie am frühen Morgen geweckt, auf Zehenspitzen war sie über die Dünen geschlichen. Meist hatten sie sich dann noch einmal geliebt.

»Heute Nacht könnte man in den Dünen schlafen, oder?«

Theo, er ließ sie einfach nicht los. Das Sonnenlicht schien sich in seinen Pupillen zu einem Feuerstrahl zu bündeln. Lumme hatte Angst, dass er ein Loch in ihre Seele brannte. Was würde dann mit dem Containerriesen geschehen? Und mit all dem Eis?

Lumme sagte nichts, sie blickte zum Horizont. Dorthin, wo der verdammte Windpark …

»Willst du schwimmen gehen?«

Es war wie damals. Er saß einfach neben ihr, ließ den heißen Sand durch seine Hände rieseln und fragte, ob sie schwimmen gehen wollte.

Lumme sog scharf Luft durch die Nase ein, plötzlich war ihr, als wäre die Zeit bedeutungslos. Als könnte sie sich einfach fallen lassen und zurückkreisen bis zu dem Sommer vor zwanzig Jahren. In den glücklichen Teil davon. Für einen Augenblick verschwand die Sonne hinter einer klitzekleinen Wolke, ein Schatten zog über den Strand, dann war sie wieder da.

»Also los!«

Theo wartete ihre Antwort nicht ab. Er sprang auf, packte ihre Hand und riss sie hoch.

Lumme schüttelte den Kopf, aber er zog sich einfach aus, als wollte er sie mit seinem trainierten Körper beeindrucken, und lachte sie an.

Dann sah sie ihn durch die Dünen laufen, quer über den Strand und zwischen den Strandkörben hindurch. Als er den Spülsaum erreicht hatte, drehte er sich kurz um.

Er winkte ihr zu, dann lief er weiter, durch den harten, nassen Sand, die Sonne im Rücken. Als er das Wasser erreicht hatte, spritzte es auf, bevor er sich mit einem Rettungsschwimmersprung hineinwarf.

Dann war er nicht mehr zu sehen.

Theo.

Theo, Theo, Theo.

Lumme dachte an ihren Traum. Sie stöhnte auf, dann zog sie sich das T-Shirt wieder aus und lief ihm nach.

Sie flog über den Strand, zwischen Handtüchern, Sandburgen und buntem Plastikspielzeug hindurch.

Das Wasser war fast warm, es streckte seine Hände nach ihr aus. Als es ihre Hüften umarmte, tauchte sie kopfüber hinein.

Lumme wusste nicht, wie lange sie mit dem Kopf unter Wasser hinausgekrault war. Aber sie wusste, wo sie Theo finden würde.

Es gab eine Sandbank vor der Düne, ein paar Bojen markierten die Untiefe in der Fahrrinne. Ein magischer Ort, sie hatte ihm die Stelle damals gezeigt. Seehunde ruhten sich dort aus, die weißen runden Bäuche der Sonne entgegengestreckt.

Für einen ungeübten Schwimmer war die Strecke mörderisch. Aber Theo war ein guter Schwimmer. Und es sah so aus, als hätte er nichts verlernt. Als Lumme ihn nach einer Weile vor sich auftauchen sah, kraulte er gelassen durch die Wellen.

Er würde es schaffen.

Und sie würde es schaffen.

Und dann?

Würden sie sich gemeinsam auf der Sandbank ausruhen und den Robben zublinzeln?

Oder würde dort etwas über sie kommen, was sie im nächsten Moment bereuen würden? Das Kreischen der Möwen, die Brandung, das Salz …

Lumme schwamm langsamer, dann hörte sie auf zu kraulen und ließ sich einen Moment von den Wellen tragen.

Sie sah, dass Theo die Sandbank fast erreicht hatte. Energisch schaufelte er das Wasser zur Seite.

Sie beobachtete ihn noch ein paar Sekunden lang, dann drehte sie sich um und schwamm zurück.

In den Dünen suchte sie ihre Sachen zusammen und zog

sich an. Theos Kleider lagen im Sand. Sie nahm sein T-Shirt in die Hände und roch daran.

Theo.

Theo, Theo, Theo.

Sein Buch war noch da. Ein düsterer Thriller über das Ende der Ozeane. Sie nahm es mit.

Erst auf der Überfahrt zur Insel fiel ihr ein, dass sie ihre Karteikarten im Sand vergessen hatte.

Als sie gerade an der Seebrücke angekommen war, rief Henning sie auf dem Handy an.

»Es geht los!«

Das Seepferdchen – die Wehen hatten eingesetzt. Lumme warf ihre Strandtasche in der *Möwe* ab und rannte zum Aquarium.

Henning hatte die Besucher bereits aus dem Schausaal hinauskomplimentiert. Ein Grüppchen stand noch unschlüssig vor dem Heute-Geschlossen-Schild und diskutierte. Lumme sah, wie sie die Nachricht in die Welt twitterten: *Seepferdchen im Kreißsaal!*

Als Lumme die Tür wieder aufschloss, sah man sie erwartungsvoll an, aber sie schüttelte den Kopf. »Kommen Sie morgen wieder.«

Frau Graumann saß mit roten Wangen hinter ihrem Tresen und zählte die Tageseinnahmen. »Der beste Samstag, den wir je hatten«, rief sie Lumme hinterher.

Henning stand in seinem schwarzen Taucheranzug vor dem Panoramabecken. Er sah ein bisschen unheimlich aus, mehr nach Wassergeist als nach Geburtshelfer. In den letzten Tagen hatten sie diskutiert, ob sie die Seepferdchen vor der Geburt in ein kleineres Becken umsetzen sollten, und sich zuletzt doch dagegen entschieden. Auch Todd hatte ihnen davon abgeraten, den kleinen Theo noch einmal umzuquartieren. Zu viel vorgeburtlicher Stress. Er hatte Lumme angeboten, sich aus San Diego zuzuschalten, wenn sie seine Hilfe benötigten. Sie müsste ihn einfach nur anrufen, er hatte ihr versprochen, rund um die Uhr erreichbar zu sein.

»Wie geht's ihm?«, fragte Lumme, als Henning sich nach ihr umblickte. Sie stellte sich zu ihm ans Becken und suchte das Wasser nach Theo ab.

»Da …« Henning wies in Richtung Seegras, seiner Stimme hörte man die Aufregung an. »Sieht so aus, als ob er Schmerzen hat. Hoffentlich dauert es nicht zu lange.«

Lumme nickte, sie ging in die Knie. Theo schwebte frei im Wasser, ganz knapp über dem Grund. Sein kleiner Körper streckte und krümmte sich. Man sah ihm die Anstrengung der Geburt deutlich an. Seine Kiemen pumpten, als blähten sich seine Backen auf, die Augen irrten hin und her. Seine Farbe wechselte von Orange zu dunklem Braun und wieder zurück. Harriet saß im Seegras und ließ Theo nicht aus den Augen. Ihr Körper hatte eine grau-grünliche Färbung angenommen, als ob sie mit dem Seegras verschmelzen wollte. Sie schien zu spüren, dass ihr Gefährte da jetzt allein durchmusste.

Würde ihr Seepferdchen die Strapazen verkraften? Lumme wusste von Todd, dass die Wehen bis zu zwei Tage andauern konnten. Armer Theo, er sah jetzt schon so aus, als würde es ihn zerreißen.

»Ich hol uns mal Stühle, was?«

Henning fiel es offensichtlich schwer, nichts tun zu können. Er lief nach hinten und kam mit zwei Bürostühlen wieder. Als sie saßen, rollte er vor und zurück, bis sie ihn festhielt. Nach einer Weile sprang er wieder auf, um die Wassertemperatur und Strömungsgeschwindigkeit im Panoramabecken zu kontrollieren. Sogar der Stör stockte kurz und sah irritiert zu ihm herüber.

»Mensch, Henning!«

Kurz überlegte Lumme, ihn in den Hummerkindergarten zu verbannen. Dann fiel ihr ein, was er tun konnte. Alle halbe Stunde schickte sie ihn ins Büro, damit er eine Nachricht auf Theos Facebook-Seite postete. Ein Newsticker aus dem Kreißsaal.

»Das wird 'ne lange Nacht«, sagte Henning, als sich bis zum Abend nichts weiter getan hatte. Theo wurde immer noch von Wehen gequält, in seiner Bruttasche rumorte es, als hätte eine fremde Macht von ihm Besitz ergriffen. »Willst du dich nicht schlafen legen? Du hast morgen einen wichtigen Tag.«

»Auf keinen Fall!« Lumme schüttelte energisch den Kopf, die Geburt hatte alle Gedanken an die Talkshow verdrängt. Ja, sie hatte sogar Theo vergessen. Den großen Theo – und seinen Auftritt am Strand. Was hatte er wohl gedacht, als er sich nach ihr umgeblickt und bemerkt hatte, dass sie einfach so verschwunden war?

»Du fliegst morgen früh nach Berlin. Du musst fit sein, Regel Nummer eins.«

Henning sah sie bittend an. Er schien in seinem Taucheranzug zu schwitzen – oder war das die Aufregung? Kleine Schweißperlen standen ihm auf der Stirn, und seine Grübchen wirkten ganz matt, aber er wollte den Anzug einfach nicht ausziehen. Vielleicht musste er doch noch ins Wasser springen und Theo irgendwie beistehen?

»Ich schaff das schon.« Lumme wischte Hennings Einwand fort, sie wollte das Seepferdchen jetzt nicht allein lassen. Und auch Henning nicht.

»Aber …« Henning ließ nicht von ihr ab, dann schien er zu begreifen. Er rollte mit den Augen, aber er sagte nichts. »Kaffee?«, fragte er nach einer Weile und verschwand kurz nach hinten. Als er wiederkam, hatte er ein Tablett mit zwei dampfenden Bechern und ein paar belegten Brötchen dabei. »Hat Frau Graumann uns noch besorgt«, sagte er.

Aber Lumme konnte nichts essen. Theos Qualen ließen sie an die Geburt ihres Sohnes denken, auch wenn die Ereignisse sich kaum miteinander vergleichen ließen. Natürlich hatte sie sich eine Wassergeburt für ihr Kind gewünscht, doch dann war die Fruchtblase fünf Tage vor dem errechneten Geburtstermin gleich morgens nach dem Aufstehen geplatzt. Todd hatte sie ins Auto verfrachtet, und schon auf der Fahrt ins Krankenhaus überrollten sie so heftige Wehen, dass sie beide glaubten, es nicht mehr rechtzeitig zu schaffen. Ihr Antarktis-Baby würde auf dem glühend heißen Highway zur Welt kommen. Lumme wusste nicht, wie sie aus der Notaufnahme in den Kreißsaal gekommen war. Sie erinnerte sich nur noch daran, dass sie über ihre Schreie erstaunt gewesen war. Schreie, die wie wilde Tiere tief aus ihrem Inneren hervorbrachen. Ihr ganzer Körper hatte sich aufgebäumt. Hohe See.

Für die Wanne war es da längst zu spät gewesen. Im Kreißsaal hatte dann die Hebamme das Kommando übernommen, ruhige, sachliche Anweisungen, die wie das Verlesen einer Gebrauchsanweisung klangen. Lumme hatte sich ihrem Körper überlassen, während Todd hinter ihr kniete und sie hielt. Ihr Sohn war so schnell auf der Welt gewesen, dass sie es gar nicht glauben konnte, als sie ihn in den Armen hielt. Das kleine rote Gesicht mit dem wütend schreienden Mund war ihr zunächst fremd gewesen, sodass sie tatsächlich gedacht hatte, man habe ihr irgendein Kind in die Arme gelegt. Die unbändige Liebe zu Josh hatte sich erst in den Wochen danach entwickelt. Er war ihr ans Herz gewachsen.

Lumme sah auf die Uhr. Es war kurz vor zweiundzwanzig Uhr, Henning hatte die Lichter im Schausaal bereits heruntergedimmt. Die meisten Tiere schliefen, nur im Panoramabecken kamen die Fische nicht zur Ruhe. Der Stör zog seine Bahnen schneller als gewöhnlich, die Dorsche schwammen mal links und mal rechts herum, sie waren ganz konfus. Auch die Flundern stiegen immer wieder vom Beckenboden auf, als könnten sie keinen Schlaf finden. Ab und zu schwebte die neugierige Dorschfrau heran und bedachte das zuckende Seepferdchen mit einem langen Blick. Sie schien sich über den kreißenden Theo zu wundern.

Wenn Henning von seinem Computer zurückkam, vermeldete er neue Besucherrekorde auf Theos Facebook-Seite. Die ersten Onlineportale hatten die Meldung aufgegriffen und berichtet, dass das Seepferdchen kurz vor der Niederkunft stand. *In Kürze mehr*, so hieß es auf den bunten Nachrichtenseiten. Fast hunderttausend Besucher hatten die Webcam des Aquariums angewählt, obwohl man auf den Bildern kaum etwas sah. Lumme kam es so vor, als ob sie die Geburt eines Königskindes erwarteten. In regelmäßigen Abständen klingelte das Telefon in ihrem Büro, doch sie gingen nicht ran.

Kurz nach Mitternacht veränderte sich Theos Farbe, ein gleißendes Orange überzog seinen gewaltigen Bauch. Es sah so aus, als würde er innerlich verbrennen. Lumme überlegte, ob nun der Augenblick gekommen war, Todd anzurufen. Plötzlich hatte sie Angst um ihr Seepferdchen, ein scheußliches Gefühl, das sie ganz flau werden ließ. Ihr Magen krampfte sich zusammen, ihr Blick hing wie gebannt an dem kleinen Kerl. Aus den Augenwinkeln heraus sah sie, dass Henning sein Handy zückte und zu filmen begann. Der kleine Theo krümmte sich vor und zurück, dann – ganz plötzlich – öffnete sich seine Bruttasche einen Spaltbreit, und das erste Baby wurde in die Welt entlassen. Danach ging alles ganz schnell. Theo pumpte die Zwerge jetzt schubweise heraus, erst eins, dann zwei, dann fünf, dann zehn, dann zwanzig. Dann kamen sie nicht mehr mit dem Zählen nach. Lumme schrie vor Freude und Erleichterung auf, während Henning immer weiter filmte. Ein Schwarm winziger, aber vollkommener Wesen trudelte durch das Wasser. Wie eine dunkle Wolke schwebten die Tierchen davon.

Es war kaum zu glauben, doch sie hatten keine Zeit, sich in die Arme zu fallen, denn nun kam der heikelste Moment. Lumme hielt den Atem an, während Henning ihr sein Handy in die Hand drückte. Die Jungfischchen schwammen an die Wasseroberfläche, um ihre Schwimmblasen mit Luft zu füllen. Dabei kreuzten sie unweigerlich die Bahn des Störs. In der Natur überstanden die meisten Jungen die ersten Minuten nach der Geburt nicht, sie wurden von anderen Tieren gefressen. Aber Henning hatte die graue Eminenz in den vergangenen Tagen mit dem Doppelten seiner gewohnten Ration verwöhnt. Trotzdem verschwand er nun hinter die Kulissen, um im Ernstfall ins Panoramabecken zu springen und den Stör abzulenken.

Lumme würde ihm das Kommando zum Rettungssprung geben. Gebannt verfolgte sie die winzigen Seepferdchen, die immer höher stiegen. »Achtung«, rief sie, als die Fischchen die Bahn des Störs erreichten, doch der riesige Fisch schwamm quasi blind durch die Seepferdchenwolke hindurch. Und auch beim Abtauchen schnappte er nicht nach den Zwergen. Vielleicht waren die Seepferdchen einfach zu klein für seinen Geschmack?

»Kannst wieder rauskommen!«, rief Lumme nach hinten, als die Seepferdchen auf das Seegras zuschwebten, wo Theo sich erholte. Wie ihre Eltern versteckten sich die Kleinen zwischen den Pflanzen. Lumme drückte ihre heiße Stirn gegen die Panoramascheibe, sie fühlte sich stolz und erleichtert zugleich. Tränen liefen ihr über die Wangen. Sie hatten es geschafft! Als Henning wieder bei ihr war, umarmte er sie. In seinem Taucheranzug fühlte er sich an wie ein kalter muskulöser Fisch.

Eine Zeit lang genossen sie ihr Elternglück, dann begannen sie, die Fischchen zu zählen. Um zwei Uhr dreißig in der Nacht posteten sie ein Bild der Seepferdchenfamilie und eine Nachricht auf Facebook. *Ganz der Papa: Mit großer Freude und Stolz geben wir die Geburt von zweihundertdreizehn Kurzschnäuzigen Seepferdchen bekannt.*

Zweiundzwanzig

Lumme hatte kaum geschlafen. Die Freude über die Geburt der Seepferdchen war von der Aufregung abgelöst worden. Um acht Uhr früh ging ihr Flieger nach Hamburg, von dort aus fuhr sie mit dem Zug weiter nach Berlin. Klaus Baumgartner war bereits in der Stadt, er holte sie am frühen Nachmittag am Hauptbahnhof ab.

Schon in Hamburg hatte Lumme kurz Zeit gehabt, die Schlagzeilen der Zeitungen im Bahnhofskiosk zu überfliegen. Die meisten Blätter hatten die glückliche Geburt auf der Titelseite vermeldet. *Hurra, es sind Hundertlinge!*, schrie es die Boulevardpresse heraus, *Deutschlands Superpapa ist wohlauf. Glückliche Geburt im Inselaquarium*, schlagzeilten die anderen, *Sensationeller Seepferdchenwurf.* Und auf dem Onlineportal der *Nordseezeitung* hatte sich sogar Hans Cassen zu Wort gemeldet: »Natürlich freuen wir uns über den Inselzuwachs. Wir werden das Kind schon schaukeln.«

Klaus Baumgartner stach aus der Menge heraus, Lumme sah ihn auf dem Bahnsteig stehen, als der Zug in Berlin einfuhr. Er strahlte, und sie fand, dass er einem Leuchtturm glich, den man irrtümlicherweise von der See ins Landesinnere versetzt hatte.

»Glückwunsch«, schnaufte er, als er sie im Gewusel der Reisenden an sich drückte. »Jetzt gehen wir feiern.«

Er ging nicht auf Lummes Protest ein, sondern hakte sie

unter und bugsierte sie nach oben an die sommerlich-träge Stadtluft, wo ein Taxi wartete. Wenig später fand sich Lumme in einem Lokal mit Blick auf das Brandenburger Tor wieder. An den Wänden hingen Fotos Prominenter, die Gäste saßen auf dunkelroten Lederbänken. Obwohl die Mittagszeit längst vorbei war, war es brechend voll. Lumme war froh, dass sie niemand beachtete.

»Wie hast du geschlafen?«

Baumgartner hatte zur Feier der Geburt einen Weißwein geordert, doch sie nippte nur vorsichtig an ihrem Glas.

»Tief, aber wenig.«

Regel Nummer eins.

Lumme lächelte, sie spürte die Müdigkeit, aber noch viel stärker spürte sie die Aufregung. Kleine gemeine Faustschläge, die ihr Herz wie einen Punchingball hin und her schwingen ließen. Sie musste an Boje denken. Er hatte sie am Morgen mit einem Kuss verabschiedet und ihr den Schwarzen König in die Hand gedrückt, den sie schon Tage zuvor wieder auf das Schachbrett zurückgestellt hatte. Über Theo Johannson hatten sie nicht gesprochen, dabei war sie sicher gewesen, dass er gestern noch in der *Möwe* vorbeigeschaut hatte.

»Sieht man dir nicht an.« Baumgartner musterte sie über den Rand seines Weinglases hinweg. »Angst?«, fragte er.

Lumme horchte in sich hinein, dann schüttelte sie den Kopf. »Respekt«, antwortete sie. »Angst hatte ich gestern Nacht, als Theo plötzlich auseinanderzuplatzen schien. Einen Moment lang dachte ich tatsächlich, dass er es nicht schaffen würde.«

»Das war wirklich eine Punktlandung!« Baumgartner lachte auf. »Die Wassergötter sind auf unserer Seite. Die Leute von der Talkshow haben mich auch schon angerufen, die wollen die Sendung mit den Bildern von der Geburt aufmachen. Besser hätte es gar nicht laufen können. Jetzt geht es nicht mehr nur um Theo, es geht um zweihundert Seepferdchenbabys.«

»Zweihundertdreizehn.« Lumme nickte der Kellnerin zu, die einen Teller mit Pasta vor ihr abstellte. Ratlos sah sie auf den Nudelberg herab, sie wusste, dass sie keinen Bissen hinunterbekommen würde.

Baumgartner fing ihren Blick auf. »Du solltest wirklich etwas essen, Lumme. Und dann machen wir eine Anprobe im Hotel. Ich hab dir ein paar Talkshow-taugliche Outfits besorgt. Henning hat mir deine Kleidergröße verraten.«

»Aber …«

Lumme sah an sich herab. Sie trug ihre Lieblingsjeans und ein dunkelblaues Shirt. Eigentlich fand sie, dass sie ganz passabel aussah. Würde Baumgartner sie etwa in ein Kostüm und High Heels zwängen?

»Keine Angst«, Baumgartner lächelte ihr beruhigend zu. Er hatte sich ebenfalls Pasta bestellt und aß mit Appetit. »Wir haben da ein paar T-Shirts vorbereitet, die ich dir gerne zeigen würde. Und dann machen wir noch mal einen letzten Faktencheck vor der Sendung. Außerdem wollte ich dir noch etwas zu den Gästen erzählen …«

»Also gut.« Lumme probierte eine Nudel, Baumgartner hatte ihr bereits erklärt, dass sich die Gästeliste bis kurz vor Beginn der Sendung noch ändern konnte. »Weißt du schon, wer kommt?«

Baumgartner nickte, etwas in seinem Blick verriet ihr, dass er nicht ganz sicher war, wie sie auf die Gäste reagieren würde. Da war ein schnelles Blinzeln hinter den Brillengläsern, eine Spur von Unsicherheit, die ihr nicht gefiel.

»Matthias Koopmann kommt, der schleswig-holsteinische Umweltminister. Der ist so dröge, den packst du mit links.

290

Dann kommt Ralf Stellinghaus, Staatssekretär im Bundesministerium für Energie. Auch keine große Leuchte. Eva Schelling von den Grünen ist da, das ist eine unsichere Kandidatin. Ich habe gestern noch mit ihr gesprochen, eigentlich ist sie pro Windkraft, aber sie sieht ein, dass *Nordbank West* an diesem Standort ein Fehler ist. Dann ist auch noch Beastie B. da …«

»*Der* Beastie B.?« Lumme sah überrascht auf. Beastie B. war ein Rapper, soweit sie wusste, meldete er sich immer dann zu Wort, wenn es um die Legalisierung von Haschisch oder Jugendkriminalität ging. »Habe ich da was verpasst?«

Baumgartner grinste. »Er folgt Theo auf Facebook. Außerdem ist er ein YouTube-Star, das ist gut für die Quote. Er ist der bunte Hund in der Runde.«

»Oh, okay.« Lumme nickte, sie hatte den Überblick über Theos Freunde längst verloren.

»Und dann wird wohl auch noch Theo Johannson erwartet.« Baumgartner legte sein Besteck zur Seite. Er sah so aus, als wollte er ihr beruhigend die Hand tätscheln. »Er soll sich wohl zu den technischen Details des Windparks und zu der neuen Studie äußern.«

Theo.

Theo, Theo, Theo.

Lumme trank einen großen Schluck Wein und verschluckte sich. Hustend hielt sie sich die Serviette vor den Mund. Der Hustenreiz ließ ihr die Tränen in die Augen schießen.

»Alles klar bei dir?« Baumgartner beugte sich über den Tisch und klopfte ihr auf den Rücken. »Besser?«

Es dauerte eine Weile, bis sie wieder sprechen konnte.

»Seit wann weißt du das?«, krächzte Lumme, als sie ihre Stimme wiedergefunden hatte.

»Seit gestern. Der Sender hat wohl schon vor ein paar Wochen bei ihm angefragt, aber er hat erst gestern Morgen zugesagt.«

Gestern erst.

Theo – Lumme sah ihn vor sich, seinen Blick, den er ihr in den Dünen zugeworfen hatte. Der Containerriese in ihrem Kopf gab ein Alarmsignal von sich: Mann über Bord!

Wieder musste sie husten, und ganz plötzlich kippten die Tränen aus ihren Augen.

Baumgartner griff nun doch nach ihrer Hand, er musterte sie wie ein Arzt bei der Visite. Wollte er etwa ihren Puls fühlen?

»Lumme?«

Sie schüttelte den Kopf und trank noch einen Schluck Wein. »Er kennt meine Statements, Klaus«, flüsterte sie schließlich, als sie sich ein wenig gefasst hatte. »Er weiß, was ich sagen werde.«

Baumgartner sah sie lange an, aber er zog seine Hand nicht zurück. Warm und schwer lag sie auf ihrer Linken.

»Ich frag jetzt lieber nicht, wie das passiert ist«, sagte er schließlich. »Aber ich denke mal, dass du das wieder hinbiegst.«

Alles Weitere lief dann wie im Traum. Baumgartner lotste sie zu ihrem Hotel und durch die Anprobe. Er hatte Shirts mit Seepferdchen-Logos anfertigen lassen, und Lumme entschied sich für ein schlichtes weißes T-Shirt mit einem Seepferdchenherzen über der Brust. Noch einmal ging er mit ihr mögliche Fragen und Antworten durch. Lumme funktionierte wie auf Autopilot. Jedes ihrer Statements saß, sie sah die Sätze einfach vor sich, so wie Henning sie auf die Karteikarten geschrieben hatte. Dummerweise sah sie auch Theo vor ihrem inneren Auge. Den großen Theo. Er war es, der ihr die Karten entgegenhielt.

Dann war es auch schon Zeit, ins Studio zu fahren. Die Talkshow wurde in einem alten Schwimmbad aufgezeichnet, ein imposanter Kuppelbau aus der Gründerzeit, das Studio bot Platz für etwa zweihundert Zuschauer. Dort, wo sich früher das Schwimmbecken befunden hatte, war nun die Bühne aufgebaut. Eine Redakteurin führte Klaus Baumgartner und Lumme durch das Studio und erläuterte ihnen den Ablauf der Sendung.

»Sie werden rechts vom Moderator sitzen«, sagte sie zu Lumme. »Das ist seine Schokoladenseite. Herr Willner wird Ihnen die erste Frage stellen, er wird Sie nach Ihren Gefühlen bei der Geburt der Seepferdchen fragen.«

Gefühle.

Lumme dachte noch über die Antwort nach, als sie schon in der Maske saß. Eine junge Frau puderte sie ab und betonte ihr die Augen und Lippen, während sie ohne Pause vor sich hin plapperte. Lumme starrte auf ihr Spiegelbild, das sich von einem müden, mit roten Flecken überzogenen Gesicht in eine ihr unbekannte Frau verwandelte. Ab und zu nickte sie der Visagistin zu, die sich nun auch noch daranmachte, ihr das Haar hochzustecken.

Klaus Baumgartner hob anerkennend eine Augenbraue, als er sie hinter den Kulissen wieder in Empfang nahm. In einer Art Lounge warteten sie auf die übrigen Gäste, die nach und nach eintrudelten und ihr die Hand schüttelten. Nur Beastie B. und Theo Johannson fehlten noch, Lumme sah, dass eine der Redakteurinnen hektisch telefonierte.

Dann kam Gregor Willner herein, um sie zu begrüßen. Lumme hatte ihn sich größer vorgestellt, er wirkte weniger einschüchternd als auf dem Fernsehschirm. Er wechselte zunächst ein paar Worte mit den Politikern, die ruhig und routiniert auf Lumme wirkten, dann kam er zu ihr herüber.

»Freut mich sehr, Sie kennenzulernen«, sagte er. Sein Händedruck war kurz und geschäftig, doch seine Augen suchten ihren Blick. Er nickte ihr freundlich zu, dann deutete er auf das T-Shirt mit dem Seepferdchenherzen. »Das ist wirklich eine sensationelle Geschichte. Doppel-Bingo, ich freue mich auf die Sendung. Versprechen Sie mir, dass Sie sich von dem ganzen Zirkus hier nicht einschüchtern lassen?«

»Ich versuch's …« Lumme tastete nach dem Schwarzen König in ihrer Hosentasche. Gregor Willner hatte seine TV-Karriere als Quiz-Moderator gestartet, und irgendwie hatte er die Glücksspiel-Attitüde nie ganz abgelegt. Sein Alles-geht-Nichts-muss-Charme amüsierte sie, und für einen kurzen Moment fühlte sie sich nicht mehr ganz so verloren. »Herr Baumgartner hat mich auf alles vorbereitet«, fuhr sie fort.

»Dann nehme ich Sie schon einmal mit nach vorne, einverstanden?«

»Okay …« Lumme atmete noch einmal tief ein und aus, während Baumgartner ihr ein »Toi, Toi, Toi« auf den Rücken klopfte. Im nächsten Moment stand sie schon im Studio, wo das Publikum den Moderator mit Applaus begrüßte.

Gregor Willner winkte ab und zeigte auf Lumme.

»Doktor Lumme Hansen«, stellte er sie vor, »Deutschlands Superhebamme. Sie hat heute Nacht mehr als zweihundert Seepferdchen auf die Welt geholfen.«

Der Applaus brandete wieder auf, fast noch heftiger als bei Willner. Er lächelte ihr zu und zeigte auf einen Sitzplatz in der

Mitte der Runde. Während Lummes Mikrofon verkabelt wurde, scherzte er mit dem Publikum herum. *Warm-up.*

Auch die anderen Gäste kamen herein und setzten sich. Zwei Plätze in der Runde blieben frei, doch Willner schien nicht besonders besorgt zu sein.

Dann ging alles sehr schnell. Die Stimme des Regisseurs hallte durch das Studio: »Noch zwei Minuten bis zur Sendung.« Auf einem Monitor wurden die gerade laufenden Nachrichten eingeblendet. Das Wetter folgte, dann ertönte die eingängige Titelmelodie der Sendung.

Dadang, dadang, dadang …

Es ging los!

Lumme schloss ganz kurz die Augen, ihr Herz galoppierte. Während sie sich noch einmal die Antwort auf die erste Frage ins Gedächtnis rief, die sie sich zurechtgelegt hatte, sah sie auf einmal ihre Mutter vor sich. Wieder tastete sie nach dem Schwarzen König in ihrer Hosentasche.

Theos leerer Stuhl erfüllte sie mit Zuversicht, doch während der Vorspann zur Talkshow noch lief, führte eine Assistentin Beastie B. und Theo ins Studio. Der Rapper wurde neben Lumme platziert, während Theo ihr gegenüber Platz nahm.

Doppel-Bingo.

Lumme starrte Theo an. Er trug einen dunkelblauen Anzug, ein weißes Hemd ohne Krawatte und braune, auf Hochglanz polierte Budapester. Sie sah auf seine Hände, die ruhig auf den Sessellehnen lagen. Er hatte nichts mehr mit dem Rettungsschwimmer von gestern zu tun. Theo nickte ihr zu und zog die Augenbrauen zusammen, die steile Falte über seiner Nase glich einer Ackerfurche. Sie sah ihm an, dass er jetzt gerne seine Sonnenbrille aufsetzen würde.

Dann hörte sie schon Gregor Willners charismatische Fernsehstimme neben sich, er moderierte die Sendung an. »Naturschutz auf Kosten der Natur?«, lautete das Thema der Talkshow. Willner erläuterte kurz die Problematik rund um den Offshore-Windpark und erklärte, dass der Naturschutzbund gegen die Genehmigung von *Nordbank West* klagte. Dann kam er auf das Seepferdchen zu sprechen, das er »Deutschlands neuen Promi-Papa« nannte. Ein Einspieler aus dem Inselaquarium, den Henning aufgenommen hatte, zeigte den kleinen Theo mit seinen zweihundertdreizehn Kindern, dann durfte Lumme auch schon die erste Frage beantworten. Sie sagte, dass sie sich erschöpft und glücklich zugleich fühle, wie nach einer richtigen Geburt.

Warmer Applaus folgte, und Willner stellte ihr die nächste Frage: »Was fühlen Sie, wenn Sie an den geplanten Windpark denken?«

Lumme dachte nicht nach, sie sah Theo an. »Ich fühle mich so, als würde man mir das Herz herausreißen.«

Willner nickte, er wandte sich Theo zu und stellte ihn vor. »Sie heißen auch Theo – so wie das Seepferdchen. Haben Sie kein Herz für die Tiere, Herr Johannson?«

»Wie bitte?«

Theo zog die Brauen noch stärker zusammen, offensichtlich hatte er eine andere Frage erwartet.

»Was antworten Sie Frau Hansen?«, setzte Willner nach.

Theo räusperte sich. Er blickte kurz zu Lumme herüber, dann sah er Gregor Willner an. »Ich bin«, sagte er, »schon immer ein Fan der Insel gewesen. Ich weiß um die Einzigartigkeit ihrer Natur. Viele nennen die Insel auch das Galapagos Europas. Gerade deshalb hat mein Unternehmen die Planungen zu *Nordbank West* mit der größtmöglichen Sorgfalt betrieben. Der Windpark wird das Gesicht der Insel nicht verändern. Und er wird …«

Das Galapagos Europas.

Das waren doch ihre Worte!

Lumme warf Theo einen feindseligen Blick zu. Würde er ihre Statements tatsächlich gegen sie verwenden? Wütend fiel sie ihm ins Wort.

»Alternative Energiegewinnung ist unsinnig, wenn sie genau das zerstört, was wir eigentlich durch sie bewahren wollen – nämlich die Natur.«

Da, sie hatte ihren Ballast abgeworfen, bevor er ihr die Worte im Mund verdrehen konnte. Das Publikum klatschte begeistert, offenbar gefiel ihnen Lumme Hansen pur.

Lumme lehnte sich zurück, der Applaus tat ihr gut. Das war etwas anderes als der Gegenwind auf der Insel. Sie bemerkte, dass sie sich entspannte. Als sie ins Publikum sah, musste sie unwillkürlich an die Fische im Inselaquarium denken. Da war plötzlich eine große Zuversicht in ihr, und als sie weitersprach, meinte sie, das Wasser zu spüren, das früher das Schwimmbad geflutet hatte. Seine Energie übertrug sich auf ihren Körper. Im nächsten Moment vergaß sie die Kameras und warf sich in die Fluten. Punkt für Punkt arbeitete sie ihre Statements ab. Im Nachhinein hätte Lumme schwören können, dass die Sendung nur zwanzig Minuten gedauert hatte. Dabei hatten sie eine Stunde miteinander debattiert.

Die Redaktion hatte Gregor Willner bestens gebrieft. Er holte die Politiker in die Diskussion, die sich auf rechtliche und wirtschaftspolitische Allgemeinplätze beriefen und behaupteten, dass der Windpark für die Energiewende unverzichtbar sei. Als Willner den Umweltminister mit der geplanten Schließung des Inselaquariums konfrontierte, wies der jeden Zusammenhang mit dem Seepferdchen und der Klage gegen den Windpark von sich. Das Publikum buhte, die Leute spürten es, wenn sie für dumm verkauft wurden. An Lummes Seite lachte Beastie B. höhnisch auf. Er gab nur zwei Statements von sich und lümmelte ansonsten cool in seinem Sessel. Das Seepferdchen sei der geilste Kerl, den Deutschland seit Langem hervorgebracht habe, meinte er. Etwas später warf er Lumme eine Kusshand zu und rief in Kennedy-Manier: »Ich bin ein Seepferdchen!«

Das Publikum johlte und trampelte mit den Füßen.

Theo Johannson bemühte sich tapfer, die Fahne der Windkraft hochzuhalten, doch die Stimmung war einfach gegen ihn. Seine Statements verfingen nicht, während Lumme alle ihre Botschaften ins Ziel brachte. Den Schallschutz, die Schweinswale, den Vogelzug und nicht zuletzt die Seepferdchen … Die Welle der Sympathie, die durchs Studio wogte, trug Lumme durch die Sendung. Am Ende war sie fast enttäuscht, dass der Abspann schon lief.

»Das war großartig«, sagte Willner zu ihr, als die Mikrofone abgeschaltet waren. Er schüttelte ihr lange die Hand. »Sie haben einen tollen Spirit in die Sendung getragen. Ich wünsche Ihnen viel Erfolg für Ihre Sache.«

Dann kam auch schon Baumgartner auf sie zu und umarmte sie. »Lumme Hansen, du bist ein Naturtalent«, brauste es an ihr Ohr, während er sie einfach hochhob und herumwirbelte. »Henning hat sich schon bei mir gemeldet, unser Theo hat jetzt fast eine Million Freunde. Das Netz dreht durch.«

Eine Million Freunde!

Schwindelig vor Glück lehnte Lumme sich gegen Baumgartners väterliche Brust. Sie fühlte sich erschöpft und euphorisch zugleich, ihre Beine zitterten.

»Bringst du mich bitte ins Hotel, Klaus?«, fragte sie. »Ich glaub, ich brauch jetzt ein bisschen Ruhe.«

Die Redaktion hatte die auswärtigen Gäste in einem angesagten Hotel in Berlin-Mitte eingebucht. Klaus Baumgartner setzte sie vor dem Eingang ab, er hatte sich noch mit der Grünenpolitikerin in einem Lokal vis-à-vis verabredet.

»Lass uns morgen zusammen frühstücken«, sagte er, als sie sich von ihm verabschiedete. »Ich würde gern noch etwas mit dir besprechen. Acht Uhr?«

Lumme nickte benommen und schob sich durch die Drehtür ins Hotel. Sie dachte, dass sie gleich einen Kopfsprung hinein in ihr Bett machen würde. Als sie durch die Lobby ging, sah sie Theo an der Bar sitzen. Er saß am Tresen und sah sehr einsam aus.

Theo – sie hatte ihn nach der Sendung ganz aus den Augen verloren. Sie blieb kurz stehen, ihr Blick wanderte zum Fahrstuhl und wieder zurück.

Theo.

Theo, Theo, Theo.

Lumme beobachtete ihn. Er saß mit dem Rücken zu ihr und nippte an einem Whisky, seltsamerweise hörte sie das Eis in seinem Tumbler klirren. Als er das Glas vor sich abstellte, musste er ihr Gesicht in der Spiegelwand hinter dem Tresen entdeckt haben. Er drehte sich um, ganz ruhig, und nickte ihr zu.

»Hey, Lumme«, formten seine Lippen.

Lumme hob das Kinn, ganz leicht, dann ging sie auf ihn zu, während er ihr den Barhocker an seiner Seite zurückschob.

»Willst du auch einen?«

Theo zeigte auf den Whisky, kurz streifte seine Hand ihren Arm, und sie zuckte unmerklich zusammen.

»Einen.«

Lumme zögerte kurz, dann stellte sie ihre Tasche ab und kletterte auf den Hocker, während Theo bestellte. »Einen *White Oak on the Rocks.*« Seine Stimme klang heiser, als wollte er etwas vor ihr verbergen. Ein Gefühl.

Als der Whisky kam, stießen sie an.

Lumme nahm einen vorsichtigen Schluck, der Scotch schmeckte nach Erde und Salz und einem Hauch Vanille. Die Eiswürfel in ihrem Glas zischten und wisperten.

»Super Auftritt«, sagte Theo, er suchte ihren Blick. Er hatte sein Jackett ausgezogen, nun krempelte er die Ärmel seines Hemdes auf. »Ich hätte nicht kommen sollen.«

»Weil du verloren hast?«

Lumme wich seinen ozeanblauen Augen aus, sie betrachtete die verspiegelte Wand mit den vielen Hundert Flaschen vor sich. Der Barkeeper hatte sich dem nächsten Gast zugewandt und zapfte ein Pils.

»Nein, weil ich wusste, dass ich verlieren würde.«

Lumme drehte den Kopf zur Seite, nun sah sie ihn doch an. Seine Augen schillerten geheimnisvoll, und sie dachte, dass sich seine Gedanken darin spiegelten. Sie konnte sie nur nicht lesen.

»Du wusstest, dass du verlierst?«

»Als ich dich gestern in den Dünen liegen sah …« Theo nahm noch einen Schluck von seinem Scotch, er sprach nicht weiter. Ein Lächeln kräuselte seine Lippen. »Auf die Seepferdchen«, sagte er schließlich.

»Auf Theo!«

Lumme nickte ihm zu, das Triumphgefühl, das sie eben noch verspürt hatte, war nicht mehr da. Vielleicht war es im Taxi sitzen geblieben und einfach weitergefahren? Plötzlich fiel ihr auf, dass Theo seinen Ehering nicht mehr trug.

»Baumgartner hat mir erzählt, dass du gestern erst zugesagt hast.«

Theo lachte auf, dunkel und kehlig. »Das war, bevor du mich mit den Robben allein gelassen hast.«

»Ich hab dir meine Karteikarten dagelassen …«

Lumme zog sich ein Schälchen mit Nüssen heran, das ihnen der Barkeeper hingestellt hatte. Unschlüssig fischte sie darin herum.

Theo packte ihre Hand, und wieder zuckte sie zusammen, wie bei einem Stromschlag. Ihre Haut kribbelte, eintausend Volt.

»Hör mal«, sagte er, »ich wollte nur mit dir reden.«

»Nackt? Auf der Sandbank?« Lumme schüttelte den Kopf, sie hätte doch zu Bett gehen sollen. Sie versuchte, ihre Hand freizubekommen, aber Theo ließ sie nicht los.

»Du kannst doch nicht alles vergessen haben, was zwischen uns war.«

Er sprach leise, aber sehr deutlich. Etwas Überwältigendes schwang in seiner Stimme mit, eine gewaltige Welle, die sogar den Containerriesen in ihrer Seele winzig aussehen ließ.

Ganz plötzlich ließ er ihre Hand los. Lummes Arm flog zurück und wischte den Tumbler vom Tresen. Mit einem Knall zersprang das Glas auf dem Boden, die Eiswürfel rutschten davon. Es roch nach Whisky und feuchtem Holz.

Der Barkeeper warf ihr einen tadelnden Blick zu, doch dann stellte er ihr wortlos ein neues Glas hin, bevor er sich um die Bescherung kümmerte.

Lumme griff nach dem Scotch wie nach einem Rettungsanker. Die bernsteinfarbene Flüssigkeit sah aus wie zwei Fingerbreit voll mit Sonnenuntergang. Ein goldener Insel-Sonnenuntergang. Zitternd führte sie das Glas an die Lippen. Erde, Salz – und knisterndes Eis. Wie eine Feuerzunge brannte sich der Scotch seinen Weg hinab.

»Lumme?«

Theo, er sah sie immer noch an. Sie spürte seinen Blick auf der Haut, ihre Wangen glühten. Glaubte er allen Ernstes, dass sie mit ihm über früher sprechen würde? Dass sie auch nur darüber nachdachte? Er war es doch gewesen, der alles kaputt gemacht hatte. Und der Jan die Klippen hinabgestürzt hatte. Nie würde sie den Anblick des toten Freundes vergessen. Der zerschmetterte Körper, der am Fuß des Felsens im Geröll lag. Sie hatten beide etwas gesehen, für das sie noch zu jung gewesen waren.

»Ich weiß nicht, was du von mir willst, Theo«, flüsterte sie schließlich, dann bückte sie sich nach ihrer Tasche. Als sie ihr Portemonnaie hervorkramte, fiel ihr der Schwarze König in den Schoß. Sie legte ihn auf den Tresen, bevor sie mit zittrigen Fingern einen Schein aus der Börse zog.

»Lumme, bitte.« Wieder griff er nach ihrer Hand, und sie … sie stellte sich ganz plötzlich vor, dass er sie an einer anderen Stelle berührte. Dort, wo dieses dunkle Gefühl für ihn wieder seine Finger spreizte. Ihr Verlangen ärgerte sie.

»Wo hast du deinen Ring gelassen?«, fragte sie ihn mit einer komisch kleinlichen Stimme. Sie hätte gerne gewusst, ob er Kinder hatte. Der Barkeeper verfolgte ihren kleinen Kampf mit unbewegter Miene.

»Meinen Ring?« Theo sah auf seine Hand herab, die sich um ihr Handgelenk gelegt hatte, dann lockerte er den Griff.

»Wir haben uns getrennt, vor mehr als einem Jahr schon. Ich weiß nicht, warum ich den Ring noch getragen habe. Aus Nostalgie vielleicht?«

»Und jetzt denkst du, dass du wieder bei mir landen kannst?«

Lumme befreite sich aus seinem Griff, rieb sich das Handgelenk. In ihrem Kopf war es sehr still.

»Ich will nicht bei dir landen. Ich möchte mit dir reden – über Jan. Und über uns. Wir …«

»Es gibt kein Wir, Theo.«

Sie öffnete die Faust, und der Geldschein segelte auf den Tresen. Wie eine Feder.

Jan.

Jan, Jan, Jan.

Wieder sah sie sich am Klippenrand stehen und in den Abgrund blicken. Fassungslos, erstarrt, unfähig zu schreien.

Theo hatte ihre Hand losgelassen. Dann war er über die alten Bunkergänge und -treppen im Felsen nach unten geklettert, während sie zur Kirche gelaufen war, um Hilfe für Jan zu holen. Erst nach dem Rettungseinsatz, der eigentlich nur noch eine Bergung gewesen war, hatten sie sich wieder gesehen.

Da hatte sie seinen Anblick schon nicht mehr ertragen können.

»Spring!« – wie ein Messer hatte sich Theos Stimme in ihr Herz und ihre Seele gebohrt. Und nun machte er sich daran, die Container mit dem Tintenfischeis zu öffnen. Einen nach dem anderen.

Lumme wusste, dass sie ganz schnell von hier wegkommen musste, sonst …

»Ich habe damals einen Fehler gemacht, Lumme. Einen

großen Fehler.« Theo langte in die Innentasche seines Jacketts, das über der Lehne des Barhockers hing, und legte ein kleines schwarzes Notizbuch auf den Geldschein. »Das gehört dir.«

»Was ist das?«

Lumme starrte auf das Büchlein mit dem matten Einband aus Leinen, sie hatte das Gefühl, es schon einmal gesehen zu haben.

»Das ist Jans Notizbuch. *Seevögel im Wind* – erinnerst du dich? Darin hat er seine Beobachtungen auf dem Vogelfelsen notiert.«

»Wo hast du das her?«

Lummes Stimme zitterte, sie nahm das Büchlein hoch. Es kam ihr wie ein Wunder vor, nach so langer Zeit etwas von Jan in den Händen zu halten. Sie trank noch einen Schluck Scotch, dann schlug sie es vorsichtig auf. *Für Lumme,* hatte Jan auf der zweiten Seite unten rechts notiert. Sie erkannte seine krakelige Vogelschrift sofort.

Sprachlos hob sie den Blick.

»Er …« Theo holte tief Luft, bevor er weitersprechen konnte; sie meinte, Tränen in seinen Augen schimmern zu sehen. »Er muss es in der Hand gehalten haben, als er … als er sprang. Es lag neben ihm. Ich hab es gefunden und eingesteckt, bevor die Rettungsleute kamen.«

»Aber …«

»Ich habe nicht hineingeschaut, Lumme. All die Jahre nicht. Ich konnte nicht.« Theo hob hilflos die Arme, und sie wusste, was er meinte. »Bis … Ich habe heute Nacht ein paar Seiten überflogen. Da stehen nicht nur Vogelbeobachtungen drin, das ist auch ein Abschied. Von dir. Von uns.«

»Wie meinst du das?«

Lumme blätterte zaghaft durch die Seiten. Sie stolperte über Vogelnamen und deren Sichtungen mit Datum und Uhrzeit, Wind- und Temperaturangaben. Dazu kleine Skizzen: Flugformationen, Federzeichnungen, ein Gelege, Wolkenbilder.

Und dazwischen ihr Name. Immer wieder, immer mehr, wie ein Schmerz, der immer drängender wurde.

Lumme.

Lumme, Lumme, Lumme.

In schwarzer Tinte hockte der Name auf dem Papier, wie ein großer dunkler Schattenvogel, der sich auf seiner Seele niedergelassen hatte.

»Er hat es nicht ertragen können. Er hat uns nicht ertragen. Nicht mehr. Er hat einfach gespürt, dass da kein Platz mehr für ihn war. Und dass er dich nach diesem Sommer für immer verlieren würde.«

»Aber ...«

Lumme versuchte zu verstehen, was Theo ihr sagen wollte.

»Er wollte nicht mehr leben.«

»Wie kannst du das sagen?«

Lumme starrte noch immer auf das Büchlein, auf die Vogelschrift.

Lumme.

Lumme, Lumme, Lumme.

»Es steht hier drin. Jan – er ...«

Wieder brach Theo ab. Er nahm den Schwarzen König in die Hand und betrachtete ihn, als wäre er ein kostbarer Schatz.

Lumme schüttelte den Kopf, doch sie spürte, dass da etwas war. Eine Ahnung. Eine Erinnerung. Ein Blick, den sie von Jan aufgefangen hatte. Seine Art, wie er sich zuletzt weggedreht hatte, wenn sie Theo küsste.

Sein Rückzug.

Die Besessenheit, mit der er den Vögeln nachgestellt hatte.

Sein ständiges Balancieren am Klippenrand.

Als ob er …

All die Bilder und Erinnerungen, die sie im Tintenfischeis eingeschlossen hatte und die nun durch ihre Seele schipperten.

Lumme hob den Blick und sah Theo an. »Du hast doch gesagt, dass er springen soll«, flüsterte sie.

»O Gott, Lumme.« Theo vergrub sein Gesicht in den Händen, seiner Stimme hörte sie an, dass er alles dafür geben würde, jene Sekunde ungeschehen machen zu können. »Ich habe doch nicht geglaubt, dass er es ernst meint. Dass er sich fallen lässt …«

»Ja«, sagte sie, während sie auf Theos Kopf hinabblickte, auf jenen schmalen Streifen Haut zwischen Haar und Hemdkragen, den sie so gern berührt hätte. Sie meinte, Jans Stimme zu hören, und plötzlich wusste sie, dass das Meer ihn in die Knie gezwungen hatte.

Das Wasser.

Und seine Liebe zu dem Mädchen mit dem Vogelnamen. Sie war es gewesen, die ihn zurückgestoßen hatte. Die ihn nicht geliebt hatte.

Jedenfalls nicht genug.

Hatte sie nicht auch »Spring!« gemurmelt? Oder es zumindest gedacht? Einen furchtbaren Augenblick lang.

»Theo – ich …«

Sie klappte das Notizbuch zu und legte es zurück auf den Tresen. Dann bestellte sie noch zwei Whiskys.

»*Scheun'n Schiet ook*«, murmelte Theo.

Er hob den Kopf und sah sie wieder an. Und etwas in ihrem schaukelnden Herzen konnte ihm verzeihen.

Sie tranken auf Jan.

Beim nächsten Glas erzählte sie ihm von ihrem Leben. Von dem, was danach gekommen war.

Das ewige Eis. Und Todd.

Die Pinguine und Josh.

Und er erzählte ihr von Stockholm.

Von Alice und den Kindern, die er sich gewünscht und die sie nicht bekommen hatten.

Und davon, dass er Jans Eltern jedes Jahr auf Hallig Hooge besuchte.

Sie sprachen nicht über den Windpark und über die Insel.

Jetzt nicht.

Noch nicht.

Denn sie spürten beide, dass das Eis, das sie trug, jederzeit brechen könnte.

Da war zu viel Angst vor dem Schmerz, der sie immer noch in seinen Klauen hielt. Und der jederzeit wie ein grimmiger Seeadler auf sie herabfahren konnte.

Als die Bar schloss, gingen sie gemeinsam zum Fahrstuhl. Theo nahm ihre Hand, als wären sie ein Paar, und Lumme konnte es kaum erwarten, sich an ihn zu schmiegen.

Schon auf dem Weg nach oben küssten sie sich. Und in diesem Kuss lagen Trost und Verlangen zugleich.

Theo löste ihr das Haar und wischte den Lippenstift ab. In seinem Zimmer zog er ihr das T-Shirt über den Kopf, seine Hände strichen über ihren Körper, fanden ihren Nabel, ihre Scham. Als sie ihn auszog, musste sie an das Zelt in den Dünen denken. An den warmen Sand auf ihrer Haut.

Dann küssten sie sich wieder, zwei Ertrinkende, die nach Halt suchten.

Da war sein Geruch. Wie früher.

Wald und Watt, Eichenlaub, Erde und Salz.

Lumme schluchzte auf, und er erstickte ihr Schluchzen mit einem weiteren Kuss.

Als sie miteinander schliefen, war es, als wäre die Zeit zurückgedreht. Jedenfalls für einen atemlosen Augenblick.

Dreiundzwanzig

Der Verkehrslärm, der von der Straße hinauf ins Zimmer flutete, weckte Lumme. Verwirrt schlug sie die Augen auf.

Es war hell, sehr hell. Grelles Sommerlicht zwängte sich durch einen Gardinenspalt in den Raum und malte Muster auf den Teppich. Sonnenflecken.

Wo war ihre Uhr?

Ratlos sah sie auf den hellen Streifen Haut an ihrem Handgelenk, dann setzte sie sich auf.

Das zerwühlte Bett brachte ihr schlagartig die Erinnerung an die vergangene Nacht zurück.

Theo – wo war er?

Da waren die zurückgeschlagene Bettdecke, sein Abdruck auf dem Laken und sein Geruch, er hing noch in der Luft. Dort, wo sein Kopf auf dem Kissen liegen sollte, lag das schwarze Notizbuch.

Für Lumme.

Lumme stöhnte auf, sie wusste, dass sie beide einen Fehler gemacht hatten.

Und sie spürte, dass auch er es wusste.

Vielleicht hatten sie gestern Abend gedacht, dass sie einfach nur von den Klippen springen müssten, um das Eis in ihrer Seele loszuwerden. Und in diesem schwerelosen Moment des Fallens war etwas über sie gekommen, was ihnen zum Verhängnis geworden war.

Oder war es der Whisky gewesen, diese Flasche voll von geschmolzenem Sonnengold?

»*Scheun'n Schiet ook*«, hörte sie Theo sagen. Die Stimme schien direkt aus dem Tintenfischeis in ihrer Seele zu kommen.

Lumme stöhnte erneut und stützte den Kopf in die Hände. Vor dem Bett sah sie ihre Uhr auf dem Fußboden liegen, daneben das T-Shirt, ihre Jeans, die Schuhe.

Theos Sachen fehlten. Er musste sich einfach davongeschlichen haben. Was hatte er gedacht, als er neben ihr aufgewacht war?

Vorsichtig schwang sie die Beine aus dem Bett. Ihr Körper fühlte sich an, als wäre sie von der Bugwelle des Containerriesen erfasst und gegen Beton geschleudert worden.

Hangover.

Alles tat ihr weh, auch der Kopf.

Aber am meisten schmerzte sie, dass Theo nicht mehr da war.

Dass er ohne ein Wort gegangen war.

Dann fiel ihr ein, dass er den Schwarzen König mitgenommen haben musste. Jedenfalls hatte er ihn gestern Abend noch gehabt.

Lumme brauchte ein paar Minuten, um ganz zu sich zu kommen. Schließlich zog sie sich an und huschte zwei Stockwerke höher in ihr unbenutztes Hotelzimmer.

Es war schon nach neun, sie hatte das Frühstück mit Baumgartner verpasst. Da war eine Nachricht von ihm auf der Mailbox, er war am Bahnhof und wartete auf den Zug nach Kiel: »Melde dich, wenn du ausgeschlafen hast.«

Ihr Vater hatte ihr ein »Mensch, Lumme!« draufgesprochen, er klang heiter, aber auch nach jeder Menge Wind. Wahrscheinlich hatte Hans Cassen sich schon bei ihm gemeldet: »Deine Tochter spinnt!«

Und Henning – er hatte ihr eine SMS geschrieben. *Großartig!!!* Drei Ausrufungszeichen. *Heute drei Seepferdchen-Führungen!* Und noch mehr Ausrufungszeichen.

Keine Nachricht von Theo.

Nur dieses Buch, in das sie nicht mehr hineinschauen mochte.

Ratlos ließ Lumme sich auf das unberührte Bett fallen. Wieder sah sie auf die Uhr.

Sie dachte an Todd – schuldbewusst.

Und an Josh – sehnsüchtig. Er fehlte ihr, immer mehr. Ihr Herz krampfte sich zusammen, sie krallte die Hände in das Laken.

Dann versetzte sie dem Kopfkissen einen Schlag, ging ins Internet und suchte nach einem Flug, der sie nach San Diego bringen würde. Am liebsten sofort.

Die Buchung war nicht schwer. Last-minute, Kreditkartennummer, Bestätigung. Ihre Finger huschten über die Tastatur ihres Laptops.

Sie bekam einen Nachmittagsflug ab Frankfurt, den sie erreichen konnte. Und einen Zubringerflug von Berlin. Aber es blieb keine Zeit, um sich lange zu erklären.

Von unterwegs schickte sie jede Menge Mails in die Welt.

An Henning.

An Klaus Baumgartner.

Und auch an Hans Cassen.

Mit Boje telefonierte sie kurz.

Sie entschuldigte sich bei ihrem Vater, obwohl sie wusste, dass ihre Flucht nicht zu entschuldigen war.

»Ach, Lumme«, sagte er nur. Dann wünschte er ihr einen guten Flug. Er fragte nicht, wann sie wiederkommen würde.

Erst über den Wolken kam Lumme wieder zu sich.

Sie hatte einen Fensterplatz bekommen, ganz hinten, in der Bordküche bereiteten die Stewardessen das Abendessen vor.

Lumme hatte keinen Appetit. Sie sah aus dem Fenster, einen Plastikbecher mit Mineralwasser in der Hand. Von oben betrachtet wirkten die Wolken wie hügelige, von der Sonne beschienene Gärten. Irgendwann war der Mond zu sehen, noch nicht ganz rund, wie eine schiefe Frucht. Der Himmelsrand zerfloss in pfirsichfarbenem Licht.

Dann war es kurz dunkel, aber es wurde nicht Nacht.

Lumme flog durch die Zeit. Zehntausend Meter unter sich wusste sie den Ozean.

Es war früher Abend Westküstenzeit, als sie in San Diego landete. Lumme nahm sich ein Taxi hinaus nach Del Mar. Als sie dem Fahrer die Adresse nannte, musterte er sie im Rückspiegel.

»*Coming home?*«, fragte er, seine wachen Augen zwinkerten ihr zu.

Lumme nickte stumm. Sie blickte auf die schmale Tasche neben sich, irgendwie sah ihr Eine-Nacht-in-Berlin-Gepäck nach Scheitern aus. Dann fiel ihr ein, dass sie ihren Haustürschlüssel auf der Insel gelassen hatte. Sie würde klingeln müssen.

Oder sollte sie Todd lieber anrufen?

Lumme zögerte kurz, doch dann ließ sie es bleiben, weil sie wusste, dass ihre beiden Männer um diese Uhrzeit auf dem Wasser waren. Und weil sie sich davor fürchtete, Todds Stimme zu hören.

Coming home.

Ganz bestimmt würde sie in Tränen ausbrechen.

Lumme sah aus dem Fenster, der Verkehr floss ruhig aus der Stadt. Vorne drehte der Taxifahrer das Radio lauter und summte mit.

Das Haus am Cammino sah sehr viel größer aus, als Lumme es in Erinnerung hatte. Das war immer so, wenn sie von der Insel kam, irgendwie verrückte einem das Inselleben die Maßstäbe. Weiß und strahlend lag es da, umgeben vom wilden Dschungelgrün des Gartens. Die Palmen raschelten im Wind, die Abendsonne warf lange Schatten, die bis auf die Straße reichten. Als das Taxi in ihrem Rücken davonfuhr, hörte Lumme den Ozean. Ein weißes Rauschen. Sie konnte sich die Wellen dazu vorstellen, lang und flach, mit Kämmen aus Schaum, rollten sie an den Strand.

Lumme klingelte gar nicht erst, sondern ging ums Haus herum. Die Terrassentür stand offen, die Gardinen bauschten sich sorglos im Wind. Nach kurzem Zögern ging sie hinein und stellte ihre Tasche ab. Auf dem Tresen in der offenen Küche stand ein weißer Porzellanbecher mit kaltem Kaffee, auf dem dunklen Eichenparkett knirschte der Sand, den Josh vom Strand hereintrug. Es roch fremd und vertraut zugleich.

Lumme lächelte und rieb sich die müden Augen. Kurz überlegte sie, ob sie sich einfach oben ins Bett legen sollte. Todd würde seinen Augen nicht trauen. Dann dachte sie, dass sie es keinen Moment länger ohne Josh aushielt.

Über der Spüle spritzte sie sich kühles Wasser ins Gesicht. Sie nahm einen Schluck von dem kalten Kaffee, dann zog sie die Schuhe aus und war schon wieder auf dem Weg nach draußen an den Strand.

Auf dem Wasser war noch ziemlich viel los. Trotzdem erkannte sie ihren Sohn sofort, obwohl er weit hinausgepaddelt war. Es kam ihr so vor, als lenkte jemand ihren Blick. Sie blieb stehen, beschirmte die Augen und beobachtete ihn. Josh kniete auf seinem Brett, so wie sein Vater es ihm beigebracht hatte, bereit, die nächste Welle zu reiten. Sie sah, wie er kurz hinter sich blickte, dann paddelte er mit der Welle mit, die sich wie ein glitzernder Berg hinter ihm erhob. Als er genügend Fahrt hatte, drückte er sich auf die Füße und surfte mit der Welle in Richtung Strand.

»Das Gefühl, eine Welle zu erwischen, ist einfach unbeschreiblich«, sagte Todd, wenn er von seiner Leidenschaft sprach. Bei Josh sah es so mühelos aus, als könnte er mit dem Wasser verschmelzen. Er schien einfach ein Teil des Ozeans zu werden, das Meer reichte ihm die Hand und zog ihn mit sich.

Lumme konnte den Blick nicht von ihm lösen. Das Gefühl bedingungsloser Liebe durchflutete sie – leicht und befreiend zugleich. Sie schluchzte auf.

Coming home.

Als ihr Sohn nah genug herangekommen war, lief sie winkend auf ihn zu.

»Josh!«

Er erkannte ihre Stimme sofort.

»Mom!« Sein Schrei gellte über den Strand.

»Josh!« Sie lief ihm entgegen und breitete die Arme aus. Als sie ihn an sich zog und küsste, bemerkte sie, dass er gewachsen war. Sein Kopf reichte ihr schon bis zur Nasenspitze, bald würde sie zu ihm aufblicken müssen. Unter dem nassen T-Shirt spürte sie seine Muskeln, das Basketball-Camp hatte ihn verändert. Oder war es die Zeit, all die Monate, die sie ihn nicht gesehen hatte?

Wieder schluchzte sie auf, sodass Josh fragend aufblickte. Vorsichtig befreite er sich aus ihrer Umarmung.

»Was machst du hier, Mom?«

»Ich wollte dich sehen.«

Lumme lächelte und wischte sich über die Augen.

»Mir geht's gut.«

Josh strich sich das feuchte Haar aus der Stirn, er sah sie mit einer Mischung aus Ernst und Unbefangenheit an.

»Daddy und ich – wir sind ein gutes Team.«

»Wo ist Daddy?«

Lumme zog ihren Sohn wieder an sich, sie konnte einfach nicht genug davon bekommen, ihn in den Armen zu halten.

»Da«, murmelte Josh in ihr Haar und zeigte in Richtung Cammino, mit einer geschickten Drehung befreite er sich aus ihrer Umarmung. »Er hat dich schon gesehen.«

»Ja?« Lumme drehte sich um.

Todd saß auf seinem Surfbrett, nur etwa zwanzig Meter weiter den Strand hinauf. Sie musste an ihm vorbeigelaufen sein. Er sah gut aus, ausgeruht, lässig, entspannt.

Superdaddy.

Ein warmes Lächeln malte sich auf sein Gesicht, er sprang auf und kam auf sie zu.

»*Hi, Darling.*«

»Todd …«

Lumme ging einen Schritt auf ihn zu, und er zog sie an sich und gab ihr einen Kuss aufs Haar. Dann schob er sie ein Stück von sich und betrachtete sie.

»Du hast abgenommen«, bemerkte er.

»Hab ich das?«

Lumme blickte an sich herab. Sie trug immer noch das T-Shirt mit dem Seepferdchenherzen, die Jeans waren nass geworden, ihre nackten Füße bohrten sich in den warmen Sand.

»Alles gut?«

Todd griff nach ihrer Hand und drückte sie. Sein Blick tastete sich über ihr Gesicht.

Lumme nickte schnell.

»Ich hatte Sehnsucht nach euch beiden«, sagte sie und schlug die Augen nieder. Auch Todd war ein Surfer, er konnte die Wellen lesen, die Windrichtung, die Wellenhöhe, den Stand der Gezeiten.

»*Come on*, du hast die Sonne vermisst.«

Todd lachte auf, seine Zähne blitzten, und sie strich ihm über den Bart, der ihn veränderte.

Dankbar sah sie ihn an.

»Ich hab die Pinguine vermisst«, alberte sie, erleichtert, weil er nicht weiterbohrte. »Und jetzt brauche ich eine Dusche.«

Todd hatte Sushi zum Abendessen kommen lassen. California Rolls und jede Menge Avocado-Maki, die Lumme liebte. Beim Essen erzählte sie von ihrem Seepferdchen und den zweihundertdreizehn Zwergen, die der kleine Theo in die Welt gesetzt hatte. Von Boje und Henning und vom Sturm auf der Insel, den sie angezettelt hatte. Und sie berichtete von ihrem Talkshow-Auftritt. Josh machte große Augen, er wollte das T-Shirt mit dem Seepferdchenherzen behalten, und sie schenkte es ihm.

Als er zu Bett ging, trug er das Shirt, obwohl es dringend in die Wäsche musste. Es roch nach Reise und stickiger Flugzeugluft – und noch ein ganz kleines bisschen nach Theo.

»Daddy hat mich gar nicht mehr ins Bett gebracht«, sagte Josh, als sie sich zu ihm auf die Bettkante setzte und ihm einen Gutenachtkuss gab. Er hörte sich ziemlich erwachsen an.

»Aber heute darf ich doch noch, oder?«

Lumme schnupperte an seinem Haar, um nicht an Theo

denken zu müssen. War er wieder in Stockholm? Sie konnte es kaum glauben, dass sie sich vor nicht einmal vierundzwanzig Stunden geliebt hatten. Oder war es doch länger her? Durch das geöffnete Fenster hörte sie das Meeresrauschen. Es klang sanfter als auf der Insel. Etwas fehlte darin. Vielleicht war es das Tosen und Grollen.

Josh nickte und rollte sich auf die Seite.

»*Good night, Mummy.*«

Lumme stand auf und löschte das Licht.

»Gute Nacht, mein Schatz. *Sweet dreams*«, sagte sie beim Hinausgehen.

Todd hatte sich mit seinem Laptop nach draußen gesetzt, er sah sich ihren Talkshow-Auftritt im Internet an. Windlichter flackerten auf der Terrasse, auf dem Tisch standen eine Flasche Wein und zwei Gläser. Lumme setzte sich zu ihm, und er klappte den Computer zu und schenkte ihr ein Glas Weißwein ein.

»Was hast du vor?«, fragte er in die aufziehende Dunkelheit hinein. »Bleibst du hier?«

Lumme sog die warme, vom Akazienduft geschwängerte Luft ein, der Garten schien nur noch aus Schatten und Geräuschen zu bestehen. Zwischen den schwarzen Palmenfächern blitzten Sterne am wolkenlosen Himmel auf. »Ich weiß es noch nicht«, sagte sie ehrlich. »Gibst du mir ein bisschen Zeit?«

Todd nickte, er trank seinen Wein. »Wir sind hier ganz gut klargekommen«, sagte er. »Du musst dir um uns keine Sorgen machen.«

Lumme lächelte. »Das sagt Josh auch.«

»Dann ist es die Insel?«

Todd blickte sie über den Tisch hinweg an. Das Flackern der Kerzen betonte die hellen Strähnen in seinem Haar.

»Mmh …« Lumme schwenkte ihr Glas, der Chardonnay roch wie Kalifornien, nach Zitrusblüten, Pfirsich und etwas, das sie nicht in Worte fassen konnte. Der Rattansessel, in dem sie saß, knarzte und knackte, wenn sie sich bewegte. »Ein bisschen von allem.«

Todd nickte, er schien nachzudenken.

»Du musst nicht darüber sprechen«, sagte er dann, seine Stimme klang fast heiter. »Du hast nie darüber gesprochen.«

Lumme hob den Blick und sah ihm in die Augen.

»Kannst du damit leben?«, fragte sie leise.

Er zuckte mit den Schultern. *Easy breezy.* »Ich habe immer damit gelebt«, antwortete er schließlich. »Und vielleicht habe ich dir auch nicht immer alles erzählt. So ist das Leben, Darling.«

Lumme horchte seinen Worten nach. War es das, was sie hatte hören wollen?

Als sie nickte, musste sie gähnen. Sie war hundemüde.

»*Come on*, geh zu Bett.«

Todd nahm ihr den Wein ab und half ihr aufzustehen.

»Du musst die Uhr umstellen, wenn du hierbleibst«, sagte er, als sie vor ihm stand. Er pochte auf ihre Taucheruhr, das große Zifferblatt zeigte noch die deutsche Zeit an. Dann zog er sie noch einmal an sich und küsste sie. Sein Bart kratzte, der Kuss schmeckte bitter und süß zugleich. »Wenn du möchtest, schlafe ich im Gästezimmer.«

Lumme schüttelte den Kopf.

»Alles gut«, sagte sie.

Todd lächelte.

Alles gut.

Irgendwie wussten sie beide, dass in diesen Worten das Scheitern ihrer Ehe lag.

Am nächsten Morgen skypte Lumme mit Henning. Es war noch sehr früh, gerade sechs Uhr, aber der Jetlag ließ sie nicht länger schlafen. Außerdem wollte sie hören, wie ihr Talkshow-Auftritt auf der Insel angekommen war. Sie saß mit ihrem Laptop auf der Terrasse, von der Straße her schob sich rosafarbenes Morgenlicht in den Garten.

»Kommst du eine Weile ohne mich klar?«

Auf der Insel war es Nachmittag, Henning saß an ihrem Schreibtisch, rechts von ihm konnte sie das Poster mit den bedrohten Meerestieren erkennen.

»Ich muss wohl ein paar Überstunden machen.«

Henning lächelte, er wirkte ganz entspannt. So, als hätte er geahnt, dass sie nicht zurückkommen würde. Jedenfalls nicht sofort.

»Ich kann mich von hier aus um Theos Facebook-Seite kümmern, du musst mich nur mit Infos versorgen.«

»Alles klar.«

»Und ich bring das Planktonprojekt zu Ende«, Lumme klopfte auf das Gehäuse ihres Laptops, »ich hab die Daten ja dabei.«

»Lumme, du kannst es mir ruhig sagen, wenn du eine Auszeit brauchst. Ich komm damit klar. Nach dem Auftritt in Berlin hast du dir das wirklich verdient. Das war super, ich glaube, du hast sogar die Insulaner beeindruckt. Henry hat mich heute Morgen an der Seebrücke abgefangen, ich soll dir schöne Grüße ausrichten.«

»Ja?«

»Ja!« Henning nickte vehement. »Außerdem bin ich ja nicht allein. Frau Graumann packt mit an, und der Baumgartner will uns einen Studenten für die Seepferdchenführungen rüberschicken. Jedenfalls bis du wieder da bist. Selbst der Cassen hat schon angefragt, ob er was für uns tun kann.«

»Der Bürgermeister?«

Lumme lachte, sie sah kurz auf. Die Sonne hatte die Terrasse nun erreicht, der Garten begann süßlich zu duften. Auf dem Tisch stand noch die Weinflasche von gestern Abend. Sie sah, dass Todd die Flasche geleert hatte.

»Tja, er scheint endlich zu merken, dass das Seepferdchen der Insel guttut. Die Fähren sind rappelvoll, das Ausbooten dauert doppelt so lang. Hans überlegt schon, ob die Gemeinde wieder mehr Boote einsetzen soll.«

»Das gibt's ja nicht!«

Lumme schüttelte den Kopf. Ein leichter warmer Wind kam vom Meer und strich ihr um die nackten Beine.

»Geht's Theo gut?«, fragte sie.

»Ist putzmunter.« Henning lächelte stolz. »Den Babys geht's auch gut. Keine Verluste, der Stör passt auf die Kleinen auf. Wir bekommen schon Namensvorschläge von unseren Facebook-Freunden. Die fragen, ob wir die Seepferdchen auch taufen.« Er lachte fröhlich.

»Ist nicht dein Ernst.«

Lumme schaute sich um, sie hatte ein Geräusch gehört. In der Küche mahlte die Kaffeemaschine.

»Lumme?« Hennings Stimme holte sie zurück, sie blickte wieder in die Kamera. Henning fuhr sich durch die Locken, seine Grübchen fixierten sie. »Du kommst doch zurück, oder?«

Lumme nickte, sie hörte, dass Todd Milch aus dem Kühlschrank holte, Geschirr klapperte. »Ich muss da ein paar Dinge überdenken, Henning«, antwortete sie schnell. »Gibst du mir ein bisschen Zeit?«

»Aye, aye.« Henning tippte sich kurz an die Stirn.

»Danke, Henning.« Lumme warf ihm eine Kusshand zu, sie

zögerte kurz. »Magst du vielleicht ab und zu nach Boje sehen? Trink ein Bier mit ihm.«

»Klar. Ich schau heute Abend mal bei ihm vorbei.«

»Du bist …«

Plötzlich stand Todd neben ihr, er hielt ihr einen Becher Kaffee hin. »Magst du?«, soufflierten seine Lippen.

Lumme nickte, der Becher war so heiß, dass sie sich fast die Finger daran verbrannte.

»Autsch.«

Henning sah sie mit großen runden Augen an, die Grübchen flackerten besorgt. Seine Stimme benötigte einen Moment, bis sie bei ihr war.

»Lumme?«

»Mach's gut, Henning«, winkte sie ab. »Wir hören uns morgen, ja?«

»Sorry«, sagte Todd, als sie das Gespräch beendet hatte. »Ich wollte dich nicht unterbrechen.«

»Hab ich dich aufgeweckt?«

Lumme pustete in ihren heißen Kaffee. Todd war erst weit nach Mitternacht zu Bett gekommen. Als er sich neben sie gelegt hatte, war sie kurz aufgewacht. Sie hatte sich gefragt, ob er darauf wartete, dass sie sich an ihn schmiegte. Noch beim Nachdenken war sie wieder eingeschlafen.

Todd schüttelte den Kopf, auch er schien die Nacht zu überdenken. Hatte er etwas von ihr erwartet? Einen Morgenkuss vielleicht oder ein warmes, verschlafenes Streicheln über den Rücken? Eine Einladung, sich zu ihr umzudrehen und sie an sich zu ziehen?

»Nein, nein, ich wollte laufen gehen. Kommst du mit?«, antwortete er.

Lumme blickte an sich herab. Ihr Mann stand in Shorts und

T-Shirt vor ihr, während sie noch ihr Nachthemd trug. Sie hatte sich lediglich eines von Todds Hemden übergeworfen, das sie im Badezimmer gefunden hatte. Auf einmal wurde ihr bewusst, dass sie gar nicht darüber nachgedacht hatte, wie sie sich Henning gezeigt hatte. »Gibst du mir fünf Minuten?«

Wenig später überquerten sie den Cammino und liefen hinunter zum Meer. Todd joggte mit den geschmeidigen Schritten eines geübten Läufers, während Lumme sich durch den tiefen Sand kämpfen musste.

Auf dem harten nassen Streifen am Wasser ging es besser, ab und zu spürte sie die kleinen silbrigen Muscheln unter den nackten Füßen. Eine paar Minuten liefen sie schweigend nebeneinanderher, während das Meer aufzuwachen schien. Die Morgensonne schimmerte seidig auf dem Wasser und färbte es grünlich. Die Wellen raunten ihnen einen verschlafenen Gruß zu.

»Ist er das?«, fragte Todd nach einer Weile, und sie wusste, was er meinte.

»Nein«, sagte sie und versuchte, nicht außer Atem zu kommen. »Das war Henning aus dem Aquarium.«

»Henning …«

Todd wiederholte den Namen, als prüfte er, was darin mitschwang. Dann schwiegen sie wieder und konzentrierten sich auf den Lauf. Sie liefen bis zum Ocean-View-Hotel und zurück.

Auf dem Rückweg sahen sie die ersten Wellenreiter, die noch vor dem Job auf ihre Bretter stiegen. Todd taxierte die Wellen, er lächelte zufrieden, dann klatschte er Lumme wie einen guten Kumpel ab.

»Es gibt übrigens jemand Neues bei den Pinguinen«, sagte er, als sie über den Cammino zum Haus zurückliefen. »Sie heißt Emma. Willst du sie kennenlernen?«

Es war schön, so viel Zeit mit Josh zu verbringen. Die Schule hatte noch nicht begonnen und das Basketball-Camp war gerade zu Ende gegangen. Ihr Sohn verbrachte den größten Teil des Tages auf dem Wasser, und Lumme saß am Strand und schaute ihm zu. Manchmal schrieb sie *Theo* in den Sand, dann wischte sie den Namen und die Erinnerung an die gemeinsame Nacht wieder aus. Ihr wellenreitender Sohn holte sie zurück in das gleißende pazifische Licht.

Josh schien über eine unbändige Energie zu verfügen, doch wenn er müde war, rollte er sich neben ihr im Sand zusammen und legte den Kopf in ihren Schoß. Dann sprachen sie über die Schule, die Freunde, das Basketballspielen und den Trainingsplan, den ihm sein Coach verpasst hatte.

»Ganz schön tough«, sagte Lumme, und Josh ließ seine großen Zähne sehen.

»*I like it*«, sagte er nur.

Am Abend half er ihr mit Theos Facebook-Seite. Er wählte Bilder aus, die Henning geschickt hatte, seine Kommentare waren intelligent und witzig zugleich.

»Baby Blues«, schrieb er etwa unter ein Foto, das Theo und Harriet Rücken an Rücken zeigte. Die beiden sahen so aus, als hätten sie sich gerade gestritten. »Bei so vielen Kindern bleibt keine Zeit für Romantik.«

Lumme lachte. »Wenn die Seepferdchen groß genug sind, setzen wir sie in die Nordsee. Dann kann sich Theo wieder um seine Frau kümmern.«

»Wie die Hummer?«, fragte Josh nach. Er hatte einige ihrer Gespräche mit Henning mitbekommen und wusste, dass Henning die Krebse in diesem Jahr mit Baumgartners Studenten aussetzen würde.

Lumme nickte. »Wie die Hummer. Kann sein, dass sich die

Fische wieder vor der Insel zu Hause fühlen. Aber das werden wir erst in ein paar Jahren wissen.«

»Und der Windpark?«

Lumme zuckte mit den Schultern. Sie dachte, dass ihr Sohn die Fragen stellte, die Todd nicht stellte.

»Wir müssen auf die Entscheidung des Gerichts warten. Und das dauert wohl noch, die Richter sind dabei, ein neues Gutachten auszuwerten.«

»Du schaffst das schon, Mummy«, sagte Josh, und sein *Mummy* klang ein bisschen nach Superwoman. Irgendwie schien es für ihn klar zu sein, dass sie bald auf die Insel zurückkehren würde.

Vierundzwanzig

In der zweiten Woche in San Diego besuchte Lumme die Pinguine. Sie war sich nicht sicher gewesen, ob sie Emma begegnen wollte, aber ihr Sohn hatte ihr erklärt, sie müsse sie unbedingt kennenlernen.

»Sie ist sehr lustig«, hatte er gesagt – und das war ein großes Kompliment. Offenbar war Emma schon ein paarmal im Haus in Del Mar gewesen, Todd hatte so etwas angedeutet.

Emma war sehr groß und schlank, sie hatte eine Läuferfigur. Ihr Gesicht war offen, mit warmen Augen und vollen Lippen. Sie sah so aus, als ob sie genießen könnte. Ihre Ohren waren das, was Josh wohl auch mit »lustig« gemeint hatte. Sie glichen kleinen spitzen Meeresschnecken, die man gerne angefasst hätte. Lumme wusste sofort, warum Todd von ihr angetan war.

»Du hast mir hier eine wunderbare Truppe überlassen«, sagte Emma unbefangen, als sie sich begrüßten. Sie zeigte in das Eismeergehege, wo die Humboldtpinguine durchs Wasserbecken schossen. »Wir haben uns schnell aneinander gewöhnt. Magst du reinkommen?«

Lumme nickte. Es war seltsam, ihre Pinguine wiederzusehen, die nun auf das Kommando einer anderen hörten. Einer nach dem anderen tauchte auf und hob neugierig das Köpfchen aus dem Wasser. Als Lumme ein paarmal mit der Zunge schnalzte, blitzte die Erinnerung auf. Nach und nach kamen die Pinguine aus dem Wasser, schließlich versammelte sich die ganze Bande um Lumme. Die Vögel stupsten mit den Schnäbeln nach ihr, und sie kraulte ihnen sanft die schwarzen Köpfchen.

Emma reichte Lumme einen Eimer mit Makrelen, die sie an die Pinguine verfütterte. Sie blieb einen ganzen Vormittag im Eismeergehege und half Emma bei der Arbeit. Dann drehte sie noch eine Runde durch den Sea Water Parc. Wie immer erfüllte sie seine Größe und Vielfalt mit Staunen und Ehrfurcht und sie dachte, dass sie Henning einmal hierherschicken müsste. Seine Grübchen würden staunen.

Als sie bei den Becken mit den tropischen Seepferdchen angekommen war, sah sie Theo und Harriet vor ihrem inneren Auge. Ihren liebevollen Tanz. Plötzlich sehnte sie sich nach dem Inselaquarium, nach dem Rauschen und Surren der alten Pumpen und dem Geflüster der Fische. Was könnte sie dort alles verändern, wenn man sie nur ließe.

In der dritten Woche schliefen Todd und Lumme noch einmal miteinander – so, als könnten sie an etwas anknüpfen, was eigentlich schon hinter ihnen lag. Der Sex war ruhig und vertraut, eine Abfolge wohlmeinender Zärtlichkeiten. Mehr Freundschaftsdienst als Leidenschaft.

Hinterher lagen sie Arm in Arm im Bett und lauschten ihrem Atem. Da war immer noch etwas zwischen ihnen, dachte Lumme, eine tiefe Zuneigung und großes Vertrauen.

»Du gehst zurück, oder?«, fragte Todd schließlich. Er rollte sich auf den Bauch und sah sie an.

Lumme drehte sich auf die Seite und strich ihm durchs Haar. »Es gibt keinen anderen Mann«, sagte sie schließlich. »Wirklich nicht.« Sie zögerte kurz. »Wenn ich zurückgehe, dann ist es wegen Boje. Und wegen der Insel.«

»Du willst die Sache ordentlich zu Ende bringen.«

Todd nickte, als hätte er nichts anderes von ihr erwartet.

»Denkst du, wir kriegen das hin?«, fragte er dann, und sie wusste, was er meinte. »Ohne Geschrei und ohne Tränen?«

Lumme nickte. Sie dachte an ein Paar aus dem Freundeskreis, das sich nach der Trennung besser als vorher verstanden hatte. Paul und Jessica waren zu der Freundschaft zurückgekehrt, die sie schon vor ihrer Beziehung gehabt hatten. Sie war einfach wieder zum Vorschein gekommen, als die Leidenschaft verloren gegangen war.

»Keine schmutzigen Unterstellungen und keine Quälereien, ja?«

»Und kein Vor und Zurück.« Todd lächelte, er zog sie liebevoll an sich. »Ich danke dir«, flüsterte er in ihr Haar. »Für die gemeinsame Zeit. Für das, was ich ohne dich nicht erlebt hätte. Und für Josh.«

Lumme schossen die Tränen in die Augen. Es war schwer, auch wenn sie es sich so leicht machten. Die Freundschaft zu Todd würde bleiben, aber auch die Erkenntnis, dass nicht mehr für sie drin war.

»Ich danke *dir*«, antwortete sie ihm. »Vor allem für Josh.«

Todd drückte sie. Erst beim Einschlafen rückten sie voneinander ab.

Eigentlich hatte Lumme noch eine Woche in San Diego bleiben wollen – jedenfalls hatte sie es so mit ihren Männern besprochen. Doch zwei Tage später erreichte sie ein Hilferuf von der Insel. Es war Henning, er rief sie am frühen Abend an.

»Du musst kommen«, sagte er nur. »Das Aquarium steht unter Wasser.«

»Wie meinst du das?«

Lumme war gerade dabei, mit ihrem Sohn das Abendbrot vorzubereiten, auf der Insel war es jetzt mitten in der Nacht. Sie drückte Josh die Tomaten und den Mozzarella in die Hände und ging mit dem Telefon hinaus in den Garten.

»Rohrbruch«, sagte Henning nur, er klang vollkommen erschöpft. »Hinter dem Panoramabecken, da, wo es immer geleckt hat. Als ich heute Morgen ins Aquarium kam, lief mir die Suppe schon entgegen.«

»Und die Fische?« Lumme versuchte, die aufkommende Panik zu unterdrücken, ihre Stimme war ganz flach. »Wie geht's den Seepferdchen?«

»Alles gut«, schnaufte Henning, im Hintergrund plätscherte es. Es hörte sich so an, als watete er in Gummistiefeln durch den Schausaal. »Es ist eines der Abwasserrohre, die das gebrauchte Wasser wieder nach draußen leiten. Die Sauerstoff- und Frischwasserzufuhr funktioniert, die Tiere sind also nicht direkt betroffen.«

»Ich versuche, den nächsten Flieger zu erwischen. Ich melde mich bei dir, okay?«

Lumme sah auf die Uhr, heute würde sie keinen Flug mehr bekommen. Die Flugzeuge nach Europa starteten meist um die Mittagszeit. Sie rechnete nach und unterdrückte einen Fluch, denn sie würde erst in zwei Tagen auf der Insel eintreffen.

»Ich hab ein paar Leute von der Feuerwehr da, die das Wasser rauspumpen«, fuhr Henning fort. »Sogar Jörgen hilft mit. Und Frau Graumann hat ihren Sohn angeschleppt, der zu Besuch ist. Wir versuchen, den Schausaal wieder trockenzulegen. Aber der Fußboden kommt hoch, ich fürchte, wir müssen das Linoleum rausreißen.«

»Ich komme so schnell wie möglich. Ruf den Baumgartner

an, vielleicht kann der dir noch ein paar Leute auf die Insel schicken. Und dann sehen wir weiter …«

»Ich halt dich auf dem Laufenden, Lumme.«

Als sie sich verabschiedet hatten, atmete Lumme tief durch. Dann lief sie ins Haus zurück, besprach sich mit Todd und buchte einen Flug.

Es war merkwürdig, wieder auf die Insel zurückzukehren. Beim Abschied von ihrem Sohn verdrückte Lumme ein paar Tränen, und Josh versprach ihr, über die Weihnachtstage auf die Insel zu kommen. »*I love you, Mummy.*« Todd nahm sie in die Arme. »Du wirst die Sonne vermissen«, flüsterte er ihr ins Ohr, und sie boxte ihm lächelnd in die Seite. »Ich muss zum Gate, Superdaddy.«

Dann riss sie sich los. Sie war froh, dass die Sicherheits-checks und Ausreiseformalitäten sie eine Weile beschäftigten. Wenn sie das nächste Mal nach San Diego zurückkehrte, würde sie als Mutter und Freundin kommen. Und nicht als Geliebte.

Um nicht an Todd und Josh zu denken, kramte sie im Flieger das schwarze Notizbuch aus der Tasche hervor. Sie hatte es vor etwas mehr als drei Wochen zuletzt in den Händen gehalten.

Für Lumme.

Sie strich über den Einband und wusste, dass sie es irgend-wann lesen müsste. Doch sie kam nicht über die ersten zwei Seiten hinweg.

Jan.

Und Theo.

Sie sah ihn vor sich, wie er mit ihr in der Bar gesessen hatte. Und wie er sie küsste, seine Hand in ihrem Nacken. Dann fragte sie sich, was er mit dem Schwarzen König angestellt hatte. Hatte er ihn in Stockholm in den Schären versenkt, so wie sie Cassens Windrad im Frühjahr in die Nordsee geworfen hatte?

Das Tintenfischeis in ihrer Seele ächzte und wisperte. Je näher sie der Insel kam, desto mehr Fahrt nahm der Containerriese wieder auf.

Wie auf der Hinreise auch, flog sie zunächst nach Frankfurt. Dreizehneinhalb Stunden durch die Zeitzonen und über den Wolken. Von dort aus ging es weiter nach Hamburg, wo sie einen der kleinen Insel-Flieger erwischte.

Am frühen Abend des nächsten Tages landete sie auf der Düne. Auf der kurzen Bootsfahrt zur Insel hinüber pustete der Wind ihr die Müdigkeit aus dem Kopf. Die Nordseeluft hier draußen auf dem offenen Meer war ganz besonders, rau und zärtlich zugleich.

»Hey, Lumme«, grüßte sie der Bootsführer, er tippte sich an die Mütze. »Bist du zurück?« Es klang fast so, als freute er sich tatsächlich, sie zu sehen.

Auf der Landungsbrücke kam ihr Boje entgegen, er musste mit dem Fernglas nach ihr Ausschau gehalten haben.

»Da bist du ja wieder«, sagte er und schloss sie in die Arme. »War's schön?«

»Ich soll dich von Josh grüßen, er kommt uns Weihnachten besuchen.«

Lumme gab ihm einen Kuss auf die Wange. Ihr Vater sah gut aus, wach und voller Energie. Seit ihrem Talkshow-Auftritt war auch die *Möwe* gut gebucht, sie merkte ihm an, dass er sich nicht gelangweilt hatte.

»Alles klar da drüben?«, fragte Boje und warf einen argwöhnischen Blick auf ihre prall gefüllte Reisetasche und den Rucksack. Todd würde ihr noch ein paar Sachen auf die

Insel schicken. »Sieht so aus, als bleibst du länger als bis zum Jahreswechsel.«

»Das sieht nicht nur so aus.« Lumme küsste ihren Vater noch einmal. Sie hatte noch keine Idee, wie sie ihm die Sache mit dem Schwarzen König erklären sollte. »Lass uns später drüber sprechen, ja?«

Ihr Vater verdrehte die Augen, sagte aber nichts. Wahrscheinlich ahnte er, was sie ihm beichten wollte. »Dann willst du erst einmal ins Aquarium?«, fragte er, sein Blick ruhte auf ihrer Nasenspitze. »Ich soll dir von Henning ausrichten, dass er auf dich wartet.«

Lumme nickte. »Hast du es dir angesehen?«

»Den Schlamassel?« Ihr Vater verzog das Gesicht zu einer Grimasse. Er versuchte, ihr die Reisetasche abzunehmen, aber Lumme hinderte ihn daran. »Da wird viel Arbeit auf euch zukommen.«

»Wenn sie uns den Laden nicht gleich dichtmachen.«

Unterwegs war Lumme der Gedanke gekommen, dass Kiel den Wasserschaden für sich nutzen könnte, um eine Schließung des Aquariums noch vor Jahresende anzuordnen. Wenn die Leute die Seepferdchen nicht mehr sehen könnten, würde die Begeisterung für die Tiere wieder abebben. Und der Protest gegen den Windpark auch.

»Dir wird schon was einfallen.« Boje lachte, amüsiert und irgendwie auch stolz. »In Berlin hast du sie doch alle in die Tasche gesteckt. Sogar die Insulaner. Seit der Sendung hat sich hier einiges verändert.«

»Hm …«

Unbehaglich wiegte Lumme den Kopf, die schwere Reisetasche schlug ihr beim Laufen gegen die Beine. Wieder musste sie an Theo denken.

»Hat sich der Johannson eigentlich noch mal bei dir gemeldet, Papa?«

»Wegen des Mietvertrags?« Ihr Vater schüttelte den Kopf. »Die Papiere liegen noch immer in der *Möwe*.«

»Dann hast du den Vertrag noch gar nicht unterschrieben?« Lumme schnappte nach Luft. »Aber ich dachte …«

»Manchmal denkst du einfach ein bisschen viel.«

Boje sah sie von der Seite her an, er schmunzelte. »Zurzeit ist so viel los, dass ich ganz gut klarkomme. Hans hat mich sogar gefragt, ob ich bei der Börte aushelfen kann. Stell dir das mal vor. Auf einmal gehör ich nicht mehr zum alten Eisen.«

»Mensch, Papa.« Lumme lachte auf, ihr Blick fiel auf einen Wegweiser, der am Ende der Landungsbrücke stand. Das Schild war neu. *Zum Aquarium,* stand darauf. Signalrot. Der Pfeil zeigte die Strandpromenade hinauf.

»Was ist denn hier passiert?«

»Sag ich doch. Eine ganze Menge …« Ihr Vater grinste vielsagend. »Hans hat sogar den Schaukasten für den Windpark versetzen lassen, weil die Touristen ihn immer wieder mit Aufklebern und Kaugummis zugekleistert haben. Er steht jetzt hinten im Hafen bei den Müllcontainern.«

»Was denn für Aufkleber?« Lumme starrte auf die Stelle, wo der Kasten noch vor drei Wochen gestanden hatte.

»Na, diese *Ich-bin-ein-Seepferdchen*-Aufkleber.« Ihr Vater gluckste, als sie die Augen aufriss. »Der Wind hat sich gedreht, Lumme. Jedenfalls ein bisschen. So, und jetzt gib mir endlich deine Tasche. Und dann läufst du rüber zu Henning. Der Gute kann jetzt wirklich ein bisschen Unterstützung vertragen.«

Lumme konnte es immer noch nicht glauben. Kopfschüttelnd ging sie die Strandpromenade hinauf, auf der mehr Urlauber als Möwen flanierten. Ab und zu fing sie einen neugierigen Blick auf, in dem auch so etwas wie scheuer Respekt lag. Die Leute erkannten sie – war das zu fassen?

Auch der Brückenkapitän, der die Fahnen einholte, nickte ihr zu, als hätte es den Inselzoff nie gegeben. Und auf den Rasenflächen vor den kleinen Hotels und Pensionen sah Lumme selbst gemalte Schilder stehen. *Seepferdchen-Gedeck 4,50 Euro*, las sie. *Ein Pott Kaffee und ein Stück Kuchen nach Wahl.* Unwillkürlich fragte sie sich, ob die Inselbäckerei jetzt statt der Kliffkanten Seepferdchen-Brezeln backte. Obwohl sie nicht wusste, was sie erwartete, begann sie, vor sich hin zu pfeifen.

Am Eingang des Aquariums hing ein *Leider-geschlossen*-Schild. Henning war im Labor und saß an seinem Arbeitstisch. Als er sie durch die Tür kommen sah, sprang er auf.

»Lumme!«

Er sah abgekämpft aus, offenbar hatte er die letzten zwei Tage fast rund um die Uhr gearbeitet. Sein *No-surrender*-T-Shirt hatte Schweißflecken unter den Armen, und seine Jeans starrten vor Schmutz. Lumme konnte nicht anders, sie musste ihn einfach umarmen.

Henning zögerte kurz, aber dann ließ er sich darauf ein. Vorsichtig drückte er sie an sich. Er roch ein bisschen ranzig. Lumme vermisste den Salzgeruch in seinen Locken, er hatte keine Zeit gehabt rauszufahren.

Als er sie losließ, sah sie sich um. Im Labor deutete nichts darauf hin, dass das Aquarium unter Wasser gestanden hatte. Alles war in bester Wassermann-Ordnung. Auf Hennings Computer klebte ein Aufkleber. *Ich bin ein Seepferdchen!*

»Du hättest nicht gleich die ganze Bude unter Wasser setzen müssen, damit ich zurückkomme.«

»Ich wollte auf Nummer sicher gehen.«

Henning streckte ihr die Zunge raus.

Lumme lachte und kräuselte die Nase.

»Du könntest 'ne Dusche vertragen.«

»Ich rieche wie ein alter Gummistiefel – ich weiß.« Henning zuckte mit den Schultern. »Wir haben eine Schiffsladung voll Wasser aus dem Schausaal gepumpt. Und stundenlang gefeudelt. Und das defekte Rohr geflickt. Jedenfalls vorläufig. Willst du die Bescherung sehen?«

»Bringen wir es hinter uns.«

»Die Tür hat wie eine Schleuse funktioniert«, erklärte Henning ihr, als er die Sicherheitstür zum Schausaal aufzog. »Deshalb hat das Labor nichts abbekommen. Dafür stand mir das Wasser am Panoramabecken bis zu den Knien. Sei vorsichtig, wenn du reingehst, wir mussten ein bisschen improvisieren.«

»Okay …«

Lumme holte Luft und trat durch die geöffnete Tür. Das Licht im Schausaal war noch diffuser als gewöhnlich. Feuerwehrschläuche lagen herum, Verlängerungskabel zogen sich quer durch den Saal. Es roch muffig, nach nassem, algenbewachsenem Holz und Schlamm.

»Die Elektrik hat leider auch was abgekriegt«, sagte Henning und wies auf die Baustellenleuchten, die überall im Raum verteilt waren. »In einigen Becken funktioniert die Beleuchtung nicht mehr, aber das werden wir relativ schnell wieder hinkriegen.«

»Ach, Henning …« Lumme seufzte, sie hatte sich das Ausmaß der Verwüstungen nicht so schlimm vorgestellt. Der Anblick des Schausaals schockierte sie.

»Der Boden muss raus, oder?« Traurig stieg sie über das wellige Linoleum und sah nach den Fischen.

»Ja. Das muss alles raus. Und dann müssen wir Trocknungsgeräte aufstellen, die Luft hier drin ist so feucht wie sonst was. Es wird wohl ein paar Wochen dauern, bis wir wieder für Besucher öffnen können.«

»Ausgerechnet jetzt.«

Lumme war bis zum Panoramabecken vorgedrungen, wo die Beleuchtung ebenfalls ausgefallen war.

Henning nickte. »Das kannst du laut sagen.« Er holte eine kleine Taschenlampe aus seiner Jeans hervor und hielt sie ihr hin. »Die Urlauber wollen die Seepferdchen sehen. Die können es gar nicht fassen, wenn sie vor verschlossenen Türen stehen.«

Lumme leuchtete ins Becken. Theo und Harriet saßen wie ein altes Ehepaar im Seegras. Die kleinen Seepferdchen waren fast doppelt so groß wie bei der Geburt, sie schwirrten überall herum. Ein Fingerhut voll Erleichterung mischte sich in ihr Entsetzen.

»Und nun?« Lumme zwinkerte der Dorschdame zu, die neugierig herangeschwommen kam. Wie gewöhnlich zog der Stör unermüdlich seine Bahn.

»Hans Cassen war heute Nachmittag hier«, murmelte Henning. Er sprach den Namen des Bürgermeisters ganz vorsichtig aus, als ob er testen wollte, wie Lumme darauf reagierte. »Er folgt uns jetzt auch auf Facebook.«

»Hans folgt uns auf Facebook?« Lumme konnte es nicht fassen, sie schüttelte den Kopf. »Haben die hier alle zu heiß gebadet, oder was ist auf einmal los?«

»Die Insulaner haben begriffen, dass die Seepferdchen-Nummer funktioniert. Seit deinem Talkshow-Auftritt haben sich die Übernachtungszahlen auf der Insel verdoppelt.«

»Warte mal …« Lumme richtete den Strahl der Taschenlampe auf Henning und ließ seine Grübchen leuchten. Wollte er sie auf den Arm nehmen? »Du willst mir jetzt doch nicht sagen, dass …«

»Doch.« Henning nickte. »Hans hat uns ein Friedensangebot gemacht.«

»Das heißt?«

Lumme überlegte immer noch, ob Henning sie verschaukeln wollte. Sie ließ seine Grübchen nicht aus den Augen.

»Wir dürfen ein Becken im Rathaus aufstellen, unten in der Halle«, sagte Henning eifrig. »Da ist sogar Platz für ein paar Schaukästen und Poster, wir könnten eine kleine Seepferdchen-Sonderausstellung auf die Beine stellen. So lange, bis wir hier wieder aufmachen können. Ich hab den Baumgartner schon gefragt, ob er uns mit ein paar Ideen für die Präsentation helfen kann.«

»Du meinst, die Seepferdchen sollen ins Rathaus ziehen? Zu Mister Windenergie Hans Cassen?« Die Vorstellung war so absurd, dass Lumme anfing zu lachen. Sie konnte gar nicht mehr aufhören. »Und am Ausgang gibt es dann Seepferdchen-Aufkleber zum Mitnehmen? Mensch, Henning, denk doch mal nach …«

»Das hab ich.« Henning nahm ihr die Taschenlampe ab und knipste sie aus. Trotzig verschränkte er die Arme. »Während du Strandurlaub gemacht hast, hab ich ziemlich viel nachgedacht. Und Führungen gemacht. Jede Menge sogar. Die Leute wollen die Seepferdchen sehen. Jetzt. Und wenn wir hier dichtmachen müssen, dann sind wir in ein paar Wochen wieder da, wo wir angefangen haben. Nämlich bei null.«

Strandurlaub.

Das Wort verletzte sie, augenblicklich hörte Lumme auf zu

grinsen. Wenn er wüsste, dass sie nicht wieder nach San Diego zurückgehen würde. Jedenfalls nicht als Ehefrau.

»Ich such ja auch nur nach einer Lösung.« Henning warf die Arme in die Luft. »Das wäre zumindest eine Möglichkeit. Und wir hätten ein bisschen Zeit gewonnen und könnten uns in Ruhe überlegen, wie es hier weitergeht. Und woher das Geld für die Reparaturen kommen soll.«

Lumme neigte den Kopf zur Seite, sie sah ihn prüfend an. So langsam dämmerte ihr, worauf Henning hinauswollte. Vielleicht sollte sie über seinen Vorschlag nachdenken. »Okay«, sagte sie nach einer Weile, »das hört sich nach einem echten Wassermann-Plan an.«

Fünfundzwanzig

Sechs Tage später zogen die Seepferdchen ins Rathaus um. Hans Cassen hatte die Gemeindekasse geöffnet und die Insel-Hoteliers hatten fünftausend Euro spendiert, sodass Lumme zwei neue Becken samt Technik vom Festland kommen lassen konnte. Auch Klaus Baumgartner hatte geliefert – Aufsteller, Schautafeln und Poster zum Thema Seepferdchen und zum Naturschutzgebiet der Insel. Die Rathaushalle sah aus wie eine Außenstelle des Naturschutzbundes. Am Eingang hatte Frau Graumann ihr Kassentischchen aufgebaut und an einem zweiten Tischchen wollte sie T-Shirts und Aufkleber verkaufen, die Baumgartner ebenfalls kartonweise auf die Insel geschickt hatte. An einer Spendenbox klebte ein Foto aus dem verwüsteten Aquarium: *Bitte helfen Sie den Seepferdchen!*

»Danke schön«, sagte Lumme, als sie mit dem Bürgermeister noch einmal durch die Ausstellung ging, die sie gleich eröffnen wollten. Sie hatten beide so viel um die Ohren gehabt, dass sie noch nicht in Ruhe hatten reden können.

»Ich tu das für die Insel«, knurrte Hans Cassen, er sah an ihr vorbei und beobachtete den kleinen Theo, der sein neues Zuhause erkundete. »Ist ja nur vorübergehend.«

»Ich weiß«, nickte Lumme. Sie dachte, dass er schon immer ein Meister darin gewesen war, sein Fähnchen in den Wind zu hängen. Aber irgendwie konnte sie ihm nicht böse sein. Sein Herz schlug für die Insel – so wie ihres auch.

Ein paar Sekunden lang schwiegen sie beide und beobachteten die Seepferdchen. Lumme hatte die Eltern von den Kindern getrennt, mit etwas Glück würde Theo in diesem Jahr noch einmal Nachwuchs erwarten. Theo und Harriet schwammen in einem anderthalb Meter hohen zylindrischen Becken, während die Jungen ein prächtiges achteckiges Aquarium bezogen hatten, das auch im Sea Water Parc für Aufsehen gesorgt hätte. Als der Lieferant gehört hatte, für wen das Becken bestimmt war, hatte er ihr einen Seepferdchen-Sonderrabatt eingeräumt.

»Weißt du, Lumme«, nahm Cassen das Gespräch wieder auf, »wenn ich in all den Jahren im Amt eins gelernt habe, dann, dass du dich auf der Insel auf nichts verlassen kannst. Der Wind weht dir immer aus einer anderen Richtung ins Gesicht.«

Lumme nickte, sie horchte in sich hinein. »Weißt du etwas, was ich nicht weiß?«, fragte sie vorsichtig nach.

»Du meinst den Prozess?« Cassen schüttelte den Kopf, er drehte sich um und zeigte auf die Tür. »Ich meine die Menschen da draußen.«

Lumme folgte seinem Blick. Etwa dreißig Urlauber, so schätzte sie, warteten bereits auf dem Rathausplatz. Dabei waren die Fähren mit den Tagestouristen noch gar nicht da.

»Die Seepferdchen tun der Insel ganz gut, was?« Sie lächelte und gestattete sich, das Triumphgefühl, das durch ihre Adern schwappte, für einen Augenblick zu genießen.

»Das kann man so sagen.« Cassen sah sie von der Seite an, ein spitzbübisches Lächeln zog sich über sein Gesicht, seine Kapitänsaugen blitzten. »Ich habe sogar eine Anfrage von einer Kreuzfahrtreederei bekommen. Die wollen nächstes Jahr auf der London-Amsterdam-Route einen Stopp vor der Insel einlegen. Einen Seepferdchen-Stopp.«

»Das gibt's ja nicht!« Lumme schüttelte ungläubig den Kopf. Kreuzfahrtpassagiere bedeuteten jede Menge Umsatz für die Insel. Und wenn es nach ihr ginge, auch ein paar Ausflüge in die wunderbare Unterwasserwelt. »Bis dahin müssen wir das Aquarium aber wieder flottkriegen.«

»Deshalb wollte ich mit dir reden. Hast du Zeit, mit nach oben zu kommen?«

»Henning und ich haben auch etwas mit dir zu besprechen.« Lumme sah auf die Uhr, es war Punkt zehn. »Aber zuerst müssen wir die Leute reinlassen.«

Der Trubel in der Rathaushalle drang bis nach oben ins Bürgermeisterzimmer. Ab und zu gellte Kindergeschrei die Treppen hinauf. Die Kleinen waren begeistert – ganz besonders von den vielen winzigen Seepferdchen.

Lumme hatte sich in Cassens Büro ans Fenster gestellt, sie hielt Ausschau nach Henning. Zwei Seebäderschiffe lagen vor der Insel auf Reede und wurden ausgebootet, das dritte war bereits am Horizont zu sehen. Die voll besetzten Boote ließen ihr Herz schaukeln. So war es auch früher gewesen, als in jedem Sommer viele Hunderttausend Besucher auf die Insel gekommen waren. Damals waren die Menschen in die Geschäfte geströmt, nun liefen die meisten Touristen erst einmal zum Rathaus. Vor allem Familien mit kleinen Kindern folgten den Hinweisschildern zu den Seepferdchen. Ein Fotograf vom *Inselboten* machte Aufnahmen von der Menge. Dann sah sie Henning über den Rathausplatz laufen.

Als Hans Cassen sich in ihrem Rücken ungeduldig räusperte, drehte sie sich zu ihm um. »Er ist gleich da«, sagte sie, bevor ihr Blick auf das Windpark-Modell fiel, das unverdrossen in Cassens Büro stand. Sie biss sich auf die Lippen. Was würde der Bürgermeister zu der Idee sagen, die Henning und sie ausgebrütet hatten?

Cassen zuckte mit den Schultern, er hatte nichts dagegen gehabt, dass Henning dazukam. Jetzt zog er einen dicken Ordner zu sich heran, der nach Verwaltungskram aussah. Er begann, Unterschriften unter einige Papiere zu setzen.

Als es klopfte, sprang Lumme zur Tür und ließ Henning herein. Irgendwie war sie erleichtert, dem Bürgermeister nicht mehr allein gegenüberzusitzen.

»Dann kann's ja losgehen.«

Hans Cassen klopfte auf einen Ordner und wies auf die Stühle vor seinem Schreibtisch, er machte ein sehr amtliches Gesicht. Als sie saßen, beschlich Lumme kurz das Gefühl, einer Testamentsvollstreckung beizuwohnen.

»Erst einmal wollte ich euch mitteilen, dass der Wasserschaden im Aquarium von der Versicherung übernommen wird. Jedenfalls ein Teil davon.« Cassen pochte mit dem Finger auf einen Vertrag, den er aus dem Ordner hervorgezogen hatte. Dann hielt er ihn Lumme hin. »Zehntausend Euro. Davon können wir vielleicht einen neuen Fußboden bezahlen.«

Wir.

Lumme legte die Papiere vor sich ab und wechselte einen Blick mit Henning, der die Augenbrauen in die Höhe zog.

»Wir brauchen mindestens fünfzigtausend Euro, um das Aquarium wieder in seinen alten Zustand zu versetzen«, sagte sie. »Elektrik, Pumpen, Fußboden – wir hatten letzte Woche ein paar Handwerker vom Festland da, die uns Kostenvoranschläge für die dringlichsten Reparaturen gemacht haben.«

»Dafür wird die Versicherungssumme nicht reichen.« Cassen schüttelte den Kopf, er wirkte plötzlich müde. »Und aus der Gemeindekasse kann ich auch nichts mehr lockermachen.

Nächstes Jahr vielleicht, aber jetzt … Mehr ist nicht drin, leider.«

Er schwieg einen Moment, dann zog er einen weiteren Bogen aus seinen Unterlagen.

»Dann gibt es noch ein Schreiben aus Kiel. Die Bildungsbehörde will den Stör für das Aquarium auf Sylt haben. Die fangen an, die Fische zu verscherbeln.«

»Die können uns doch nicht den Stör wegnehmen.« Lumme sah Henning hilfesuchend an. »Der gehört doch auf die Insel.«

»Das hab ich denen auch gesagt.« Cassen knüllte das Schreiben zusammen und warf es in den Papierkorb. »Ich hab sofort in Kiel angerufen und den Luehmann zur Schnecke gemacht. Vor Jahresende kann der uns gar nichts.«

»Aber dann …« Henning hatte die ganze Zeit geschwiegen, jetzt meldete er sich zu Wort. Die Grübchen in seinem Gesicht funkelten wie zwei rote Feuersteine. »Wir müssen die Sache selbst in die Hand nehmen«, sagte er. »Wir sind doch Friesen.«

»Dann brauchen wir zwei Millionen Euro«, erinnerte Cassen sie an die Summe, die für den Umbau und die Asbestsanierung nötig war.

Lumme seufzte, ihr wurde schwindelig, wenn sie an das viele Geld dachte. Trotzdem nickte sie Henning zu. »Wir könnten Spenden sammeln. Noch mehr Spenden. Henning hatte da eine Idee …«

»Ach ja?« Hans Cassen atmete geräuschvoll aus, offenbar erwartete er nicht allzu viel von einem Wassermann.

Henning lehnte sich leicht vor. »Musik«, sagte er, seine Stimme klang fest und selbstbewusst. »Wir könnten ein Benefizkonzert auf der Insel veranstalten.«

»Ein Konzert?« Hans Cassen schwieg einen Moment lang

verdutzt, dann lachte er laut auf. »Und wer soll da bitte schön auftreten? Der Kirchenchor? Oder die Shantysänger? Das kannst du doch vergessen.«

Henning ließ sich nicht einschüchtern. »Beastie B. will kommen«, fuhr er unbeeindruckt fort. »Und er bringt seine Band mit. Du musst uns nur die Seebrücke für die Veranstaltung geben. Wenn wir das Konzert live im Internet übertragen, können wir die Seepferdchenfreunde bestimmt zum Spenden animieren.«

»Und ihr meint, das funktioniert?«

Cassen rieb sich die Nase, zweifelnd wanderte sein Blick an Lumme vorbei zu seinem Windparkmodell.

»Das kann funktionieren«, sprang Lumme Henning bei, sie ballte die Hände zu Fäusten. »Wir haben etwas mehr als eine Million Fans. Wenn jeder nur einen Euro gibt, dann haben wir schon die Hälfte zusammen. Und dann müsste es doch möglich sein, irgendwo einen Kredit für den Rest zu bekommen. Du kennst dich doch damit aus.«

»Eine Million Euro?« Hans Cassen spitzte die Lippen, er schien zu rechnen.

»Das muss jetzt alles ziemlich schnell über die Bühne gehen«, fuhr Henning fort, »aber Beastie B. ist Feuer und Flamme.«

»Hans …« Lummes Stimme stockte, sie musste an ihre Mutter denken, die kurz vor ihrem Tod ebenfalls an diesem Tisch gesessen und den Bürgermeister um einen Gefallen gebeten hatte. Ihr Herz trommelte unter ihren Rippen. »Bitte sag Ja.«

Cassen sah sie an, und an seinem Blick konnte sie ablesen, dass er an die hitzigen Kämpfe dachte, die sie miteinander ausgefochten hatten. Lumme sah, dass er mit sich rang, seine Augen spiegelten seine Zweifel, sie waren auf einmal ganz dunkel, fast schwarz. Schließlich straffte er die Schultern, als gäbe er sich einen Ruck. »Also gut«, sagte er, und als er weitersprach, fixierte er das Muttermal auf ihrer Wange. »Ihr könnt die Brücke haben, aber den Rest müsst ihr auf die Beine stellen.«

»Danke, Hans.« Lumme sprang auf, ihr fiel ein Stein vom Herzen. »Das wird der Wahnsinn, versprochen!«

Cassen schüttelte den Kopf, wieder sah er zu seinem Windpark-Modell hinüber. Fast wirkte es so, als ob er seine Zusage schon wieder bereute. »Dafür hab ich was gut bei dir, Lumme Hansen«, blaffte er sie an, bevor er sie aus seinem Büro scheuchte.

Auf der Seebrücke sah es aus wie auf dem Partydeck eines Kreuzfahrtschiffes. Bunt und fröhlich und fremd zugleich. Eine Bühne war an der Brückenspitze aufgebaut worden, Scheinwerfer strahlten sie an, und farbige Lichterketten schaukelten darüber im Wind. Aus riesigen schwarzen Lautsprechern dröhnte bereits Musik zum Anheizen, Luftballons mit Seepferdchenbildern stiegen in den Abendhimmel, Buden säumten die Promenade. Es gab Bier und Limo, und es wurde gegrillt, der Duft von Bratwürstchen und Fischspießchen waberte durch die Luft. Auf dem Wasser schaukelten Börteboote, der Bürgermeister hatte sie in den Inselfarben beflaggen lassen. Grün und rot und weiß.

Lumme stand mit Henning hinter der Bühne und blickte die Seebrücke hinunter bis zum Rathausplatz. Die ganze Insel war auf den Beinen, Urlauber wie Insulaner, sogar Offshore-Leute waren unter den Zuschauern. Die Leute drängelten sich dicht an dicht. Lumme ließ ihren Blick durch die ersten Reihen schweifen. Ganz vorne sah sie Hans Cassen stehen, der ein Inselfähnchen schwenkte; neben ihm wippte ihr Vater, er trug seine Lotsenmütze und Ohrenschützer. Lumme stieß Henning an, der sich einen der neuen Seepferdchen-Sticker an sein *No-surrender*-T-Shirt gepinnt hatte und bis zu den Ohren hinauf grinste. Sie hatten nicht einmal drei Wochen Zeit gehabt, und nun konnten sie es beide kaum glauben, dass sie das Konzert so schnell auf die Beine gestellt hatten.

Es war ein Wunder.

Ein echtes Nordseewunder.

Nachdem Hans Cassen das Konzert genehmigt hatte, war Beastie B. losgestürmt. Er hatte sein Netzwerk mobilisiert und auf allen Kanälen Werbung für den Gig gemacht. Vor ein paar Tagen hatte er seine Bühnencrew auf die Insel geschickt. Die Jungs mit den Basecaps und derben Tattoos hatten Tag und Nacht geschuftet. Und unwahrscheinliche Mengen von Krabbenrührei in der *Möwe* verdrückt. Boje war gar nicht mehr aus der Küche herausgekommen.

Jetzt gab es nur noch einen möglichen Spielverderber – das Wetter. Am Horizont ballten sich dunkle Wolken. Eine Gewitterfront zog heran, doch davon hatten sich die Menschen nicht abschrecken lassen. Achttausend Urlauber und Touristen waren auf der Insel, drei Fähren würden erst nach dem Konzert zurück zum Festland fahren. Sie lagen auf Reede und bildeten mit ihrer festlichen Beflaggung einen stimmungsvollen Hintergrund.

Auch Lumme beschloss nun, die Wolken und den leicht böigen Wind zu ignorieren. Die Musik verstummte, und Beastie B. betrat unter Gejohle und Applaus die Bühne. Auch er trug ein Basecap, Seepferdchen-T-Shirt, schwarze Jeans und strahlend weiße Sneaker.

»Hallo, Nordsee!«, rief er in die Menge. »Was geht ab?« Dann gab er seiner Band ein Zeichen, und das Intro seines bekanntesten Hits erklang, eine flirrende Synthesizermodulation. Die Menge jubelte, Bässe, die wie Presslufthämmer donnerten, ließen Lummes Herz schneller schlagen. Ihr Magen kribbelte vor Aufregung und Glück. Webcams, die überall auf der Seebrücke installiert waren, übertrugen das Konzert live ins Internet. Als sie sah, wie ihr Vater in der ersten Reihe schunkelte, fing sie an zu tanzen.

»Unser Held steht auf dich«, schrie Henning ihr ins Ohr. Auch er tanzte, zuckende Bewegungen, die Arme in die Luft gereckt.

»Du spinnst.«

»Doch, doch. Ich hab doch gesehen, wie er dich angeguckt hat.«

»Der steht auf das Seepferdchen …«

Lumme lachte Henning an und schloss die Augen. Beastie B. war erst am Vormittag auf die Insel gekommen, und natürlich hatte er eine Seepferdchen-Sonderführung von ihr bekommen. Dann hatte er Hunderte von T-Shirts und Postern im Rathaus signiert, die sie im Internet versteigern wollten. Frau Graumann hatte ihm sogar etwas verschämt eine seiner CDs hingehalten. »Für meine Enkel …«

Gut gelaunt war er zu jedem Selfie bereit gewesen, auch der Bürgermeister hatte für ein gemeinsames Foto angestanden. Dann hatte Beastie B., der eigentlich Boris hieß, wie er ihr verraten hatte, die Insel sehen wollen. Der Ausflug in die Nordsee und das Konzert am Abend schienen ein einziger großer Spaß für ihn zu sein.

Und die Show, die er nun auf der Seebrücke bot, ließ alle an seinem Spaß teilhaben. Wie ein Wirbelwind fegte er über die Bühne, seine Power erreichte auch die Leute, die ganz weit hinten, fast schon am Rathaus standen. Boris alias Beastie B.

improvisierte einen Seepferdchen-Rap und kaperte alle möglichen Seefahrerlieder, sodass sein Gig nach Wind und Meer und Übermut klang. Mit dem Shantychor gab er eine total durchgeknallte Version von *Rolling home* zum Besten, und zwischendurch rief er immer wieder zum Spenden auf. Die Leute tobten und skandierten: »Wir sind ein Seepferdchen!« Zum Schluss stürmten die Grundschulkinder auf die Bühne, sie sangen mit ihrem Star das Insellied. »Grün ist das Land, rot ist die Kant, weiß ist der Strand …«

»Zugabe! Zugabe!«, forderte das Publikum, als sich die Kinder am Bühnenrand verbeugten. Beastie B. grölte noch einmal sein »Ich bin ein Seepferdchen« ins Mikrofon, dann gestikulierte er, als ob er die Fans um Ruhe bitten wollte.

»Hey, Leute«, sagte er in den Jubel hinein, der einfach nicht abebben wollte, und seine Hände formten ein Herz. »Es geht hier heute Abend nicht nur um Spaß und gute Laune. Es geht auch um ein Seepferdchen. Um Theo und um seine Familie, die ein neues Zuhause braucht.«

Der Applaus brandete wieder auf.

»Die Politiker wollen Theo vor die Tür setzen«, fuhr er fort und wies in Richtung Horizont, wo er wohl das Festland vermutete. Die dunklen Wolken waren jetzt bedrohlich nahe gekommen, auch der Wind hatte merklich aufgefrischt. Die Lichterketten über ihren Köpfen wirbelten durch die Luft.

»Nein, nein!«, skandierte die Menge und buhte. Lumme lief ein Schauer über den Rücken – nicht nur wegen der Schlechtwetterfront, die sich jetzt auch durch ein leichtes Grollen und Wetterleuchten bemerkbar machte. Auch Henning blickte sorgenvoll zum Himmel, seine Locken sahen so aus, als seien sie elektrisch aufgeladen.

»Wir sammeln heute Abend Spenden für das Inselaquarium.

Und es gibt hier eine tolle Frau, die dem Seepferdchen ihre Stimme geliehen hat. Hey, Lumme, bist du da?«, rief Beastie B. und winkte sie hinter die Bühne.

»Lumme, Lumme«, fiel die Menge ein.

»Los, die wollen dich sehen!« Henning gab ihr einen Schubs und schob sie nach vorne ins Scheinwerferlicht.

Schon wieder!

Lumme hatte weiche Knie, aber Boris kam auf sie zu und zog sie nach ganz vorn, wo er ihr ein Mikrofon in die Hand drückte.

»Ich dachte, wir beenden die Show mit einem echten Hammer. Bist du dabei?«, grölte er und riss ihren linken Arm zu einer triumphalen Pose hoch.

»Solange ich nicht singen muss.«

Lumme versuchte, ihren Vater in der ersten Reihe ausfindig zu machen, aber das Scheinwerferlicht blendete sie. Plötzlich meinte sie, Theo in der Menge zu sehen. Ihr Herzschlag setzte einen Moment aus.

Theo.

Theo, Theo, Theo.

Dann dachte sie, dass sie sich getäuscht haben musste.

Boris lachte. »Pass auf!«, rief er, er ließ sie immer noch nicht los, als hätte er Angst, dass sie davonlaufen könnte. »Kannst du schwimmen?«

Lumme nickte beklommen. Was hatte er vor?

»Lumme, Lumme«, grölten die Leute, es klang fast so wie die Wasserrufe der Trottellummen auf dem Vogelfelsen.

»Ich kann nicht besonders gut schwimmen«, fuhr Boris fort. »Aber ich hab jetzt Lust auf ein bisschen Nordsee-Rock 'n' Roll. Vorher nominieren wir beide aber noch drei Promis, die genau das tun müssen, was wir beide auch gleich tun werden. Oder ...«

Wieder riss er ihren Arm in die Luft.

Ein ungutes Gefühl beschlich Lumme, der Wind zerrte nun an ihren Haaren, der Himmel war schwarz. Ein elektrisches Knistern lag in der Luft, das Grollen übertönte das Rauschen des Meeres.

»Oder sie spenden Geld. Fünfhundert Euro für die gute Sache.«

»Yeah!« Die Leute johlten und klatschten.

»Du fängst an.«

Prominente.

Lumme hatte keine Ahnung, wen sie nominieren sollte. Boris sah sie auffordernd an, seine Augen flackerten, fast teuflisch.

»Gregor Willner«, rettete sie sich schließlich. Sie hoffte, dass der Moderator ihr die Sache nicht übel nehmen würde.

»Gregor Willner«, rief Boris in die Menge, »die erste Stimme geht nach Berlin. Dann wähle ich Kiel und nominiere einfach mal euren Umweltminister – wie heißt die Flasche noch?«

»Koopmann, Koopmann.« Die Leute lachten und klatschten.

»Matthias Koopmann.« Boris stieß sie wieder an. »Lumme?«

Noch ein Prominenter.

Lumme spürte, wie ihr der Schweiß ausbrach. In ihrem Kopf herrschte landunter, auf einmal war ihr übel. Hilfesuchend sah sie sich nach Henning um, doch der war irgendwo in der Menge verschwunden.

»Ein Name, Lumme …«

Boris ließ nicht locker, er zappelte wie ein Kobold an ihrer Seite auf und ab.

Lumme schloss die Augen, wieder blitzte Theos Gesicht vor ihrem inneren Auge auf. Der Containerriese in ihrem Kopf schlingerte plötzlich wieder durch ihre Seele. Es sah so aus, als hätte er Schlagseite bekommen. Die eisigen Container kippten.

»Theo Johannson«, sagte sie kläglich.

Die Menge johlte, die meisten wussten, wen sie meinte. »Theo, Theo, Theo …«

»Ausgezeichnete Wahl!« Boris wiederholte die Namen der drei Nominierten noch einmal. »Dann zeigt Deutschland mal, ob ihr Eier habt, Jungs.«

Er kicherte, dann ließ er Lumme los und lief zum Bühnenrand, wo er auf einen Lautsprecher kletterte. Im nächsten Moment stand er schon auf dem Geländer der Seebrücke und hielt sich an einem Fahnenmast fest. Er winkte in die Menge, sein weißes T-Shirt leuchtete wie ein Hologramm vor dem schwarzen Gewitterhimmel.

Er wollte springen!

»Lumme, Lumme …«, rief die Menge.

Boris drehte sich zu ihr um und breitete die Arme aus.

Wie ein Klippenspringer.

»Lumme, Lumme …«

Lumme war wie erstarrt. Plötzlich hatte sie Jan vor Augen, wie er damals am Felsrand gestanden und sie angeschaut hatte.

Sein verzweifelter, jenseitiger Blick.

»Spring!«, forderten die Leute, sie waren begeistert von der Show.

Und Boris ließ sich fallen. Auf einmal war er verschwunden, während ein Blitz den Himmel teilte.

»Ah …«, rief die Menge, dann donnerte es. Ein Kanonenschlag. Der nächste Blitz zerriss den Himmel, dann fing es an zu regnen. Die Menge geriet in Bewegung, die Zuschauer wichen zurück und liefen die Seebrücke hinunter, um sich vor dem Unwetter in Sicherheit zu bringen.

Lumme stand noch immer auf der Bühne, und das Bild, das sich ihr bot, war fast unwirklich. Wie im Zeitraffer nahm sie wahr, wie sich die Brücke auf einen Schlag lehrte. Auch die Band suchte Schutz. Überall lagen Pappbecher, Flaschen und zerplatzte Luftballons herum. Es sah so aus, als ob das Meer sich zurückgezogen und ein vermülltes Hafenbecken hinterlassen hätte.

»Komm!«

Henning – plötzlich war er wieder da. Er packte sie am Arm und riss sie aus ihrer Erstarrung. »Wir müssen den Idioten da rausholen, sonst ertrinkt uns der noch.«

Er zog sie mit sich bis zum Brückengeländer. Unter ihnen schlugen die Wellen gegen das Holz, das Wasser schäumte und gluckste. Eines der Börteboote war zu der Stelle gefahren, wo Boris untergegangen sein musste. Es war Kalle, ratlos hob er die Arme und sah zu ihnen hinauf. Boris war noch nicht wieder aufgetaucht.

Konnte er überhaupt schwimmen?

Oder trieb er ein wahnsinniges Spiel mit ihnen?

»Kopfsprung«, sagte Henning, »auf los!«

Lumme hatte keine Zeit nachzudenken. Bevor sie aufs Geländer kletterte, streifte sie die Schuhe ab. Dann holte sie tief Luft. Henning drückte ihr kurz die Hand, bei »los!« hechteten sie gemeinsam ins Wasser.

Das Meer war vor der Seebrücke nicht besonders tief – vielleicht zehn Meter. Aber es war jetzt dunkel. Lumme öffnete unter Wasser die Augen, sie versuchte, sich zu orientieren. Vor sich sah sie Henning, er gab ihr ein Zeichen und schwamm auf das Boot zu. Lumme drehte sich einmal um sich selbst, sie wollte unter der Brücke nach Boris suchen. Die Strömung war hier vorne tückisch, und der Wind peitschte das Wasser nun auf. Wenn sie Pech hatten, trug die See den Rapper aufs offene Meer hinaus.

Mit kräftigen Zügen schwamm sie auf die dunklen Pfeiler zu, die die Brücke im Meeresboden verankerten. Das Wasser war nicht besonders kalt, achtzehn Grad, aber die Sorge um Boris ließ sie zittern. Sein Körper war von dem Konzert so aufgeheizt gewesen – war er wie ein Stein untergegangen, weil er einen Kreislaufschock erlitten hatte?

Unter der Brücke war es noch dunkler, sie konnte nichts erkennen. Verzweifelt tauchte Lumme auf und schnappte nach Luft. Hatte die Strömung ihn bereits fortgerissen? Panik stieg in ihr auf, und sie hörte sich schreien.

»Boris! Boris!!!«

Der Himmel antwortete mit einem weiteren Blitz, der die Dunkelheit zerriss, für einen Moment war alles taghell. Lumme schwamm unter der Seebrücke hindurch. Als sie auf der anderen Seite war, gab es einen ohrenbetäubenden Knall. Die Gewitterzelle befand sich fast direkt über der Insel, das Wasser brodelte. Schwere See. Es war jetzt lebensgefährlich, hier draußen herumzuschwimmen.

Plötzlich sah sie einen Rettungsring auf dem Wasser treiben. Lumme blickte zur Brücke hinauf. Ihr Vater stand da oben und zeigte auf eines der Seebäderschiffe. Er sah sehr ruhig aus, während Hans Cassen neben ihm etwas in sein Handy brüllte. Hatte Boje etwas entdeckt?

Lumme tauchte noch einmal ab. Unter Wasser war es fast unwirklich still, als ob dieses Unwetter da oben gar nicht stattfände. Sie schwamm ein Stück auf die Reede hinaus, dann tauchte sie wieder auf.

Da – da war etwas Helles, es tanzte auf den Wellen.

Ein Basecap. Das war Boris' Basecap.

Lumme schwamm darauf zu.

Wieder ein Blitz, eine verzweigte, zischende Himmelsschlange, sie schien auf der Düne niederzufahren. Lumme wartete auf den Donner, als es knallte und wieder blitzte, tauchte plötzlich ein dunkler Kopf in den Wellen auf.

Boris.

Boris, Boris, Boris.

Er ruderte mit den Armen, als suchte er nach etwas, woran er sich festhalten könnte, dann war er wieder verschwunden.

»Boris!«

Lumme kraulte auf das tanzende Basecap zu, als sie es erreicht hatte, tauchte sie ab.

Stille.

Und das Herzklopfen in ihrem Ohr.

Dann war da plötzlich ein anderer Beat. Lauter, wilder, irgendwie verrückt. Unter ihr leuchtete etwas auf dem Meeresgrund auf – das Seepferdchen-T-Shirt.

Boris. Lumme tauchte tiefer, sie schwamm auf ihn zu und bekam ihn zu fassen. Das Wasser machte es ihr leicht, ihn nach oben zu ziehen.

Oben schnappte Boris nach Luft, in der aufgepeitschten See klammerte er sich an sie. Panisch. Plötzlich war er so schwer wie Blei.

Lumme nahm ihn in den Rettungsgriff.

»Du musst ruhig bleiben!«, schrie sie ihn an. »Ich hol dich hier raus.«

Auf der Seebrücke flackerte das Blaulicht des Inselkrankenwagens. Ein weiterer Rettungsring flog ins Wasser. Jemand von der Feuerwehr sprang, um zu helfen. Börteboote fuhren in ihre Richtung.

Dann sah sie Henning.

Den Wassermann.

Er kam ihr entgegen und packte mit an. Gemeinsam zogen sie Boris zur Brücke, wo sich ihnen helfende Hände entgegenstreckten. Ihr Vater war da, pitschnass vom Regen. Hans Cassen warf ihnen eine Rettungsleine zu. Der Donner grollte, doch das Gewitter schien nun in Richtung Westen abzuziehen.

Boris hustete und spuckte Wasser aus.

»Du kannst wirklich gar nicht schwimmen«, stellte Lumme fest, als sie keuchend auf der Brücke saßen und auf die Sanitäter warteten.

»Seepferdchen«, sagte Boris nur, bevor er einen weiteren Schwall Wasser ausspuckte. Ein irres Leuchten lag auf seinem Gesicht. Irgendwie wirkte er so, als hätte er gerade die beste Erfahrung seines Lebens gemacht.

Sechsundzwanzig

Lumme saß in ihrem Büro und wartete. Klaus Baumgartner hatte ihr versprochen, sie sofort anzurufen, wenn das Urteil verkündet worden war. Er war in Hamburg, heute würde das Gericht über die Klage gegen den Windpark entscheiden. In der Presse war spekuliert worden, dass der schleswig-holsteinische Umweltminister seinen Hut nehmen musste, wenn das Land unterlag. Sie stellte sich vor, wie Baumgartner mit Anzug und Krawatte im Gerichtssaal saß und dem Richter lauschte. Gewiss schaukelte sein Herz genauso heftig wie ihres.

Ein heller Schrei riss sie aus ihren Gedanken, vor ihrem Fenster stritten sich Möwen um einen Leckerbissen. Die See war grau, aber ruhig, der Himmel hing tief, die Sonne hüllte sich in Wolkenschleier. Es war Herbst geworden, Mitte November. Endspielzeit.

»Schon was gehört?«

Henning streckte den Kopf durch die Tür. Seinen Grübchen sah sie an, dass er genauso ungeduldig auf das Urteil wartete wie sie.

Lumme schüttelte den Kopf. »Ich hätte dich doch gerufen«, sagte sie.

»Dann geh ich mal nach vorne, aber du …«

»Ich ruf dich, wenn es etwas Neues gibt.« Mit einer unwirschen Handbewegung scheuchte Lumme ihn davon, sie wollte allein sein, wenn die Nachricht kam.

Allein mit der Niederlage.

Oder aber …

Sie hörte, wie Henning die Sicherheitstür öffnete. Aus dem Schausaal schwappte Handwerkerlärm in ihr Büro, die Bauarbeiten hatten begonnen. So wie geplant. Während die beweglichen Becken samt Innenleben mithilfe der Feuerwehr in eine Bootshalle ausgelagert worden waren, hatten sie den Stör und seine Gefährten nicht umquartieren wollen. Todd hatte ihnen davon abgeraten. Und so renovierten die Arbeiter rund um das Panoramabecken herum. Henning schaute alle halbe Stunde nach dem Rechten, aber den Fischen schienen die Bauarbeiten nichts auszumachen. Lumme hatte sogar beobachtet, wie die Dorschfrau mit einem der Handwerker flirtete.

Auf der Baustelle sah es im Moment aus wie nach einem Meteoriteneinschlag. Krater und Staub. Kaum vorstellbar, dass sie im kommenden Frühjahr die Türen wieder öffnen könnten. Dafür hatte man keinen Asbest in den alten Wänden gefunden. Der Umbau würde also nicht ganz so teuer werden wie erwartet.

Vielleicht, so überlegte Lumme nun, könnten sie auch eines der Labore und den Hummerkindergarten modernisieren. Aber für den ganz großen Sprung, den Umbau zum Naturerlebniszentrum, würde das Geld wohl nicht reichen. Sie schaute auf die Magnetwand, wo die Pläne für die Umgestaltung hingen. Eine Titelseite des *Inselboten* pinnte davor: *Benefizkonzert rettet Aquarium*. Durch die Spendenaktion waren unfassbare achthunderttausend Euro auf dem Konto des Inselaquariums eingegangen. Und die Seepferdchen-Challenge, die Beastie B. mit seinem wahnsinnigen Sprung in die Nordsee angestoßen hatte, spülte immer noch Geld auf das Konto. Weitere einhundertfünfzigtausend Euro bislang. Fast einen Monat lang

hatte die Republik kopfgestanden oder vielmehr den Kopfsprung gewagt. Gregor Willner war in den Wannsee gesprungen – und hatte auch noch gespendet. Matthias Koopmann
hatte die Kieler Förde gewählt – und nicht gespendet. Dann
hatte die Challenge immer weitere Kreise gezogen. Musiker,
Schauspieler, Models, YouTube-Stars und Politiker waren gesprungen, und viele hatten obendrein etwas gespendet. Selbst
Professor Peddersen hatte sich ein Seepferdchen-Retter-Shirt
übergezogen und war vor Kapstadts Küste in den antarkti-
schen Benguelastrom gesprungen. Von der Liga der A-Promis
bis hinunter in die C-Kategorie hatte sich die Challenge wie
ein Virus verbreitet, bis schließlich auch Grundschulkinder in
Planschbecken herumkasperten und ihr Taschengeld spende-
ten. Das Internet quoll über vor lustigen Badeszenen und No-
minierungen. Nur Theo Johannson hatte nichts von sich hören
lassen. Er war einfach abgetaucht.

Dafür hatte die dramatische Rettung von Beastie B. noch
eine Talkshow zum Thema »Seepferdchen für alle – können
wir nicht mehr richtig schwimmen?« nach sich gezogen. Sogar
die Bundeskanzlerin hatte sich bemüßigt gefühlt, für einen
besseren Schwimmunterricht an Schulen zu werben.

Es war verrückt.

Total verrückt.

Lumme lächelte, ihr Blick wanderte zurück auf ihren Schreibtisch. Das Durcheinander darauf spiegelte die Ereignisse der
vergangenen Monate wider. Da gab es einen windschiefen
Seepferdchen-Stapel und einen Haufen Papier zum Aquariums-
umbau. Das Planktonprojekt, ein Puzzle aus unglaublich vielen Daten, war beendet, aber noch nicht abgeheftet, und davor lag der Schriftwechsel, der ihre Ehe betraf. Oder vielmehr
deren Ende. Ganz oben fand sich noch ein Vertragsentwurf,

Hans Cassen hatte ihr einen unbefristeten Job im Inselaquarium angeboten. Zwischen all dem verteilten sich Wassergläser, Kaffeebecher, Probenbehälter und Präparate. Ein Schlüssel an einem Anker und ein schwarzes Notizbuch, in das sie nicht hineinschauen mochte.

Wie immer sah es aus, als wäre ein Orkantief über den Tisch hinweggefegt. Windstärke zwölf, schwerste Verwüstung. »Lumme Hansen«, wisperte es in ihrem Kopf, »du musst endlich aufräumen.«

Und weil Lumme wegen der Schaukelei in ihrem Herzen ohnehin nicht arbeiten konnte, fing sie einfach an. Sie füllte einen Ordner mit Kostenvoranschlägen und Auftragsnummern und heftete das Planktonprojekt ab. Auf den Rücken des nächsten Ordners schrieb sie *TODD*, große Buchstaben für einen großartigen Gefährten. Dann hielt sie einen Moment inne. Es sah tatsächlich so aus, als ob sie ihre Trennung ohne Dramen hinbekämen. In aller Freundschaft und ohne Tränen. Sie winkte dem Foto zu, das an der Magnetwand pinnte. Todd hatte es ihr geschickt. Es war neu und zeigte ihren Sohn im Center-Trikot seiner Mannschaft. Sie freute sich darauf, ihn an Weihnachten in die Arme zu schließen. Und auch ihr Vater konnte es kaum erwarten, seinen Enkel wiederzusehen. Boje wollte ihm das Schachspielen beibringen, und so hatte Lumme ihrem Vater vor ein paar Wochen ein neues Spiel zum Geburtstag geschenkt. Bei der Gelegenheit hatte sie ihm auch endlich gebeichtet, dass sie den Schwarzen König verloren hatte. In Berlin.

Boje hatte gelächelt, als hätte er es längst gewusst. Etwas später hatte er eine dunkle Herzmuschel auf das alte Brett am Fenster gelegt – auf das Feld, wo der Schwarze König fehlte.

Als das Telefon klingelte, zuckte Lumme zusammen.

Endlich.

»Klaus?«, rief sie in den Hörer. »Bist du das?«

Baumgartner lachte.

»Halt dich fest«, brüllte er in den Hörer. »Wir haben gewonnen.«

Lumme öffnete den Mund, aber sie konnte nichts sagen. Glücklich sprang sie auf und riss dabei das Telefon vom Tisch.

»Bist du noch da?« Baumgartner lachte wieder, er klang, als hätte er soeben den größten Sieg seiner Naturschützer-Laufbahn errungen. »Der Windpark vor der Insel darf nicht gebaut werden. Die Schweden müssen aus der Vogelzuglinie raus. Und sie müssen ein neues Konzept für den Schallschutz vorlegen.«

Lumme stutzte und erwachte endlich aus ihrer Starre. »Dann hat das Seepferdchen die Entscheidung des Gerichts überhaupt nicht beeinflusst?«

»Nein, das ist ja das Verrückte an der Sache. Das Seepferdchen war gar nicht ausschlaggebend. Wenn überhaupt, dann war es das i-Tüpfelchen bei der Entscheidung zugunsten des Naturschutzes.«

Das i-Tüpfelchen.

Lumme hob das Telefon wieder auf. Als sie auf das Wasser hinaussah, lächelte sie glücklich. Das Meer schimmerte wie ein Spiegel, ein Streifen Silber lag über dem Horizont.

»Das heißt, wenn der Windpark doch noch kommt, müssten die Schweden mindestens dreißig Seemeilen weiter westlich bauen?«, fragte sie noch einmal nach.

»Richtig. Und das kostet viel zu viel Zeit. Ich glaube nicht, dass der Konzern noch einmal von vorne beginnt. Die haben noch andere Claims, jetzt lecken sie erst einmal ihre Wunden. Du kannst in Ruhe Seepferdchen züchten. Glückwunsch, Lumme.«

»Ich muss Henning Bescheid sagen.«

»Feiert schön, ich kümmere mich jetzt um die Presse. Die Meute wartet schon. Bin gespannt, was die Politiker dazu sagen.«

»Ach, Klaus …« Lumme zögerte kurz, dann fasste sie sich ein Herz. »War Theo Johannson eigentlich im Gericht?«

»Ja, der war da.« Baumgartner schwieg einen Moment, bevor er fortfuhr: »Er hat die Entscheidung mit Fassung getragen.«

Als sie auflegte, stand Henning schon in der Tür. Er spreizte die Hände zum Victory-Zeichen, seine Grübchen tanzten.

»Mensch, Henning …« Sie war mit zwei Sprüngen bei ihm, und er breitete die Arme aus. »Wir haben tatsächlich gewonnen!«

»*Du* hast gewonnen«, sagte er, bevor er sie an sich zog. »Dein Dickkopf. Du hast der Sache doch erst Schwung verliehen.«

»Wollen wir ins Rathaus rüber?«

Lumme drückte Henning noch einmal, aber irgendwie musste sie jetzt an die frische Luft. Sie wollte das Meer hören, das Kreischen der Möwen, das Brummen der Börteboote.

»Das Rathaus ist schon da«, grinste Henning, er zeigte aus dem Fenster, wo soeben Hans Cassen vorbeimarschierte. »Der will doch bestimmt zu dir.«

»Der will zu uns.«

Lumme befreite sich aus Hennigs Umarmung, sie war sich nicht sicher, was sie nun erwartete. Der Bürgermeister war inzwischen ein Seepferdchen-Fan – so wie ein Großteil der

Insulaner. Der kleine Theo zog auch jetzt noch Touristen an. Jeden Tag strömten Besucher in die Sonderausstellung, und in den Herbstferien hatte es kein freies Bett auf der Insel gegeben. Die meisten *Ja-zum-Windpark*-Schilder waren inzwischen aus den Fenstern verschwunden. Nichtsdestotrotz hatte Cassen sich nicht von dem Projekt losgesagt. Im Hafen waren die ersten Unterkünfte fertig geworden, und auch heute noch hatte sie Offshore-Arbeiter gesehen. Wann würden die Männer von der Insel verschwinden?

»Hallo, Hans!«, rief sie, als sie ihn hinten hereinkommen hörte.

»Da seid ihr ja«, schnaufte er, sein Blick streifte Lummes Schreibtisch und den Arbeitsvertrag, den sie noch nicht unterschrieben hatte. »Habt ihr's schon gehört?«

»Klaus Baumgartner hat mich gerade angerufen.«

Lumme bot Cassen ihren Bürostuhl an, und er ließ sich dankbar darauf fallen.

»Und nun?«, fragte er, sein Blick sprang zwischen ihnen hin und her. Sie hatte ihn noch nie so ratlos erlebt. Wahrscheinlich sehnte er sich nach einem kräftigen Schluck Cognac.

»Jetzt gehen wir feiern. Und morgen machen wir einfach so weiter wie bisher auch. Die Insel braucht das Aquarium jetzt mehr denn je.«

»Jawohl!« Hans Cassen hörte gar nicht mehr auf zu nicken, sein Doppelkinn wackelte. Lumme bemerkte, dass er den Windparksticker nicht mehr im Knopfloch seiner Jacke trug.

»Diese Idioten«, pöbelte er plötzlich los. »Die haben uns doch übers Ohr gehauen!«

»Die Schweden?«, fragte Henning nach. Er schmunzelte.

»Was haben die uns nicht alles versprochen. Arbeitsplätze, Gewerbesteuern, das Blaue vom Himmel …« Er polterte wie ein aufgeregtes Knurrhahnmännchen, und sie ließen ihn toben.

»Besser?«, fragte Lumme schließlich, als er absetzte, um Luft zu holen.

»Hm.« Cassen stemmte sich aus dem Drehstuhl, er pochte auf Lummes Arbeitsvertrag. »Ich hab noch was gut bei dir«, sagte er. »Würde mich freuen, wenn du den unterschreibst.« Dann entdeckte er den Schlüssel mit dem Anker. »Ach, hier ist der«, murmelte er und sah sie scheel an. »Ich denk mal, dass sich die Sache mit dem Totenkopf jetzt erledigt hat.«

Am frühen Nachmittag wusste die ganze Insel Bescheid. Zuerst war Frau Graumann aus dem Rathaus herübergekommen, sie hatte einfach die Gemeindesekretärin für zehn Minuten an ihrem Kassentisch geparkt. »Der Cassen hat sogar schon das Windpark-Modell vor die Tür geschoben«, berichtete sie, bevor sie ihnen freudestrahlend die Hände schüttelte. »Ach, ist das schön.«

Dann stand auch schon Lummes Vater in der Tür. Er hatte eine Friesentorte dabei, die er im Labor zerteilte. Lumme und Henning bekamen je ein gigantisches Stück, und die Handwerker gingen auch nicht leer aus. »Die Männer von der Börte treffen sich heute Abend im *Hummerkorb*«, sagte Boje, als er ging. »Kommt ihr auch?«

So ging es den ganzen Nachmittag über weiter. Der Pfarrer schaute herein und lächelte selig, die Inselbäckerei schickte einen Präsentkorb, und die Grundschulkinder brachten ein selbst gebasteltes Seepferdchen-Mobile vorbei und sangen das Insellied. Die Hoteliers kamen auf einen Friesengeist, und der Brückenkapitän versprach, zur nächsten Saison eine Inselfahne samt Seepferdchenherz auf der Brücke zu hissen.

Auch im Netz war der Teufel los, und immer wieder klingelte das Telefon. Sogar Beastie B. rief Lumme auf ihrem Handy an, er hatte sich inzwischen die Insel-Koordinaten auf seinen Arm tätowieren lassen. »Nächsten Sommer komm ich wieder«, versprach er ihr, »dann schwimmen wir beide einmal um die Insel.« In den Abendnachrichten war der Rücktritt des schleswig-holsteinischen Umweltministers eines der Topthemen. Und etwas später erklärte der schwedische Energiekonzern, dass Theo Johannson die volle Verantwortung für die juristische Niederlage übernehme und von seinem Posten entbunden worden sei. Henning hatte die Meldung im Netz entdeckt, er druckte sie aus und legte sie Lumme kommentarlos auf den Tisch.

Es war schon nach zehn, als Lumme und Henning endlich in der Inselkneipe aufschlugen. Schon auf der Treppe ins Oberland konnten sie hören, dass die Stimmung großartig war. Wenn sich die Tür zum *Hummerkorb* öffnete, wehten Musik und Gelächter in die Nacht. Im Eingang standen ein paar Männer und rauchten.

»Hey, Lumme«, sagte Jörgen, als er sie erkannte. »Dein Vater hat schon eine Runde geschmissen. Und der Bürgermeister auch. Wenn ich gewusst hätte, dass ...« Er begann zu stottern und sah auf seine Fußspitzen.

»Ist schon gut, Jörgen«, sagte Henning. Er nickte ihm zu und schob Lumme in die Kneipe.

»Ah ...«, raunten die Männer, als sie hereinkamen. Dann klatschte jemand Beifall, und schließlich applaudierte der ganze *Hummerkorb*. »Lumme, Lumme ...« Die Männer von der Börte trampelten und pfiffen. Sogar ihr Vater machte mit, er war wohl noch nie so stolz auf seine Tochter gewesen.

Henning strahlte, während Lumme der ganze Zauber irgendwie unwirklich vorkam. In ihr zog sich etwas zusammen. Verlegen winkte sie ab und setzte sich zu Boje an den Tresen.

»Was wollt ihr trinken?«, fragte der Wirt. »Friesengeist? Die nächste Runde geht aufs Haus.«

»Bloß nicht«, sagte Henning, er hatte schon im Aquarium nur an dem Schnaps genippt. »Für mich Wodka. Ohne Eis.«

»Für mich auch.« Lumme nahm sich vor, nur diesen einen Wodka zu trinken.

»Auf Theo«, sagte Henning, als sie anstießen. Seine Grübchen glichen zwei dunklen Kieselsteinen, die im Wasser glänzten. Lumme wusste, dass er nicht das Seepferdchen meinte.

Sie hätte ihm fast die Zunge herausgestreckt.

Die nächste Runde ging auf Jens, dann war Kalle dran. Schließlich wollte Boje nach Hause, und Hans Cassen versprach Lumme, ihn bis zur *Möwe* zu begleiten.

Eigentlich wollte Lumme auch ins Bett, aber Henning war so glücklich, dass sie es nicht übers Herz brachte, ihn sitzen zu lassen. Er hatte es sich einfach verdient, dass sie noch ein bisschen mit ihm feierte.

»Meine Runde«, sagte er und kippte den Wodka hinunter, während *Somewhere over the rainbow* aus den Lautsprechern schallte. Plötzlich fing er an zu singen: »*And the dreams that you dare to dream, really do come true …*«

Dann gab Lumme einen aus. Sie versuchte, nicht mehr an Theo zu denken, und der Wodka half ihr dabei.

»Was macht eigentlich der Nordfriese?«, fragte sie Henning nach der nächsten Runde kichernd, der Alkohol nahm in ihren Adern Fahrt auf.

»Du meinst das Internet-Dating?« Henning schüttelte den Kopf, während seine Grübchen ihr verliebt zuzwinkerten. »Keine Zeit gehabt.«

»Du Armer.«

Lumme strich ihm über die Wange, und er schnappte sich ihre Hand und küsste ihren Handteller.

Siebzehntausend Nervenenden und mindestens anderthalb Promille im Blut.

Und ein Windpark, der gerade untergegangen war.

Lumme spürte, wie der Trottellummenstör in ihr erwachte. Sie rutschte von ihrem Hocker und warf Henning einen langen Blick zu. Als sie endlich vor der Kneipe standen, zog er sie einfach mit sich.

»Bitte, bitte, kein Licht«, flehte Lumme, als sie die Treppe zu seiner Wohnung hinaufstolperten.

Sie landeten auf dem Sofa, und irgendwie küsste Henning gar nicht schlecht. Seine Locken rochen nach Salz, und seine Art, sie anzufassen, war aufregend und neu.

Der Wassermann. Es war, als ob er einen Leckerbissen gefangen hätte und ihn nun genüsslich verspeiste.

Lumme genoss seinen Eifer und seine Freude, ihr Lust zu bereiten. Lächelnd ließ sie sich von seinem Verlangen überrollen.

Dicht aneinandergeschmiegt schliefen sie ein.

Doch als Lumme ein paar Stunden später aufwachte, konnte sie nur eines denken: *Scheun'n Schiet ook.*

Es war noch dunkel, der frühe Morgen schimmerte über dem Horizont, während der Containerriese in ihrem Kopf ganz still auf der Seite lag. Er war auf einer Sandbank aufgelaufen. Ganz leise zog sie sich an, aber trotzdem wachte Henning auf. Er machte Licht und sah sie an.

»Wo willst du hin?«

Sie setzte sich zu ihm aufs Sofa und strich ihm durch die Locken.

Henning seufzte.

»Freunde?«, fragte er schließlich tapfer, seine Grübchen sahen ein bisschen traurig aus.

»Freunde«, antwortete Lumme, sie schloss die Augen und gab ihm einen dankbaren Kuss. »Allerbeste Seepferdchen-freunde.«

Siebenundzwanzig

Die Seeanemonen schillerten, als wären sie frisch gewaschen, ihre Tentakel winkten Lumme zu.

»Guten Morgen, Fische«, murmelte Lumme. »Guten Morgen, Grundeln. Guten Morgen, Knurrhähne. Guten Morgen, Barsche.«

Bei den Seewölfen blieb sie stehen. Das Trio hockte maulig am Grund seines neuen Beckens, es war fast doppelt so groß wie das alte. Es war auch mindestens doppelt so schön – und bot reichlich Platz, um sich vor der guten Laune im Aquarium zu verstecken.

»Und?«, fragte Lumme und tippte mit den Fingerspitzen gegen das Becken. »Wie geht's uns heute?«

»Alles bestens.«

Henning – sie hatte ihn nicht hereinkommen hören. Seitdem die Sicherheitstür nicht mehr klemmte, konnte er sich quasi unbemerkt von hinten hereinschleichen.

Lumme lachte auf. »Jetzt hast du mich aber erwischt.«

»Ich weiß doch, dass du mit den Fischen sprichst.«

Henning grinste, er war gerade von seiner Morgentour zurück. Sie konnte das Salz in seinen Locken riechen.

»Du hast auch deine Macken, mein Lieber.«

Lumme knuffte ihn in die Seite, es war schön, ihn so glücklich zu sehen. Henning schwebte förmlich. Seit Anfang Mai hatten sie eine Hospitantin im Aquarium, eine Biologiestu-

367

dentin aus Kiel, die den ganzen Sommer über bleiben würde. Kristina half Henning mit den Hummern und begleitete ihn auch auf seiner Morgentour. Und sie konnte mindestens so schön lachen wie er. Seitdem sie da war, waren seine Grübchen außer Rand und Band. Sie hüpften auf und ab und waren kaum zu bändigen.

»Wie geht's denn Theo heute?« Henning lenkte sie von seinen Grübchen ab und zog sie weiter. Der Schausaal war durch den Umbau größer geworden, neben dem Panoramabecken, in dem nun auch ein Katzenhai und einige Rochen schwammen, war ein prächtiges Seepferdchenbecken entstanden. Ein gläserner Leuchtturm auf einem Sockel aus rotem Fels – fast dreieinhalb Meter hoch und mit einem Durchmesser von mehr als einem Meter. Frau Graumann hatte die Idee dazu gehabt, sie zeichnete gern, wie sie nun wussten. In den einsamen Jahren an der Kasse waren Hunderte von kleinen Skizzen entstanden, die das Aquarium und die Fische zum Thema hatten. Als Lumme Anfang des Jahres mit einem Architekten über die Gestaltung des Beckens gesprochen hatte, hatte sie den Mut gehabt, ihnen den Entwurf zu zeigen. Und das, was die Spezialisten daraus gemacht hatten, war einfach großartig. So etwas hatte kein anderes Aquarium in Europa.

Schweigend blieben sie vor dem gläsernen Turm stehen und beobachteten die Fische, die in den Seegrasbüscheln hingen. Theo war wieder schwanger, sein runder Bauch leuchtete wie eine Orange. In ein paar Tagen sollte der nächste Schwung Seepferdchen auf die Welt kommen.

Als sie seinen Bauch betrachtete, fragte Lumme sich, was wohl aus dem ersten Wurf geworden war. Ein paar Fische waren zur Zucht nach England gegangen, aber den größten Teil, fast einhundertachtzig ausgewachsene Seepferdchen, hatten sie im Frühjahr im Tangwald ausgesetzt. Wenn Theo kein Einzelgänger gewesen war und sich dort tatsächlich bereits ein kleines Volk befand, würde der Bestand auch vor der Insel wachsen. Dann gäbe es wieder Seepferdchen in der Nordsee.

»Kristina und ich werden nächste Woche mal tauchen gehen«, sagte Henning, als ob er ahnte, was sie gerade dachte. »Mal schauen, ob wir unsere Babys entdecken.«

»Ja«, sagte Lumme, ohne den kleinen Theo aus den Augen zu lassen. Wenn sie ihm zusah, musste sie immer daran denken, wie dieses ganze verrückte Inselmärchen begonnen hatte.

Und sie musste an Theo denken. Wie so oft in den letzten Monaten.

Theo.

Theo, Theo, Theo.

Nachdem Theo Johannson seinen Job verloren hatte, war es auch in der Presse ruhig um ihn geworden. Er hatte keine schmutzige Wäsche gewaschen oder sich etwa zum Opfer einer Kampagne verklärt. Er war einfach von der Bildfläche verschwunden. Selbst Klaus Baumgartner hatte nichts mehr von ihm gehört.

Dafür war wenige Tage nach seinem Rausschmiss eine anonyme Großspende auf dem Konto des Inselaquariums eingegangen. Fünfzigtausend Euro ohne Absender, wenn man mal von dem Schweizer Nummernkonto absah, von dem das Geld auf die Insel transferiert worden war. »Da hat sich jemand aber Mühe gegeben, seine Identität zu verschleiern«, hatte Henning gemeint, als sie sprachlos vor dem Computer saßen und den elektronischen Kontoauszug betrachteten.

»Meinst du, wir können das Geld annehmen?«, hatte Lumme ihn gefragt. Vor ihrem inneren Auge waren ein Streichelbecken und einige weitere Attraktionen aufgeflackert, die sie gerne noch für das Aquarium umsetzen wollte.

»Ja, klar.« Henning hatte überhaupt keinen Zweifel gehabt. »Bei uns ist das Geld doch in guten Händen.«

Jetzt war das Streichelbecken Realität, vorne im Eingangsbereich empfing es die Besucher mit seinen Meeresschnecken, Muscheln, Seeigeln und Seesternen. Nebenan gab es einen kleinen Shop mit Seepferdchen-Souvenirs. Die Nachfrage nach Aufklebern und T-Shirts hatte ein bisschen abgenommen, dafür kauften die Leute Kuscheltiere, Mobiles und Seepferdchen-Medaillons aus Bernstein. Selbst Lumme trug eines, Hans Cassen hatte ihr das Schmuckstück seiner Großmutter geschenkt.

Henning war mit seinen Gedanken ganz woanders. »Meinst du, dein Vater leiht mir heute Abend das Boot?«, wollte er von ihr wissen. Er lächelte verlegen. »Ich würde gern mit Kristina rausfahren, könnte sein, dass die ersten Lummen heute springen.«

»Hab ich auch gehört.« Lumme wiegte den Kopf, um Henning ein wenig auf die Folter zu spannen. Sie stellte sich vor, wie die beiden auf der *Isabella* in den Sonnenuntergang fuhren.

Der Wassermann. Warf er seine Netze aus?

»Was hast du denn vor?«, fragte sie grinsend.

»Hm …« Hennings Stimme kiekste ein wenig, und er wippte auf den Fußspitzen auf und ab. »Es ist warm, und es ist fast windstill heute. Ich wollte ihr einfach den Vogelfelsen zeigen. Und mit ein bisschen Glück …«

»Komm schon. Du willst ihr doch etwas ganz anderes zeigen.«

Lumme warf ihm einen langen Blick zu, und er verdrehte die Augen.

»Du hast deine Chance gehabt, Lumme Hansen«, knurrte er. »Sag mir jetzt nicht, dass du eifersüchtig bist.«

»Quatsch.«

Lumme lachte und streckt ihm die Zunge raus. Dann drehte sie den Seepferdchen den Rücken zu und beobachtete den Stör, der seine Runden zog. Sein stoisches Kreisen war wohl das Einzige, was sich im Schausaal nicht verändert hatte.

»Ich freu mich für dich, Henning. Ehrlich.«

»Dann legst du bei Boje ein gutes Wort für mich ein?«

»Ja, klar. Nach der Führung geh ich rüber. Ich wollte ihm ohnehin noch helfen, Betten zu beziehen. Morgen reisen neue Gäste an.«

Die Seepferdchenführungen waren immer noch brechend voll. Lumme liebte es, Urlauber durch den Schausaal zu führen und Theos Geschichte zu erzählen. Wenn die Gruppe schließlich vor dem gläsernen Leuchtturm stand, erfüllte ein ehrfürchtiges Schweigen den Raum. Jedes Mal wieder.

Dann prasselten die Fragen auf Lumme ein.

»Was frisst ein Seepferdchen?«

»Wie viel wiegt es?«

»Wie kann es seine Farbe verändern?«

So war es heute auch. Lumme antwortete und erklärte, sie erzählte auch, dass Seepferdchen gerne schliefen.

Dann meldete sich ein kleines Mädchen zu Wort, es war vielleicht sechs oder sieben Jahre alt und trug das dunkle Haar offen und wild. Mit einer Mischung aus Neugier und Scheu sah es Lumme an, bevor es seine Frage stellte. »Haben Seepferdchen Gefühle?«

Gefühle.

Für einen Augenblick schwieg Lumme. Das Mädchen, das mit seinem Vater da war, erinnerte sie an sich selbst. Dann dachte sie, dass so *ihr* Mädchen aussehen könnte. Die Enkeltochter, von der ihr Vater immer noch träumte.

»Wie heißt du?«, fragte sie die Kleine.

»Jella, das ist friesisch.«

»Jella – was für ein schöner Name.« Lumme wies auf den Bildschirm, der neben dem gläsernen Turm hing und auf dem die Besucher den Liebestanz der Seepferdchen anschauen konnten. »Drück mal auf den roten Knopf, Jella.«

Dann lief der Film, und sie hörte die Märchenonkelstimme des Sprechers: »Seepferdchen sind ganz besondere Fische. Wenn sich ein Paar gefunden hat, hält es sich ein Leben lang die Treue.«

Als Lumme jetzt über die Strandpromenade zur *Möwe* lief, dachte sie wieder über die Frage des Mädchens nach. Ja, Seepferdchen hatten Gefühle. Und sie lösten jede Menge Gefühle aus. Gute Gefühle – und glückliches Staunen. Sie sah es den Menschen an, die strahlend und mit vollen Tüten das Aquarium verließen.

Das Seepferdchenglück hatte sogar das Tintenfischeis in ihrer Seele um ein paar Grad erwärmt. Es schien zu schmelzen. Manchmal stellte sie sich einfach vor, dass sie den gekenterten Containerriesen in ihrem Inneren eines Tages bergen könnte. Dann würde sie die Container öffnen und das Schmelzwasser in den Ozean laufen lassen.

Auf der Seebrücke standen die Leute zum Einbooten an. Die Fähren fuhren bald aufs Festland zurück. Lumme zählte zehn Börteboote auf dem Wasser, die zwischen der Brücke und den Schiffen hin- und herpendelten. Die Sommersaison hatte mit vollen Fähren und fantastischen Übernachtungszahlen begonnen. Auch die *Möwe* war ausgebucht, auf der Terrasse saßen noch ein paar Gäste bei Kaffee und Kuchen. Sie sah, wie ihr Vater gerade ein volles Tablett heraustrug. Wenn es so weiterging, brauchte er dringend eine Hilfe.

»Papa …« Lumme lief über den Rasen und nahm ihm das schwere Tablett ab. »Lass mich das machen.«

»Du kannst gleich noch mal nach hinten kommen«, schnaufte Boje, »ich hab noch dreimal Kuchen in der Küche stehen. Hat sich wohl rumgesprochen, dass es in der *Möwe* die beste Friesentorte auf der Insel gibt.«

Lumme lachte und verteilte Tee und Kaffee auf der Terrasse. Die Hortensien blühten, und das Geplauder der Gäste summte ihr in den Ohren.

In der Küche belud ihr Vater sie noch einmal mit Kuchen und Sahne.

»Ich soll dich von Henning fragen, ob er die *Isabella* heute Abend haben kann«, sagte Lumme, als sie das leere Tablett wieder nach hinten brachte.

»So, so …«, sagte Boje nur, er zwinkerte Lumme zu. »Geht er auf große Fahrt?«

»Ich würde sagen, er will seiner Flamme die Insel von ihrer schönsten Seite zeigen.«

»Na, meinetwegen. Er weiß ja, wo der Schlüssel steckt.« Ihr Vater nahm sich ein Bier aus dem Kühlschrank und hielt ihr auch eins hin.

Lumme schüttelte ablehnend den Kopf. »Ich ruf ihn mal kurz an, ja?«

Sie ging nach vorne und setzte sich ans Fenster. Als sie ihr Handy hervorholte, sah sie, dass sie eine Mail bekommen hatte. Der Absender sagte ihr nichts, doch in der Betreffzeile stand *Lummensprung*.

Lumme öffnete die Mail. Da waren nur zwei Worte und zwei Bilddateien. »Kommst du?«, las sie.

Wer zum Teufel …

Lumme klickte die erste Bilddatei an.

Sie sah eine glitzernde Eisfläche und mittendrin ein schwarzes Etwas, kaum größer als ein kleiner Finger.

Was war das?

Sie klickte die zweite Datei auf.

Da war eine Möwe, sie hockte auf dem Geländer der Seebrücke, ungefähr dort, wo Beastie B. ins Wasser gesprungen war. Die Möwe schien irgendetwas zu betrachten. Etwas sehr Kleines saß da neben ihr auf dem Geländer. Ein schwarzer Schatten. Wieder.

War das ein Schmetterling?

Lumme beschlich ein komisches Gefühl. Mit zitternden Fingern vergrößerte sie das Bild.

Da … Der Schatten bekam Kontur. Das war kein Schmetterling, erkannte sie. Das war der Schwarze König.

»Das gibt's doch nicht.«

Ungläubig hob Lumme den Blick. Das Schachspiel stand noch immer an seinem Platz. Sie sah die dunkle Herzmuschel, die den fehlenden König ersetzt hatte.

In der Küche hörte sie ihren Vater klappern, dann begriff sie. Ihr Herz schlug schneller.

Theo – er war auf der Insel.

Was wollte er von ihr?

Lumme starrte wieder auf das Display, in der Vergrößerung hob sich die Holzfigur vor dem schimmernden Hintergrund aus Wasser und Himmel ab. Der kleine König schien zu lächeln.

Kommst du?

Theo.

Theo, Theo, Theo.

Plötzlich stand ihr Vater am Tisch, er brachte ihr einen Kaffee und ein Stück Schwarzbrot mit Zucker.

»Ist was, Lumme?«

»Da …« Sie hielt ihm ihr Handy hin. »Der Schwarze König ist wieder da.«

»Na so was!« Boje lächelte so verschmitzt und liebevoll, wie nur er es konnte. »Sieht so aus, als ob er sich freut, wieder zu Hause zu sein.«

»Mensch, Papa!«

»Komm, iss ein Stückchen.«

Ihr Vater gab ihr das Handy zurück und hielt ihr das süße Schwarzbrot vor die Nase.

Lumme schüttelte den Kopf, sie konnte jetzt nichts essen.

»Weißt du denn nicht, was das bedeutet?«

»Ich denke mal, dass unser Freund seine Reise beendet hat.«

Unser Freund.

Argwöhnisch sah Lumme ihren Vater an.

»An wen hast du die Acht vermietet, Papa?«

»Och …« Boje zuckte mit den Schultern, er versuchte, sehr unschuldig zu gucken. »Also, Johannson heißt der nicht.«

»Papa!«

Lumme sprang auf und lief in den Flur. Auf dem Tresen schlug sie das Gästebuch auf.

Da – da war sein Name.

Theo.

Theo Simon.

Sie knallte das Buch wieder zu. Als sie sich umdrehte, stand ihr Vater vor ihr.

»Er hat letzte Woche angerufen und gefragt, ob ich ein Zimmer für ihn habe.«

»Und du hast Ja gesagt?«

Boje nickte. »Ich finde, es wird Zeit, dass ihr euch versöhnt.«

»Aber …«

»Ich habe mich immer wieder mit deiner Mutter versöhnt.«

»Ja.« Lumme sah auf die aufgestickte Möwe über seinem Herzen, sie dachte, dass die beiden nicht das erlebt hatten, was Theo und sie durchgemacht hatten.

»Hör auf dein Herz, Lumme.«

Ihr Vater zog sie an sich.

Lumme dachte an das schwarze Notizbuch, das immer noch auf ihrem Schreibtisch lag.

Könnte sie es gemeinsam mit Theo lesen?

»Ich muss ans Wasser«, sagte sie und löste sich aus seinen Armen. »Nachdenken.«

»Ich bin hier, wenn du mich brauchst.« Boje drückte ihr sein Fernglas in die Hand. »Damit siehst du besser.«

»Ach, Papa …«

»Du schaffst das, Lumme. Ganz bestimmt.«

Lumme lief auf die Seebrücke hinaus. Die Bäderschiffe waren fort, die Börteboote lagen im Hafen. Ein paar Urlauber saßen auf den Bänken, aßen Eis und genossen die Ruhe, die sich über die Insel legte, wenn die Tagestouristen aufs Festland zurückgefahren waren.

An der Brückenspitze kletterte Lumme auf das Geländer und schaute aufs Wasser. Die Sonne wärmte ihr den Rücken, und das Meer gluckste zufrieden. Rechts von ihr hing die neue Inselflagge mit dem Seepferdchenherzen schlapp am Fahnenmast. Lumme beobachtete die Möwen, und irgendwann verlor sie jedes Gefühl für die Zeit. Als sie jemand antippte, drehte sie sich nicht um. »Ich darf hier sitzen«, sagte sie nur. »Ich bin von der Insel.«

»Ich auch«, sagte die Stimme. »Ich wollte nur wissen, ob alles in Ordnung ist.«

»Henry …« Lumme drehte den Kopf zur Seite und nickte dem Brückenkapitän zu. »Ich muss nur mal ein bisschen nachdenken«, sagte sie.

»Dann kannst du mir auch helfen, die Fahnen einzuholen«, meinte Henry. Er zeigte auf seinen Korb, in dem schon die ersten Fahnen lagen. Es war Abend geworden, die Brücke war fast menschenleer. Die Insel saß beim Abendessen.

»Eigentlich wollte ich ein bisschen für mich sein.«

»Komm schon, mein Mädchen, du sitzt seit zwei Stunden hier. Ich freu mich über ein bisschen Gesellschaft.«

»Ich hab aber keine Lust zu reden.«

Henry zuckte mit den Schultern. »Kein Problem, ich kann auch mit den Möwen sprechen.«

»Also gut«, seufzte Lumme, sie war ganz steif. Vorsichtig sprang sie vom Geländer und machte sich an der neuen Inselfahne zu schaffen. Henry nahm den nächsten Mast in Angriff. Schweigend zogen sie die Brücke hinunter und dann die Promenade entlang.

Am Hafen verabschiedete sich der Brückenkapitän von ihr.

»Warte mal, Henry«, hielt sie ihn zurück. »Meinst du, die Lummen springen heute?«

Henry drehte sich zur Felswand um, er setzte seine Mütze ab und fuhr sich über die Glatze. »Kann gut sein«, murmelte er. »Wenn du hin willst, musst du dich aber beeilen.« Er zeigte auf den langen Schatten, den der Felsen warf. In wenigen Minuten würde die Sonne im Westen verschwinden und die Klippen zum Glühen bringen.

Jetzt oder nie.

Lumme drehte sich wieder zum Wasser, die *Isabella* lag nicht am Steg. Wahrscheinlich hatte ihr Vater daran gedacht, Henning anzurufen.

Boje.

Da war seine ruhige Lotsenstimme, sie wisperte in ihrem Kopf. »Hör auf dein Herz, Lumme.«

Und sie lief los.

Lumme nahm die schmale Treppe, die vom Hafen hinauf ins Oberland führte.

Einhundertachtzig Stufen.

Das Fernglas auf ihrer Brust sprang auf und ab, und sie nahm es in die Hand.

Auf dem letzten Drittel keuchte sie, aber sie biss die Zähne zusammen.

Oben musste sie ein paarmal tief Luft holen, dann lief sie weiter, den Klippenweg entlang.

Die Sonne war nur noch eine Handbreit vom Horizont entfernt, der Himmel zerfloss in allen möglichen Farben. Orange und Rot und Blau und Violett. Die Sicht war unglaublich. Je weiter sie sich von den Häusern entfernte, desto stärker krampfte sich ihr Herz zusammen. Vor einundzwanzig Jahren war Lumme zum letzten Mal hier oben am Klippenrand gewesen. Panik stieg in ihr auf und schüttelte sie. Sie war kurz davor umzudrehen.

Sie versuchte, nicht am Felsen hinabzublicken.

Die Vögel kreischten.

Dann war sie fast da. Da waren ein paar Leute, die den Vogelfelsen mit ihren Teleobjektiven beobachteten.

Lumme blieb stehen und hielt sich das Fernglas vor die Augen.

Da war er.

Theo.

Theo, Theo, Theo.

Er stand etwas abseits, nicht ganz an der Stelle, wo Jan damals in die Tiefe gesprungen war, und sah aufs Meer hinaus. Sie konnte sein Profil sehen, die Stirn, das Kinn, die tollkühne Nase.

»O Gott, Theo«, murmelte sie, und ihre Liebe zu ihm überrollte sie wie eine rauschende weiße Welle.

Dann sah er in ihre Richtung. Auf seinem T-Shirt stand *Seepferdchen-Retter*.

Lumme ließ das Fernglas fallen und lief auf ihn zu.

Theo breitete die Arme aus. Als er sie auffing, zog er sie ganz fest an sich.

»Wo warst du?«, fragte sie ihn, während sie seinen Herzschlag spürte, aber Theo versiegelte ihre Lippen mit einem Kuss.

Wald und Watt, Eichenlaub, Erde und Salz.

Lumme schloss die Augen.

Die Vögel unter ihnen kreischten, dann war es ganz still.

Und sie ließ sich fallen.

Als sie die Augen wieder öffnete, sah sie ein Containerschiff am Horizont. Es fuhr davon, und obwohl es kaum größer als ein Spielzeugschiff war, meinte sie, am Heck die Fahne Panamas zu erkennen.

Theo lächelte, er hielt sie immer noch fest.

Die Sonne war über den Horizont gerutscht.

Das Meer leuchtete.

Alles war offen und weit.

Nachwort

Immer sind Inseln Orte der Sehnsucht. Nah und fern zugleich.

Nordseefans werden bemerkt haben, dass die fiktive Insel meines Romans **Helgoland** ähnelt. Das gilt nicht nur für die topografischen und historischen Besonderheiten, sondern auch für die einzigartige Natur. Wenn ich mir auch einige Freiheiten gestattet habe (der Fund des Seepferdchens, die verschiedenen Insulaner), so entspricht auf meiner »Insel« doch vieles den tatsächlichen Verhältnissen vor Ort.

Helgoland, vierzig Kilometer vor dem Festland in der Deutschen Bucht gelegen, blickt auf eine wechselvolle Geschichte zurück. Die ursprünglich größere Insel zerbrach 1721 bei der gewaltigen Neujahrsflut in zwei Teile. Seitdem gibt es die **Hauptinsel**, auch als »roter Felsen« bekannt, und die als **Düne** bezeichnete flache Nebeninsel, auf der sich heute auch der kleine Flughafen befindet. Eine kleine Meeresstraße, die **Reede**, verläuft zwischen Hauptinsel und Düne. Zunächst dänisch, dann britisch, gehört Helgoland erst seit 1890 zu Deutschland. Während des Zweiten Weltkriegs wurde die Insel zu einer gewaltigen Seefestung ausgebaut; gegen Ende des Krieges warfen britische Flugzeuge rund 7000 Bomben auf die Felseninsel ab, die danach unbewohnbar war. Im April 1947 sprengten die Briten die verbliebenen militärischen Bunkeranlagen, zur kompletten Zerstörung der Insel kam es jedoch nicht. Erst 1952 wurde Helgoland an Deutschland zurückgegeben, und die evakuierte Bevölkerung konnte auf die Insel zurückkehren. Seitdem gilt der Tourismus als wichtigster Erwerbszweig der Insel.

Die Hauptinsel gliedert sich, dem Felsrelief folgend, in **Unter-, Mittel- und Oberland**, tatsächlich verbinden Treppen und ein Fahrstuhl die untere und obere Ebene. Am Nordwestende der Insel befindet sich ihr bekanntestes Wahrzeichen, die Felsnadel **Lange Anna**. Im Norden, Westen und Südwesten fallen steile Klippen rund 50 Meter zum Meer ab. Im Westen befindet sich auch der **Lummenfelsen**, Brutplatz für Basstölpel, Dreizehenmöwen, Eissturmvogel, Tordalk und Trottellumme, und mit einer Größe von 1,1 Hektar das kleinste Naturschutzgebiet Deutschlands. Das **Felswatt** des Helgoländer Felssockels, ebenfalls ein Naturschutzgebiet, gilt als ein einzigartiger Lebensraum für Flora und Fauna, dort siedeln rund 300 Algenarten.

Jeder Helgolandbesucher macht Bekanntschaft mit den traditionellen **Börtebooten** aus massivem Eichenholz. Börteboote (etwa 10 Meter lang und 3 Meter breit) werden hauptsächlich zum Personentransport (Ausbooten) benutzt, sie fassen vierzig bis fünfzig Personen. Während der Hauptsaison dürfen die Bäderschiffe den Hafen von Helgoland nicht anlaufen (Börte-Pflicht). Die Schiffe liegen auf Reede, die Passagiere müssen in die offenen weißen Boote umsteigen und werden an Land gebracht.

Einiges ist auf der Insel jedoch anders als im Roman. Die Biologische Anstalt Helgoland betrieb bis Ende 2014 das **Aquarium Helgoland** als Forschungs-, Lehr- und Schauaquarium.

Derzeit ist das Aquarium wegen finanzieller Probleme und baulicher Mängel bis auf Weiteres geschlossen. Der Helgoländer Stör ist nach Berlin umgezogen und soll dort für Nachwuchs sorgen, das Hummeraufzuchtprogramm läuft auf der Insel weiter. Eine einjährige Hummerpatenschaft kann für 25 Euro bei der Gemeinde Helgoland erworben werden.

In den letzten Jahren wurde das Helgoländer Südhafengelände als Service- und Wartungsstation für Offshore-Windparks erschlossen. 2014 nahmen die Windparks *Meerwind Süd* und *Meerwind Ost*, rund 23 Kilometer vor der Insel gelegen, den Betrieb auf. In 2015 folgte *Nordsee Ost*, ein weiterer Windpark befindet sich noch im Bau.

Helgoland ist besonders – rau und spröde und malerisch zugleich. Winzig klein, bietet es doch ein großartiges Naturerlebnis und Raum für fantastische Geschichten. Wen die Insel einmal gepackt hat, den lässt sie nie wieder los.

Karen Bojsen